U0924118

人生苦短 只来得及爱一次

【长篇小说】

吴小雾 著

江苏凤凰文艺出版社
JIANGSU PHOENIX LITERATURE AND ART PUBLISHING, LTD

图书在版编目（CIP）数据

人生苦短，只来得及爱一次 / 吴小雾著. — 南京：江苏凤凰文艺出版社，2015

ISBN 978-7-5399-8087-4

Ⅰ. ①人… Ⅱ. ①吴… Ⅲ. ①长篇小说 – 中国 – 当代 Ⅳ. ①I247.5

中国版本图书馆CIP数据核字(2015)第008604号

书　　名	人生苦短，只来得及爱一次
著　　者	吴小雾
责任编辑	孙金荣
特约编辑	陈艳冲　康晓硕
文字校对	陈晓丹
封面设计	门乃婷工作室
出版发行	凤凰出版传媒股份有限公司 江苏凤凰文艺出版社
出版社地址	南京市中央路165号，邮编：210009
出版社网址	http://www.jswenyi.com
经　　销	凤凰出版传媒股份有限公司
印　　刷	河北鸿祥印刷有限公司
开　　本	700毫米×1000毫米 1/16
印　　张	23.5
字　　数	408千字
版　　次	2015年8月第1版 2015年8月第1次印刷
标准书号	ISBN 978-7-5399-8087-4
定　　价	38.00元

谨以此文献给那个寒冷的冬天，

以及总算没有错失的，我的春天……

目录

究竟有多少人在一味追逐未来的幸福，却看不见当下的温馨？于是回忆过往时，最好的时光，通通变成你想不起的细节，在那些所谓的痛苦印象里，渐行渐远直至模糊不见。人为什么要任孤寂和厌倦感自由放大？为什么无法停止计较和憎恶？为什么就是不肯自我暖心，认真记住眼前的好？为什么总是说我怀念的，我怀念。

2014年3月29日　北京

第一章

——

为什么我们不敢奋力拥抱爱情?

明明是做什么事都非常容易专注的人,

为什么不敢奋力拥抱最期盼的爱情?

1

“关允。”

QQ 上弹出好友验证信息的时候，狄双羽刚解决了一个被开发商反复修改的策划案，心情大好，看到这个名字更有种说不出的雀跃，当然更多的还是惊奇。通过了请求，立刻收到会话。

关允：忙呢?

霜雨：刚交了份工。

关允：做全案广告辛苦吧。

霜雨：还好，就还是写东西。

关允：忙吧，笔杆子，哪天有空出来坐坐。

霜雨：……好啊。

关允：老容说你能喝点酒的。

霜雨：容总他不说谎，我只能喝“点”。

原来是和容昱聊天提到她了，就说这位怎么会突然向自己发起约会。

关允：点儿 = ?

霜雨：看心情。

关允：呵呵，公司好多人最近都出去做项目，国庆估计能回来，大家聚一聚。都是瑞驰的老人，你也应该认识的，过来吧。

霜雨：好。

关允：2 号或 3 号吧。

霜雨：啊?

只当他随口邀请，她也满口答应，不料他这么就把日期定死了。

关允：怎么，有安排？

霜雨：还真有，不过不是您说的这两天。

关允：行啊，比我还忙，有前途。

霜雨：那必然啊，您是领导，我们跑一线的。

关允：跑一线的领导你没见过吗？

霜雨：是，关总辛苦。对了，您怎么有我 QQ？

关允：从博客上点过来的。

关允：喜欢不一定可以做夫妻，喜欢有时候连朋友都做不成，不是所有的喜欢都能够天长地久，喜欢不一定有缘分的。感觉会变，人会变，最重要的，你喜欢的那个，并不非要喜欢你。有人说我最会蓄意谋杀浪漫，其实有些事从一开始，就不是你所料想的那个结局，但这不代表它就是个悲剧，只是我们都太想当然了。

关允：在你空间里看见的，深有感触呵。

这是她博客里的文章片段，不知道他拷贝过来做什么。跟他谈这种文艺话题，狄双羽有些不知所措，却不料关允的话题更加文艺。

关允：赵珂离开我了，这段话很符合我目前的心境。

狄双羽心里咯噔一下，很准确地预感到，故事来了。

关允是狄双羽之前工作的瑞驰集团的副总裁，创始人之一。瑞驰做房地产营销，狄双羽就职两年，主要负责公司品牌的宣传推广，跟高管层来往相对密切，不过关允除外。因为他主抓业务，常年出差在外，在公司见到他的机会不多。狄双羽除了替他安排过若干次媒体活动并陪同出席，也就是公司年会聚餐，而且不在一桌吃饭。

但关允这个人，对狄双羽来说仍是个特别的存在。

狄双羽会注意到他有一个挺土气的原因：他很像易小峥——那个放在狄双羽心里不敢想起的前男友。无论是白净文弱的模样，还是说话举止，特别是笑起来右颊上酒窝的形状。

狄双羽喜欢酒窝男人，当年接受易小峥就因为他那枚酒窝。过了很长时间，她发现自己喜欢易小峥的，仍然只有那一枚酒窝而已，便决定结束这段感情。易小峥争取过，挽留过，最终二人还是和平分手。没多久，易小峥的弟弟来电话，说哥哥车祸去世。

彼时狄双羽大学尚未毕业，从没经历过任何身边人死亡的她，大病了一场，惊吓和悔恨成分兼有。病好后将易小峥送她的几件礼物打包捆好，连同对他的感情，一并留在了家里，独带一瓶名为“真爱”的香水，南下重庆实习。半年实习期满被单位接收，又过了一年被调到北京总部，再后来通过朋友推荐到瑞驰投资做了品牌经理。工作强度不大，偶尔接些写文案的私活儿，也算在帝都站住了脚。

这期间，“真爱”始终密封。

那是易小峥最喜欢的一款香水，他说味道灵动，初闻嚣张跋扈，后味恬适静好，越闻越耐闻，像狄双羽给他的感觉。

见到关允的那天，狄双羽从书架上取了那只粉透偏紫的圆方瓶子，易小峥本就不算明晰的脸，逐渐与关允重叠。

次日上班，狄双羽在锁骨上喷了点“真爱”。

上午并没看到她想熏香的人，狄双羽有些心机白费的泄气，打算将一份广告排期拿给容昱签字后就去吃饭。

容昱是瑞驰的大老板，狄双羽职级虽低，但职能特殊，很多业务往往直接向他汇报。

到总裁办公室门口发现里面除了容昱另有人在，狄双羽让秘书通报了一下，进门才看见是关允。就坐在沙发一端，跷着二郎腿，抽着烟，面前水晶茶几上摊了几页纸。容昱在写字台前来回踱步，二人都没作声，大概是在考虑什么事情。

狄双羽说声打扰，把文件递到容昱面前，“BTV 的协议，按您说的改过了。”

容昱接过文档坐下来，不经意地扫视着内容，忽然侧脸问道：“你用了什么香水？”

狄双羽稍怔了怔，余光快速扫过关允，低声答道：“真爱。”

容昱一愣：“什么？”

沙发上的关允倒听清了，扑哧一声笑了，伸手往烟缸里弹了弹烟灰。

狄双羽当即沉了脸，催促容昱：“电视台那边在等确认，容总看下没问题就签字吧。”

容昱感受到气场的突变，误以为自己问了不礼貌的问题，不再多说，拿起笔埋头签完字，把文件夹合起来递给她。狄双羽倾身接过，颈间香气挥散，容昱又皱皱鼻子，仰头看她，还是忍不住想问：“到底是什么牌子的？”

狄双羽对这执着的家伙很无奈：“兰蔻的。”回了他这一句，斜瞄下关允，抱着文件夹走了出去。

走廊里遇见行政经理赵珂，这是个极懂察言观色的女人，一见狄双羽神情就知她不快活：“怎么着，老容又不听摆弄了？”

狄双羽哼道："他什么时候听过摆弄？"

回头看看办公室的木门，狠翻了个白眼。和关允的第一回合，就在她单方面恼怒的情况下结束。

过了很久才知道关允早有家室，年会上做报告时，频频提到三岁的小女儿，很美满幸福的样子。狄双羽坐在台下，看着演讲桌后面容熟悉的男子，索性假想那就是阔别多年的易小峥，偶然重逢，他已事业有成，且娶了心爱的女子……默默在心里微笑，一下又落了泪。

狄双羽有自己的人际圈，不太关注公司同事，在瑞驰的两年，跟关允没再有过多交集。她不想做影子情人，他更不会主动招惹她这样一个外表纯良的姑娘。男人想搞外遇，还是赵珂那种比较适合。

在听到关允和赵珂的传闻时，狄双羽并不意外。后来又有人说关允在闹离婚要娶赵珂。这让狄双羽吃了一惊。

不是狄双羽对赵珂有偏见，她起码见过三个男同事与赵珂有过勾肩搭背以上级别的动作。那种接触在成年男女之间，让人不想歪都难。何况赵珂又完全不是能当哥们儿的中性类型。她身材姣好，修长的腿，浑翘的臀，非常细的腰，喜欢穿极贴身的套装裙，细高的跟鞋，衬着海藻般的长卷发，将妖娆二字演绎到极致，连同为女人的狄双羽也为之赞叹。外形上是无可挑剔的美貌，工作起来也有股子泼辣干练劲儿，做内勤行政的，心细又胆大，敢说话，是个八面逢源的玲珑主儿。但绝对不是适合结婚的对象。更遑论为了她而离婚。

狄双羽得到这消息时是半信半疑的，倒也没闲心去求证什么。她觉得也许是自己不够了解赵珂，有些女人，内心就是比外表看起来单纯许多。她也不了解关允，不了解他所追求的生活、爱情。又或者就如自己所见，那也没什么，打个不客气点的比方，戏码里都有望门公子为了勾栏里的红颜抛妻弃子这一说，居然还有传为佳话的。赵珂至多是个多情女子而已，而关允，也谈不上什么谦谦君子。

作为一个情感专栏的写手，狄双羽也实在不想把男女之情都给理解苟且了。最主要的是，在听闻这些传言的时候，她正深陷于申请辞职而容昱迟迟不批的困境中，没精力理会旁人八卦。等跳槽到现在的公司，又开始没日没夜地写起案子。不闻不见，更想不起那些不相关的人。她甚至不知道关允也有 QQ。

与关允简略定了约会之后，狄双羽心里是有期待的，但又不敢太期待，不想 2

号这天当真接到关允的电话。

因为不想在家里被动地等电话，狄双羽一早就拉了高中同学逛街。同学姓吴名云葭，名字古色古香的，人却是个标准辣妈，离婚后独自带着五岁女儿过日子。最近听女儿说想要个新爸爸，正努力动用各方资源相亲。她自己有房有车有几间商铺收租，更有那负心男人的巨额抚养费，经济条件算上乘，人也不过二十七八岁，瘦高身材娃娃脸，皮肤细致光溜，就算带个孩子，也还不愁嫁。而且她家那小人精最懂卖萌扮乖，哄得狄双羽每次在吴云葭相亲的时候都自告奋勇帮她带孩子。

吴云葭倒不领情："我本来就是给小云云找爹，她跟我去也没什么啊。"

狄双羽翻白眼，推她进试衣间换衣服。

旁边小女孩把耳朵贴在她手提袋听了数秒，眨着双水汪大眼仰头提醒："小姨你手机响。"

狄双羽眼睛一亮，翻出电话，果然是关允，正想拨回去，他又打过来了。双羽歉然："不好意思，刚没听见。"

吴云葭从试衣间出来："这裙子是不是——"

狄双羽指下耳畔的手机，对她身上那件豹纹裙露出个嫌弃的表情，挥手示意赶紧脱下来。

关允听出她的不专心："有事儿吗？"

狄双羽笑："没，跟朋友逛街呢。"

"放假就消费啊。"他声音在电话里听起来较低沉，"哪儿逛呢，我过去接你一趟？"

"不用，我好歹也在那儿上过两年班。"约见的餐厅地点离瑞驰办公楼不远，狄双羽大致找得到。

他也不多客气："好，我今天也没车开，早上回家把一出租剐了，我全责。"牢骚数语，大概还是怕她找不准，"这样，你打车到瑞驰楼下吧，我去迎你。"

狄双羽失笑："好吧，关总。"

他这才放心，收线前问道："对了，你写专栏的杂志叫什么来着？待会儿买一本拜读下。"

"我给您带一本吧，甭买了。"狄双羽挂了电话，抬头看见对面一大一小两张好奇的脸，想起要敛起笑容已经来不及了。

吴云葭开门见山："要上哪儿野去？不许走！"

五岁的小丫头也很懂配合："妈妈，小姨不是要带我回她家看动画片吗？"

狄双羽瞪她："你们家没电视机啊？"

云云稚声驳道："你自己说我妈去相亲，让我跟你回家的！接个电话就赖账，还人身攻击。"

两个大人同时笑喷，吴云葭推推女儿的小脑袋："一天到晚可有词儿了。"

狄双羽比约定时间早到了几分钟，在写字楼前长椅上坐着玩手机游戏，远远看见关允走来，灰色亚麻短袖衬衫，深色牛仔裤，跟从前见惯的正装打扮判若两人。

手里攥了瓶红酒，瓶身扛在肩上，有若顽皮孩童："走啊美女，喝酒去。"

他手腕上一圈绷带，血迹隐约，狄双羽轻蹙了眉毛："不是说就剐了下保险杠吗？"

"嗯？"关允收回视线看看自己手腕，笑道，"这是昨晚上弄的，跟客户去小汤山一度假村，喝了大半宿。都回去睡觉把我关房间外头了，干叫不醒，抡凳子把气窗砸了，可能是碎玻璃划的。"

狄双羽偷笑："那还大清早自己开车回来？"看着伤得不轻。

他不在乎地转转腕子："擦破点皮儿。就是没睡好觉，开车走神得厉害。走吧，"他伸手有请："总觉得你会找不着，听说你方向感不是很好。"

她哼一声："听谁说的？"

关允也不仗义，直接就招了："老容。"

狄双羽不服气地评价："他也没好到可以批评我的程度呀。"心说那人可真够小气的，不就指挥他走错几回路吗？

关允大笑："可不么，他比谁都晕。"

那顿饭吃得前所未有地热闹，一桌十余人，都是瑞驰的员工及前员工。还有两个才下飞机的，还拖着拉杆箱，比较年轻的那个男孩子叫向阳，兴冲冲地说："你看，我说是女的吧。我以前见过。"

另一个叫老李的忍不住吐槽："你见过什么啊，你来的时候她都离职了。"

众人纷纷起哄，说向阳故意跟美女套近乎，把他按下猛灌酒。

瑞驰北京公司就将近两千人，狄双羽不可能全都认得，在场的倒是都知道她。关允逐一给介绍了，一瓶红酒下肚的时候，狄双羽还能记得几个人的名字，后来就差连关允都不记得了。

不知道怎么就提起了赵珂，向阳很大声地骂了几句，说那女的一看就不是过日子的人。老李也从旁规劝："关允你还是回孙莉那儿去吧。"

孙莉是关允的前妻，狄双羽还是第一次听她的名字，对这个老公被抢走的女人，既不同情，也不反感。但想到关允曾提及的女儿，就忍不住叹气。

狄双羽也是在四五岁的时候，父母就分开了，到她上高中了，母亲才再嫁。那些年来经济方面的拮据还在次要，避之不及的是种种同情鄙夷等异样眼神，少女时代的狄双羽敏感易伤。单亲家庭的小孩有多不安，她再清楚不过。葭子的小云云就精明过头，明显没其他小孩那么欢快；关允的女儿，也正开始这种人生……未曾相识，她却有了心疼。

既然赵珂现在离开了，为孩子，复合也许是不错的选择。很想附和老李，又觉得自己跟关允没那么熟，不好开口。

关允只是低着头似笑非笑，不时张罗喝酒，又给狄双羽点了一瓶红酒：“没我带的那瓶好，对付着喝吧。”

不知是酒劣还是人残，狄双羽这瓶酒喝第一杯就反胃，最后怎么强忍下去的，她完全记不得了。

2

关允说我喝多了，不过没吐。还说我告诉他，我喜欢他。

这不太可能，因为我确信自己已经丧失说真话的勇气。但是他说这些话时，我只是笑，并没有拆穿什么。这只看似剔透纯洁的瓶子，实则最花心博爱，玩惯了男女感情的人，总是不缺招数撇清责任的。若想继续下去，我便不可以拆穿。让他负责，他会跑掉的。

连爬起来看月亮的力气也没有，身体的疼痛却难以打消想再见他一面的念头。

2012 年 10 月 3 日

掀开眼皮是纯黑一片，烟酒混合的气味肆虐着鼻腔，头痛如虫噬，神志倒总算清醒过来，视线也渐渐恢复。

床畔是通透的玻璃门，门那边空间狭窄像是阳台，还搁了一把大藤椅。落地窗没拉窗帘，月光照进来，能看到窗子上方的晾衣竿，还挂晒着几件衣物。

那么，这不是酒店？

狄双羽扶着隐隐作痛的脑袋坐起来，薄被滑落，胸前一阵凉。

低低地有人询问："喝水吗？"

"嗯。"她漫应一声，心跳响如鼓点。

他摸索着打开台灯，下床去接水，同样未着寸缕。

小黄灯幽幽，光源不亮，狄双羽仍觉得刺眼，以掌遮光打量卧室内摆设。一张大床，铁艺三脚边桌上，摊着本厚厚的英文书，壁式衣柜拉门半敞，地板上衣裤凌乱，昭示着不该发生的事。

关允端了水回来，寻不见人，定睛才见她裹着薄被在阳台的椅子上蜷着。他将隔断门拉大："回床上来，阳台凉。"

"这是几层？"她问。

"八层。"

"我说怎么看不见星星。"

"多新鲜！哪层也看不见啊，外头那么大一个月亮。"他将杯子递给她，"喝点水。"

她正口渴得厉害，接过水灌了一大口："我吐了吗？"

"没。想吐吗？"

"不吐。"

他笑："那就留着吧，免得过会儿饿。"

这下倒是有点恶心了，她指着窗外转移注意力："今儿月亮真肥啊。"

"刚过完中秋。"他接过空杯放到床头桌上，顺势取根烟点燃，拿一只烟缸，慢悠悠走到她身边坐下。

藤椅很宽，但坐两人还是略嫌拥挤，狄双羽故意危言耸听："塌了怎么办？"

"不会，以前我和赵珂经常两人坐在这上边。"他叼着烟，将她抱起搁在腿上。

不知是因为他的碰触，还是突兀出现的那个名字，狄双羽身子一僵。

他仰头吻着她，未全吸尽的烟雾悉数灌入她口腔中。

都说天蝎是很肉欲的星座，狄双羽对这观点持保留意见。她是标准天蝎，男欢女爱也经历过，虽不至冷感，也不大热衷。可当关允那一口烟雾喷洒进嘴里时，她明显感觉下腹抽搐一般，暖暖液体猝不及防地流了出来。

薄被自肩头滑下，她主动抱住了他。

他有几不可察的停滞，唇离开她，很快又再覆上，带着烟草的辛辣，啄吻她微凉的脖颈，含糊地问："你好像特别紧，很久没做了？"

狄双羽语带笑意："姐姐保养有术。"

“姐姐……”他笑了，秀长的单凤眼里直反邪光，伸手捏住她下巴，“让我再见识见识。”

受酒精作弄的二人一夜翻覆嬉闹，天亮了他终于泄在她腿间，疲倦地伏下身来，脸颊贴着她胸前，向外看晓色，低喟：“天儿不错。”

狄双羽不甚专心地应和：“瓦蓝的。”

“睡会儿吧。”他合起眼，声音宛如发自梦中。

窗外已有鸟儿喳喳，却完全干扰不到这准备沉睡的男人，她好笑地看他以自己身体为枕，就这么入眠，抚着他汗湿的发。狄双羽轻唤：“关允？”

“嗯？”

“我怎么跟你回来的？”她的身体，他的身体，是怎么样开始的？她不是会酒后乱性的人，他呢？或者不该问这种破坏气氛的话，答案很明显，她其实只盼他能有个动听的说辞。

关允费力地抬头看她一眼：“你喝多了。”

她把话往难听了说：“所以你就拐我上床？”

他并没否认，笑了笑，翻身与她并枕，将被子拉高盖过二人肩膀。“从饭店出来，向阳他们吐傻了，你捂鼻子直往我身后躲，完全看不出是醉了。等给他们拦到车打发走，回头我才发现你眼神不对。”

狄双羽这下是真的好奇了：“我什么眼神？”

关允望着天花板上记忆中她的表情，抽象地描述：“很慌乱，好像丢了什么东西。”

狄双羽不理解，咬咬拇指指甲：“还有呢？”

他和颜告诉她：“你说你喜欢我。”

狄双羽笑得更大声：“我怎么没发现自己还有酒后吐真言这才能呢。”

关允白天还约了别的饭局，中午从公司开了辆车出来，先送狄双羽回家。路上又说：“要不一起去吧，我谈事情，你在旁边好好吃点东西。”

狄双羽婉拒：“回家补觉。”

“一上午还没睡够？”

“您让我睡消停了吗？”

他哧哧笑道：“不说你自己不老实。”

狄双羽勉强做个笑脸，合了眼不再同他搭话。

他也没再出声，按导航所指将车开到她家小区门口，解了安全带，倾身为她打开车门。“好好休息下。”收回手伸手揉揉她发顶，忽然低头在她脸侧亲了亲。

在床上与他赤裸纠缠也未觉害羞的狄双羽，不知何故为这种小动作心脏猛跳，慌得连声再见也没说，逃也似的下了车。

上楼来倒头就睡，醒时窗外漆黑，光景不明。床头水杯空了，她想去倒些水，一起身险些跌滚下床。宿醉加纵欲使她整个身体处于一种刚组装完的磨合状态：静止还好，稍一活动就各种酸疼，走路时感觉尤为明显。

看看时间已是夜里 11 点多。接了杯热水，步履维艰地移至窗前。想起关允家那把破旧的圆藤椅，摆在阳台的位置正好，窝在里头，夜可观星望月，朝可赏雪听雨。

羡慕了一会儿，转身想把电脑椅拖过来效法，才抬起来就脱手，胳膊完全使不上力，大腿根发抖，疼得她好想笑，瘫倒在床上揉腰捏腿。手机嘀哩一声，是关允的信息：好大一个月亮。

还月亮……狄双羽哭笑不得，回复他：关总，您太疯了。

他问：果然伤到你了吧？

她反问：真伤到了您又能怎么样？

他说：起码要道个歉啊。

她觉得没必要：一夜情嘛，难免。

知道没有下一次，这夜就会更肆无忌惮一些。

狄双羽也知道自己说话好没意思，有些事是只能做不能说的，一夜情就是其一。男男女女大可张扬地玩着，但如果说出来，就不是张扬，而是不要脸了。

那条信息发出如石沉海。狄双羽攥着手机，蜷在床上睡去，不知过了多久，睡得很沉了，被短信声吵醒。

关允问：真的就只是一夜情吗？

狄双羽倒打一耙：别没意思。

我喝完酒是有点疯。

您太谦虚了。

能别总您您的吗，听着真有点儿怪。

只是对领导习惯性的尊称……

得了吧，没觉得你把谁当过领导。

可我也从来没想要上您的床。

可你很迷人，昨晚认识了个不一样的双羽。

……

一起看看月亮也好，非要回去干什么？

我恨月亮！

月亮一定很容易把人妖魔化，皓皓白光下，身体的疼痛还没消，想马上再见到他的念头，却持续强烈起来。

够不着的月亮其实照得到每一处，在不知方向洒过来的月光中，狄双羽掐着手机，与关允互发短信至天亮，她知道二人之间不会就这样结束，但如何继续下去，也没有概念。仰在床上，望着头顶窗的方向，一直到月光换成朗朗日光，已难为单薄窗帘所阻，刺目地明亮。

很想就这么合了眼睡去，偏偏脑子里各种念头层出，不得安生。刚有些疲了，又被一阵电话铃声惊醒，恍恍还以为仍是关允的短信，结果是上司来电要资料。狄双羽没睡醒，不太耐烦地应下，爬起来开了电脑发文件。

QQ 一登意外看到一个好久不上线的家伙头像鲜艳。

霜雨：易小峰？

小峰：在上班吗？

霜雨：放假。

小峰：北京？

霜雨：是啊，你怎么上线了？

小峰：我也在北京了。

他回国了？狄双羽转身抓起电话打过去："你什么时候到的？"

"昨天晚上，刚睡醒，用酒店的电脑上网，你居然在线，太好了。"

电话里声音欢快，狄双羽可笑不出来："是很好，你现在回国都不用事先通知我了。"

"其实——"他拖个长音，语气低落了些，"妈说你很忙，十一还要出差，也不能回家。我都不知道要不要给你打电话，怕你在外地。"

狄双羽一时语塞："……是要出差，不过今天在。"

"那出来吃个饭吧，哪里有好吃的羊肉啊，你一定最熟悉了。"

狄双羽不是肉食动物，但肉类里最爱吃的就是羊肉，各种料理方法都喜欢。易小峰也很爱吃，易小峥却受不了膻味。一般来说，狄双羽爱的，易小峥都会去爱，唯独羊肉实在习惯不来，不知是不是因为属羊的缘故。

这对兄弟生得很蹊跷，模样迥异不说，性格爱好也没半点像的。

与白皙俊美的哥哥不同，易小峰外表憨实明朗，三人之中他年纪最小，却最高大粗壮。是那种传说中的阳光男孩，狂爱户外运动，不喜阴凉，晒得一年四季都皮肤黝黑，偏又常常大笑，满口白牙直反珠光。

看得狄双羽好生羡慕，低头撕着盘里的肉分他一块："羊背上国家混的人，居然还没吃够这一口。"

肉放在盘子里，易小峰没有立刻吃，目光专注在她脸上："瘦了呢。"

狄双羽咧嘴："在减肥。"没吃没喝睡了差不多24小时，不瘦才怪，她又是一瘦先瘦脸的体质。

易小峰不赞同地皱起了眉："要学着照顾自己啊。"

"你就不要惦记我了。"面对他的关心，狄双羽总是不知该用什么表情接受，"在外面这么多年，除了每个月还例假，我现在就是一爷们儿。"

易小峰在澳大利亚从上学到工作快十年了，期间也没回国几趟，汉语有些生疏，她的话他一时没懂，总之看她溜尖的下巴就心疼，伸手捏了下："傻傻的……"

"满手是油……"狄双羽躲开他的碰触，"别闹，把杯子碰掉了。"

他乖乖听令，嘴上却不肯饶她："还像小时候一样管东管西，不许做这个不许碰那个的。"收回手抓肉塞了满口，边吃边斜转了眼珠回忆，"当初爸回来就跟我和哥说，新妈妈家有个可厉害的女儿，功课超级好，又会跳舞唱歌，还很会画画，写一手漂亮字，就是脾气坏。"

狄双羽失笑，想起随母亲初进易家时，小峰对她的确是又敬又怕的，不太敢接近，不过也只有几天的生疏而已。"叔叔还好吗？"

他嚼着肉，含糊不清地说："前几天电话里说血糖不太稳定，上月底还住院观察了一阵。不过没事，肯定又偷偷喝酒了。"

"节前工作多，过两天时间充裕的话，回去看看他们。"

"那最好了。"

"你呢，好不容易回国也不说到家去看看叔叔？"

"下次吧，这次连北京都只能待一天，还是我硬加出来的行程，所以之前也没告诉你。"

"原来这样，"狄双羽撇嘴，"还以为你故意给我惊喜。"

他眼神一柔："那你见到我高兴吗，小小？"

“叫我什么？”狄双羽执一根细细的骨头点在他鼻尖上，“没大没小。”

两人其实同年同月同日出生，易小峰因为晚了三个多小时，两家并一家时，被命令叫她姐姐。狄双羽不称呼继父为爸爸，对别人提起易小峰时，却总说“我弟弟”如何如何。当然易小峰并不为这种亲切感到高兴。

若说易家兄弟二人还有相似之处，大概就是都喜欢狄双羽这件事了。

留学的前一天，易小峰对狄双羽表白，结果却是换来她与哥哥恋情的公开，一时间如遭背叛，恼怒又伤心，出国整整两年不跟他们联系。

没多久易小峥被公司送出国培训，也去了悉尼。易小峰别扭劲儿早过了，哥俩儿异国他乡见面，当天喝了很多酒，小峰鼓励哥哥：“你回国就向小小求婚吧。”说着就往国内打电话，高声问，“小小，你愿不愿意嫁给我？”在狄双羽骂声中大笑，把电话丢给哥哥。

易小峥无奈地听狄双羽对他领弟弟喝酒的数落，好长的说辞，让他忍不住打断：“小小，等你毕业，我们结婚好吗？”

那年狄双羽读大二。

期末考试结束，她在走廊里拨通易小峥的电话，认真地拒绝了他。

易小峥是在去海边的路上失事的，当场死亡。车速非常高，撞上桥墩后，租来的小座驾已完全变形。

一段时间，狄双羽与这个家的所有人断了来往，包括亲生母亲，怕被责怪，更怕触痛继父和弟弟的心。后来她曾问过小峰：“会恨我吗？”

他说会。“为什么选择了我哥，又不好好珍惜？”

多年后他再次重复了这番话，然后说：“但如果是我，绝对不会就这样丢下小小你不管。”

易小峰问：“你就这样一个人，是在忏悔吗？”

狄双羽愈发烦躁起来：“我不会让那么不健康的情绪维持太久。”

易小峰摇头：“你总是表现得很冷漠，实际……”

“而你就总是喜欢给我贴标签。”狄双羽生硬地抢白，“峰啊，我们难得见面，吃吃肉，喝点酒，聊聊彼此的生活，不好吗？”

他不依不饶：“我只想知道你过得好不好。”

狄双羽叹口气：“你所谓的好，要怎么界定呢？”

她无法理解，为什么大家那么喜欢用自己的标准去衡量他人的幸福？过得好与不好，如果连自己都无法判断，作为旁观者，又怎么敢评价呢？

无奈的是，明知如此，她仍要被衡量。

关切的话在耳边，却被屏蔽在心外，一双眼瞟着窗外，忽然间连应付的心思也没了。

微觉气氛变僵的易小峰有些不知所措，默默吃着东西，不时抬头看她一眼，终于说：“好吧，小小，我不再提大哥了，你别不开心。”

狄双羽摇头，笑了笑：“我没不开心，只是太久没见，都不知道说什么好。”

易小峰单纯地相信了她的说辞：“说说你的工作吧，又出书了么，送我几本。”

“你还看得懂汉字吗……”正要奚落他，手机响起。

关允低问：“还在睡吗？”

“没，我弟来北京，下午就要走了，正陪他吃饭。”

“我要去机场接人，顺便送他过去？”

“稍等。”捂着话筒，她问易小峰，“几点钟飞机，我找人送你去机场？”

易小峰摆手：“我等下还要去见个朋友。”

狄双羽没多加客套，如实回了关允。

关允又说：“扬州有个媒体的朋友来北京，我安排他吃晚饭，你没事来给暖个场呗，都是搞文字的，有共同语言。”

狄双羽问：“是和瑞驰有合作的吗？”心想如果是的话，她可能本来就认识。

关允哧地笑出：“放心，老容不去。”

容昱从来是现用人现交人的主儿，根本不会费心维护媒体关系，狄双羽只是随口一问，可听关允这语气，倒像是认为她在刻意回避容昱。她当然没必要，却也没多解释，挂了电话，有一瞬出神。

3

“如果说有悔，也是后悔自己当初太容易被感动。”

2012 年 10 月 5 日

关允来的时候，狄双羽已结好账，和易小峰站在路边嚼口香糖。关允的车停过来，下车打了个招呼，易小峰吹爆一个泡泡，看着关允愣住了，满嘴的糖胶也不知道收。狄双羽推推他上车，自己则坐进副驾，并未多做介绍，直接告诉关允："他酒店就在附近，先帮我送他回去。"

十来分钟的车程，易小峰表现出罕见的内向，视线反复投注在前排那二人身上。

狄双羽猜他见过关允肯定会有话想说，果然才下车没多久，电话就打回来了。

"那个人，是你男朋友吗？"

"不算是。"

"他很像……"

"我知道，而且我也知道他不是。"狄双羽说，"他不是易小峥。"

从举国同庆的这个假期开始，狄双羽不是在喝酒，就是在醒酒，睁开眼要么在关允床上，要么在自家床上想着关允。而长假才过了一半。

从前狄双羽自认宅属性相当高，写案子的时候一天一天困在家里不吃不喝，都没见有这么难挨。掀着窗帘看外面湛蓝的天，隐约有种就要霉变的感觉。

"叹什么气？"关允瞥下细缝里那丝明亮，大晴天的，不懂这姑娘为何惆怅。

狄双羽对他叼着牙刷的模样表示费解，不确定地瞧瞧挂表："好早……"

"嗯，"他含糊应声，"4S 店打电话说车修好了，过去取下。"

狄双羽拉高被子掩住脸："没睡饱。"

他哧地笑出声，食指沾了牙膏往她眉心涂："快点，化个妆都半小时，我可不等你。"

薄荷绿茶清凉呛人，狄双羽红了眼睛："反正你取完车也回来，我一会儿再走不行吗？"

关允倒似意外："你要去哪……"一张嘴牙膏沫流下来了，慌忙转进卫生间漱口，大声说，"取完车直接去向阳家，那天你不是约了他去钓鱼吗？"

狄双羽慢慢悠悠跟出来，抽了条毛巾擦眼睛："我不是喝多了么，哪记得这些？"

听出语气里的耍赖成分，关允笑着在她屁股上拍下："还会断篇儿呢，真有才。"

抓过她脖子上的毛巾拭净自己脸上水珠："快收拾，那鱼都饿坏了，等你去给喂食呢。"

向阳是个典型富二代，喝过不列颠墨水，逮过大洋洲耗子，混就了一口流利英语，性格格外开朗。因老爸和容昱有生意往来，回国后进了瑞驰，在关允手下做市场调研，月入两三千，上下班开着个外形低调油耗却极高的小越野。他到公司那年，狄双羽正准备离职，两人其实没什么交集。向阳记得狄双羽，当时他去见容昱，狄双羽正从总裁办公室出来。

狄双羽近视三百度又没戴惯眼镜，出了名的目中无人，再加上刚跟容昱过完招，气不顺，没空留意闲杂人等。所以实在记不起瑞驰有向阳这么号人物。换别人早挂不住面子了，也就是向阳人如其名地乐观向上，还实打实邀她来家里玩。

路上听关允介绍了向阳家的生态农庄，狄双羽心里感叹人比人得死，寻常门户待客不过餐桌上加道烹鱼，人家向公子款待两塘子活鱼，何等排场。

转过路口就已看到向阳，正站在庄园大门口跟门岗说话。这孩子明显涉世尚浅，受了几年西方教育，不太会说东方的含蓄漂亮话了，并且还有点哪壶不开提哪壶的欠劲儿，见着狄双羽迎面就是一句："狄姐，那天回去没事儿吧？"

关允指他："哎——掌嘴。"

向阳一点就通，老实地在自己嘴上一拍算是赔罪，掐着把鱼竿，跳上旁边一辆电瓶车前头带路。

这时候天碧亮如洗，依稀看得清水面银波粼粼，近观两侧高木郁郁矮草萋萋，灰黄的土路上，明黄色小车轻巧前行，说不出地喜人好看。

狄双羽玩兴大起，拍着方向盘上的手出坏招："把他超了。"

关允一双月眼晃晃，瞥下前方不远处悠哉哉的电瓶车，嘴唇抿出邪气收进右颊那枚小酒窝里。狄双羽咭声惊笑，抬手抓住了头顶扶手。关允已一脚油门踩下去，在引擎的警告轰鸣中飙了百余米。被甩在一车身之后的向阳侧侧歪歪闪到路边熄了火，靠在座椅里像受了惊的小动物，惹得狄双羽大笑。

关允问："好笑吗？"双眼望着狄双羽，分明觉得她开怀的样子比向阳有趣。

池塘边下了车，向阳狂擦汗："领导，不能拿我这小命哄女人玩儿啊。"

关允瞅着他直摇头："看你那个头发乱糟糟的。"

向公子今天的日程安排里显然疏漏了打理自己这项工作，一脑袋自然卷未加任何人工修饰，以各种弯度相互依附。"不好看吗？"对着水影照了一照，转向狄双羽，认真道，"我这发型名师主理，做了一宿呢。哈哈……"

狄双羽实话实说："不像坐一宿，好像躺了一宿，压成这样。"伸手将他头顶那撮发拨了拨，再看整体效果，目光忽然僵滞——黝黑的脸，白而整齐的牙齿，不修边幅的个性，以及，待在关允身边的样子，十足十的易小峰翻版。

在这般专注而柔软的视线中，向阳笑容发紧，不明所以地看下关允。

关允轻咳："喝水，作家。"

狄双羽猛回神，看也不看地接过水瓶，瓶盖已被关允拧开，水洒了一个抛物线。

“哎妈，”向阳被淋了一身，慌忙往后躲，“我看看有什么现成吃的。”心有余悸地爬开。

关允嘲弄地看着他的背影，说狄双羽：“眼神太狠了，把人看得春心萌动。”

狄双羽被这词雷到，不敢搭他的话。弯腰在鱼钩上拴好饵食抛进水中，倚进树荫下的座椅里，深吸一口气，再缓缓呼出，连带不应有的混浊思绪。

关允也掇了把椅子挨着她坐下：“今天真舒服，不冷不热的。”

“嗯，北京一年里也就这么几个好天儿，特适合找个清静地方晒晒太阳。”

关允低头笑笑：“矫情。”

狄双羽扭头看他：“还晒晒心事什么的。”

他这下只笑没言语了。

“你说要给我讲和赵珂的事。”狄双羽还记得那天在QQ上，说起赵珂离开的时候，他的用词无比忧郁：两年，够你写一个很好的故事了。

明明禁欲很久亟待发泄，又说她矫情。

瞥他一眼，狄双羽稍侧过身子，摆了个配合听故事的造型：“离婚不是为了娶她吗？”

“算是吧。不过，她跟我分手之后，我才离的婚。”说着抬头看狄双羽，看她一脸震惊，关允有些狼狈，“至于吗？”

狄双羽确实感觉非常意外，以至于一时忘了隐藏真实表情：“绝对不是质疑你人品啊关总……”

关允对她这种故意的欲盖弥彰感到很挫败：“不用说得那么明白吧。”学她一样踏踏实实靠进椅子里，仰望天空，“我跟她开始也是一次喝完酒之后，有一回公司拓展，前年年底的那次——那时候你来公司了吗？”

“当然来了，我比赵珂还早入职一礼拜。”狄双羽边说边在心里数日子。

“嗯，她刚来公司正赶上新楼层装修，我那阵也总加班，经常一起吃晚饭，这么熟起来的。那回拓展喝大了，知道有那么回事，具体怎么搞到一起的都忘了。那时候东边这个房子刚买，手续都没办利索，反正离公司近，就让他们行政部谁有空去帮忙处理下。一来二去觉得挺麻烦人家的，出差回来就请部门几个人吃了顿饭。当时还有许宝乐和汪勇，不知道你还记不记得。”

“宝乐是一组的主管吧。”

“我也忘了是哪个组的，现在是整个事业部总监。我们一桌七八个人，坐了个包厢，特别不凑巧，对面包厢是孙莉和她同事们。宝乐他们都这么多年了，见面挺熟的，就招呼着过来跟大家喝杯酒。饭桌上赵珂眼神就特挑衅的那种，抽烟直冲孙莉这边喷，一杯接一杯张罗喝酒。碰上没办法，当天就跟孙莉回上地家了。第二天上班汪勇和赵珂都没来，宝乐说头天晚上汪勇送赵珂回的家。我一听觉得不对劲，正想出去打电话，俩人一前一后进来了。赵珂瞪我一眼，往自己办公室走，叫她也没理我。汪勇表情不自在，招呼也没打一个。我把汪勇叫到楼道里，没等问呢，他自己就全说了。说赵珂喝了太多了，他不放心才把她送上楼，她进了屋倚在门上把自己脱了个精光，问他是不是男人……后面我也没再听下去，就问汪勇你碰没碰她。他说没有。我又问一遍，他还是不承认，我踹了他一脚。他推开门就往公司跑，正撞上老容和法务。汪勇说闹着玩，老容一看我就知道不是开玩笑，当时着急开会也没说什么。”

“老容挺忌讳这种事的。”

“嗯，后来他找了这几个总监副总一起吃饭，汪勇也在。桌上点了一句，说不允许公司内部搞得乱七八糟。他都这么说了，我也只能给他做足面子，就说我跟赵珂没什么了。结果话被汪勇传到赵珂耳朵里，你也能猜到会变成什么样。”

池塘里艳丽的七彩漂子上下蹿动，猛地浮了上来——想那鱼儿已啄光了饵食。关允没来得及提竿，索性连新饵也不换，把鱼竿处理成一道风景。

“听我说了那些话之后，她晚上来找我，问我是不是特在意她和汪勇的事。提到这事儿我挺火大的，骂了她几句，直接把她推出门。她在门口哭号着，说她根本就不喜欢汪勇，是因为我成心在人面前拿孙莉气她，她心里不平衡才那么做的。”

心理变态的才会这么做吧……狄双羽咂舌，糟蹋自己身子就为了出气？

“是，拓展回来之后，和她的事差不多公司都知道了。但是你赵珂跟我的时候就应该知道我有家有老婆，遇到这种情况你说我怎么办，总不可能给我媳妇儿介绍：啊，这是我情儿。”

他要真这么坦荡，兴许还就把俩女人摆弄服帖了。“然后呢，她让你离婚了？”

“她没说，但是她和汪勇的事就在逼我这么做。不离婚，就没条件约束对方，因为身份不对等，她永远都是小三，我什么都不能要求她。那时孙莉还不知道我和赵珂的事，我也不奢望这种事能瞒她多久，就希望在她知道之前结束婚姻，或许能减少对她的伤害。”

狄双羽也很好奇，这么久了，孙莉会不知道丈夫出轨的行为？“结果她不同意？”

关允摇头：“她完全不明白是怎么回事。”

狄双羽沉吟：“孙莉是个什么样的女人？”

“和赵珂完全相反的性格，不好看，但是对我很好。她比我大一岁，上学就在一起，彼此都是初恋，一直跟着我，我去南京她跟去南京，我回北京她跟回北京。大学毕业之后家里催着结婚，当时想也差不多吧就结了。结完之后就没有一天不后悔的，结果又有了孩子，被拴得死死的。”

狄双羽冷笑：“和赵珂在一起就自由了？”

“刚开始彼此都没有要求，完全是男欢女爱。”

“她当然不要求你，她对自己都不要求。”想了想，这说法有人身攻击的嫌疑，偷瞄一眼关允。

他倒不介意，像是习惯了。“那阵太忙了，老也不在北京，也确实没空跟孙莉细谈。有一回出差，关宝宝打电话来说想我，电话里直哭，我下飞机就回上地去了。赵珂这边做好饭等我也没回来，连盘子带碗全扔到垃圾桶里了。第二天回去她还在生闷气，我哄了一阵实在太累，睡着了。她不知道什么时候上的床，翻来覆去也不睡。我拿手机想看几点，看见一条短信发送记录，给孙莉的，写着：‘我不爱你，讨厌死你了，你和孩子都滚吧。’再一看好几个未接来电，赶紧起来。开灯一看赵珂两眼都肿了，也顾不上骂她就开车回上地。孙莉吃了两瓶去痛片，抢救过来就跟我说了一句话：我一个人不行，你能不能等孩子长大？”

狄双羽心里明显痛了一下，感觉还是很清晰的。“是这样分开的？”

关允摇头：“这事儿后来被老容知道了，找我谈了一次，让赵珂辞职，说‘离了这公司你们爱怎么胡来我不管’。她没了工作，搬过来和我一起住，答应说离婚的事她会给我充分时间。”

狄双羽不相信：“她答应等到宝宝长大？”

他叹一声：“她特烦我提到孩子，每周末我去看宝宝回来她都跟我闹。我实在疲了，找向阳帮我办了个假离婚证，拿到手里怎么看怎么假——后来拿到真离婚证，一看原来就是那个样的。当时怕被她发现，刚好那天也要出差，马上去机场，就用手机拍了个照片给她发过去，她发过来一串‘哈哈哈’。那次回来是个周末，本来想直接去看关宝宝，没告诉赵珂我回来了，结果飞机晚点，到北京都夜里1点多了，一想宝宝肯定也睡了，就没过去，回了东边，才到楼下，就看见汪勇的车了。”

“谁？”狄双羽惊诧地重复了一遍，“汪勇？”这么刺激的一幕，被他说出来，就跟在楼下看见一只流浪猫般平常。

“第二天我回上地带关宝宝出去玩，也叫上了孙莉，很久没带她们母女俩一起出去了。那天我告诉孙莉，我和赵珂结束了，但是仍然没办法和她一起生活。她同意了离婚。领完证我给赵珂发了条短信，说我离婚了。她回了个谢谢。”

狄双羽不忍打搅，直听到最后那一句，不经意的哽咽，让她的眼圈也兀地泛红。尴尬地调整下坐姿，说：“可能我了解赵珂不多，总觉得她不是过日子的女人。”

“是吧，都这么说。”关允笑笑，“你可能想象不到，我也是一起住之后才发现，她其实挺居家的，地板从来不用拖把擦，说擦不干净，拿块小抹布，跪在地上一点一点磨蹭。每天下班回家，吃完饭收拾完了，她都把我当天穿的皮鞋上的浮灰擦掉，说过一夜灰就进鞋子里再保养也没用。还有衬衫从来是手洗，说机洗不干净……反正她做什么总有道理，我就让她做。”

关允说这些话的时候，表情特别柔和，陷入一种自己都未察觉的怀念气氛中。

狄双羽不敢去看他的脸，刻意把一句话问得风轻云淡：“你爱赵珂吧？”

关允只瞥了她一眼。

浅浅的一瞥，若余光掠过，却是狄双羽看过的，关允最生动的一个眼神。

4

人是会进行自我哄骗的，下意识的那种。比方我听到坏消息时，总会说：“不可能。”这大概是一种保护，一种让情绪不致瞬间失控的缓冲，但是，和关允在一起的这些天，分明感受到他的喜爱，为什么还是会跟自己说“不可能”？或者也是一种保护吧，一种让我不要沦陷的暗示。

谁知道呢？

所谓真相，不过是你愿意接受的方向。

分明能切切感受到心意相通，胡思乱想倒固执地停止不了，不是你做得不好，我也逐渐有心去倚靠，就是压不住美景中惴惴的节奏，不安的味道。

幸福措手不及让人惶惑，是另有预谋，还是海市蜃楼。

又渴望，又怕伤。

明明是做什么事都非常容易专注的人，为什么不敢奋力拥抱最期盼的爱情？

2012年10月12日

狄双羽很久以后再想到关允，他的模样都定格于那枚苦笑。往往她自己便也苦笑起来。好像自从和关允关系变暧昧开始，她原本就不多的笑容，变得更加古怪起来。

吴云葭不悦道："不会笑就别笑，吓着我姑娘。"不过是稍微表示一下对当前相亲对象的满意程度，这女人就给她笑成这副苦相，看着真不吉利。

狄双羽丝毫不为自己的走神感到歉意："对付着看吧，我还能笑出来就不错了。"

"你别再掉下去让鱼吃了。"吴云葭以下巴指指那条被鱼拖得乱跑的细线，"这里面有长牙的鱼。"

小云云听见了，眼中稍有恐惧，不自觉捉住了身边男子的裤腿。

那男人个子不高，肩膀宽实，牵着云云的小手，微笑地听吴云葭和狄双羽说话。他是吴云葭最近交往的男人，具体叫什么名字，狄双羽给忘了，只听路上小云云喊他米叔叔。

一早被吴云葭叫出来进山秋游，透气是幌子，帮她相面把关才是正事。狄双羽先还推托："我哪懂看相，我又不是先生。"倒也还是如约出来了，反正待在家里也没事，闲着会忍不住想去见关允。

山里环境是真不错，不足的是人太多，个个嬉吵笑闹的兴奋状，打了鸡血一样。连素来安静的小云云也比平常欢脱，就狄双羽格格不入，吴云葭张罗钓鱼，她也跟着抓根鱼竿站在池子前，完全应付了事。当然那鱼钓得也很没意思了，两三平的一方水池，一堆大鱼挤在里头，翻个身直掉鳞片。钓竿上绑一只硕大的钩子，随便一晃就能把鱼钓上来，饵都省了。

吴云葭拖着钩子躲小鱼，终于钓上来条大的，在那根一米多长的鱼竿作用下，差点一头栽下去。幸亏那位米姓男子眼疾手快一把抓住了她。

吃完饭趁阿米带小云云去打果子，狄双羽对吴云葭说："这人行，葭子，他眼里有你。"

吴云葭却不适时宜机灵起来："谁眼里没你了？"

狄双羽心虚："在说你的事儿，你扯我干什么，思维有问题啊。"

"一到假期就开始跟我玩躲避，好不容易出现了，又一脑门子官司。"

"你从哪儿看出来我一脑门子官司的？"看阿米领着小云云暂时回不来，狄双羽索性跟她摊了牌，“那个，你还记得易小峥吧？”

“废话——什么意思，他又活了？”

“就当是他活了吧，我心里还能好受点儿……”要不然，这叫什么经历啊。

为了个水性杨花的小三抛妻弃子的男人，酒后乱性把她带到家里发生了关系，而她居然还为他神魂颠倒的，这是智商情商正常到像她这种程度的女人能干出来的事吗！说着说着忽然自我嫌恶起来，抓过一把花生米一粒一粒丢进嘴里嚼，话到最后，光剩牙齿和花生硬碰硬的咯嘣嘣脆响。

吴云葭倒听得异常沉默：“说说吧，你这么投入想干什么？”

“我能干什么……”犹豫了一抿唇的工夫，狄双羽坦白地说，“本来以为一夜情，结果好像有点爱上了。”

吴云葭当即石化，跟着蹿出了三昧真火：“就是说，虽然这男的犯贱到连王八都愿意当二手的，但你还觉得他挺可爱。”

“所以你是想说我更贱吧。”

“你看你一点都不傻，小小，怎么就不明白这事儿不靠谱呢。趁早拉倒吧，别爱了，不好玩。”

狄双羽垂下头：“没那么严重，你劝得我好尴尬。”

吴云葭顺势接话：“你知道尴尬还好……”一阵风轻送，狄双羽身上的香水味飘飘忽忽，并非她平常喷的那种。

狄双羽还在强调：“本来就不可能的事儿。”自我催眠一般。

吴云葭皱了皱鼻子，捉过她手腕轻嗅，确认了。这香水与易小峥，与狄双羽口中那酷似易小峥的关允，吴云葭非常不情愿地联想到他们之间的瓜葛，脸上最后一丝笑意也敛起了：“他不是易小峥。他再像也不是。”

狄双羽说：“我知道。”易小峰、葭子都在提醒她这个事实，她想假装不知都难。

口袋里嗡嗡震动，狄双羽忙掏出手机，看下屏幕，走到一边去接听。

关允很大嗓门地相约：“过来喝酒啊。”吆喝一般。

狄双羽据实告知：“我还在山吧呢。”

“不是相亲吗，跑那么远干什么？”

“烤鱼。”相亲是相亲，不过省略了主语，表达出来就完全不是事实。狄双羽成心让他误会，自然也不会多做解释。

“烤什么鱼啊，你又不吃，肯定没饱，过来补一顿吧。不让你喝酒，酒都被我喝光了。”

“我听出来了……”这哥哥喝的是不是假酒啊，怎么亢奋得跟小朋友似的？

关允和老同学聚会，地点恰好在吴云葭回家的必经之路上，阿米开车送母女两个，途中把狄双羽放下去。吴云葭落了副驾的车窗，特别慈蔼地同她道别：“早点回去，夜路走多会撞鬼的。”

小云云趴在两个座椅间冲她摆手，司机位上，阿米跟着呵呵地笑，余光扫了吴云葭一下。

他该不会觉得葭子这句话说得很体贴吧？望着远去的车屁股，狄双羽撇嘴失笑，心里其实是高兴的，因为阿米。

男人对女人是不是敷衍，狄双羽看得出来，她对别人的男欢女爱天长地久总是看得很透彻，所以她可以撑起一个情感专栏。不是第一次帮葭子看男人了，这个格外对眼。她为葭子找到阿米这样一个认真的对象而高兴。

也因为又能够见关允。

看到关允描述中的那家云南餐厅的同时，也看到了关允本人，旁边还有一个陌生的男子，两人勾肩搭背说得正欢。还是那陌生人先发现了狄双羽。关允察觉谈话对象的注意力不在自己身上了，表情略微费解，抬头望过来，望到狄双羽，即热情地招手：“来来来。”未等她站定，已伸手将人揽至身边，“这是我们作家。”

颇亲昵的语气，又似宠爱，实为骄傲，说话间一双眼弯成了钩子月。

狄双羽心尖一颤，隐约感受到了久违的父爱。

关允倒是真摆出亲爹一般的质责嘴脸：“你一整天跑哪儿野去了？”

狄双羽笑着皱眉，向他身边的人叫苦：“这家伙喝多了吧。”

对方忙不迭点头：“是喔，喝了好多。”

关允相当机灵：“谁喝多了？”

没人理他，那人径自与狄双羽寒暄：“久仰大名啊，美女作家。”

狄双羽笑纳：“作家不敢当，主要是美女。”

“哈哈，我是关允的研究生同学，祁舫。”

“名字真好听，以后要是写小说向你借来用用。”

关允抗议：“你怎么不写我？”

狄双羽正色哄骗：“你这名儿太简单了，当不了男主角。”

“凭什么！”关允伸着脖子向狄双羽欺近，忽然僵了一下，露出思索的神情，耸耸鼻子，继续将头压下来。

祁舫大笑："要乱性也分分场合。"面向狄双羽解释，"里面一桌子同学，刚听他一直说你，都等着一睹真容呢。"

承蒙关允这般挂在嘴边，狄双羽没觉任何喜悦，反而有种不大舒服的感觉。仿佛她是一可以当众显摆的稀罕物件儿。

被人当作珍宝是好事，但价值若只在炫耀，岂不成了一种工具？

或者他就真是喜爱，巴不得全天下都知道自己的心头好——若能这么单纯相信，该有多开心。狄双羽摇摇头，甩去过多偏激繁复的想法。

关允拥着她柔声命令："乖乖吃点饭，今天不让你喝酒。"哄女儿一般，紧接着又笑得邪意盎然，"免得你又喝多了，什么也不记得。"

结果狄双羽还真是一口酒都没喝，从饭店出来，关允举了一串钥匙给她。

敢情不喝酒是司机待遇。狄双羽愤愤接过，又压不住被他依赖的窃喜："知道喝酒干吗还开车出来？"

"这儿不好打车。"他答，站在饭店门口看她把车发动。

狄双羽倒出车子，推开车门探身看他："你怎么不上车？有东西落在里面了吗？"

他挠着后脑勺走近，眼神迷迷糊糊的："你干什么？"

"回家啊干什么。"

"你开车？"

狄双羽嘴角抽搐，"把钥匙给我了难不成是你开？"

他伸了食指向身后点点："我……是让你去找这饭店的代驾……"

抬眼瞄下门童，狄双羽呆住："有这服务？"

僵了数秒，关允选择绕过车头坐进副驾，小心地问："你有驾照吗？"

狄双羽被他主动系安全带的动作打击到了："以前我载过老容的好不好！"

"哦？"关允颇觉意外，"他说你开得好？"

"那怎么可能，他什么时候夸过人？他不骂我就相当于夸我了。"

她打轮动作不算熟练，可也足以让他有心情调侃人了："其实老容很喜欢你的，说你是瑞驰的笔杆子。"

"所以——"镜子里看看他，"你是在给我说媒吗？"

"你不是自己相亲去了吗，用得着我说媒吗？"话毕还带了负气一哼。

狄双羽有趣道："怎么看您一点儿都没醉啊，合着刚才是装的？"

“没劲，这伙人越来越没劲。”他打个呵欠，侧过头，没一会儿就睡着了。

夜里车辆不多，城市难得清静，近乎密封的车厢里，隐约能听到他匀称的呼吸声。

狄双羽的心愈加柔软，一点一点地，以能感受到过程的速度变化。一个红灯的路口，她拉起手刹，扭过头看他。

超级像易小峥。

易小峥眼睛很干净，关允眼里会有些邪性，其实是气质迥异的二人，睡着就没了明显差别。可是，她从来不曾在望着小峥的脸时，有这样快的心跳。

倾过身去，嘴唇触及他瘦削的下颌角，轻轻印上一吻。车外猛地传来喇叭声，狄双羽反应迅速，放闸给油，抬头竟发现直行灯并没变色，已为时过晚，连前方撞的是什么物体都没辨识出来，已经被弹出的气囊挤得头昏眼花。

关允惊醒，搞清楚状况，下车到另一侧将狄双羽拽出来。

前面被追尾的司机走出来，没见受伤，人显得颇有风度，一句抱怨也没有，当然也有可能是困得不想拌嘴，叉着腰直接去查看自己的车屁股。

关允问：“你撞人家的？”

这不废话么，溜车能把气囊撞出来得多大力度，基本可以理解为蓄意谋杀了。估计他这么问就是还没醒酒，狄双羽捂着揉通红的一只眼睛，转头打量被自己搞残的车：“还挺好看，好像挂了一圈小粉窗帘。”

“真服了你了。”他在她头上敲敲，借着亮度不足的路灯看她脸上是否有伤。凑近了又嗅到陌生的香味，笑骂：“靠，去见男人，还换了香水……”

处理完事故回到家已是两点多，狄双羽毫无睡意。关允似乎也难成眠，在她有心的言词引导下，又聊了些赵珂的事。

说起来关允并不擅长讲故事，别人的故事都是从“long long ago”开始，他则是首先把将要出场的关键人物拿出来介绍一下，会问“知道这人吧？”，然后才开始叙述整个事件。像狄双羽这种联想力丰富的大脑，听到这样的开头，再结合已有的事实，基本就猜得出大致脉络了。这人不懂吊胃口，说不了书，可能与他数学专业出身有关系。

狄双羽印象里，数学就是那种给出已知条件和结果求过程的死板科目，缺乏发展空间，没惊喜，所以她相当不喜欢数学，不喜欢逻辑性太强的东西，不喜欢理性。关允起初是被她归为理性一类的，可他为了赵珂这样一个女人抛妻弃子，狄双羽不禁要重新审视起此人来。

“奇怪，”关允说，“你去相亲，我就没有被背叛的感觉，也不担心以后看不见你。”

狄双羽低笑：“因为就是真见不着我了，您也没什么担心的。”

这话说出来，她心里非常期待他的反驳。可关允什么也没说，只将她往怀里拥了拥：“我一直觉得男女相处，首先要相互吸引；其次要有物质基础，贫贱夫妻百事哀是有道理的；再有就是信任。我跟赵珂，这最后一点永远做不到。她和汪勇出事之后，我每次喝多酒都会骂她不知廉耻，逼着她去洗澡，用刷子刷身体。你看到的浴室那个坏的塑料水龙头，是我抓着她头在上面撞坏的。”

“你打她？”儿时父母相处的记忆涌现，狄双羽如被针扎，转头去看他。有着和易小峥一样斯文俊秀脸孔的他，会动手打女人？

二人对视片刻，关允说：“有时候你看我的眼神很奇怪，你知道吗？”

他的敏感出乎她的意料，狄双羽冷笑掩饰：“对女人动手，还指望我很崇拜地看着你吗？你可以光明正大地回孙莉那儿去，她就不可以偷偷摸摸地和别的男人上床吗？你不屑她，可以分开，凭什么伤害？”

关允说：“我分不开。”他问，“作家，你能懂吗？这种感情？”

狄双羽一怔。

“我跟你说过吧，赵珂也是离婚的。”

“嗯，为什么离你没说。”

“她结婚不到三个月，老公出差，她和男同事玩暧昧，把人带回家被她爸发现了，逼她离婚的。怕她老公以后知道了打死她。有一次我打她，她跑回家，她爸来找我，六十多岁的人了，一说女儿气得手都直抖。开口就劝我们分开，说‘她就是这么个没有责任心的人，我现在只求她别给我惹事’。”关允叹道，“所以说，她和汪勇的事，我早知道不会是最后一次。”

一背之外他的心疼，传递到狄双羽的身体里，成为另一种疼，还伴随不吉利的预感，被刻意忽略。

“你还会再结婚吗？”狄双羽问。

“会啊，我妈还希望我再给她要个孙子呢。”他笑笑，手掌覆在她的乳房上揉捏，“会找个像你这样胸大点的。孙莉就是太平了，我对她一点欲望都没有，从生了孩子之后我们都没有做过爱。”

“所以赵珂走了，你还是决定离婚？”

“即使一开始就没有赵珂，我和她也生活不下去，分开是早晚的，没这么快而已。

我说过，男女在一起，首先就得相互吸引。”

“宝宝怎么办？因为她妈妈胸小，就连她也被嫌弃了。”

“别总是这种语气说话。”

“受不了？”

“我不想你太尖酸，刻薄别人对自己没什么好处。”

狄双羽笑：“会嫁不掉？”

他说：“嫁不掉就在我身边也好。”又叹了一声，他唤她的名字，语重心长道，“以后你结婚，千万要想清楚，结了也不要紧，别着急要孩子。”

第二章

——

"第四者"的无奈

若你不能忘了她，我又算作什么？

若你马上忘了她，我又爱你什么？

1

我觉得他还是在期待她回来的。

这屋子里有好多她的痕迹，鞋子、衣服、化妆品、被舍弃的枯萎的花朵……或许是思念，或许是某一天，她真的回来时，看到这一切，会明白他的思念。总之，在关允家我只出入卧室和卫生间，偶尔擦擦地板，但从不去整理书架和衣柜。如果有一天他主动说：双羽，帮我收拾下房间吧。那么我一定会让他先讲好，哪里是不能动的。

不想做触碰他情感雷区的傻瓜，傻傻被骂。到时候，伤到的只会是我自己，以及对他的美好喜爱。

2012 年 10 月 21 日

长假后是惯例的忙碌，狄双羽主观上认为已经结案的两个项目要返工，感觉挺不愉快的，再加上刚开工还没进入工作状态，拖了一天，抵不过总监的紧迫盯人，终于要动手重写。一弄又是一礼拜，她又惦记着这期杂志的专栏。

选题是“习惯与喜欢”，可狄双羽满脑子都是“结婚与孩子”，满脑子都是关允隐含笑意的声音：嫁不掉就在我身边也好。

截稿期说到就到，稿子还是没出，责编水月忍无可忍了：“霜雨老师，咱们谈谈吧。”

这姑娘比她还大几岁，每次称她“老师”都没好话跟着。狄双羽如临大敌，跟领导说下楼买杯咖啡提神，溜出去专门应对这个麻烦。

水月言简意赅：“现在就回家赶稿。”

“今天实在是不行，刚弄完的楼书出彩样，我得审字……”

“明早上班要是还收不到稿子我就辞职。”声音冷漠。

狄双羽连忙阻止：“别别别，明天把这任务一关闭，我立马就写，怎么样？后天上午，最晚下班之前。”

“今天无论多晚，只要你写完就给我电话。”冷到冰点。

“你逼我也没用啊……”

水月认真地问：“霜雨老师您缺不缺使唤丫头？”

狄双羽打个寒战：“我交，我写通宵好不好？明早稿子不到我就到，我去给你当丫鬟。”

“好滴，”立刻完成萝莉的蜕变，如冰化水，“霜雨是最靠谱的作者了！霜雨什么的最给力了……”

狄双羽被无数次调教，仍无法从容面对她这精分一般的转化，匆匆收线，仰头深吸一口饱含车尾气的杂氧以证明活着：“额滴神啊。”才耷拉下肩膀，手机又响了，屏幕上亮闪闪竟是容昱二字。这货找她干什么？接起来，“容总。”

“下班了？”

狄双羽看下表：6点整。“正准备加班。”

“吃个饭再加吧。”话尾是有表达建议的疑问词，可没一点商量余地。

“我今天赶稿子……您有事吗？”

容昱说：“没事啊，就请你吃个饭。”

“那我不去，无功不受禄。”

“就当谢你上次帮公司内刊写稿子。”

“那更不能去了，这么点小事。”

他急了：“你这小女孩怎么这么难缠啊？我都没词了。”

究竟是谁难缠啊。狄双羽拍着额头寻死无门：“我今天真是特别忙，改天我回请您好不好……”

“看不出你哪里忙，马路上乱晃！”

当声音在手机里和周围空间里一起传出的时候，狄双羽有种穿越的感觉。

一辆车无声无息靠近，开车的彪形大汉露出与身材不相符的可爱微笑望着她。坐在后排西装笔挺的容老板可是一脸不满：“干什么躲我？”推开车门，看她受惊白兔一般蹦上马路牙子，容昱没忍住笑，向里挪了个位置给她，“上来。”

狄双羽对这种绑票式邀请无所适从。

司机催促道：“赶紧上车啊，老大，逆行呢。”

狄双羽无奈听令，还是要解释清楚："我可没躲着您。这是下来买吃的，你看我连背包都没带，就拿了几张零钞。"

他无所谓道："不带背包就不带好了，又不让你埋单。"然后交代司机去处。

简直是无法沟通的人类，狄双羽拍拍司机座椅："咱们不去太远啊，旭华，就附近吃好了。"

旭华给容昱开了好多年车，跟狄双羽也熟了，说话比较没遮拦，直接就问："到底怎么着，听谁的？"

容昱放了决策权给狄双羽："你说。"

狄双羽向外看，刚好经过肯德基、麦当劳一串快餐厅，没等张嘴就被否了。

"别想，我怎么可能吃那种东西？"

旭华打圆场："容总这阵子减肥，不吃那些高热的。"

狄双羽告诉他："减肥最好不吃晚餐。"

容昱很不高兴："我看起来需要减肥吗？"

旭华讨了个没趣，老老实实开车不吭声了。

狄双羽找不着碴岔开，只得正面答道："好像是长了点肚子。"

容昱扯扯西装外套："胡说八道。"

狄双羽拿这完美无瑕拒绝攻击的狮子座暴君没辙，顺他的意改上恭维话："不过气色看着真好，最近签了大单吧？"

他果然和颜悦色："我什么时候签过小单……"

最终选了家离狄双羽公司较近的正餐馆，狄双羽常来，点了几道出锅快的菜。席间闲谈，说起狄双羽的专栏选题，容昱果然连"习惯与喜欢"两词的发音都纠结了："我听成习惯习惯，还说你怎么写这么消极颓废的东西。"

"习惯怎么就颓废了？习惯又不是贬义词。"狄双羽纯粹是拿个话题做配菜，也没指望一个彻头彻尾的商人能提供什么写作素材。

"对你这宣扬感情至上的人来说，喜欢才是褒义的吧，相对地，因为习惯而生的喜欢，不就是贬义了吗？"

狄双羽眼皮跳跳，咬着筷子若有所思道："也不能单纯这样去辩证吧……"想了想，拿起手机记录下思路。

容昱嘴角轻扬，十指交叉撑着下巴，微笑地注视她："你脑子不好，想到什么马上就要记下来，这也算是一种习惯吧？"

狄双羽点头："嗯。"很快翻个白眼，"你才脑子不好。"

容昱一本正经道："我脑子很好，我是心地不好。"

狄双羽气得要死："容老板又聪明又善良。"懒得和他多说，匆匆在手机记事本上输入刚才对话给她带来的写作信息。

一旁旭华正在喝汤，笑呛了，侧过身去咳嗽。

容昱戒备地拉了拉餐巾，瞪了他一眼。"十一去哪儿玩了，双羽？"

按键盘的手指蓦地停住，狄双羽想起了关允。

十一假期的最后一天还住在他家，次日上班早起洗澡，故意将簪子搁在卫生间的用品柜后方，回到卧室床上床下乱翻。关允睡眠并不好，狄双羽一起身床垫对重量减轻的变化他就感觉到了："找什么？"

"簪子。"她放弃地松开已绾好却没有头饰固定的头发，一头齐腰长发飞瀑垂散。

一只手漫不经心抚过她发梢，他说："披着蛮好看。"重新眯起眼，揉揉眉心，"去上班吧，当心迟到。"

狄双羽穿好外套，俯身亲他："拜拜。"每次道别都像永别。

"你是打算在餐桌上把稿子写完？"容昱的问话拉回狄双羽思绪。

"不好意思。"她慌乱地搁下手机，拿起筷子胡乱夹了一口菜。

这么明显的走神容昱自然看得出，没兴趣追究，只说："吃的时候就好好吃，忙起来又生死不顾的。"

"哪那么严重？"狄双羽失笑，心领了他实在的好意关心，嗓子有点堵，"怎么也没有容总忙就是。"

"你知道就好。赶快吃完送你回去写作业。"

旭华趁机勒索："稿费发下来想着请我吃饭啊。"

容昱斜眼："你没吃饱吗？"

旭华莫名其妙："饱了呀。"

容昱使个眼色："埋单去。"

"您急什么嘿，双羽还没吃完呢……"

狄双羽可不敢伙同他对抗容昱，忙把口中的食物咬断放下，打个手势表态，"我不加菜了，你去吧。"

"得。"旭华起身指指狄双羽，"不仗义。"夹着手包去找服务员了。

狄双羽酒足饭饱，嘴巴也甜了："谢谢容总请客。"

容昱看着她直想笑："真不知道你成天想什么，在我那儿做得不是挺好，我给的又不少，跳出来24小时卖命。"

自她离开瑞驰，这种话几乎每次见面容昱都要念一遍，狄双羽一贯避而不答，傻笑蒙混。

容昱无奈："自以为是，其实比谁都笨。"

狄双羽有时也想，她大概是真的不够聪明，离开瑞驰的根本原因是想避开容昱，这恐怕只有她自己知道。容昱也许知道，也许不知，反正他表现出了不知。说实话直到现在，狄双羽也不确定容昱偶尔凝视她的目光代表什么，或者只是一种欣赏，又或者像他自己方才说的"因习惯产生的喜欢"，并无关男女情爱，像容昱这样对什么都势在必得的人，又怎肯做默默喜欢的事。

所以容昱骂她笨是有道理的，他都未曾挑明，她却自作主张以离开的方式拒绝了他。反过来说，让容昱觉得笨毕竟不是坏事，起码不会成为他的对手。人与人博弈，如果能够选择，普遍愿意和实力相当的对手较量，太差的没兴趣，太强的没勇气。狄双羽希望成为容昱没兴趣的那个，因为容昱对她而言是没勇气挑战的。跟容昱作对，她想都不愿想。

如果说容昱是她觉得应该远离为妙的人物，关允则是她已经划入局的对手。她也不想喜欢一个人这么斗志昂扬，但是葭子说得对，一个有老婆孩儿找小三的主，跟他谈纯感情，那不扯吗？

而且眼下这形势就是一场比赛，狄双羽不找他，他也不主动联系。

与关允分别后的第七天，同容昱吃了顿饭，夜里3点，狄双羽交给杂志社一个故事。

"喜欢一个人，越是喜欢，越要转转手腕。喜欢的话，不要让他太习惯你。"朗诵完毕，水月大喜过望，"宝贝儿，你这组小短句写得怎么那么妙啊！"

狄双羽实话实说："多年心得。"

水月说："你知道吗，霜雨，我最佩服的就是你这种代入精神。"

"我还有很多种精神值得你佩服。"比方说自己糊弄自己的精神。

连着几天天亮才睡，眼罩都不用戴，只要拉上窗帘就可以跟自己说晚安了，立刻呵欠连天倒头睡死。什么下期杂志选题、堆积如山的PPT、再有两三小时就要响起的闹铃、一天三遍电话吵着要见她的小云云……什么也不想，换平常电话早关机了。这会儿，她在等那家伙投降。狄双羽不相信关允不想她，如果同样想念，她不信自己耐心不如他。结果她赢了。

关允发短信说：找到你的簪子了。

她回复：您留着防身吧。

狄双羽下班从大厦一出来，就看见关允和他那不到一个月大修了两次的车子。

一起出门的部门总监目光探究："那不是瑞驰的关允吗？"

狄双羽老实承认："以前单位领导。"

总监警惕道："嘛？挖你回去？"

"真抬举我，要挖我也不至于人家副总出面。"

"我说我们双羽也不是吃回头草的人啊。我去打一招呼吧，怎么说也是大客户。"

双方寒暄数语，总监开车走了。关允笑道："以为你留根簪子给我，自己带个活人防身。"

狄双羽伸手："礼物呢？"

关允挤眉弄眼："卖个关子。"

"谁买？"狄双羽趴在座位空隙里在后座上翻找，"怎么这么多东西，拉杆箱干吗不放后备厢里去……"

"别翻了，在拉杆箱里呢。"

"没事，我打开看看。"

关允拍拍双羽快撞到他肩膀的臀部，"这晃来晃去的我受不了啊。"

狄双羽倏地拉回身子坐好，鄙夷地斜视他："关总就这么点儿定力？"

"羽总太诱人。"他发动车子，"走了，想吃什么？"

"你。"

"……"

"呵，今儿真冷，你说会不会下雪啊关允？"

"我会带给你温暖的。"

"你觉不觉得咱俩都可以去什么情色频道脱口秀了。"

"我说我送了你一条围巾，情色作家。"

狄双羽把 QQ 签名改成：如果 10 月里能下雪，我就在四环路上裸奔。

同事说："这属于玩赖，北京 10 月份怎么可能下雪？"

狄双羽说："你可以去作法求雪。"

一阵笑声，有人说："不过今年冷得是真早，也不给暖气。"

"看把双羽冻得，屋里屋外捆着条大围巾。"

狄双羽不承认怕冷："我这叫搭配。"

"你这半个月穿什么都搭这一条，估计是找不着比这更暖和的了。"

"百搭嘛。"狄双羽拢拢围巾，摆出一副不和你们这群没品位者为伍的嘴脸，托了一杯热咖啡踱去窗前看风景。

窗玻璃很凉，中央空调还没供暖，天却似乎咻一下就变凉了，楼下行道树已甩光黄叶。北京秋天向来不长，但冬天也从没来得这么快。狄双羽常年熬夜元气不足，比一般人更畏寒，关允的这份围巾着实窝心。

她其实要的并不多，恰好他总能给到，也算得上心有灵犀。可是，心里那份愈发明显的不满足，也成了一种无法忽视的困扰。

"你要什么呢？"

站在写了他名字的玻璃前，狄双羽喃喃地，不知是问他，还是自己。

10 月份的倒数第二天，狄双羽和关允的几个同事吃过饭，向阳说回家时间太早，要找间茶楼打牌，另外两人纷纷响应。关允点了根烟，皮笑肉不笑地说："你们是嫌这顿馆子我请得太小了……"

狄双羽不解。

向阳乐得吐槽："狄姐你不知道吗？赌场上允哥人送外号'一场一输'，难得是牌品极好，轻伤不下火线，鉴于在该领域的杰出贡献，大伙都尊称他一声'场叔'。"

关允听不下去了，掏着耳朵瞪他："我好像没怎么输给你吧兔崽子？"

向阳涎着脸："我也不敢赢您啊。"搓搓手，"这几天晚上可真冷。狄姐，围巾借戴戴呗。"

关允回头瞄了一眼，直接回绝："不借。戴臭了。"

向阳好生郁闷，抬了两只胳膊左闻闻右闻闻："才一个月没洗澡……"

狄双羽艰难地笑笑，横向步行远离他。

老李瞅了眼无星无月的天空："这真像要下雪的样呢。"

关允当场笑喷，扇扇烟雾："别下，不然四环要出大事了。"

狄双羽无惧："下啊，等着呢，姐姐说话算话。"

关允也雀跃起来："那个谁，一个月没洗澡的，晚上如果下雪就出来跟你姐姐一起四环上去洗吧。"

大家都不明所以，只看狄双羽凛着张小脸一副豁出去的样子，关允笑得快背气。向阳狄姐长狄姐短地追问其中"典故"，偏这二人商量好似的口风死紧，最后还是狄双羽耐不住向阳挺大个小伙子揪着她围巾撒娇的举动："明晚12点之前要是下雪了我就告诉你。"

关允拆穿她："没下雪她还可能会告诉你，要是真下雪了，这事就得成为永远的秘密。"

向阳好奇死了："狄姐……"

狄双羽两只食指打叉，让他彻底打消念头："等下雪。"

2

掀起窗帘让月亮照进来，你烦不胜烦地翻身：搞来搞去的，快睡觉。

我只想借月光看看你的脸。谁叫你一定坚持关灯睡觉。终于你知道关灯前要问问我，可是每次被问，我都摇头，我不愿意关灯。你问为什么。我固执地沉默，看着你却不回答。其实你根本就知道答案。

投放在你脸上的目光，你怎么会没察觉？

2012年10月31日

北京这年反常地冷，牌局上号称"场叔"的关允倒是手热得很，不到两个小时老李已经没现金了，另一个叫穆权的也所剩不多。关允难得赢钱，死活不肯收白条，逼着他以五分高利向场外观战的狄双羽贷了些现大洋。狄双羽很诧异："关总这莫非就是传说中马粪蛋发烧？"

关允每赢一圈就给她分几张花红，狄双羽拿百元大钞叠戒指，八圈又八圈下来，每根指头套了两三个，关允赢得都狂暴了。穆权颇谙牌道，念着"今天不是打牌的日子"，清点一遍损失，张罗撤退。

茶馆离关允家很近，步行几分钟的距离，看他们打上车了两人才往回走。狄双羽洗完澡出来，三下两下爬上床："嘻嘻，好冷。"

眼看她冰凉凉地钻进被窝，关允打个冷战："你又不关灯。"

她耍赖："我开一会儿再关。"

他不同意："昨天就是我关的，你开着也能睡着。"

怏怏地伸手关掉台灯，狄双羽不高兴地嘟囔："什么都看不见。"

房间骤黑的同时响起关允的问话："几点了？"

狄双羽不耐烦应道："不到 3 点。"

"唔，"他翻个身将她抱了满怀，"难怪手气这么顺，原来是小寿星坐身边。"

他居然知道！狄双羽惊喜地搂住他脖子："那你怎么不送我生日礼物？"

他呵呵笑："刚才戴了满手的是什么？"

"我想要礼物。"

"明天带你去买。"

"你要偷偷地买。"

"要求真多。"压着她的腰身按向自己，他问，"你在上面还是下面有没有要求？"

狄双羽推着他："你不累吗？"

他说："一点也不累。"眼神认真得在黑暗中直反光。

她哭笑不得："我好累。"

"所以给你放松放松。"

"喂……"

真正意义的睡觉前，狄双羽说："关允你去留个尿样化验一下吧，我怀疑你们晚上喝的酒里有违禁成分。"

像是在证明她这句话的真实性，感觉才睡着没多久，狄双羽就接到向阳的电话，窗子方向有蒙蒙的晓色，但是还很暗。关允翻个身，不满地哼哼。

狄双羽揉揉眼睛："向阳为什么给我打电话……喂？"

"狄姐，下雪了！"

狄双羽愣神了足有半分钟，慢吞吞走下床，窗帘缝隙里射出的光亮，让她抬手的动作都变庄重。由庄重到迫切，厚厚提花窗帘后的景色让人睁不开眼。一片白。就像天和地都消失了，只剩她面对这一切。与其说是喜悦，不如说是惊惶。

从小在北方长大的狄双羽，从没想过自己有一天会为白雪所骇。

关允被突来的亮度惊到，半起身以手遮光："干吗呢？"

"下雪了，关允！"她孩子气地大叫，声音之尖锐让他直想捂耳朵。

窗前赤裸的身体，逆着光看不清细处，只有凹凸有致的曲线着银镀就，玲珑圣洁。关允说不出那是什么感觉，有一点呆，慢慢放下手，唇线拉得老长，重躺回被子里，遥遥地问：“大作家，你就那么想裸奔吗？”

狄双羽从来没有一早收到这么多的短信，说生日快乐的仅占少数，几乎无一不在催她上四环实现诺言。吴云葭还说：“小小，许愿不还会头痛的。”狄双羽已经头痛了，不刷牙不洗脸蹲在阳台里看雪花发愁，怎么办，下雪天不穿衣服出门很冷的。

关允不能很好地理解她的兴奋，他单知道狄双羽喜欢雪，却不知她在心里跟自己打了个多不靠谱的赌，他不知道狄双羽在心里说：如果10月的北京能下雪，爱着别人的关允就能给我幸福。

这两件事的共性是：一旦发生均属奇迹。但这不是如果我挣来钱了就有钱花这种假设，这是没有任何逻辑因果关系的，完全不搭界的两件事。只能说奇迹会使人头脑混乱，何况狄双羽本来也不具备一颗很清醒的头脑。她固执地认为下雪是一个很好的兆头，天象奇观是在鼓励她去做心里所想的事，她没有理由不坚持。决心一下，狄双羽给吴云葭打了个电话：“葭子，我决定把关允搞到手。”

吴云葭发完恶意骚扰短信，正在睡回笼觉，听到这个消息，直觉地反问：“你该不是真出去裸奔冻傻了吧？”

“没有。”

电话两端同时失去声音，吴云葭叹了口气：“从他对前妻的态度就知道他对女人有多缺乏耐心，他不可能跟你长远的。小小，你不是他的菜。”

“我会让他换胃口。”

“说白了，如果不是你好上手，他根本不会沾惹你这种女人，你太难嚼了。”

“难嚼不好吗？有些东西本来就是用来嚼的。”

“对，比方说口香糖，嚼没味儿了就噗地一口吐了。”

狄双羽沉默。

吴云葭很懂得她这种沉默绝非妥协：“你想跟他认真，你做好一辈子钩心斗角的准备了吗？你想过吗，他这人有第一次就能有第二次，即使他娶了你，条件也得是你睁只眼闭只眼，由着他去玩。”

“那我宁可他结婚来玩我。”

“放屁。你是天生下贱还是怎么着！”

狄双羽继续沉默。吴云葭看看身边被吵醒的女儿，揉揉她头发，缓和下自己的情绪："你爱怎么折腾就怎么折腾吧，反正该吃的都让人吃光了。"

关允一觉睡至晌午，醒来不见狄双羽，推门出去，看见她坐在客厅一堆杂物里，正在翻看一本杂志——有她专栏的杂志。除了她所处的那堆凌乱之外，其余摆设一丝不苟，从桌几柜台到边隅角落，整齐得刺眼。

从赵珂走后到现在足有半年，他都快忘了这房间本貌如何。

"醒啦？"她不动声色地将杂志插进小书架里。

他重新打量了一遍屋子，选择到她对面盘膝坐下："女人心情好真是什么事都干得出来。"

狄双羽趾高气扬："你一会儿带我去看雪。"

"好。"他乖乖应下，扬着笑脸，"还有什么？"

狄双羽伸出食指在面前一堆准备扔掉的物品上方画圈："看看哪些是不能扔的？你需要保留的记忆什么的。"

关允的笑脸有一丝不易察觉的僵硬："哪有那种东西？"

没有错过他快速扫视周边杂物的小动作，狄双羽伸了个懒腰站起来："我去洗个澡，出来看到不顺眼的东西一律烧掉。"

那一场雪过后，北京气温骤降了十几度，出现四十年以来最低温。怕冷的狄双羽反倒特别高兴，天气冷，那场让她欢喜的雪就一直不融化。虽然这种恶劣的路况已经让她连续迟到三天，还浸坏了那双她最宝贵的雪地靴。晚上将靴子精心清理了一番，放在暖气下烘干。关允替她叫累："烤得都变颜色了，明天直接送到鞋店去吧。"

狄双羽不听："那我穿啥？"

关允看她一眼："你穿几码的，我找人去帮你买，明天晚上就拿回来。"

她想也不想地拒绝："我不要，我要自己去挑。"

"呵呵，随便你啊。"他对这固执的孩子没辙，换个姿势继续看电视。

狄双羽洗干净手，朝他脸上掸掸水："男女之间不能送鞋子，你没常识啊？"

关允愣了下："有什么讲究？"

狄双羽咧嘴笑笑："我会走远的。"

关允似乎饶有兴趣："我给你买鞋，你穿上就离开我了？"

她耸肩："大概吧。"表示自己也仅是道听途说，经不起细节考问。想起打扫房间时扔掉的那一堆鞋盒，"后悔送赵珂那么多鞋了吧？"

关允见她两眼尽是嘲笑并无恼怒，遂放心地敛了尴尬："她是特别喜欢买鞋，尤其是那种大高跟的，穿上去直奔一米八，看着比我还高。"

狄双羽不屑道："是你矮。"

关允双腿交叠，摆了个万分优雅的 POSE："男人的高矮不如长短重要，懂吗作家？"

狄双羽嫌恶地踹他一脚："把我手机递过来。"

提示音是水月发来的短信：妞儿，借你背影一用拍组照片呗。

狄双羽受侮辱了，打电话过去骂她："上次是侧脸，这次是背影，我正面就那么见不得人。"

"读者喜欢要些意识流的东西啊，你有什么办法？"

"求正面无水印上镜，封面不行的话，内跨也可以。"

"有点难度，我们杂志还没登过跨版的寻人启事。"

"你又不急收稿了月月小朋友……"

"哈哈，话说你最近又不交稿，还在忙啥啊，找你也不出来。"

"打卡上班啊，各种忙，偶尔闲下来，还要找男人调剂调剂。"手指在关允下巴上勾勾，给他抛了个媚眼。

关允斜瞥着她，不做反抗。电话里水月一声长叹，音调开始走鬼畜路线："你都不联系我，不知道人家最近多烦恼的。要死了。"

狄双羽抚着鸡皮疙瘩："继续吹。"

水月清清嗓子："我们摄影组呢，前阵子去美国采景，就随便给我带回来一双 UGG……阿拉就想呢，礼物要送给应得之人，哪个勤奋又积极还能在写稿之余从事别的作业，比方说客串个模特啊，小女仆啊……霜雨老师你说这样子的想法正确伐啦？"

她这番话用京港沪混腔儿说得冗长拖拉，语速奇慢。狄双羽从躺变坐，到站起来跳脚，终于等到她讲完："小女仆免谈，拍照时间地点短信我，我把地址告诉你，鞋明天就快递来。"

"我不相信你，我们还是拍照当天见吧。"

"唔，我现在就去你家取一趟好了。"狄双羽说做就做，挂了电话就准备出门。

关允莫名其妙地看着她。

狄双羽穿上外套又飞奔回来："在下要务在身，可否借将军良驹一用？"

关允根本没听明白这是哪国语言，直到看她蹦蹦跶跶摘下了门口鞋柜上的车钥匙，才惊觉她是想大半夜的开车出去。"你打车吧，路这么滑。"追到门口妄图阻止她，"双羽？"叫不住，他摇摇头，回房间看电视去了。

"容总，老关的车。"

"并他。"

"得令。"

听不到后车密谋的狄双羽，自后视镜里看见远光灯骤闪，没等反应，就发现一辆车斜朝着自己并切过来。她这是刚从关允家小区拐出来没多远，才到瑞驰办公楼下的马路，路面是对开的双排线，车不多，她开得也不快，但后面这车超得有些作损了。"喝了多少酒啊？"狄双羽不跟他争，点着刹车让出，心里祈祷可千万不要再给关允的车造成什么创伤了。

好不容易稳住车子给出超车位，结果那车也慢了下来，不超过，也不让她，骑着线跟她并排，明摆了欺负人。狄双羽怒了，车厢里扫了一眼，随手抓起个香熏盒，落下窗子朝那辆车玻璃砸去。那车明显地一顿，被甩了下去。

狄双羽大笑："活人惯的！"盯着反光镜的眼睛一跳，怎么觉得那车型好眼熟？视及前方不远处的瑞驰，想起来了，那车她坐过多次，还开过几回——是容昱的车。直觉地打轮回转，但是这么晚了，她坐在关允的车里，要同他说些什么呢？

几个思绪转过，果断地回到原来方向上，脚踩油门去取她的新靴子了。

旭华将车停在路旁，跳下去看另一侧门玻璃，一边听着老板咒骂，苦笑连连。"没事，就几个小白点。可能把膜磕坏了。"

"这小子疯了！"容昱偷鸡不成蚀把米，一时恼羞成怒，拿出手机就要找关允算账。

"别，老大，不是关允。"旭华连忙阻止，容昱坐在后排没看清，他这 2.0 的眼睛瞧得可真切呢，"是……个女的。"

容昱挑眉："赵珂？"

旭华说："好像是双羽。"看得越清楚，他反倒越不敢确认。

容昱眯起眼，思索半晌放下手机："玻璃没碎？"

旭华打哈哈："哪那么容易碎，不过这姐们儿手法太彪悍……"

“没碎就走吧，那么多废话！”

“啊……好舒服……”

“够了没？”

“好温柔啊……太棒了……”

关允挥开她：“你什么时候在床上能叫出这么多花样来？”

“你看啊。”狄双羽不死心地又凑过去，脱下一只鞋来让他欣赏靴口里的羊毛，“特别厚实，好软好温暖！”

“浪的。”关允哭笑不得，“三更半夜跑出去，就为了取这么一双小毛靴子。”

“嗯。”她点点头，将两只靴子都举起来，“我很丑，但是我很温柔哦。”

“够了吧，”他再次警告，“你叫得我都硬了。”

“讨厌！”她用两只大鞋底挡住整张脸。

关允闷笑：“我发现你和编辑打完电话，说话就特别嗲。”

狄双羽一怔，想了想还真是这样。水月那家伙是个动漫迷，御姐萝莉女王人妻各种声役全能，每次跟她对话超过两分钟，狄双羽就控制不了自己的语音语调。

“收拾收拾睡觉，我明儿要起早去杭州。”

“哦，去几天？”瑞驰超过 80% 的业务在外地，狄双羽在瑞驰的时候关允就经常出差，每个礼拜都得个三四天，有时连着个把月都不回北京，后来容昱规定他每周至少有一天回公司开例会处理常务，狄双羽这才每周都能见着关允一面。

“晚上就回来。”

狄双羽欢呼：“太好了，还可以在这儿住。”他家离她公司比较近。

他好笑道：“我不回来你也可以住这儿啊。”

狄双羽搓着两只鞋底：“人家是想拥着你入眠……”

他忍无可忍地踢她一脚：“赶紧把你那鞋摘下来，再焐出痱子。”

她恋恋不舍地放下靴子，将旧鞋装好准备送去鞋店。“对了，我刚把老容的车给砸了。”

关允手一抖，打火机差点燎着头发，瞪大眼睛望着她：“你干吗了？”

狄双羽将路上的遭遇讲了一通，省略了最后没掉头回去的原因，只说：“不管，华子先挑事的。我就假装不认识那车，改天问起来你就说车借朋友开了。”

“你当华子眼睛喘气的啊。”

“大不了哪天找老容吃个饭。”她乐观地说，“反正他前几天刚请过我，我也没赔着。”

“老容请你吃饭干什么？”

“谢我给公司内刊写稿子。”狄双羽挺烦他提到容昱时那个似笑非笑的表情，翻个白眼去洗漱了。

关允跟过来：“我记得之前约你出来的时候，见着老容跟他说了，‘十一和双羽喝酒’，问他来不来。他特意嘱咐我：‘你不要动狄双羽。’”

“就可想而知你关允什么人品，约个女人出来，老板都跟着提心吊胆的。”

“得了吧，是你他才提心吊胆，我搞别人他才不管。他也是中文系的，最喜欢你这种才女了。”

“老容不是学法律的吗？”而且她也不是学中文的，哪那么些理所当然？

“本科是中文，我们一个学校的还不知道吗？”

“他比你大好几届吧？”

“谁说的？我们俩同级的，他就比我大半岁，长得老。”

“人家比你高。”

“我都说了，高矮这个参数对男人来说不重要。”

狄双羽讪笑：“你就知道人家另一个参数不如你？”

“三十四五了不结婚，女朋友也没见交过几个，每个在他身边都待不了几天。”

“这都证明不了你说的参数问题。”

“要不然，派你去考察下？”

狄双羽看他一眼，冷笑道：“还是你们俩脱光了拿格尺量吧。”

3

他总是喜欢背对着我睡，我想他是喜欢右侧睡？于是我到左边去，他仍然给我一个背。

我要的不多，他恰好可以给，这个人皱纹多，所以也比我道行深，怎么就感觉不到我要的感情呢？有时看着他，就会很尴尬，并不想做爱，可是，我找不到一个办法告诉你我爱你。

今天留下，洗了他的衣服，收拾了他的浴室，我自己也感觉不得体。

他并没说什么，坐在电脑前认真地改报告，假装不知道我忙忙碌碌做什么。我……真的把自己放到了一个卑微的位置。这不应该。

他总是用背对着我，看不到我的眷恋。每次在他睡着之后，偷偷把掌心和脸贴在他背上，这时候就很想哭，不知道为什么觉得自己有点可怜。

这不是我要的。

2012 年 11 月 8 日

狄双羽是被摸醒的。

她今天要去看项目，难得不用到公司打卡可以睡个懒觉，居然被这家伙生生给搅和了。眯着眼睛，感觉一根手指轻撩若羽，从她左胸下滑至小腹，再上搔至右胸，一个圆接一圆地画。她终于耐不住痒痒，扭过脸看他："你不赶飞机吗？"

他侧躺着，以肘支床，巴掌托着脸颊，两目含怨："我不想去了。"

"怎么了？"狄双羽讶然。

他说："累。"

"刚睡醒就喊累，真够娇贵的。"伸个懒腰，拍拍他，"趴过去我帮你敲敲。"

他依言翻身趴在枕头上。狄双羽跨坐在他腰间，双手在他肩颈间揉捏。长期坐在电脑前落下的顽疾，单靠睡觉根本休息不过来。狄双羽自己是严重的颈椎炎，定期会去做推拿，三折肱成医，久之也学会了几招缓解肩颈疼痛的手法。"晚上回来得早跟我去做头发啊，你鬓角白了一片了。"

关允叹道："小姐的身子丫鬟的命。"

"您这还叫丫鬟命？"

"什么时候才能财务自由啊？"

"现在有人管着你的钱不让花吗？"

"现在要每天上班才有钱花啊，双羽。"

"不是挺好的吗？有钱花还有事做。"

"我希望什么都不用做还有钱花。"

"任性会长不大噢，关允小朋友。"

他笑了笑，摸摸她的大腿："晚上我要是回来晚的话，你就一个人先睡，把门锁好，我回来了会打你电话。"

关允家楼下那个咖啡茶座是近一个月来狄双羽最常光顾的场所，关允上工时间不固定，下班也没个准点，一些商务饭局也都放在晚上。狄双羽常在这儿等他回家。他也说如果她到得早，可以到他公司取钥匙先回家。可是对狄双羽而言，那个关允和赵珂一起生活过的房间，她独处的话，会想起赵珂那张挺好看的脸，比鬼还可怕，倒不如在这家小店自在。

茶座建在两条路的交叉口，关允回家必须要经过这里，有时会直接进来找她，而更多时候，他一出现在路上，狄双羽已经在二楼窗口看到他，便立刻装好电脑飞奔下楼，迎着他走过去，然后说："咦，这么巧！"她会开怀大笑，就像真在路上偶遇了他。关允走路不抬头，用狄双羽的话说是"如哲人一般垂首沉思这宇宙苍生"，她便对这街头邂逅的游戏乐此不疲。

店里的几个服务员都混熟悉了，她一进门，就有人抱歉地说："楼上满了，今天坐楼下吧，也是靠窗的。"狄双羽又不是每天都来，人家没理由留座，她不会计较，但会趁机勒索，于是今天的咖啡就有两块小饼干可做配餐。

"给你吃粗粮燕麦球吧，师傅刚做出来的。"

狄双羽捏着那丑兮兮的小球问："你说实话是不是因为这个便宜？"

服务员哭笑不得："下次自己花钱就知道什么价了。"

狄双羽继续逗她："那咖啡里给我多放五毛钱糖。"

"已经很甜了，你不怕长胖吗？"

听到这话，狄双羽想起了赵珂。据说为了漂亮的细腰，赵珂可以一月只吃几餐主食，咖啡更是从来不加奶和糖。以前上班的时候，每次看到她用一包薯片做午餐，狄双羽就为自己旺盛的食欲感到自卑。以至于跟关允在一起，竟然下意识地开始节食。有些事坐下来静静想，会觉得像梦一样迅速而不可思议。她生日那天，北京城飘起罕见大雪，10 月 31 日，刚好是和关允开始满 30 天的日子。

易小峰来电话的时候，她正跪在公园的小花坛上堆一个雪人，小峰说小小你要照顾好自己。挂了电话狄双羽将雪人的照片发给他："小峰，我觉得很幸福。"

那一天之于她有多么特殊，关允难以体会，狄双羽想，那天能够让他记住的，大概就是自己把他的房间从垃圾场里拯救出来这件事吧。她说是拯救，对他来说，是否为割舍，还很难判定。

这些天狄双羽会反复地后悔，或者真的不应该帮他收拾那屋子，她没有权利要求他丢掉什么。但是因为是她丢掉的，所以他也不好说什么，或许无关善良，但那确实是个懂点怜香惜玉的家伙。

葭子某天对她说：小小，你要为自己打算。她问狄双羽，你们算不算是男女朋友呢？

狄双羽说：你都这么问了，所以说不算吧。

葭子的意思是她应该有个确切名分，换做以前她肯定不屑一顾。所谓名分有意义吗？两个人的亲密要靠这个得以维系，会长久吗？倚赖一个女朋友的称呼被肯定，不悲哀吗？女朋友？妻子又怎么样？

可是，最近在面对关允的时候，这个问题总是呼之欲出，很想问一句：我是你女朋友吗？她这么胡思乱想着，没开电脑，两只眼睛也就没有固定注意目标，吧台窗外门口哪有热闹往哪看，所以容昱来的时候，狄双羽几乎是第一时间就看见他了。正犹豫要不要打招呼的几秒钟，已经失去了控制权。

在关允的车子里见过她，再在关允家楼下看到她，容昱已经不那么意外了。让同伴先去寻座，他则径直走到狄双羽对面，问也不问地坐下。

狄双羽摆手："嗨。"脑子里已经在想，他问起砸车的事要怎么回答。

容昱抬手点了点唇角。

狄双羽摸到自己脸上相同的位置，指尖沾到奶油，吐了吐舌头。

"这么晚了还喝咖啡。"

"好喝。"她词穷地说。

"等人吗？"

"嗯。"

"等我吗？"他问，双腿交叠靠在椅背上，一副要跟她长谈的架势。

狄双羽可慌了，瞪大眼睛却作好奇状，探头看看与他同来的那人，积极地向他汇报："他进包厢了。"

容昱头也不回地说："我知道，我订的。"

"哦。"马屁没拍着，开始顾左右而言他，"华子……咳，没跟你来吗？"自作孽啊，为什么要提起他的司机？

容昱看她的眼光里多了些讥诮，表情还是笑，但笑得嘴角往下撇，老谋深算的样子。

狄双羽放弃挣扎："呃，那天，一开始我没看见是您的车。"

"后来发现是，就逃逸了。"他按她的行为补全后半句。

狄双羽心说我这顶多叫正当防卫："旭华那小子绝对没安好心，有那么干的吗？他超车还是超人啊？"

出人意料地，容昱似乎并不打算深究这事，只是看了看手表，问她："还要等很久吗？"

狄双羽解释道："没有，我就是过来喝个咖啡，晚上赶稿子怕困。"

容昱向后比了比包厢的位置，"普通客户，可能会打几局牌。你闲的话来凑个手吧，我就不叫别人了。"

狄双羽婉拒："我要回去写稿子……"

他明显感觉这理由敷衍："一个月那么一篇豆腐块。"

狄双羽很不高兴自己的写作效率被责编以外的人攻击："我手上有一个长篇。"

容昱不想再听了，起身说道："喝完直接走吧，我给你结。"

狄双羽说："我有卡。"

容昱问："你就不能跟我说一个'好'吗？"

狄双羽无辜地望着他："好吧，我有卡。"

容昱转身就走。

狄双羽捂着嘴乐得要死，一口气喝掉半杯浓咖啡，对吧台比个划卡动作，起身离开。出门前向容昱的包厢看了一眼，发现他站在门口跟一个服务员说话，服务员回头指了指她刚才坐的位置。狄双羽下意识地往门外闪去。

冷风中站了一会儿，围巾被手指绞得千折百褶，她又返回店里，容昱已经不在大厅了。叫过与他对话的小姑娘，狄双羽问："刚才坐我对面的那人……"

服务员说："容先生也是我们会员。"

狄双羽点点头："他刚才跟你说我什么？"

服务员忽然诡秘一笑："只是点餐。"

狄双羽挑眉："点餐要出来点？是给屋里那人下毒了吗？"

"当然没有。"服务员笑出了声，推着她直撒娇，"哎呀你别问了，我什么也不能说。"

论吓唬人的道行，容昱占上风，服务员肯定怕他多过自己，他要是做过封口嘱咐，这小姑娘是万不敢告诉她了。狄双羽不再徒劳地为难人，从吧台上顺了片口香糖，嚼着出门了。

算时间关允也快落地了，给他发条短信：打上车没？

关允回复：我早上把车开到机场了。

狄双羽想想，当天往返的话开车去是比较方便。

很快他又发来一条：可是我还没飞啊，把你的双羽借我吧。

关允说杭州那边大雨，好多航班都在排队，他们那班还没给到起飞时间。狄双羽彻底崩溃了："那我回家住吧。"

夜里两点，狄双羽手机响了，关允说："开门。"

狄双羽应了声"哦"，开灯下床，把人放进屋才想起来，这是她自己家啊。

他把车钥匙扔在餐桌上，活动着脖子呻吟："困死了，要不是实在打不着车说什么也不自己开回来。"

狄双羽接了杯水给他："那幸好我回来了，要是开到你家，搞不好又睡着了肇事。"她家离机场比较近。

关允瞪她："别咒我，这车再出事保险公司都不给理赔了。"

一天两次高空飞行，他是真累到极限了，胡乱洗了把脸倒头就睡。狄双羽把他的西服挂到阳台："外面又下雪了吗，你衣服怎么有点湿？"

"挺大的。"她楼下没有停车位，他车子停得较远，走过来沾了些雪花，"别弄了，明天我回家换。"

她没听他的，一一扯平了细小褶皱才钻进被子，脚不小心碰到他。

"这么凉。"他皱眉。

狄双羽蜷起腿："我不冷，为什么脚冰凉呢？"

他把双腿伸过来夹住她的脚供暖："你呀，就是缺个人……"

这么说，她的爱情，真的就只是一种孤单？她仰头看他："喜欢一个人会习惯吗？"

他理所当然地说："会啊，喜欢就是一种习惯。"

早起提醒关允今天要接宝宝放学。"周一就答应去看人家，拖到现在，什么爹啊。"

"不是忙么，我也想回去看她啊，说得我更内疚了。"

"你要是因为内疚才回去看她，那还是算了，我要是关宝宝会觉得很悲哀的。"

他笑得有些尴尬："嚯，话说真够冲的。"

"我就是这么冲的人啊，你不是第一天认识我。"

"怎么了，我没得罪你吧？"

狄双羽说："我路见不平而已。"

关允挺莫名其妙的，也有点火了："什么路见不平？什么情况啊，没事儿吧你？"

狄双羽摔上门离开。

晚上到公司接她的时候，关允带了她喜欢的提拉米苏。

狄双羽吃着甜点，歪头看他："你剪头发了？"

他摸摸后脑："唔，去早了，还没放学，就在幼儿园门口理了个发。"

狄双羽注意到了，他没提宝宝两个字。想了一下，又问："去哪玩了？"

关允说："就吃了个饭。"

他在故意压缩这个话题？狄双羽低头看看被自己吃掉一半的小蛋糕，明白了。他以为他去看孩子惹得她闹情绪，就像赵珂一样。所以这个玩意儿，是他用来缓和关系的工具。

狄双羽噗地就笑了出来，拿着蛋糕再不往嘴里送。

关允不明所以，但是表情却也没那么紧绷了："风一阵雨一阵的。"

吃这个蛋糕，是狄双羽示好的方式没错，但绝不是他想的那样，两边各给些甜头就妥了。而是经过数小时心态调整，她意识到之前发那股火对关允来说太邪了。

毕竟，他根本不会相信狄双羽真正发火的理由，是因为同情宝宝。

让她怒的是宝宝有这样一对父母，利用孩子来满足自己的私欲。关允去看宝宝是为了不让自己内疚，孙莉呢，反反复复只会用孩子来博取前夫注意。

几乎每隔几天，孙莉就会发短信给关允：

苏苏得了个小奖状，非要让你在上面签名，抽空回来帮她弄下。

苏苏现在已经疏远你了，我在努力教育她不要这样，因为爸爸在孩子成长中的地位无人可替代。

我很累，苏苏这两天一直吵着要见你，公司还有很多事要我处理，我真的不想管她了，你把她接走吧。

她太无理取闹了，你不能这么纵容她，她会觉得哭一通就能见到爸爸，以后会常常这样的。

这周又不来了吗？苏苏一直在问爸爸为什么那么忙。

……

苏苏是孙莉对女儿的昵称，关允向来只肯朝她叫宝宝。宝宝学名叫关苏豫，关允取的，他是江苏人，孙莉是河南人。

狄双羽虽然也认为关允老是放宝宝鸽子很不好，也承认小孩成长中，父亲的角色无可替代，但孙莉这样赤裸裸地利用女儿，让狄双羽为之不齿。同样是单亲妈妈，葭子对小云云的教育方式可不是这样，她会很温柔地将真相告诉女儿，并且纵使心里再气，对小云云提起姜文超的时候，从不说他一句坏话。狄双羽开始懂得父母分开的概念时，也就像小云云和宝宝现在这般大。宝宝却完全不知道父母的事,关允和孙莉都瞒着她,分明是怕被记恨,还口口声声是为了宝宝健康成长。

每个人成长过程中都要遭遇这样那样的谎言，要承受这些谎言带来的伤害，但哪种伤害会大过至亲给予？关允说他绝对不会和孙莉复婚，那么孩子总有一天会知道真相。

狄双羽对宝宝打心眼里可怜，为什么有这样没担当的父母？也可能他们真的就觉得自己这样做对宝宝是最好的，父母永远会从自己的角度，来给孩子一个自以为正确的安排。所以狄双羽这番话，只跟吴云葭说过，从没对关允提起。

当然，她看关允短信的事，关允也不知道。

狄双羽也没想过自己有一天会养成偷看男人手机的恶习，但她控制不了自己的好奇心，或者说是猜疑。关允有时避开她讲电话的行为，让她直觉有事。因为直觉屡屡忠于自己，所以让人更加依赖。

一次关允从阳台讲完电话回来，坐在沙发上发了一通短信，表情烦躁，扔下手机去洗澡了。狄双羽看到最近通话记录：赵小妹。

在自己手机上拨了下这个号码，拨出，又快速挂断，显示是赵珂。

收件箱是空的，但是发件箱里有三条，都是给赵珂的。

“你觉得这种逞强有意义吗？”

“她也是着急用钱，这有什么大不了？”

“如果楚楚真的出事了，我会对女人彻底失去信心。”

楚楚又是谁呢？她出事，为什么会怪到赵珂头上去？

关键角色不清楚，猜不到完整情节，也不知道这三条短信是否在围绕一个话题进行。重点是：关允和赵珂，并非他所说的那样，再无联系。

4

我的好奇心总是让我受伤，一条条不该我看的短信，暴露了他与孙莉的频繁往来；收拾书架翻出他和赵珂写给彼此的手记，记满了眷念与抱怨。

非常漂亮的记事本，封面上简单的一行字：我最喜欢的 2012 年。无可复制的时光与记忆，那是在我之前发生的事。我不伤心，却嫉妒。

孙莉为他生了一个宝宝，那是他一生的珍宝至爱，所以他给她责任。

赵珂背着骂名和不认可跟了他两年，所以他给她爱，给她恨，给她刻骨铭心。

我不觊觎，所以关允你不必对我说抱歉。

你问我喜欢你什么，我都自负地想，是否我对你太好，以至你到了惶恐的地步。

我喜欢你对赵珂的爱，无论你能否理解。

我的矛盾就在此。

若你不能忘了她，我又算作什么？

若你马上忘了她，我又爱你什么？

所以别说给予，因我还不知自己要什么。

2012 年 11 月 12 日

听完了狄双羽平静的叙述，吴云葭问："说实话，小小，偷看他短信，你有羞愧感吗？"

狄双羽想了想："开始有。其实我看了比不看闹心，每次都想，这是最后一次，我以后再也不看了。可是每次他手机一落单，我还是忍不住想看。后来我甚至都有点理所当然了，觉得他摆在那儿就是让我看的。"

吴云葭叹口气："如果这场恋爱把你变成一个苟且的人，就趁早结束它吧。"

趴在茶几前玩拼图的小云云被新鲜词吸引了："什么是狗茄？"

"不够光明正大的、见不得人的行为。"吴云葭瞥着狄双羽，直接拿这现成的例子给女儿做名词解释，"比方说偷看别人短信这种行为。"

五岁的小女孩理解不了："为什么要偷看？你直接跟他说'短信让我看一下'，不行吗？"

吴云葭也说："你为什么要偷看呢？总要有个目的吧？或者你敢把它拿出来同关允对质，或者你获取一些信息准备密谋什么。我看你现在就自己气自己来着。"

狄双羽摇摇头："你不也说过我么，典型的有报复心没报复能力的人……可能只是寻求一种自我保护吧。"提前知道坏消息，或许并不能改变坏消息本身，但起码在这消息公布出来的时候，她可以不至于惊慌失措，不至于那么沮丧——因为都已经沮丧过了。

"不想被动地等着男人把第三者带到你面前？"

“谁是第三者啊？我觉得我才是第三者。你说我提起孙莉，怎么就那么亏得慌啊，就完完全全一个偷人家汉子的……反正就是不能理直气壮。多可笑啊，我和一个单身男人谈恋爱，结果变成了第三者。”

吴云葭拍拍脑门：“你疯了，小小，你被这个男人折磨疯了，快了。”

“现在再加上个藕断丝连的赵珂，我简直就快连小三儿都排不上，算什么啊，小四儿？见过我这号的吗？”

“你要不休个假吧，躲开他一阵。去易小峰那儿散散心怎么样？这会儿那边正春暖花开呢，干脆咱们一起去吧。”

狄双羽瞪那成心起哄的女人：“我是散心了，小峰可闹心死了。纯属瞎出主意。”

“所以说啊，你不缺人爱，怎么就非得在那个离异有孩儿的身上找自信呢？”

“想当万人迷呗。”万人迷若迷不倒自己迷恋的那个，也就徒有虚名了。

“没见过大礼拜耗在家里拼图的万人迷，孩子王还差不多。”

狄双羽说：“数九寒天的，有什么比暖炉热茶更有魅力的呢。”

偏就是这种恶劣天气，债主水月找上门来。

狄双羽头天晚上在小云云房间睡的，早上也没捞着睡懒觉，孩子醒了就很乖地自己给自己讲故事，一直把狄双羽嘟囔醒。

水月电话也打进来，“亲，靴靴穿得合脚吗？别忘了要给好评哦。”

狄双羽听着窗外呼号的风声：“一定得今天评吗？”

水月兴致勃勃：“今天风大，能见度高，最适合拍照……不过我们还没找好外景地。”

说到外景地，狄双羽倒是想起一个好地方。

数十天不见，向阳的小庄园已出落成另一番模样了，冬季落满了雪的鱼塘丧失原有功能性，但别有韵味。狄双羽她们来的当天，正赶上向老爷子也在，冰面上刨个窟窿下了把钩，蹂着脚站在塘边剥烤地瓜吃。

狄双羽啧啧两声：“这还有鱼敢咬钩吗？”

向阳低声道：“压根儿就没鱼。前阵子一看要变天，我就下了几网，肥的全捞上来了，剩下的估计都是比网眼细的货。”

说得就跟不是自己家的似的，狄双羽无语地看着他。

向阳乐滋滋道：“他钓着玩吧，这两天腰椎不大舒服，大夫让适当增加运动，这不，跑我这儿遛狗来了。”

水月见了陌生人格外亲切，攀谈了两句，不打草稿地谎称是来帮庄园做软性宣传的，从老爷子手上分到半块热腾腾的地瓜跑开了。老爷子不懂软硬，听闻“宣传”二字，不太情愿地递给向阳一个介乎于赞赏和意外之间的眼神：“你小子还办出了点正事儿。”

向阳大言不惭地接道：“那是。”

得知狄双羽也是瑞驰出来的人，向老爷子问：“小昱还成天那么牛烘烘的？”

狄双羽顺嘴就答：“啊，还那样。”扭脸问向阳，“小玉是谁呀？”

向阳撇着嘴，“老容。”

“哦。”狄双羽了然，有代沟，“容总没来过你这儿钓鱼么？”

向阳说：“你开玩笑吧，他怎么可能钓鱼，他炸鱼还差不多。”

狄双羽爆笑，她能想象容昱拿着雷管站在塘子边兴高采烈的样子，超级恰当。

向阳说：“狄姐，我觉得你还是笑好看。”

连玩带闹在户外疯了一天，狄双羽晚上到家就流清鼻涕了，围着被子坐在电脑前看今天的工作成果。

关允来电话说要去西直门那边唱歌：“你来开开嗓啊麦霸？”

狄双羽奇怪道：“你不是礼拜一才回来吗？”

“改签嘛，正好客户要来北京。”

“你什么时候到的？”

“刚落地啊。”

狄双羽轻哧：“飞机上还有酒局怎么着？”听他乱乱儿的发音就知喝了不少。

“快点过来，你不在木头他们都唱不起来。”

“我不去，感冒了。”

“啊？这么不给面子……”

“我真感冒了，头疼得要死。”

“出来喝点酒就好了。”

“滚吧，你也少喝点！”生气地挂了电话，莫名其妙又伤感起来。

想到第二天还要去甲方那儿修改方案，狄双羽翻出两片感冒药就水吞了，正准备躺下，手机响了，穆权问：“双羽你在几单元啊？允哥让我来接你。”

狄双羽头大如斗。

可容纳十几人的大包厢里仅坐了五个人,茶几上满是啤酒瓶、红酒瓶、洋酒瓶。一个四十来岁的陌生男人正在唱歌，怀里坐了个姑娘，身上那件艳丽的吊带裙绝对不是这时令能穿得出门的。还有个穿着打扮类似的女孩子，坐在茶几前，极有耐心地把一干瓶子摆放整齐,码得跟三军仪仗队似的。关允坐在最靠里的沙发上，他旁边的女人狄双羽认识，是穆权的女朋友，拎着一花里胡哨的LV，一起吃过饭，隐约记得是姓吕。正跟关允两人头挨头不知说什么，她有抬手拭眼角的动作，似乎在擦泪。

唱歌的男人挨着门口，最先注意到穆权和狄双羽进来，拿着麦克粗声粗气地说:“穆总少喝了两轮，赶紧补上。咦？又来了位美女，欢迎欢迎。”其他人也都望向门口。小吕看了穆权一眼马上就将脸扭向一边，身子也往里挪了挪，几乎是背对着他。

关允笑眯眯地朝狄双羽招手，狄双羽按捺着火气，坐到他身边。关允说:“小吕生气了，木头要调到外地去，没跟她商量。”

狄双羽冷笑:“跟她商量完就能不走了啊？”她不喜欢小吕，不仅因为个性，还因为身份。如果是正经女朋友还好，但穆权是有老婆的人。

常听人说，看一个男人好坏，要看他身边的朋友，关允就是和这样一伙人成天泡在一起，不知是谁先开的头，反正没见几个对媳妇儿忠心耿耿的。穆权他老婆也和大伙一起吃过饭，是位老师，谈吐机灵，眉宇间有些凌厉。某一天这厮又光明正大挎着个情儿出来，狄双羽都佩服自己当场居然没表现出任何吃惊与好奇，事后也没向关允打听这些烂事。还是关允告诉她的，穆权和小吕在朋友的婚礼上认识的，这女的很有手段，一开始就知道穆权已婚，还是缠得死死的。

散场时基本上所有人都喝了个神志不清，狄双羽是一口没喝，谁的面子都不给。门口那中年男人整晚把着麦克不放，临出门前问坐在自己大腿上的女郎:“你出台吗？”又问另一个，“你呢？”

关允跌跌撞撞走过去拍着他肩膀说:“金老板吃得消哇！”

金老板摆了下手:“夜宵不吃了！回见。”一手勾着一个女郎去度春宵了。

关允见风吐了一通，人好像清明一些，不再碎碎念叨些狄双羽听不懂的话，站在她身边等出租车。都说人醉脑不醉心，这话一点没错。关允走路都踉跄了，但愣是没敢挑战狄双羽的脾气。两人几乎一路无语，到小区楼下的时候，他被路边的烧烤小摊吸引，可怜兮兮望着她："你饿不饿？"

很吵的环境里，狄双羽都听见了他肚子的咕噜声。

几串羊肉串到家楼下就吃光了，他扔掉扦子，试探地揉揉胃："好像没饱。"

狄双羽说："它们还在食道里没下去。"

进了门，他鞋也不换冲进卧室，被狄双羽拉住了扒光衣服揪到浴室里。花洒一开也没管热水上没上来就往他身上冲，凉得他直闪，很快就老实了。

狄双羽往他头上打了洗发水，他乖乖低着头，眼睛却时不时睁开看她，狄双羽冷脸喝道："闭上！进眼睛里去了。"

他忽然问："你喜欢我，你喜欢我什么？"

狄双羽以为自己听错了，关了水阀："什么？"

"是啊，喜欢什么？"他湿漉漉倒在床上，昏然欲睡，"喜欢我什么呀？"他喃喃着，"……嗯，双羽？我什么也给不了你……"

狄双羽深吸口气，再缓缓吐出，眼泪还是唰地一下就出来了。蹲在地上，盯着他牲畜无害的睡脸："关允，你就不能喜欢我吗？"

他眨着眼："你知道吗，我有时候怀疑你是间谍。"

对于狄双羽的心情，关允大多时候是感受迟钝的，他不会明白这姑娘为何忽喜忽忧，也不明白为什么她主动提醒自己回去看宝宝，反过来又因为这件事生气。他认为问题出在两人年龄的差距上，觉得两人之间有代沟。狄双羽则怪他不够用心，从来没有认真思索过两人的关系。也说不定他把这种思索当成浪费时间，不值得为之。

关允很无奈地说："我发现你真的是一个很不会沟通的人。"

早上醒来，关允意外发现早该去上班的人居然还躺在自己身边，试着唤醒她："你还不起床吗？ 9点多了。"

狄双羽眼也不睁地应道："嗯。"

关允困惑了一下，没再多问，合上眼重新准备入睡。宿醉余威犹在，他揉着疼痛欲裂的后脑，回想起昨夜一些反常的片段，扭头对她的背影问："你昨天是不是哭了？"

她不作声，沉默得让他不安，伸手轻触她额头。狄双羽身子一震："干什么？"

"感冒了？"是他手凉还是她头热？

"我昨天就感冒了还不是被你弄去喝半宿酒！"

“对不起。”见到怒火他反而放心了，笑着将她抱住，“我还奇怪后来你怎么出现了。”

“不好意思啊，打扰关总了。”

他靠近，下巴搁上她肩颈之间：“还生气啊作家？不是喝多了吗……你是不是在发烧？”

持续高烧让狄双羽整夜难以安睡，一会儿是他暖笑的脸，一会儿是他残酷的眼，忽而二人互拥相爱灵肉合一，忽而又见他与另个女子床上颠倒声色真切……似梦半醒，喜忧交错，分不清虚构还是现实。清晨稍微退热，正想爬起来洗去一身沸汗，又遭他在耳边吵个不停。狄双羽想起了昨夜的对话，疼痛在身，委屈在心，眼泪瞬间打湿了半边枕。

关允探起身，想查看她气色，却见她紧闭着眼，有泪自眼角汩汩滑落。“怎么了？”声音里有明显心疼。

狄双羽哭得更凶。

“是不是我昨天说了什么？”这顿酒醉得厉害，彻底断篇了。

狄双羽抹了一把脸，转过身看着他：“你一直在叫别人的名字……”

他惊呆片刻，似乎就明白了她的泪，摸摸她的头：“傻妞儿，计较她干什么？都是过去的事了。”

她胡乱的哄诈，他不加辩解就承认了，只能说明，事是过去的事，人却并非过去的人。

关允撑起身子抓了根烟点燃：“我说过，我和她不可能了。”靠坐在床头默然半晌，转视狄双羽，神情严肃，“昨天晚上不管说过什么，我希望你不要太介意，毕竟在一起两年多,没办法一下就把她连人带名都忘了。你如果过不了自己这关，我也没办法。”

狄双羽咬咬牙，又问道：“楚楚是谁？”

关允这回是真的有些莫名其妙：“楚楚？我还提到了楚楚？”

狄双羽低吼：“难不成是我提的？”

“……可她就是一普通朋友啊。”

“是你的朋友？还是赵珂的？”

关允目露狐疑：“你到底在哪知道的楚楚？我不可能喝多了叫她的名字。”

狄双羽揉着额角：“随便你要不要说，我也不想听你的这些花花草草。”

“什么花花草草。”关允忽然笑起来，“我都说了什么让你产生这种想法……

楚楚是赵珂的发小儿，结婚好几年了，对她老公特别忠心，我很尊重她的。”

狄双羽心说对老公忠心是天经地义的事，有什么值得尊重的？

关允想了想，又说：“最近是有过联系。”看下狄双羽平静无澜的表情，“之前赵珂跟她借过钱，她现在着急用，赵珂拿不出，楚楚就问我能不能帮周转一下。我觉得总算认识一场，她又不是没偿还能力。赵珂知道就挺生气的，说她朋友是她的事，不用我管。大概就这么回事。我也不知道怎么会喝多了提到楚楚，可能是被刺激到了。她好像特别着急用这笔钱，筹不到的话搞不好会背叛家庭，据说她们老板对她挺有意思的。”

狄双羽想问据谁说的，赵珂吗？忍了一忍，终是没问出口。随口一问，就得到这么多她不愿获悉的信息，不想再追寻什么了。

原来关允所谓的“楚楚出事”是指她出轨这种事。物以类聚不是自然现象吗？你关允的朋友一个个都是养情儿找小三的，赵珂这些好友，对男人的态度又能端正到哪里去？明知赵珂和关允已经分手，还来向关允借钱，体面女人谁做得出这种事。

同样无法理喻的是关允，口口声声说与赵珂再无可能，却连她的朋友都积极照顾，狄双羽找不到相信他的理由。并且对于自己患着重感冒跑过来见他的行为，感到非常恐慌。尽管到目前为止，她并没为他做过什么，只是喜欢和想念，类似于自私的爱。可她仍是怕了，怕了自己的认真，怕有一天终于要问：我是这么地喜欢，为何你不屑一顾？

关允又为她买了提拉米苏。

狄双羽在转角茶座二楼的老位置，戴着眼镜，没有开电脑，也没看杂志，只是望着窗外车来人往，像每一个等他到来的时刻一样，表情愉悦。专注于一件事，时间总是过得飞快，桌上咖啡已经彻底冷了，那片奶油叶子的形状还非常完好。

关允瘦削的身影逐渐清晰。狄双羽看清他手中透明的袋子，印有附近西饼屋的商标，装着棕色的提拉米苏。那家店就在瑞驰正对面的商场里，狄双羽第一次去也是因为等关允，他说马上下楼，她等了十分钟，被身后卖相喜人的点心吸引，忍不住走进闲逛。当时已经七八点钟，货架上点心所剩不多，狄双羽取了最后一块提拉米苏，关允刚好进来，帮她结了账。她剜了一口蛋糕给他吃。他抿嘴强咽，对过于甜腻的食物不予享受，却记住了她这口爱好。每次自己心情大好，更多是她心情不好时，他会带一块提拉米苏哄她。

狄双羽就想告诉他：Tiramis ù（提拉米苏）的意思是“带我走”，而非“对不起”。

这么甜蜜的东西，不该沦为你道歉的工具。

几分钟后手机如期响起，关允问：“你没在家？”

狄双羽说：“在家了啊，下午就回来了。”他有重要会议，睡至中午，就不得不忍着头痛去了公司。她将房间收拾干净，装好自己的衣物用品，包括那根不常用的发簪、写稿要抱在怀里的兔形枕头，以及洗漱间的牙刷，一并带了出来。

“回你自己那儿去了？也不说一声。”

她猜他对着敲了半天不应的房门应该有些恼的，语气却听不出。“抱歉，不知道你这么早就回来了，钥匙我放到转角前台了，麻烦你再下楼取一趟吧。”

他叹道：“又怎么了啊？一整天连短信也没来一条。”

“您也没理我啊。”狄双羽说，“就这样吧。”

“我明天开始出差，要到下月初回来。”

“哦。”

“你很忙吗？”

“不忙。”

“那是不想和我说话？”

“嗯。”

“你是怎么了？”

“感冒。”

“我是说你对我。如果说你现在已经烦我了的话，也可以告诉我。”

狄双羽问：“您在等这天吗？”

他否认：“不是，是你表现出来的，我才这么认为。”

就连分手，也要她来主动承担，狄双羽摇头，很想笑：“好吧，我烦了。”

“我能问下为什么吗？”

“不能。”

“你不说，我都不知道我是否做错了，也不知错在哪里，我只知道我一直在尽量做到让你能开心点，我推掉了许多事，只为给你留出时间。”

“关允，我从来要的都不是你的时间。”

“你要什么？”

“你是不是想听我说‘你没错，你做得很好，只是我已经腻了’，这样你就可以安心结束一段感情，不必对我有任何愧疚？”

“我发现你真的是一个很不会沟通的人。”

“别这样，关总，君子绝交不出怨言，不代表没怨恨，我不说，只不过因为你已经没有资格让我来纠错了。”

他提高音量：“我干什么了让你如此动干戈？”

狄双羽选择沉默，但保持风度没有挂电话。

他也无语半晌，终于妥协：“好吧，尊重你的决定。也谢谢你陪我的这段时间。”

“不客气。那么……再见。”

我认真了，关允，再继续下去，我会想要得更多。

这句话，狄双羽没有说出。连此刻她想要什么都说不出，遑论更多？她不想给他造成错觉，以为她的分手，是强迫他许下承诺的手段。

第三章

——

喜欢就是一种习惯吧!

我不在乎名车代步，环游世界，

在乎的是并肩走时，你牵我的手。

1

如果我说再不爱你了，是赌气还是理智？

收拾房间时扔掉许多，有关她的记忆却扔不掉。

我知时间太短而你用情太深，我知我该等待而我没有信心。

她的东西被清出了这间屋子，但你心里的位置，她所占据的位置，要怎么动摇？

属于她的那一部分我也想占有，呵。

对不起，我介意。

所以，如果能，我将离开。

2012年11月23日

狄双羽没有直接回家，怕关允追过来挽回，她会坚持不住。

更怕他根本不追过来，而她傻待在一个人的屋子里反复想他，翻看那些网上搜来的有关他的报道，后悔自己做品牌的时候没有多为他安排几场，搜来搜去还是容昱的照片多。

还会不自觉地对比自己与赵珂，在他心中的地位。他说赵珂喜欢穿高跟鞋，他不忍心看她穿那么高的鞋子去挤公交车，每天起早开车去送她。他是那么贪眠的人，狄双羽每天上班起床，他明明醒来连眼都不愿睁。那几个大雪天里她打不到车，步行将近2个小时到的公司，回来跟他诉苦，他也没曾说过一句“那明天我送你去”这样客气的话。

怎么比？

他还会怪她不知足，说“我都尽量赶回去陪你吃晚饭，以前很少和赵珂一起吃饭，更别说孙莉，这些年和她吃的饭都数得过来……”他总是用对别人的凉薄烘托对她的温暖。但凉薄就是凉薄，好像那句著名的“我一路哭着走来因为我没有一双鞋，直到有一天我看到有人没有脚”，别人怎样的，我仍没有鞋子可以暖脚不是吗？必定不是所有事都可以靠乐观来解决的。

人要想折磨自己，神佛也挡不住。

狄双羽给吴云葭打电话：“出来吃火锅。”

吴云葭说：“莫非是想拿红油汤底当流泪的借口？你那么能吃辣，火锅是辣不哭你的，要不咱去吃日料吧，多挤点芥末。”

狄双羽哽咽道：“你蹭个饭咋这么多话啊？”

和关允结束的事，狄双羽到最后也没提一嘴，但葭子肯定猜到了，不然不会连威逼带利诱地让自己去她家住。狄双羽受不了：“我还能自杀了不成？你就踏踏实实回家睡觉吧。”

吴云葭问：“你踏实得了吗？”

狄双羽语塞，半晌方道：“困了就踏实了。”

吴云葭只好点头：“别想太多了，一觉的事儿。”

可谁都知道这一觉有多难。

狄双羽坐上出租车就错报了地址，关允家的地址脱口而出那一刻，泪腺像移植过来一般不听话。直到过了瑞驰，才想起要和司机纠正目的地，话又怎么也说不出口。付了车资，站在关允家小区门外，夜风透骨寒，足以把没干的泪珠吹冻成晶，狄双羽吸吸鼻子，转身往相反方向走去。

背后却有车灯蓦地明亮起来，伴着不甚自然的刹车声。

“上车，狄双羽。”

在关允家门外，垂头丧气地捧着一包衣物细软，女人还有比这更狼狈的模样吗？如果能选择，狄双羽宁可此生再不见到关允，也不愿此时遇上容昱。

不幸中的大不幸：只有容昱。

狄双羽之前一直都不太确定他是否会开车，这回算是见识了，开得还挺稳，两手牢牢把在方向盘上，握得那叫一个死。看他过路口因紧张而绷起的表情，狄双羽双手盗汗：“您这是往哪儿去啊……”

“你不要一直说话好不好？”红灯前一个硬刹，容昱恼羞成怒地扭头吼她，“安全带！”

要不是恰好那包衣物挤在座椅和工具箱空隙里，狄双羽肯定就撞上前风挡了。迅速听令系好安全带，不敢再多嘴——虽然她车下车上才说了两句话，加起来还没超过二十个字。不过容昱的刹车技术比他本人来得更有威慑力，她当下被镇住了，不敢反抗。而且没话找话这种事，她本来也不是很擅长，既然他路边揽客上车不是为了陪聊，她正好省事。

不说话的容昱压迫感没那么强，全副注意力都在前方路况和各视角的镜子上，也无暇顾及旁边。狄双羽大大方方看着他，常说相由心生是有道理的，这人面相就不够亲切，望一眼交通灯眉毛也皱得老深，任何一辆超过去的车子都得到他的瞪视。认识他有几个年头了，大多是在替瑞驰做宣传用的照片画册上细看他五官，难得有机会这么近距离接触实物，她却没什么心情欣赏。只是想着这个歹徒要带自己去哪呢？看他一丝不苟的着装，像是去赴什么正式会议，但就像关允也说的，这人在自家卧室都穿西服打领带。再说这都什么时辰了，正经事儿会安排在后半夜？

车子一路向东，路标变陌生了，狄双羽只知道离她家是越来越远，倒无所谓起来，反正她自己都没个目的地。就这么一路开下去也不错，只要他不觉得困扰。

她这副模样出现在这里，容昱却完全不意外。

想来也是，不就一夜情吗，谁会像她这般天昏地暗？狄双羽也觉得自己挺没劲的，特别傻，怎么会爱上一个玩具呢？刚被惊吓堵住的泪腺又蠢蠢欲动。

“你把那包东西扔后边去，”他突然又出节目了，“过了这路口你来开。”下车换位置的时候还忍不住嘟囔，“怎么总是走神……”

狄双羽倒觉得他是太专注了，她一上手就发现那真皮方向盘上全是汗，没好意思挤对他，用手背和袖子简单擦了擦，发动车子才想起问：“怎么走？”

他莫名其妙地瞪着她：“你自己家问我怎么走？！”

搞了半天这哥哥是在送自己回家！狄双羽服了，以前参加活动散场的时候他送她回家十几次，就算是旭华开的车，可总是一起走的，这人什么方向感啊？

容昱观察下她的表情，若有所思地问：“你不回家吗？”刚才看她明明是从关允家出来的方向。

“回，但我还是先送您吧，回头我自己打车走。”

“我不着急。你就开过去好了。”

“别呀，我也不急。”

她是成心逗闷，不想他却把脸一凛：“有完没完了？”

狄双羽冒着被骂的风险直言道："我说实话吧，容总，您刚那两下子，我实在放心不下您一人开回去。"凭他对北京城道路的独特理解能力，不得天亮了还在路上晃着。"华子呢，您怎么亲自开车？"

"腿折了。"他心不在焉地答。

狄双羽大惊失色："啊？！"

他想了想，补充道："踢球崴了，得养上一阵子。"

差点被他讲话方式噎死，狄双羽心落回原地："那您倒是打车啊？"

容昱没说话，一肘抵在车窗上，手撑着额角，眼珠横瞟了她一眼。

估计又要说：我怎么可能打车！狄双羽忙改口："……当我没问。"看他的疲态猜道，"跟客户吃饭才回？"

"唔。"似是而非地应一声，不知在闷着想些什么。

狄双羽心说，好吧，我是司机我安心开车，总之有事情可做就好，不用东想西想最好。其实和容昱相处的时候，她一般不会有闲心想别的。容昱不是话痨，但也绝非沉默寡言者，并且相当以自我为中心，喜欢做众人焦点，你的话题你的人必须围着他转，否则给他察觉了就没好脸子。今天倒真是反常，除了接过两通电话，几乎不出声，想和他说几句的时候，他却突然深沉了，让人又纳闷又扫兴。

"喂……"

"容总……"

两人同时开口，狄双羽让出优先发言权："嗯？"

容昱语速也比较快："什么事？"

声音又搅成一团，狄双羽笑道："好乱。"

他侧过头看她："叫我干什么？"

"您到底住哪儿？"狄双羽问得很无奈。

容昱犹豫了一下，问："我开车真那么烂吗？"

狄双羽只笑不答。很多人都喜欢拿自己的缺点出来问，迎合做批评是要分对象的，容昱属于绝对不可以迎合的那类。狄双羽总结此人有个最大的谎言就是"你说实话我不生气"，事实是她要当真傻乎乎地说了实话，一准儿触怒雷神。

容昱又不笨，能理解她的默认。"那这样吧，"他说，"你送我到家，然后把车开回你那儿好了。"

狄双羽知道拒绝有风险，还是不能痛快答应，华子养伤，他别再抓她当司机。"我不干，明早还得去接你。"

他果然面色不善："不用你接，我坐公共汽车。"

狄双羽不好再刺激他："我的意思是，明早接您一趟问题不大，但我明天也得上班。"她转着眼睛一脸狡猾的委婉，"我上班早，别影响您休息不好。"

容昱难得耐心地听完了她绕来绕去一长串的诡辩，脸上居然露出一个类似于笑容的表情，只是类似，那笑容实在让人没法形容。

狄双羽头皮都麻了："要不我明儿直接把车给您送去公司……"

"6点半吧。"他突兀地打断她的话，"明早六点半过来接我。"

狄双羽讷讷地："……好早。"

"送我去机场，我出差这几天车子都给你用。"命令下达完毕，他又恢复之前以手撑腮的闲适姿态。

狄双羽在镜子里冲他翻白眼，也不挣扎了："接下来怎么走？"

容昱倒随和起来："你随便开开吧。"

随便开开的意思是——"你早上6点半去机场这会儿还兜风？"

他理所当然道："我路上补觉。"言外之意我又不用开车。

狄双羽磨牙，后悔被他刚才扮出的忧郁范儿唬到了。

"你着急回家吗？"他好奇地问。

狄双羽不跟他客气："着急。"

他点点头："长安街这么顺，转一圈下来也没多久的。要不是遇见我，你现在还在等出租呢。"

狄双羽狠掐着方向盘："对。"心里一巴掌一巴掌抽自己。该！让你唱反调！送你先回偏说不，让你直接把车开走又啰唆。这下舒服了！

容昱是蛇精，眼镜蛇，又狠毒又阴险狡诈，又不需要冬眠。

2

没什么坚持。

你说：还是谢谢你这些天陪我。

在QQ上，我一句话不回，看起来就像非常潇洒冷酷地走开，其实在公司里就没形象地哭了出来。

如果你说：能不能再陪我一阵儿？

我想我一定会马上就同意。

因为是你要求。因为你从来都不要求我什么。

默数着一天、两天……所以，真的就这么分开了。

我也谢谢你。

让我做个干干脆脆、有坚持的人。

相互不背负任何责任，可以随时用一句“再见”来作为“永别”——这样的男女关系，我把它称为一夜情。而我和关允，终不过是多个一夜情而已。

委屈莫可名状。

无论怎么样亲密，哪怕也感受到他用自己的方式温柔待我、努力安抚，可我始终问不出那句：我是不是你的女朋友。

一个月，是这男人专心的极限；

一个月，却仍未到我容忍的极限。

比预期要长了一点，忽然不知要怎样处理了。

2012年11月25日

一觉睡到蛇精的叫醒电话打过来，狄双羽迷糊着问时间，他答：“6点半。”狄双羽一骨碌爬起来，心说闹铃怎么不响，又听他说：“不要迟到了。”被挂断的手机屏幕上显示5：01。

在他建议下游了半宿车河，到家已经快1点了，睡不到4小时就被亲切唤醒。狄双羽望望纯黑天色喃喃：“还有没有点人性？”呸！跟条蛇讲什么人性？敌不仁我不义，比精力是吗？她正当妙龄还会输给他个三十好几的不成？

斗志昂扬的人总能激发出非凡效率，狄双羽丢下一床凌乱被子，开车到容昱家楼下的时候，比约定时间足足早了一小时。拨通电话听到他沙哑的声音时那种快感别提多棒：“容总，下楼吧，我在小区门口候着呢。”面对他接下来的吼声，狄双羽台词都想好了：您刚说6点半，我表都来不及看就冲过来了。

结果容昱只是淡淡应了声“好”，跟着又说：“你这么快？我刚跑完步还没冲澡。”咕嘟嘟的喝水声过后，嗓音立即恢复正常，“你在附近吃个早餐吧，9点的航班，来得及。”

狄双羽斗败的小公鸡一样瘫在车里。

四顾一周，环境之熟悉让她一点闲逛的胆量都没有。

容昱的家就在瑞驰办公楼隔两个路口的位置，离关允家也不算远，狄双羽不想试运气，她还记得关允也是今天一早要出差的。托蛇精的福，失恋当天这个最难熬的夜晚，她一夜无梦地睡了过来。就冲他这个无心插柳的行为，狄双羽决定不与他多做计较，将空调调至适宜温度，放平座椅，正准备睡个回笼觉，窗子被砸响，微微张眼就看到容昱一脸暴怒地站在车外。狄双羽吓坏了，不确定是否为一场噩梦，打开车门冷风袭进的感觉却真实无误。

容昱额际青筋直冒："你这么睡在里面会死人的！"

狄双羽缩着肩膀，不知是被风吹的冷，还是被他吼的冷。

他是又气又怕出了一头汗，手在她身上横过去抽取座间纸巾擦了擦脑门。

神志渐渐苏醒，狄双羽看懂了他的紧张，破天荒地感觉这吼声很亲切。

他嘀咕了一句："先去吃点东西。"

狄双羽没有胃口，看看时间确实太早，也只得听他安排："您是真能折腾人。"

容昱如获嘉奖，笑道："还可以。"背着手阔步在前。

"哼哼。"狄双羽也跟着笑，唇在笑，眼在翻白。忍过这一时，未来外出频繁的几日可享私车福利，不用缩在冷风中等出租。除了这个说法，她想不出别的理由安抚自己。

看不到她表情，也听得出那笑声的虚伪，他说："你别不领情，狄双羽。"

她一怔，脑中有敏感的联想：他在关允家门前拾到她，却未探听一二，是已猜到发生什么事？昨天到现在她以为误打误撞的拯救，是刻意为之？可怜她？还是，收买她？"把话说清楚。"

他回头轻瞥："巴菲特的午餐300万美金，我的早餐也有明码实价，你赚了。"

狄双羽崩溃了，他这嘴怎么这么欠！

离开关允的行为，她曾经想想都要哭，可真正分开的第一天，被那无厘头的老蛇精给搅和得困乏交加，完全没有体力去伤感。

送走一尊瘟神，狄双羽回到公司补觉，休息室的躺椅上眯了近一个小时，同事才陆续打卡上班。狄双羽精神状态不佳，所幸一整天没什么紧要事。傍晚天擦黑，没来由又想起关允。

通常这个时间他在北京的话，会在QQ上发消息给她：还不走？

狄双羽会说：领导不懂加班为何物。

他则回复：我的白发就是加班的结果。

其实近两个月狄双羽很少加班，以前她总把白天浪费掉，晚上带着工作回家打发时间。和关允在一起后，能见面的时间只有下班后，他又不习惯熬夜，她的时间，便全部为他做出调整。工作时间把活儿干完，6点一到准时开溜，和他到瑞驰楼下一家快餐厅吃晚饭。

关允喜食肉类，但不吃太油腻的。她则每次只点酱油炒饭。大多时候，他会记得替她提醒服务员，酱油炒饭里不加葱头。

有时吃过饭后，他还要回公司处理一些公事，把钥匙交给她让她先回家。狄双羽只肯待在转角，他什么时候回，她什么时候回。他拿她也没辙，有时就会带一些电脑文件回家做。

晚餐他也常有应酬，但基本都在和她吃过饭后再去，他说和那些半生不熟的人吃不饱饭；如果是非常熟的人，他会带她去，然后两个人都喝很多酒回来，疯狂做爱。

周末他去看宝宝，她就去找吴云葭。吴云葭也住上地，离孙莉家不远。一般是到了楼下才给她打电话，五次有三次人不在，带着小云云和阿米约会去了。狄双羽就在附近找家咖啡厅看杂志，接到关允准备回返的短信，再到葭子小区门口等他的车。

谈不上什么牺牲，她只是希望他的时间里，有大量她的标记，进而成为习惯。

因为他说过：喜欢，就是一种习惯。

他说：习惯的力量是复利形式积攒起来的。

可惜，两个月 PK 两年，她的复利微乎其微。

“早，双羽。”总监柏林同情地俯视，“感冒还没好？”

“是啊。”狄双羽狠狠揉下鼻子，鼻音变得更重，“发了一宿烧。”

“真抱歉我不能体贴地说上一句‘回去休息’。”一堆文件压上她的写字台。

“我也没抱这幻想。”狄双羽随手翻翻，不甚感兴趣，“急活儿？”

“很急很麻烦。”

“哦？”

“下周二现场竞标，最迟这周出标书。”

“嗯哼。”瞄一眼日历，很好，礼拜四了。

“麻烦的是，”柏林一脸便秘相，“段总说必须拿下。”

“啊哦。”大麻烦。向来不太操心广告公司这边业务的段十一都亲自关照了。

“你手上的项目给阿浩单独完成，这两天就专心跟我把这个啃下来吧。”

“啪——”一团包着鼻涕的纸巾被扔进垃圾桶，“没问题。”

可信度真低啊！柏林低头狠撞工位隔断：“为什么要感冒，为什么要感冒，人类太弱小了……”

狄双羽连忙阻止他：“别这样，头儿，我可能是闲的，忙起来就好了。真的。”

周末定好的麻将局也只得推掉，吴云葭很不痛快地对着话筒喷鼻息：“没听说有这么贱的体质！还闲出病来了。”

狄双羽词穷：“就真有啊。”

“你废话跟饺子馅儿似的。可惜了我还约来阿米他们所一帅哥，结果还是三缺一。”

“你仨斗地主。”

“我说真的啊小小，那男的我见过两回，比我大一岁，跟阿米同职级了，最重要绝对是你喜欢的那种类型。”

原来她在给自己张罗慰安者，狄双羽迟钝的脑子这才破译出完整信息：“你省省吧，我不喜欢男人。”

忙了一天，到晚上感冒症状基本已消失，还真是个闲不得的命。鼻子也通了，头也没那么痛，就偶尔狂打喷嚏，猜想是吴云葭背地在骂她。总监办公室亮着灯，柏林赶着做竞争对手分析，狄双羽丢下才起了个头的标书，接了两杯咖啡，一杯送进总监室。

柏林道声谢，问：“怎么样，出了几个方案？”

狄双羽答：“三个都弄完了。”

柏林几乎喝喷：“Re……Really？”

当然没有，狄双羽用一双死鱼眼回答他：“不要给我这么大压力……”还出了几个，她半个都没写出来。

“好吧，不紧张，你放轻松。我的意思是主要的一个亮点做出来，其他两个，套吧。”

狄双羽耸耸肩，她想也是如此，时间这么紧，也根本没可能个个都做精。“我拿回去做了。你也撤吧，再不走怕一会儿又下起来。”

柏林枕着手靠近椅背里：“今早看你开了辆相当不低调的车。”

狄双羽说：“一朋友的，人出差了，车放我这几天。”

容老板的座驾岂止是不低调，简直叫拉风，问题是那种黑大个儿不配司机上路，实在是各种二。而且也不节省路上时间，车身太长，并线加塞全无能，差点迟到了。周末足不出户写了两天案子，星期一早起见飘雪花了，果断地放弃自驾改搭地铁。

黑大个儿在小区停了三天，没有固定车位，也不知煞了哪尊太岁的地盘，晚上回去一瞧，四个轮胎全给戳泄了。狄双羽蹲在车前面，当时唯一的想法是：这堆轮子应该够买辆车了吧……

“哈哈，没那么贵。”旭华听了她的忧心笑得还挺开怀，一边支使媳妇儿拿火点烟，一边大咧咧劝道，“不要紧，就几个轮子么，明儿找个小兄弟儿过去摸下情况。谁那么不开眼啊，扎我们姑奶奶的车。”

“残爷，咱先别顾着骂人，老容这两天回来用车怎么办？”

“开别的呗。嘿，这车正好陪我一起疗养。”

狄双羽没他那么乐观，果然没几分钟就接到容昱的电话，劈头一句：“这是我号码，存一下。”

把狄双羽弄愣了：“我有你电话啊。”

他生硬地说：“那怎么不打过来！”

狄双羽讪笑：“我一般给人打电话都是借钱。”

容昱也笑，凉飕飕的：“我看你是需要借钱了。四个胎全扎了？”

“嗯。”完了，这么快就立案了。

“那么贵的车你怎么不看着？”

狄双羽乱答一通：“车太大了，我看不过来！再说他们是晚上干的，天一黑我就得进屋，我们小区有吸血鬼。”

他居然一板一眼地挑她话里毛病：“中国怎么会有吸血鬼？”

狄双羽“嗯”了一会儿：“……偷渡的？”

“满嘴胡话。”他要够了，语气些微放软，不过还是祈使句，“我现在叫人去把车弄走，你不要再追究这事情了。”

“那不行。我问过保安了，他说我停的就是临时车位，以前有一凯美瑞经常停那儿，估计也这附近的，跑不了别人，明天不去公司了，跟小区里蹲点儿逮丫的。”

“你们公司要倒闭了吗？你闲得因为这点屁事就不去上班。”

“屁事儿？孙子儿改锥扎进去我半年稿费。”

“又不让你赔钱，该干吗干吗去。”

她对着话筒自言自语：“对，应该直接报案。”

“还没完了？”他不耐烦起来，“这是我的车，叫你不要管了，听不懂是不是？”

狄双羽无奈抱怨：“你好话也不会好好说。”

想是这话攻到了某人软肋，电话里寂静数秒，他选择妥协：“我怕你惹上麻烦，一个小女孩子只身住在那边。”

她美滋滋的：“就是嘛，这多中听。”

容昱气得差点笑出来：“你有理，狄双羽，弄坏了我车子还要我给你说好话。”

狄双羽长叹一声：“郁闷，你说我招谁了？”

“如果用车我让华子找人给你开过去一辆。”

“快不用了！我就是坐地铁去上班，把这祖宗在家里晾了一天，结果就落了这么个下场。”

“以后有事直接给我打电话。”

“什么？”

“我说，再有这种事，直接告诉我也可以。”

狄双羽当下保证：“容总放心，我保证杜绝此类事件再次发生。那您先忙吧，注意休息。”

容昱直接把电话挂了。

狄双羽不想气他，可面对这样不加掩饰的关心，她只会不知所措。说起来，和容昱现在既不是上下级，又非甲乙方，更论不着长幼序，但她就是无法和他轻松相处，也搞不清楚什么原因。

那个又急又麻烦的标书总算排出了阵型，只等甲方检阅。狄双羽落了一宿轻松，肚子胀痛，也不愿再熬夜，简单洗漱过躺下了。夜里来了条短信，是关允QQ上线的提示。狄双羽摸黑打开电脑，登了QQ，上上下下几次，他也没搭理。等了半小时，他下线，她又钻回被窝，越睡越热。恍恍意识到自己又发烧了，遂裹紧被子不敢透气。

又一夜折磨，眼泪并汗水狂流，早晨起来发现床单被子上大块血迹，不由叹祸不单行，从来不准时的生理期又毁了她一床寝具。难怪夜里肚子疼得异常，她还以为是窝火窝得胃胀气。洗完床单被罩还要正常上班，例假非假，卡照打，工照开，也只有这种时候才能真正体现出我们男女平等的基本国策。

下楼经过车位，容昱说要拖走的车还在，狄双羽停脚看了一会儿，想着到门口得跟保安打个招呼……转身要走忽然觉得不对头，又退了回去，揉揉眼睛再看：

四个车轮溜鼓！脚踩下去触感硬实，居然全换成了新的。

狄双羽被刺激得直嘟囔："唉，有钱真好。"比人伤了四肢好恢复。掏出钥匙上车开走，红灯时还给华子发了条短信：你要不换条新腿吧，亲。

难得一个大晴天，堵得不算严重。狄双羽到公司刷完卡，过去跟柏林打招呼："我把车给朋友还去，中午到甲方那儿跟你们碰面吧。"想着这就把黑大个儿开回瑞驰，多一分钟也不想收留这货了。

柏林一双细长溜精的眼睛眨了眨："咱开它去竞标吧，回来再还他，我也体会下坐S600什么感觉。"

狄双羽哼道："你想体会这么个玩意儿在你家楼下四轮被扎是什么感觉吗？"

提案很顺利，甲方几乎没看另外三家的案子，狄双羽都觉得这几天工夫浪费了，出来与两位同事面面相觑："这是不是有段十一的关系啊？"

柏林也挺纳闷的："海亮给的客户，说段总很看中这单，还特意说你手快让你跟进来。"

"既然那么重要，海亮怎么没跟着来提案？"狄双羽回头看看甲方的LOGO墙，不是什么知名房企，签单额也不大，就想不明白有多重要。

彼此都摸不着头脑，柏林一挥手："不想不想了，反正吃到嘴了，咱撤吧。"

三人鱼贯而行，各自心里分明还有疑虑。

狄双羽把车送回瑞驰，钥匙交给前台，又给容昱发条报备短信，看看时间，也不打算回公司了。

3

也说不上"未来"那么遥远的，只是和你相处的以后吧……

我买了小上网本，我想这样背着就不嫌重，随便在哪儿都可以用它打发时间，等你也没那么无聊；

我又剪短了头帘，我想将来见到关宝宝，有相同的发型可聊。女人嘛，还不就是头发衣服的话题相谈甚欢；

我把电脑里6G的歌曲全拷到手机里，想着有天导到你电脑里，不要总听北京城有九百万辆自行车。歌再好，总听不得一辈子，何况那歌没多么惊艳的词与调。我也不想知道你为何视它为宝；

再过几天在向阳家拍的写真就可以拿回来了，水月答应给我做一小幅卷轴海报，我还想要找个什么理由挂到你家才好；

默默关注杂志里的男性饰品，想着几个月后你生日时，我送什么礼物能让你戴出去了人人称赞；

我想好好练车，以后你再喝多了，载你回家可以不用那么提心吊胆；

我想去学英文，帮你翻译床头那些专业教材；

还想疯狂地瘦下去，有一天遇到赵珂，给她看，没有她，关允一样可以搂着漂亮细腰。买了十张电影票，我想到年底的贺岁片一定很多。我们看一场，讨论几天，再看一场。结果一场我都没等到……

我不在乎名车代步，环游世界，在乎的是并肩走时，你牵我的手。我不在乎花园洋房、KINGSIZE 的床，在乎的是即使不做爱，你也会将我拥紧的臂膀。我不在乎节日里收到的鲜花礼物，在乎的是伤心沮丧、烦恼、病痛时，你问一句：好些没有？我不在乎你是否有大把时间留给我，在乎的是忙到仅剩发一条短讯的时间里，你也会告诉我，你想见我。我不在乎未来，在乎的是此刻，你有没有想到我们的未来。

2012 年 12 月 2 日

吴云葭刚把女儿从幼儿园接到家，狄双羽打电话说要过来，吴云葭说她有口福，正好阿米晚上也来吃饭，多做几个菜。挂了这边就给阿米打电话：“小戚晚上有空儿没？你带上一起来家吧，小小一会儿过来……”

狄双羽到得早，阿米他们还没下班，吴云葭在厨房准备晚餐，她插不上手，去卧室看小云云新买的衣服。没一会儿吴云葭掐头蒜进来，边剥边漫不经心道：“阿米刚来电话说小戚也跟来——就是我上次跟你提的他们单位那男孩儿。选时不如撞日，正好介绍你们俩认识认识。”

“什么选时不如撞日？”狄双羽掏掏耳朵，对她这没技术水平的推销方式表示抗拒，“你想让我们俩今天就洞房怎么着？”

吴云葭一瓣蒜就砸过来。

小云云捂着嘴偷笑：“我妈说让你们俩吃完饭去看电影。”

狄双羽一本正经道：“葭子你这是七十年代的相亲路数了，我觉得看电影不如在家打麻将，牌品看人品。电影院黑灯瞎火的能看出啥来。”

吴云葭想了想：“也是噢。”

“但是我今天不想打麻将,来事儿疼得腰都要折了。”说话就倒在床上哼哟哼哟。

吴云葭大怒:“来事儿了你还坐我床，滚下来，再传染给我。”

狄双羽忽然眼神一狠:“我想传染给容昱。”

那有点难度……吴云葭眼皮一跳，将蒜瓣递给女儿让她送去厨房，自己则坐到狄双羽身边问她:“你和关允分了，是因为容昱？”

“什么桥段？”狄双羽讶然看她一眼，不解她为什么有这种联想，“主要还是因为我自己，我想认真了，但关允一心多用，我受不了。”

“你不是说他和赵珂不可能了吗？”

“电话短信还在联系，谁知道背着我见没见过。还有那个孙莉，就没见过那样儿的，都离婚了，关允回去看宝宝，她居然还想留他在家住……葭子，和她相比，我觉得你这种单亲妈妈特别宝贵。”

吴云葭冷冷看她:“你还是在怪那两个女人。”

狄双羽噎了一下:“能不怪吗？虽然我心里边明白，关允不可能真跟她们有什么，但这两人的存在，真的让我特别无力，想发火还发不出来那种，你懂吗？”

“甭想了，人家也没怎么着，你才是后来的。”

“我是后来的，但我是正在进行时啊，她们都是过去式，不该给我滚一边去吗？”竖着眼使了一会儿狠，没人捧场叫好，她低眸苦笑，“实际上是我受够了，我不能沦落成他的炮友。”

吴云葭直摇头:“你啊，快别跟这路人搅和了，好坏惹一身骚，踏踏实实交个男朋友吧。打从易小峥去世,就没见你安生……”门铃响,她向客厅努努嘴,“去开门，兴许弄个一见钟情啥的。”

狄双羽被她说酸了眼眶，傻笑一通，下床去开门。口袋里手机响了一声，掏出来的同时打开房门:“嗨。”

“嗨。”有样学样的不是阿米，而是他身边那个唇红齿白的秀颜男子。

葭子果然把她胃口摸得奇准，她对这种中性气质的男人最没抵抗力。

狄双羽超级满意，侧过身让他们进门，顺便低头读短信:

——知道你早晚会离开我，为什么不能晚一点？

“小小，这是我同事戚忻。云葭的好朋友：狄双羽。”

“我终于见到你了，小小。”

“你这小子真是自来熟……”

之前听阿米说他们所里有一小伙子因为长得太好交不到女朋友，吴云葭一直都没相信，直觉是反话，要么就是男女审美观上出现偏差。有一回等阿米下班，看见他和戚忻并肩出门的时候，才知道阿米所谓的“长得好”是这么个单纯的评价。

戚忻自己爆料，大学时有一群女同学是这么讨论他的：长得跟一帅 T 似的，其实是个纯爷们儿。

吴云葭笑得前俯后仰，碰掉了好几双筷子，惹得小云云直捂耳朵，两只乌溜溜大眼左右横视这一圈大人，不懂他们笑什么，跳下椅子去拾筷子。

狄双羽也不知道自己跟着笑什么，无意识地反复解锁手机键盘。

吴云葭起身去厨房洗筷子，回来再看戚忻的脸又忍不住发笑：“造孽啊，就难怪你到现在都找不着对象，谁愿意找个比自己还漂亮的男朋友在身边提心吊胆？”

戚忻把胸脯拍得砰砰响：“你听我这纯男性的胸腔回音，多可靠。”

吴云葭好心劝他：“您别拍肿了，更没说服力了。”一眼看见小云云拿把羹匙站起来去舀热汤，连忙提醒汤碗边只顾呆笑的狄双羽，“她小姨快帮我们盛碗汤。”

“我来吧。”阿米按住准备自力更生的小女孩，接过她的小碗，不忘看一眼狄双羽，“当心手机淋上汤。”

吴云葭对狄双羽餐桌上不甚专心的表现早有微词，“吃饭还鼓捣电话！”

狄双羽只是忍不住想看关允那条短信，一被点名，马上做贼心虚地否认：“没有……”抬头看大家都自顾自吃喝，根本没人理她，“你说小 T 还是说我？”

这下连阿米都崩溃了：“小 T……”

戚忻欲哭无泪：“真不是。”

吴云葭笑瘫在桌子上直揉下巴，一把抢过狄双羽的手机：“你快好好吃饭吧，心不在焉的，一会儿吃完又闹胃疼。”

阿米由衷地赞道：“戚忻现在淡定多了，以前一受刺激，就狂研究那些让毛孔变粗的药。”

吴云葭很看好他：“研究出来啦？”

戚忻苦笑：“出来什么啊，你听老米瞎侃。我们都是做药理测试的，接触不到研发层面。”

“怎么测？试吃？”

“一般是养几盒子病理细胞。正常来讲不会用到执业药师来做动物实验，国家培养我们不容易，死一个成本也挺高的。”

“听着瘆得慌。不过有新药特药你们肯定最先经手，也算是肥差吧。”

“你会托我倒腾几斤没临床的药片尝尝吗？去年一批防脱发的药刚投产就出事了，判了好几个副所长。”

手机被没收了，狄双羽被迫专注于吃饭聊天，听到戚忻的话，很紧张地摸摸发顶：“治脱发的能弄出多大事啊？”她最近熬夜头发掉得很凶，还在想要不要弄些药来吃。

吴云葭看穿她的小动作：“你只要好好睡觉，别整天胡思乱想，就不会掉头发。”

戚忻点头应道：“嗯，是药三分毒，消炎药伤肝，止痛药损肾，西药普遍刺激肠胃，反正我是能自愈的病绝不吃药。”

狄双羽关心得比较自私：“治脱发的药呢？”

“我告诉你吧，口服药就不可能‘无副作用’。”

小云云怯生生地问戚忻：“你是像慢羊羊一样研究返老还童的药吗？”

戚忻羞愧地摇头：“孩子，我不认得你说的这位前辈。”

吴云葭给女儿擦擦嘴：“饱了去看动画片吧。”

狄双羽举手：“我也吃饱了。”

吴云葭瞪她：“你吃饱了坐这儿等着洗碗。”

“那你可不可以先把手机还给我？”狄双羽盯着她围裙的口袋，“你把它贴在胸口很不好，会辐射到心脏的。是吧大夫？”

戚忻很挫败：“我是药师。”聊了一晚上，他的姓名、性别、职业，这姑娘一样都没记住。

谎称有稿子要赶，骗到吴云葭早早放她回家，狄双羽洗完碗就张罗闪人。

戚忻主动请愿：“一起吧，我送你。”

吴云葭闻言大喜：“小戚你也要回吗？”

戚忻颇有风度：“小小都走了，我留下来多不合适。”

阿米同意：“说得对，去吧。”指下玄关鞋柜上的车钥匙，“明天给我开到单位。”

戚忻向狄双羽眨眨眼：“我们散步回去。”

狄双羽比较震惊阿米的建议：“你……今晚上，不准备用车了？”

这话问得不够含蓄，连小云云都听出了话外音：“米叔叔要在这儿住吗？太好了，我又可以和妈妈睡。”

门口不约而同“哦”了一声，戚忻指指狄双羽：“你太坏了，小小。”

狄双羽娇羞掩面：“人家只问了车子的事。”

吴云葭勾着阿米肩膀咬耳朵：“哟，瞧这一唱一和的。”

出了门狄双羽问戚忻：“你知道来这儿是相亲吗？”

“知道哇。”他坦率得很，“而且因为是你，我期待了很久。”

狄双羽干笑：“谢谢噢。”

戚忻问：“你知道我最早是在哪见到你的吗？”

狄双羽摇头：“照片上？”肯定是单方面地见过，这么漂亮的男人她如果也见过，应该不会忽略。

“啊。当年我在悉尼进修，对门哥们儿家墙上挂了一幅三人合照。你和那时候比，就是头发变长了。”看她眼神似已猜出答案，戚忻笑着说，“易小峰可是变了不少，澳洲的羊肉把他养成一个胖子了。”

狄双羽有种他乡遇故知的惊喜：“小峰上次回国说要见的朋友是你？”

戚忻在澳大利亚两年，听对门那家伙念了小小两年。“这画漂亮吧，小小画的，小小画什么像什么。”“手链漂亮吧，小小送的，小小眼光超级好。”“这羊肉还叫好吃？小小炖的羊肉才叫一绝。”“国内很多杂志上都有小小的文章噢，她可是很出名的作家。”……戚忻头疼地说：“对我来说，小小就是传说中的女神。”

狄双羽一直就觉得易小峰对自己崇拜过头，从别人口中听起来尤为严重，“孩子恋姐情结。”

戚忻真切地说：“他确实很喜欢你。你们又不是很小的时候就在一起，十五六岁已经分得清什么叫男女之情了。”

“不一定分得清的。”狄双羽不知如何同他解释，“他从小家里就只有爸爸哥哥两个男人，从来没和哪个女孩子这么亲近过，很容易弄混。”

因为她自己就弄混了，沉醉于易小峥的温柔，她也曾以为那么地依赖，算是爱。

戚忻拍拍她：“小小，下车了。”

狄双羽这才发现出租车已停到自己家小区门口。

戚忻跟着下车，送她到楼下：“突然走神，想起不愉快的事了？”

狄双羽无奈地笑：“看来你知道得挺多。”

他更无奈：“你自己弟弟你还不了解吗，我想不听都难。”

“那小子实在是……”摇摇头，没词评价。

“说真的，哪天炖羊肉的话记得请我啊。我保证不会对小峰的女神有非分之想。”

“我怕我对你有非分之想。”

“哈哈，那就不要怪我近水楼台了。”

狄双羽抠着下巴斜睨他：“我说，你不会是对我们小峰有——什么奇特情感吧。

当然我很开明的，不会干涉弟弟的私人感情，但这事主要还要看小峰的意思。”

戚忻只差哭给她看：“你想体会下我对女人的欲望有多强烈吗？”

狄双羽摆手后退：“你别碰我，我是女神。”

“小心！”戚忻伸手拉住她胳膊，提醒她看脚下路缘石，“好了不闹了，你上去写稿子吧。”一直看她打开单元门才挥手道别，“吃肉记得叫我。”

狄双羽好笑地望着他的背影：“还真是膻味相投。”抬头看下夜空，一轮圆月，是团圆的好兆头，令她不由感慨起因缘际遇的奇妙。

狄双羽拨通易小峰的电话：“咱俩来聊聊天吧。”

电话里“哎哟”一声，有玻璃器皿破碎的炸响，易小峰现在骂人都用英语了。

狄双羽皱眉：“烫到没有？”

易小峰嘻嘻笑道：“你赔我一大杯西柚汁。”

狄双羽小声：“这么晚喝什么果汁。”

易小峰问：“今天是什么日子啊？”

狄双羽歪头想想：“世界艾滋病日。”

他噎了一下：“……我不会乱来的。”

“我很担心你。我看见你男朋友了。”

“什么东西？”

“一个长得像帅T，其实是个纯爷们儿的东西。”

易小峰反应迅速：“你说戚忻啊。”

狄双羽断定：“你们果然有问题。”

“你见到戚忻了？你为什么会见到他呢……”

易小峰的笑声非常有感染力，狄双羽只随着他的笑而笑，积于胸腔内连日的郁垒，便被这欢言谑语冲淡。终于确信自己是恋群的，“一个人静静”这种方法并不适合她。

挂了电话站在路灯下深吸口气，缓缓呼出，看一团白雾由浓转淡，渐消渐散。

“知道你早晚会离开我，为什么不能晚一点？”

屏幕上安静呆板的文字，辨不出发件人语气，辨不出他的心。

狄双羽久久地看着这条短信，看到屏幕黑了，按亮，再看到黑……既不回复，也舍不得删掉。一如矛盾莫解的心情：有些烦，有些害怕、抵触、厌恶……还有一种说不出的情绪在复活，丝丝的喜悦。

屏幕又一次亮起，却是有新短信发进来：

——你是讨厌我了吗？

关允。狄双羽在心里念着，揉下冻得通红的鼻子。

他说：告诉我你要什么好不好？

狄双羽按了两下键盘：你。

车灯骤亮，她震惊地扭头望去，车门开关的砰声中，他逆光走出。

她说不出话，手机上“发送成功”四个字刚刚跳转为屏幕画面。

“你穿太少了。”他说，抬手拢了拢她的围巾。

深浅米色与驼色灰色大块拼合的丝光麻围巾，她说百搭，大爱，从他送她的那天起，每天出门都围着它，也不枉他在货架前半小时的眼花缭乱。

这一夜狄双羽终于不再发烧，却因有具怀抱而略微出汗。关允体温不高，但已足够温暖她经期里冰凉的双脚。

4

男人的野心，权和利的争斗，我想我不是真的懂。

但我懂关允的压抑：一直觉得自己不值，付出与回报不成比例。

他说到今年年底，公司对他再没有满意的答复，他将南下。“就此别过。”

别过什么呢？投入了多年心血的瑞驰？房地产事业？这城市？抑或，我？

曾问过关允：喜欢一个人会习惯吗？

他答得理所当然：喜欢就是一种习惯。

那我又是怎么回事呢？好像才一夜，就习惯了你。

不止一次想过搬来同他一起。这样就不会心不在焉，不会胡思乱想，不会坏心情，不会莫名掉眼泪。可他出差的时候，我一个人要怎么面对一室空荡？等他说就此别过的时候，我一个人要怎么再恢复孤单？

2012 年 12 月 18 日

狄双羽被闹铃吵醒的时候，关允不在身边，这让她以为昨天的团圆是一个梦，可是温暖还在，枕头上他用的男士香水味道还在。浴室的水声止住，他叼着牙刷出来："我手机响？"

"闹铃。"狄双羽抓抓头发。

他转回去哗啦啦漱口："8 点啦？"

"这么早干什么？"

"9 点 20 分的飞机。"

"你又出差？"

"这一圈还没结束，昨天是经停北京，特意改签了来找你。居然是红灯……"

狄双羽一脸牵强的愧色："那真不好意思哦。"

关允系着衬衫的手突然停住，恍然大悟道："难怪那男的只送到楼下就走了，哈哈！"一只枕头飞过来，被他稳稳接住抱在了怀里，靠着墙壁看她，"我不找你，你真的就不再跟我见面了？"

狄双羽沉默片刻："对啊。"

他眸光深深："可我觉得你还是喜欢我的。"

"喜欢不一定有缘分啊。"狄双羽笑，也抓过一只枕头来抱住，仰脸望着他，"因为你喜欢的那个人，没义务回馈你同样的感情。喜欢没力量的。"

对这段话，他明显记忆深刻，她才起了头，他便会意笑起，骂了一声"猪"，枕头轻轻砸回来，上前一步单膝撑在床上，倾过身子去吻她。

绿茶与薄荷的气息扑满口腔，狄双羽眼眶微润。

"没有'喜欢没力量'这句。"他用力吮吸勾拽她的舌头，似惩罚她背错了文章。

他衬衫扣子未系全，腹部裸露在外的皮肤还有水汽，湿凉。她灼热的掌心贴上去，他直觉闪躲，很快就适应，捉了她的手，带送至腰间，牢牢按住。

狄双羽推着他："你要迟到了。"

他笑一声，夸张地跳下床："晚了晚了晚了……"

狄双羽着气，跟着下床帮他系扣子。

他有趣地欣赏她杂乱的发旋："对了，我出差的事别和老容提起。"看她费解的眼神，索性直白地说明，"私活儿。"

狄双羽奇怪的是，为什么他要特意嘱咐这句话？她和容昱就算有工作以外的交集，也没到无话不谈的程度，更不会提起他。没空细问，只催他一句："下楼暖车去。"

"我打车，你待会儿开去上班吧。"

狄双羽不甚乐观地阻止他："这个点儿机场高速堵死，你最好和我坐地铁，两站地到终点倒机场快轨。”

开车到地铁站停车场，带他下来坐地铁。两人乘车方向相反，一边一个分上不同电梯，转个身在站台两侧遥遥相对。

车来的时候狄双羽拢起手对他喊：“到终点——！”

他点头，比了个电话的手势，脸上有盈盈的笑。

关允这个项目跑了半个月，眼见公历年底了才把行李箱里的衣服拿出来，看样终于能在北京待一阵子了。正赶上周末，原计划陪关宝宝一天，上午又接到华子电话让去踢球。

瑞驰有几个喜欢踢球的，以旭华为首，再张罗三两外援，凑出一队老弱残兵去踢比赛，往往被人家大学生在阳光下一通狂虐。旭华肯定要比他们坐办公室的体力好，属于带球过半场成功率最高的，腿一伤直接沦为不带球过半场都得蹦上十来分钟的选手，狄双羽对他积极张罗这自取其辱的运动表示不理解，让关允见了面代问一句：华子，你还记得绿茵场边的吧唧一跤吗？

关允说人家身残志不残，从哪里摔倒就从哪里站起，这就叫境界，将来肯定能成大事的。

狄双羽怀疑他是困在屋里太久，石膏上长出蘑菇了，想趁着天气好拿出来晒干了留着炖汤喝。

两人一起下楼，关允开车去奥体，狄双羽则背着上网本进了转角茶座，叫了份简餐，配一杯咖啡，吃完了打打游戏、写写稿、看看剧，跟每一个他不在的周末一样。

关允 9 点钟出门，不到 12 点就回来了。狄双羽接到短信在转角门口等他：“不是说踢完球去看宝宝吗，这怎么又折回来了？”

他眉心微蜷：“累，不去了，回家睡觉。”

上楼来冲完澡，从浴室出来，看见狄双羽正将他的球鞋拿去阳台晒，蹲在地上，把一根鞋带系来解去。听见浴室门响，回头看他一眼：“洗完啦？”起身去洗了洗手，走回来坐进沙发里，偶尔抬头看他一眼，欲言又止得非常明显。

他擦着头发狐疑地盯着异常安静的人：“你偷吃什么了吗？”

狄双羽没好气：“把你鞋垫吃了！”

关允扑哧一乐：“口味真重。”

见他尚有心情逗笑，她才拿疑虑问他：“发生什么事了？你是不是没去踢球？”

“去了啊。”他弓起手臂给她看肘上的擦伤，“进球时候摔的。”

狄双羽挑眉：“就因为跑几下累了，你就不去看宝宝？”他差不多每周都会去踢球顺便陪孩子，这次怎么就累倒了？

他先是怔住，随后叹了口气：“是真累，心累。”毛巾搭在脖子上，他点了根烟，缓缓吸一口，“老容来电话，晚上找我吃饭。”

烟雾中看不清表情，烦躁和倦怠的心情，却真真切切地传递出来。

“你和他彻底僵了吗？”狄双羽问。

“还没彻底，”关允并没为她一语中的感到诧异，毕竟自己和容昱的纷争，瑞驰很多老员工都看在眼里，“南京那边市场不算理想，我还在犹豫。没合适的机会我不会主动闹僵的。”

“你意思是早晚的事？”

“你说呢？他不容我，我也不服他。”

他若不服，那个更容不得。死循环。

虽然去得晚，但瑞驰的背景她听旭华说过不少。公司的启动资金为容昱所筹，关允是技术入股，两人从一个几十平的商住楼写字间，拓展到现在几十个城市的子公司，从一单项目签回来都要找外包公司消化，到接连吞并数十个产业链相关小企业，从第一笔营业额入账，到整体业务计划资本化运作，六年的时间。

六年来，两个创始人的矛盾也日益凸显。某种程度而言，关允不算是个称职的领导，他只在自己感兴趣的专业领域摸索，数学、金融、营销……逐步把专业变做事业。他虽有旺盛物欲，学院派作风却难以抛弃。做事较遵守秩序，也没那么功利，所以不管是客户还是同事，普遍对他信服敬佩，大多都成了朋友。

容昱则是一个不折不扣的现实主义者，能用钱疏通的，不考虑第二种方法公关，因此他的人际关系几乎都建立在利益基础上。这也符合他一贯的短平快作风，此人目的性极强，所做每件事与最终目的之间仅画直线，对破坏这条直线的物体不择手段，完全摒弃了中国传统的迂回思想，自然不太受人待见。狄双羽曾听过很多人评价他：“人是真不怎么样，但就能把烂尾给你盘活。”其实就房产营销这个行业来说，律师出身的容昱是半路出家，但他进入角色飞快，业务手段单一，却直接有效。

常说性格决定一切，这二人性格既然不尽相同，事业理念也日渐产生分歧。起初是各尽所能，一致创业，有朝业务步入正轨，很多决策层面的问题便显露了分歧，相互不认可。在关允的角度来说，他更是觉得这些年的付出与所得，不尽如意。

这结局落了俗套，谁对谁错，谁冷漠，谁逾越……狄双羽没有发言权，她只关心这早该在预料中的一刻到来时，关允怎样打算。

“南京那边是你自己的业务吗？”

“嗯，团队基本都是以前瑞驰出去的人，年后我想让穆权也过来。和老容这边还不知要拖到什么时候，也看今晚谈的结果吧。要是仍然达不到预期，最迟明年年中，我就准备南下了。”抬手向后捋了捋头发，几滴水落在真皮沙发上啪嗒作响。狄双羽拿了吹风机过来，站在旁边帮他烘干，一边听他讲着南京以及整个长三角的市场情况。

形势不坏，就不知计划和变化谁走得快。

瑞驰在长三角二线城市项目众多，关允若选在该区域立足，瑞驰绝对是一块绊脚石，铲平还是绕行，是他首先要决策的问题。如果是容昱，答案很简单。但是关允没法痛下杀手，直面瑞驰，他有一种自己打自己的茫然。

嗡嗡暖风中他打了几个呵欠，揉着眼睛准备去睡一觉。

狄双羽心事重重地缠着吹风机的电线，望到他敲打肩膀的动作，有些心疼，更多是替他不安。“关允，”她唤住他，“你南京公司做了多久了？”

“嗯？没几个月。”他停下来回头看她，一脸强撑的精神，“开始是有些项目希望跳过瑞驰直接找我操作，公司今年9月才注册……怎么了？”

“就是好奇，”狄双羽想起他某次酒醉后，曾说过怀疑自己是间谍的话，也便没太在意他语气里的戒备，“你在等养熟南京市场，容昱在等什么？”

一瞬间关允表情凝重。他刚意识到，自己竟从没想过，容昱一旦在他离开瑞驰之前，发现他在南京另立门户，后果会怎样。

在很多人包括狄双羽的印象里，容昱都是一个直来直往的形象，不掩饰自己做事的目的，因为他不怕拦阻。这很容易让人忽略他曾为律师的事实，洞察力是他的基本职业技能，虚虚实实也应该是一种工作需要。

所以狄双羽真的不相信，对于关允这么大的动作，他会一无所知。

狄双羽向来难以理解“用人不疑”这四个字，她只知道“防人之心不可无”。或者这种想法是她杞人忧天，同关允说了，也只徒增了他的压力和烦恼，但她实在担心他毫无防备地被那蛇精一口吞下。

关允谈到去南京发展，虽无具体时间节点，但大致计划已明确于胸：人员配备、业务基础、运作模式，甚至是他在哪种契机下，正式离开瑞驰，离开北京。

他没说会离开狄双羽，这有两层意思，一是他觉得北京和瑞驰都是死的，而狄双羽一个大活人，到哪儿都可以跟着；另外一种可能就是，她根本不在他的考虑范围内。

狄双羽直觉地选择去相信后一种可能。

直觉这种东西，谁也控制不了的，关允给她的信心，也不足以让她乐观。何况她本来就不是乐观的人。

狄双羽遇事习惯了往坏的方面想，她决定一件事，是首先要看最坏的结果如何，如果这结果能够承受，那么就可以去做。她觉得自己的这种做法挺无可厚非的，对于和关允的感情也是这样。

从开始就知道他心不在自己这里，这段拉扯不清的感情，最坏也不过回到从前的陌路关系，顶多增加些许遗憾，这结果在可承受范围内，所以她可以去爱。他能有所回应，那再好不过，若仍只是眷恋过往，亦在她预料中，亦为她所欣赏。

狄双羽不理解自己对他是怎样一种拧巴的欣赏，但是和关允在一起的每一天，她都要这样去调整心态。否则，便无法面对他提起赵珂时的眼神，不舍、怨恨，还有一丝无可奈何的想念，和疼。

之后想起来，所谓"欣赏"，不过是她自我哄骗的说辞。你看这爱情多么真挚可贵，这男人多么情深似海，以达到精神上的趋同，心甘情愿去压抑内心的失落，未获得对等感情的失落。也许真的有人会爱上别人的爱情，但不会是她狄双羽。

她太在意一些小细节，明明知道没意义，还是在意，自己也很苦恼。

之前给关允收拾房间时，狄双羽偶然看到赵珂的日记，只言片语，时记时不记，里面有提到过楚楚：

"和楚楚逛街，一口气买了四条床单，对这些东西就是没有抵抗力，觉得哪个都好看，哪个都不能不买。猪说我又乱花钱，当天晚上就被他抽烟烫坏了一条。"

狄双羽是看到这个，才知道楚楚是赵珂的朋友，联想起关允和赵珂短信的内容，直觉以为关允与楚楚有过什么不清白的事，被赵珂知道了闹起来，楚楚没脸见人要求死。赵珂把孙莉逼自杀过，所以这情节也不算离谱……到后来是证实自己猜得太苟且了，当时不知情，心想关允这张床到底睡过多少女人啊，一怒之下把床单被罩全换了。关允是在很久以后才察觉的。狄双羽洗床单，让他帮忙晾，晾了两条他忽然问："你新买的床单？"

狄双羽点头承认："好看吧。"她一脸无知的嫌弃，"原来那些床单太土了，铺上去把挺好看一张床弄得跟八十年代卧室似的，让我全扔了。你品味有待提高噢，关总。”

“女人就喜欢折腾这些东西。”他笑笑，完全不在意的样子，“才买没几个月，扔了干吗，浪费。”

“舍不得啊？”

“你折腾吧，这屋里除了我，你爱扔什么扔什么。”

狄双羽冷哼，升好晾衣杆瞥他一眼：“看你不顺眼把你也顺窗扔出去。”

他在她屁股上轻踢一脚：“变态狠心女作家。”

不知道是否因为她总撂这样的狠话，弄得关允很怕她，是字面上的怕，怕她同他吵闹，怕她做出他收拾不了的事，他甚至亲口说过：我怕有一天你会杀了我。这令狄双羽非常挫败，一个自己费心去讨好的男人，居然会怕她。

只要稍微察觉她情绪不对，他立刻哄她，也不管自己有没有错，哪里有错，只是一味地哄。买提拉米苏，还讲一些她听了都会因为自己笑不出来而感到尴尬的冷笑话。至于她生气的缘由，他向来不会过问。问了又会想起来，岂不是白哄？这种态度传达给狄双羽的信息就是：我们过一天算一天，开开心心不好吗？

狄双羽常常想，自己若也能抱着这想法同他相处，肯定会比现在和谐许多，不会那么容易气到自己吓到他。那么，夜里赶稿时他放在桌上的一颗形状残破的煎蛋，闹情绪时他送至眼前的一块甜苦参半的提拉米苏，还有这个要笑不笑叫她做笨蛋的男人，就足够成全她自以为是的爱情。还有像她这么好哄的人吗？

5

夜里还是冷的，钻到被窝里写字，他在旁边讲电话，大概是说某个项目的事，表情已经不耐烦了，但交代起来仍巨细靡遗，还问我要了一支笔做记录。这个人工作起来确实是非常酷的。莫怪他自视甚高，又有同事当面讲他恃才而傲。恃才而傲哦，多么诱人的行为……

有时我也让他给我补习，只是为了看他在我们共同接触的这个行业里侃侃而谈的模样。然而他的思维就和他走路的速度一样快，我根本跟不上……他耐心有限，有时会骂我是猪。但还是好喜欢他手臂从我背后绕过，指着电脑屏幕的讲课方式，听不懂时还会被摸摸发顶，

虽然是嘲笑的动作，但对别的学生，肯定不会这样吧 ^—^

而且赵珂肯定不会对这些知识感兴趣吧 ^—^

而且肯定没有哪个女人会在他的床上听地产知识讲座吧 ^—^

强迫症的蝎子总是会对自己独有的东西异常珍惜。

梦里都是密麻的文字要点，以及他飞快的语速，还有偶尔眼神交汇时，我自以为是的他的温柔。

我说：有时候你对我真是挺好的。

他问：大多时候并不好？

我说：你觉得好就好。

手指在空气中画出一颗心，我说：人心是这样的形状，它不是正圆，所以永远不会满足。

我真的觉得，他若有对我好的心，于我，已足够。

2012 年 12 月 22 日

想来也好笑，关允这种男人居然很纵容女人发脾气闹情绪，每次吵嘴之后，他对她都会主动许多。晚饭几乎餐餐一起，甚至应酬也不避讳将她带上；顺路接她下班的次数也逐渐多了起来；出差会把钥匙留给她；短信和电话变频繁，多是"我青花瓷袖扣少了一只你看见没有"，或者"提醒我下班交电费"。狄双羽喜欢这类琐碎无意义的主题，喜欢他拿生活上的小事情烦她，这让她有被依赖的感觉，仿佛家人般亲近。

还有一个变化不算明显，关允终于不在她面前频频提赵珂了。虽然不提不代表不想，但总好过口口声声心心念念的都是她。

狄双羽对吴云葭说："我想搬去和他一起住。"

"同居？"吴云葭对二人发展到这个程度不觉意外，她比较关心的是谁提出这项要求，"他让你搬过去的？"

"没。"狄双羽声音低落，又急急辩道，"不过现在这情况跟同居也差不多了，估计他也没什么意见。"

吴云葭说不拒绝和主动要求肯定有区别："再绷一阵儿吧，小小，你要是想长远，就千万别心急一时。"

人都有得寸进尺的坏毛病，狄双羽承认自己近来是有些急躁，大概是关允的示好，让她产生了这个想法。但也只是个想法，葭子说得对，对待关允这个不要求不拒绝不负责的男人，心急不得。葭子是怕她吃亏，她却是怕把他吓跑。

答应去陪他和朋友喝酒 K 歌的晚上，狄双羽临时改变主意要回家，说是房子到期了，要去续签租房合同。“今儿最后一天，别回头没地方住了。”

她憋了一下午才琢磨出这个合情合理的暗示，而且这都不叫暗示了，多顺理成章的机会啊，他只要接一句“没地方就住我这儿”就什么都解决了。

结果关允说：“你签完再过来不就得了，一个合同能签多久？”

“不去不去！”狄双羽心里有气，收线把手机扔在写字台上，砰的好大一声，把自己吓得够呛。

“我想算了吧，不如就这样地分手……”

音响里演绎着心伤的中低音声线，不知为何有治愈力量。狄双羽听了一个晚上的苦情歌，被唱出了勇气，拿过手机写短信：我们分手吧。

想一想，又改成“分手吧”，然后“吧”字也被删去了，只剩下“分手”二字，生硬地在屏幕上亮了半晌。到底也没有发出去。忽然想到，关允好像是个连分手都没必要说的人。

蜷在硕大的椅子里，头埋在膝间，听那女人唱“明知道爱你不会有结果，为何还如此执着？”唱“如果这一切只是梦，为何连呼吸都会心痛？”

尽问一些她答不出的话。

心里强迫自己冷冷做决定，他电话一来，却还是迫不及待接起。

关允说：“过来接我，找不到哪栋楼了。”

下楼一看，这哥们儿根本没找，零下十六七度的低温里，坐小广场那儿抽烟看星星呢。

狄双羽又急又气，蹲下去将他随意搭在脖子上的围巾缠了一圈，颇为凶狠地眯缝着眼：“咋不冻死你！”

关允笑一声：“呵。”身上酒气很重，仰头看她的目光有些痴，“你也不在，玩得就没什么意思。”

整晚的挣扎在与他对视的一瞬间支离破碎。狄双羽就势跪坐在他面前，一筹莫展地望着这个令她不知道怎么办好的男人。

他推推她：“你怎么也坐下来了？”

狄双羽还口：“过夜。”

“凉，”他站起来，又伸手拉她，带点指责意味地说，“越来越不乖了。”

看他摇晃的步子，狄双羽转低了眸子：“你就在家睡好了，非折腾过来。”

他脱口就说：“那你不肯过来……”

喝过酒比平常更坦率的关允，进门就直奔主题，狄双羽是打心眼里不想如此体现自己的迷人，但是床上的关允，有着她贪恋的温柔与认真。

细心照顾她的反应，为她的一颦一笑调整自己的节奏，会怜爱地抚摸她的发，珍重地吻她额头。动情时他用力掐着她的腰，按着她贴近自己，生怕不够亲密，生怕不能将她整个人收纳成为他的一部分，生怕消失。他会低声唤她的名字，不是笨蛋、作家、猪……所有可能给予别人的称呼，而是“双羽”。

也只有这种时候，他会对她有所要求。

“抱紧了，双羽。”

“把眼睛闭上，双羽。”

“双羽……”

“双羽……”

一声又一声，每一声都要她回答，仿佛确认。

狄双羽很痛，他越深入，她越痛，可是越痛，代表他离自己越近，她抗拒不了这种携痛的欢愉。愉快二字是心旁，而非代表身体的肉月旁，是否说明了愉快本身并不由肉体承载。肉体上的疼痛，最终在心所释放的快感下荡然无存。

或者他嘴上不说爱，或者他心里也从来不爱，可是身体对她的眷恋，她有强烈的感知，也就不再想这爱专一不专一。

俯身与她对视时，他的目光中，分明不止情欲。

就这样好了，他的怀中眼中，已经找不到别人，只得她一个。睡着了他仍不面对她，可他也没面对任何人，起码背后还属于她。就这样很好啊，哪里不好呢？人心，为什么要长成缺了一角的形状？

自己也是一声叹，狄双羽搓着头，怎么办，这毛病还能治吗？正巧戚忻打来电话，狄双羽抢先问话：“小T你们那有治胡思乱想的药吗？”

戚忻听这问题跟脑筋急转弯似的：“三唑氯安定？”修正她不专业的问诊，“你失眠啊？”

狄双羽说：“我老怀疑我有病。”

他呵呵笑道：“那我弄瓶子淀粉片儿给你吧，包治百病。”

“行吧。”狄双羽猜也没什么太有效的治疗手段。关允中午有饭局，一早回家换衣服，她跟着醒了就没再睡着，接了电话反而困劲上来，伸个懒腰，“没事挂了吧，我再睡会儿。”

戚忻一脑袋黑线：“怎么就没事啊！我这电话打过来又不是专门给您开药的。”

“啥事？”

“你很淡定嘛，这都几点了还睡，那袋鼠要知道他回来你就这个平静的态度迎接，还不直接纵身一蹦投了大西洋啊？”

狄双羽没听懂他在讲啥，不过她和戚忻之间的话题本来就不多，袋鼠又太有代表性……“你说易小峰？”

电话里安静了片刻，戚忻懊恼：“我是不是破坏了什么人的惊喜？”

总结而言，惊喜这东西若事先隐藏得太好，出现的时候就会横生一种突兀之感，甚至变成祸端。易小峰营造的惊喜无一例外地让狄双羽牙根痒痒。

去机场的路上，戚忻都在徒劳地解释：“可能他知道我肯定会嘴欠告诉你。”

狄双羽说：“我们小峰从不觉得人嘴欠，因为他自己嘴就够欠了。这次他能绷得住不跟我透口风，八成是没想让我知道他回来吧！”

戚忻见识了她之前向自己询问的症状：“小小你是够能胡思乱想的。”

狄双羽不再说话，恢复来时路上的态度，无论戚忻说什么，她都哼声应对，眼神狠戾地注视每一个活动物体。

戚忻不动声色地将身体转了几度角，他算看出来了，最多五分钟，易小峰还不出来，机场保安就得过来。

身后忽然一声脆吼：“容总。”

狄双羽直缩脖子，转一圈没看见声源，回头倒见容昱走出来。数日不见他还是那一脸无缘无故的煞气，刚驱完鬼般骇人。清清嗓子正想打招呼——

“哥。”声音离她非常近。

“哥？”狄双羽意外地看着戚忻。

容昱斜了视线把两人都扫过，表情没换，脚步未停，直奔举手唤他的人而去。

“哥——？”狄双羽指着他的背影，眼望戚忻。手悬在空中，转成兰花指晃来晃去，恍如自己瞬间短路的大脑，“他……你？”最终还是指回戚忻，“你到底姓什么？”

戚忻觉得她五指造型很漂亮，跟着比画，反指向她，“你猜。”

狄双羽目色一凛，面对这个比女人还漂亮又能沉住气卖关子的男人，她认输地先掀底牌："容昱是我老板。"

戚忻果然愣住："你不是在新尚居吗？"

"前任。"她说。从没听容昱提过家人，戚忻这一叫，直接摧毁了她心中容昱孤魂野鬼石中生的孤傲形象。"你们不是亲兄弟吧？"

"嗯，他爷爷和我姥姥是亲姐弟。"

这一串称呼把狄双羽难住了，仰头念叨了半天，也没算出两人有什么实在亲戚。

"反正他是我哥。"

"嗤，我也朝他叫哥。"

"人都没拿正眼瞧你。"

"也没瞧你啊。"自尊心受挫的小女人没风度地撇撇嘴，"他就没有正眼。"

"对。"戚忻忙不迭赞同，二人为诽诋共同的敌人而窃笑不已。

不远处，去停车场的电梯前，容昱却忽然回头。狄双羽立刻将笑容改为无聊的抿嘴。

戚忻反应没那么快，兀自傻乐，被容昱若有所思地盯着瞪了半天，有点发毛："他听见了怎么着？"

狄双羽笑他胆小："听见了又能怎么着啊？"

戚忻结巴："他很烦我姥姥家人……算了还是不说了。"话说一半又咽了回去，迎上她不悦的眼神，慌忙解释，"长辈的事，说它干吗？"

于是狄双羽脑中冒出N多种豪门恩怨的情节，正想着哪个最能贴近狗血现实，易小峰拖着个半人来高的行李箱现身，正在接机人群里寻找戚忻，意外地看到长发飘飘的狄双羽："小小！"眼里就再无别人，一个箭步蹿过去，隔着栏杆就把她抱起来。

不仅狄双羽，附近一片都惊得鸦雀无声。戚忻感觉特别丢人，以掌遮额挡住大半张脸。

易小峰只是欢喜，抱着狄双羽，一双大手在她头发上顺了又顺。

狄双羽只顾着捯气儿："你可吓死我了。"

易小峰亲近够了，再看没脸见他的戚忻："谁让你把她带来的！"

狄双羽捶他一拳："我自己。"

他不痛不痒地揉揉："真是个好主意！"一口白牙珠光闪闪。

戚忻有样学样，也给了他一拳："哥们儿你……"话还没说完就被他一拳打回来。

“还闹。”狄双羽钻进去拖箱子，“一会儿跟你算账。”

易小峰吐舌头，转向戚忻以唇型骂他。

望着狄双羽只身在前的背影，戚忻嘲弄地拐拐易小峰：“你这惊喜太蹩脚了，我看她都快生气了。”

“才不是什么惊喜，小小也不是生气。”易小峰敛起笑，浮起担忧的神情，“你不知道，戚忻，她有多恨机场，我不舍得她来这种地方。”

杯脚相撞，清脆响声中琥珀色液体微晃，催人豪饮。狄双羽清尽了杯中酒，转身拿了手机回到阳台。

电话接通，里面笑声未歇，“哟，忙完啦，作家？”

狄双羽略有歉意：“我弟突然回国了。”

关允不假思索道：“带着一起过来玩吧。”

“不了，朋友正喝着呢，”顿了半拍，又报备一句，“晚上不去你那儿了。”

“嗯，好好玩吧。”他说句拜拜，电话里笑着与人交代，“小节目排得满满的，把我甩了。哈哈，疯着呢现在这些小孩儿……”声音渐远，直到通话被切断。

语气还蛮宠溺的。

小孩儿？这个称呼在成年男人之间的含义，狄双羽不知该用什么心情去理解。额头抵着窗子，压得头帘末端扎在眼皮上，微微刺痛，又该剪了。她长吁口气，在玻璃上腾起白色水雾，模糊着夜景，倒映出进入阳台的另一道人影。

“赶紧去看看你弟。”戚忻说完就闪开了，卫生间传来的呕吐声替他说明原因。

狄双羽嘟囔着：“怎么吐得这么厉害。”撂下酒杯跟上他。

易小峰老老实实地坐在马桶前，吐完了伸手去拿纸，卷纸一扯一转，扯不断，一整卷全被拽出来，蓬松成好大一团抱在怀里。

戚忻瞪着一双死鱼眼：“还知道挑干净的用呢。”

狄双羽哭笑不得，蹲下去轻抚他的背：“别吐了，食道都吐出来了。”

易小峰从脖子摸到胸口，放心地笑笑：“没出来。”

戚忻受不了地朝那姐弟俩摆手：“你们再这么对话我要吐了。”弯腰帮狄双羽把人扶起，吃力地哼了声，“这小子你别看吐得五颜六色，我敢说他根本没醉，身子全挂在我这边，一点都不压你。喂，喂，”拍着他腮帮子喊人，“你给我站直了自己走，听见没有？”

易小峰勉强睁眼看看他，摇头，贴他贴得更紧：“我高兴压你。”

狄双羽抚额:“啊,不行,腐了。”看到戚忻脸色发青,连忙阻止他不理智的行为,“你别放手啊,摔着他肯定吐你一客厅。”

戚忻咬牙忍了,环视一圈,把这大块头放到地板中间,哄骗道:“你就坐这儿,别碰沙发,垫子也别动,我给你拿酒去哦。”

易小峰骨头都喝软了,倒在狄双羽怀里,仰头看她的眼里星河泛滥:“小小你嫁给我吧。”

戚忻都听烦了:“你能不能有点别的创意?”

易小峰敛起笑:“滚。”

从机场回到他家,三个人喝了整个下午,喝完某一杯突然就醉掉的易小峰,从此开始了他三不五时地求婚。戚忻总结说:“我发现了,哥们儿喝完酒就俩节目:抱着马桶吐,抱着你求婚。”他拍拍易小峰肩膀,语重心长道,“换成我是小小,也不会嫁给你的。”

打了个嗝,易小峰头一歪,热乎乎地吐在了戚忻连滚带爬离开的位置。

宿醉让易小峰这觉睡得无比痛苦,头痛欲裂。起床后,好半天才适应头的重量,抬手托着脑袋走出卧室。

戚忻正拖地,抬头一看他那副眉头大皱的神情,差点哭了:“哥,你该不会还要吐吧。”

“小小呢?”

“厨房打电话呢。”说着撇撇嘴,“那个像她初恋的男人。”

易小峰绷着脸,站在客厅肆无忌惮地吼:“我饿了,小小!”

狄双羽捂着电话回头喊:“T 啊,快给我们弄点吃的。”

关允一字不落地听进耳朵。“得,”他很识时务,“估计这些天都见不着你人了。”

狄双羽漫不经心地绞干抹布,电话里对关允建议:“元旦了,你不应该去陪关宝宝吗?”

他听了更显落寞:“孙莉她爸妈来了,小家伙成天跟着出去玩,根本想不起我,小没良心的。”话说到这儿本来就完了,忽又毫不相关地补充了句,“和你一样。”

狄双羽倏然僵滞,一时不知要说什么。

他在电话里大笑,笑罢又问:“对了,我手表是不是落你们家了?”

狄双羽关上水阀仔细想了想,没什么印象:“你来我们家戴手表了吗?”

“出洗浴中心一看没有了,回去找也没找着。到家翻了半天,也没有。你家要是还没有那就没戏了。”

“你再好好想想，别放讹。”

“反正你回家了想着给我看一眼，刚找手表的时候翻出来一个指环，你给我弄根皮绳挂脖子上吧。”

她失笑：“你越来越骚了。”

“你不也把指环戴脖子上吗？”

“我那就是挂坠好不好？它只是长个指环的样式……”

“我快饿死了，”易小峰耐心尽无地走过来，“电话怎么打起来没完啊？”

狄双羽做个手势让他滚蛋，他非但不走，反而大步走了进来，靠在洗手池边上，眼神专注地看着她。

关允也没什么紧要事，闻言随意道了别，又骂她一句没良心，这才收线。

易小峰伸手一揽，圈住她的腰，脸色落寞：“你要过去陪他了？”

狄双羽在他气鼓鼓的面颊上掐了一把：“不去，陪我弟过节。”

易小峰揉着脸：“那一起回家看爸妈。”

狄双羽挑眉看他：“你知道我假期不够。”

他不高兴：“我就知道你借口老多。”

易小峰有理由生气，他这次假期不短，是专程回来陪父母过年的，只在北京停留两天。偏这么两天狄双羽都被别人电话霸占着，手机不离身，没来电都要瞄上几眼，他再粗枝大叶，也看得出这是多心不在焉。越想越不痛快，再加个歪心眼奇多的戚忻从旁起哄，接连喝得烂醉。幸亏身体素质好，醉得快醒得也快，只醒酒后免不了嚷嚷头痛。

狄双羽实在管不住，或多或少也有心虚。

她自己也挺纳闷，关允一天时间竟打来了四通电话，找手表的找洗衣液的各一通，酒后胡言乱语和酒后一言不发的各一通。短信若干，基本没主题，有条彩信是光秃秃一张照片，满桌子酒菜，估计是所谓开年饭的现场。他是心情大好，还是喝酒乱性，幽怨她没良心想不起来他，竟有点醋意盎然的意思……而这些明明都是值得欣慰的事，她却惴惴不安。

第四章

——

我和你的非典型关系

他难受的是她离开的姿态，太潇洒，他挫败。

他挽回的是自己的面子，而不是狄双羽。

1

落了灰的擦净，垃圾丢掉，坏了的修好，旧摆设换个位置，眼睛会一亮。

收拾房间很有趣，不禁想人生也要如此才对：

蒙尘的感官应及时清洁；不好的思维习惯我们把它摒弃；伤心伤身的事总要有，自我调整和修复是必须；每天要做的事难免重复，尝试换种方法去面对和处理，或者会有意想不到的效果。

2013 年 1 月 7 日

送走易小峰来到关允家，他开了门斜眼看她，一副不准备给好脸色的架势。

狄双羽憋着笑，夸张地扑过去叫亲爱的，仰了头一下一下亲他，问："你是特别想我还是特别想我还是特别想我啊？嗯？"

他定力不够，没怎么着就破了功，笑意上眼，欲迎还拒地推着她："自重，自重噢。"

这种表情这样的语气都像极了易小峥，身上的温暖也像，暖得让狄双羽贴着不愿离开。可能是刚跟小峰分手的原因，今天格外想念易小峥。

关允也并没用力推，任她把全部重量都压过来，忍受她大分贝的娇嗲，以及不时的怪笑。"怎么像关宝宝似的还要赖？"他说着，抚乱了她头顶的发，"这么大人了也梳一个傻头帘儿。"

隔着她刚从室外进来犹带凉意的头发，他的掌心是一泓热源，浸润了她四肢百骸，时空光影于这刻盈晃错乱。

狄双羽将手臂收得更紧，直感受到彼此皮肤也随心跳节奏怦动。

"怎么了？"他轻轻拍着她，"弟弟走了舍不得？"

为他奇准的猜测欣喜不已，面上却低笑否认："调皮鬼我巴不得他赶紧走。"

"我看你玩得可欢着呢。"他又哼了哼。

狄双羽不受挤对："您不也没闲着？"放下背包拿出两只袖扣，"手表没找着，倒翻出了它俩，也不成对，一样一个。你两副扣都配不上套自己没发现吗？"

他不在意："我就没几副能配上对的。手表在我车里找着了。"笑了笑忽然想起，"你给我找皮绳了吗？"

狄双羽将自己脖子上的吊坠解下，皮绳递给他："我换根银链。"

关允从书架上拿下一枚指环，乐滋滋地穿进去，低头让她帮自己戴好，到大衣镜前臭美去了。

彩金戒圈纤细，斜镶一排小碎钻——分明是只女款戒指。

狄双羽冷冷看着，很不愿去联想它的来历。

晚上趁他洗澡，狄双羽窝在沙发里，盯着茶几上的戒指出神好半天，倾身取过来套上左手无名指。隔着一条皮绳，戒指在指关节处就再套不进。

赵珂比较瘦小，应该是她的手寸没错。

捏在手里，看到戒圈内部的 LOGO 和 K 金标志，狄双羽想起此前收拾房间时，似乎整理过一沓购物发票和保修保养卡之类的物件。跳下沙发，从书架下面拖出一只草编杂物箱，很快找到那叠整齐的卡片证书。紫色折卡精美华丽，内有压膜的钻石鉴定书，附带产品照片，正是她手上拿的这只。信息栏上填着顾客姓名、手机号、生日等等。赵珂字写得可真不怎么样。

侧耳听了听，浴室里水声未停，她将所有物品放回原位，重新蜷进沙发看杂志。眼皮底下那只戒指姿态静好，钻石折射出绚亮的玫瑰金色刺痛人眼。

关允一身水汽地出来，打了个冷战，看她身上那条吊带睡裙："你不冷啊？"

狄双羽瞥他："冷啊冷啊就习惯了。"

他对这不着调的回答嗤之以鼻，坐到她身边点了根烟，扒扒头发叹道："刚开工又要出台……"

她漫应："又哪？"

"芜湖。"关允抽过她手上的过期杂志翻了翻，"是这期的吗？放我皮箱里，明天飞机上看。哦，顺便看我钱夹里还有多少现金。"

行李箱里衣物文件电脑都已经装好，领带卷了两条，估计又要走上几日了。狄双羽从侧袋里取出他的钱夹，翻开看看，先是看到关宝宝的寸照夹在里面。溜溜的黑眼睛瞪着镜头，她看得喜欢，想抽出来细看，意外带出了后面一张照片，照片上是个有着海妖般卷曲长发的女人。——赵珂，寸照都能这么好看。

照片这样小，甚至看不清这女人的五官，只知道是精致的、诱人的、让关允念念不忘的。他手机里有她的信息，房间里有她的日记，钱夹里有她的照片，脖子上有她的戒指，电脑里有她发给他的邮件、拷给他的歌曲……明面尚且如此，心里呢？

在除了关允自己，谁也看不见的角落，他划给她怎样一片位置？

寂静到连呼吸也无法放肆的空间里，泪砸在地板上，竟有回音错觉。晶亮水光中，赵珂模糊起来，看得人头痛。狄双羽捂着嘴，不让抽泣出声，在窒息中控制住自己险些崩溃的情绪，强忍着撕碎照片的冲动，将它塞进行李箱最外侧的夹层里，合起钱夹，放回原来的位置。

做这些的时候，狄双羽心跳得厉害，希望这一切都是自己猜错了想歪了——戒指只是件贵重首饰扔了浪费，照片是很久之前放在关允钱夹里的，久到他都忘记了有它的存在。即使不见了，他也不会发现。

薄薄的夹层，如果不是特意找，一张小照片是会一直被遗弃在里面的。直到某天，她会为关允换一只新的旅行箱，然后将旧的一切，看到的看不到的，当着他的面，彻底清理掉。

这个可能性有多大，她没有勇气想。她不敢回卧室，不知该用什么心情面对关允。

她想离开，不知关允是否还会问她为什么？还会来找她吗，像上次一样？

分开了再回来他身边，她以为总会有所变化，不料却是她的痴心妄想。关允未曾为失去她难受，他难受的是她离开的姿态，太潇洒，他挫败。他挽回的是自己的面子，而不是狄双羽。而狄双羽的挫败是，明知如此，她仍情愿被他“挽回”。

这一夜狄双羽在沙发上待至天亮，睡睡醒醒几回，分不清梦里梦外。有时感觉冷，裹紧衣服，裹不住温度，凉薄四面八方侵袭。对自己说果断离开算了，嘴巴说不服心，心又管不住脑子胡思乱想。想起一首歌，唱不出，只哽咽，泪沿面颊曲线流到沙发上，不洇于皮质，也不蒸发于空，久久地窝在脸畔的位置，像枕了一汪凛冽的泉。

关允醒来时，看到床空了一半，开始不甚在意，狄双羽向来比自己起床早。供血不足让他思考缓慢，好半天听不见有人活动的声音，才隐约感到不对劲。疑惑地出了卧室，一眼看到沙发上裹件大衣蜷缩而眠的姑娘。

“双羽。”他走近了，蹲下来小声唤她，不敢惊到她，怕她滚下来摔到。见她张眼，才放心提了些音量，“你怎么在这儿睡啊？”

狄双羽望着他，一夜反复挣扎的记忆袭来，眼眶瞬间发胀，幸好睡眠不足的眼底早已充满红丝。她光明正大地揉了揉眼睛，她带着刚睡醒的鼻音喃喃：“写会稿子眼睛累，想眯一会儿结果就睡着了……”

他有些心疼地皱皱眉毛，托着她的脑袋与自己额头相抵：“搞什么啊，以后早点睡吧，嗯？”

狄双羽点下头，眼泪却扑簌簌收不住。怎么办啊，她停止不了，不管他有过赵珂还是孙莉……

以为她不舒服，关允把钥匙留下来，让她在家休息一天。

狄双羽坚持同他一起出门。她无法一个人待在他家，她不知道自己还能在这屋子里翻出什么来，停止不了爱关允，更停止不了对他的猜疑。过去是未曾说起，还是刻意隐瞒？过去是否真为过去？她不想为这层出不穷零星散碎的线索再伤神伤心。

到了公司也全无心思开工，所幸小长假刚结束，没几个人在工作状态。狄双羽浑浑噩噩混过一上午，才想睡会儿，关允来条短信：落地。跟着又有一条：你好些没有？下午5点多，他QQ上线，发消息让她下班回家吃些药早点睡觉。

狄双羽想如果能睡得着我还用等到下班吗，早溜回去补眠了。不想打击他难得的温存表现，只把QQ状态切换成离开，没多加理会，继续翻手机通信录找人安排节目。她就没想回家，睡不着又静不下心写稿，一人待着又得把自己逼近崩溃的边缘。

这些年心烦意乱时净往吴云葭那儿跑，陪小云云玩，孩子高兴她也高兴。元旦前几天吴云葭带孩子回老家走亲戚去了，要到春节前才能回来，葭子父母去世得早，但与近亲长辈来往还算密切，每年都要抽时间回去走动下。水月把年假休到东南亚去了，还E过来她和人妖跳舞的照片，估计还会有个把礼拜行程。小T也有自己的家人朋友，易小峰来那几天已经霸占去他的假期了……一一数下来，偌大一座城，找不到一个能陪自己喝酒说话的人。

可能她真是太寂寞了吧，才会爱上关允。

正陷于自我否定的伤感中，手机来电提示是容昱的名字，狄双羽狂喜。虽然他不会有闲心陪她喝酒，却是个常把她拎去凑饭局的人。“容总？”约我约我！狄双羽在心里吼道。

“嗯。”他应了一下就没声音，好像又忙起什么来。

狄双羽只好小心追问：“什么事？”

“稍等，”他不知跟谁说了几句话，然后也没道个歉，就和平常一样单刀直入地对她说，“出来打球？”

她猜中了前头，却没猜中这生僻的节目——“打什么球？”

“羽毛球。什么时间下班？”

“倒是快了……”

“好，等我几分钟。”

“等下等下。”狄双羽迭声阻止他挂电话，“这么晚了打什么羽毛球啊？”她看看脚上的雪地靴，走路都显笨重，一跑起来还不得跟小象撒欢儿似的。

她的意思是穿着不便，他却习惯性地拒绝，颇不满意：“你还有别的安排吗？”

在某人出差的当天，容昱的意思再明白不过：关允又不在家，你回去也是闲着一个人。事实是这么个事实，可他一定要把话说得如此直白吗？尤其在她正失落的当口，这话听起来简直就是落井下石给她难堪。没有关允，她的世界还一片空白了不成？想着就气结，酸溜溜一句话顶过去：“肯定不是只有你可以安排啊！”

突然间，他在电话里咆哮起来：“这个路口要出去！你走几遍了还不记得！”恢复与她对话时余怒犹在，听起来像质问，“你说什么？”

狄双羽吼完也心虚了，明知道容昱有口无心，她还是不大擅长蛮不讲理这项业务。咬咬后槽牙，勉强挤出了断断续续的笑声：“容总，我这几天不方便运动。”

容昱问：“为什么？”

狄双羽哑口无言，就不懂他咋问得出这么没生理常识的问题。

他猜测道：“生病了？”想了想又说，“看吧，你就是总不运动，体质不好就容易感冒。”

“我什么时候说我感冒了……”他这自说自话的毛病应该属于中枢神经发育有障碍吧。

容昱主观把这话理解为应约：“那准备下楼吧，我很快到。”

“晚上运动过量会失眠的。”

“别找借口了。”他耐心濒临极限，“我被你气到才会失眠，真会狡辩。”

好吧，她狡辩……狄双羽无语地盯着手机，很多时候她都觉着，容昱这货真是挺让人头疼的。好好一个约会，吵吵闹闹又变成她被勒令作陪，想领他情都难。

容昱纵是性情古怪，狄双羽也承认自己脾气没多好，葭子形容她是“牵着不走，打着倒退”。上中学的时候比较明显，狄双羽自我检讨是叛逆期心理因素所致，还有就是那些年神经敏感，有些小自卑，听不得别人呼来喝去命令自己做事，有种被侮辱的感觉。参加工作之后慢慢成熟懂事起来，没那么拗别了。唯独与容昱气场不合，两句话说不到就会被他惹得犯倔。

他太盛气凌人，狄双羽起初和他都没法沟通，后来是看他对所有人一视同凌，心里才稍微平衡。而且跟他也没法置气，容老板根本没觉得有气到你，她这边气得要死，人家还莫名其妙地想，这人怎么突然爆掉了？狄双羽同他争习惯了，变得愈发宽宏大量。

有人说踏入社会就如杂石入海，管你棱角多锐，风吹水蚀久了总会圆滑起来。而狄双羽觉得自己遇到的容昱简直就是一套组合锉，不到一年就把她连削连磨治理成弹力球了。

2

喜欢钻牛角尖，喜欢计较的我，对实际得失看得并不重。我有自己的天平，在别人看起来得不偿失的买卖，往往在我觉得，就那么回事吧。

爱情里的得失啊，跟炒股票差不多。

简单地讲，投进去十万块，再坏不过全部赔光，对不对？考虑到这种结果了，可以承受，那么我就可以付出了，对不对？

于是爱了。满仓！

结果一开始就被套牢了，等发现自己是最高点买入的时候已是血本无归，套着吧，也许会有奇迹。

“事实就是这样，当最坏结果到来的时候，你明明已预料到，也做了承受的准备，但你就是做不到那么认命，眼睁睁看着最坏结果发生。”

然后我会继续往里砸钱，想方设法地撑着，延长期待的时间，给奇迹更多实现的机会。

不知不觉地，付出的这一切已超出承受范围了，期待的奇迹还是没来。

然后我才发现，最开始我就犯下了一个常识的错误，那就是从来没问过自己：

一只股从一块钱涨到十万块，这是怎么样的期待值？

2013 年 1 月 13 日

才绊了个气势汹汹的嘴架，等见到容昱时已忘得一干二净，一脸灿笑：“怎么突然想起要找我打球？”

难得容昱也笑眯眯的：“找不着别人。”

狄双羽笑脸顿僵。

他大笑：“我人缘有那么差吗？”独自坐在后座舒展了四肢，悠哉地说，“是猜你肯定闲着。”

狄双羽忍无可忍：“我凭什么就闲着啊！”

“好好好，”他惹够了，抿起微笑以示风度，“谢谢你陪我打球哦双羽。”

新来的小司机没有旭华那么司空见惯，不时偷瞄这个顶撞他老板的美女，好奇之情表露无遗。

狄双羽回头看看容昱：“您就穿这套装备打球？”

“衣服在后备厢，”他说，“总不能穿运动服上班。”

“对啊，”狄双羽举起衣袖给他看，“所以你看我这身儿，怎么打球？”

他欣赏一番，评价道：“你这身也就相当于运动服了。”

相比他那身正装，狄双羽无话可说。

容昱扑哧发笑：“都上车了还在抵抗。”向后倚在靠背上活动肩颈，漫不经心道，“就喜欢和我拧着来。”

狄双羽听见他转动颈椎时的轻微脆响，正想说什么，就听他嘟囔了一句话，没听清内容，请他重复，他半眯着眼不看她，也没有回答的意思。猜想不是好话，她放弃追问，开启自己的话题：“您都忙一天了，还非得出来打球。”

他半真半假地：“我说是怕你无聊你又不愿听。”

她只好笑纳：“受宠若惊。”

这一巴掌显然拍中了马屁，容老板龙心大悦，也开始学会体恤他人：“你累了吗？”

狄双羽实话实说：“看你挺倦的，我累的话就不出来了。”

“你看你，明明想来还推来推去，多不坦率。”

“我这叫客气。”

“跟我有什么好客气？”他是真有疑问，完全不明白她的思维，“我又不是你老板。”

狄双羽茫然侧过了脸，这个问题她也问过自己，没得出合理答案。没有雇佣关系，两人仍有见面往来，说是朋友，又做不到那么轻松和谐。就因为什么都不是，她不知该如何定位自己和他的关系，便拿捏不准该用哪种态度面对他恰当，总要绷着根弦儿与他相处。至于容昱待她，绝对谈不上亲近，也不疏远，中间或有些微妙变化却不明显，基本上是一如既往的淡淡的恶劣。对于这种恶劣，她只是嘴上顶撞，心下并不当真恼火，否则也不会次次妥协。

容昱也问："你有必须顺从我的理由吗？"

狄双羽一怔，诚实告知："好像没有。"

他点头："那就不用再客气，浪费时间。"

容昱这两句话说得比平常语速稍慢，似乎在强调，又似乎怕她听错。狄双羽听清了，却没听懂。是暗示她如果喜欢，就该坦率接受他？不对，容昱讲话没那么有技巧的。

"你又摇头。"他指控，不忘告诫她，"打球时候专心点，不然受伤要怪我强拉你出来。"

"我能那么不讲理吗？"她尽择漂亮话说。

容昱撇撇嘴，不屑反驳她。

狄双羽看着他这最寻常的表情，忽然想到，像容昱这么自我的家伙，或者她本不需要用什么关系来定位他和自己，偶尔见面聊聊天，见不到也不会牵挂，怎样都行，最普通不过的人际。脑子里冒出庸人自扰这个词，没来由心情大好。"打完球我请您吃饭怎么样？"

"可以。"他也没对她的主动示好有何反应，回答得一板一眼，像在批示下属报备。

狄双羽龇牙直乐。

容昱不解："哪里好笑？"

狄双羽问："你是不是早就打算了待会儿要去吃饭啊？"

他呵呵笑道："还没来得及打算，我说了你肯定也要告诉我晚上减肥不吃东西。反正我说什么你都说不行。"

司机忍不住偷笑，惹狄双羽尴尬地斜瞥他一眼："涮羊肉您吃吗？"

"可以。"他对吃倒是不大挑剔，除了那些洋快餐，基本放任她点单。

"我给您找家很好的馆子，那儿手切羊肉片一绝，片片 0.7 毫米，可以透过它看报纸。"一天没用心吃东西，两句话先把自己说得直吞口水。

瞥着这个谈到吃立刻神采飞扬的女人，他不解："直接看多好，干吗透过羊肉看？"

她的热情没那么容易被浇熄："完了，现在就想过去吃。"

容昱立刻否决："别想，吃完怎么运动？"

"我们可以只吃，不运动。"狄双羽觉得他钻牛角尖了，"吃饱喝足睡一觉也挺舒服啊，何必去花钱挨那累呢？"

"你说不服我的，"他笑起来，"先去打球，然后你想吃什么都行。"

狄双羽耸肩宣告妥协。

结果才打了两场，狄双羽刚活动开四肢找到挥拍的感觉，容老板竟然张罗收队吃饭去，狄双羽嫌他扫兴："容总老矣。"

容昱当即翻脸："是怕你不常运动，跑太多了拉伤肌肉。"

看他们停拍说话，司机把容昱电话送过来，说有几通着急让他回电的，狄双羽顺势接过他的拍子递给司机。得到容昱眼神许可后，小司机方敢下场应战。

这孩子打得不好，或者是不好好打，狄双羽也只得把对付容昱的劲头收起来，羽毛球四平八稳地在空中反复划一条弧线。容昱电话讲完了，站在边上看他们每个回合都打上十几二十拍，取笑道："你们这么玩多费球拍。"

狄双羽挡住球落进自己手里："不是省了弯腰么。"说着扬扬球拍，"来啊，您上场捡会儿球？"

他不受将，扔她一瓶矿泉水："你还玩？明天腿疼上不了班。"

"放心，不会。"接过来猛灌了一口，将瓶子递给司机让他捎带到场外，"谁说我不常运动了？今天本来是要去做瑜伽的。"

"哦？"容昱倒有些怀疑，"不是跑到哪里通宵喝咖啡写稿子？"

狄双羽记起有回在转角茶座，曾看他向服务员问过一些关于她的事，原来是说这个。她想笑他无聊，又忽视不掉感动，谁会不希望自己被人关心呢？"我才发现心情不好的时候，流汗比流泪有用。再打两场如何？"

他望着她笑："你又不想涮羊肉了吗？"

她用拍子颠着球："反正羊都切成片了，跑不掉。"而容老板一言九鼎，也跑不掉。

狄双羽实在没想到，这些活物都乖乖地存在，她那没手没脚的钥匙包却不知跑哪去了。从健身会所找到饭店，还绕回公司翻了一圈，沮丧地下楼来，对等在车子外面的容昱摊开双手："您知道换锁的电话吗？"看他的表情，保不齐连换锁这行当都没听过。

“找警察。”容昱的方法总是简单粗暴但绝对能解决问题的。

“有可能落在桌上被同事收起来了。”以前出现过这情况。

他提醒她：“没有备用的吗？”

“同学那儿有一把，但是她没在北京，而且她家的备用钥匙也在我包里……”看来一顿数落免不了。狄双羽揉着脑门，无奈得呵呵直笑，“看来还真要去喝咖啡写稿子了。”

“别闹了，”他转身拉开车门，“找个酒店。”

她站在原地仰头数星星：“身份证在钥匙包里。”

他一怔，怒了：“你这是什么习惯！”摔上车门又退了出来，“现在就确认有没有被同事收走，没有的话马上回去把门锁换掉。”

“不要紧，身份证上不是现住址，没事。”突然想到有可能落在关允家了，看着容昱就有些不自在，“明天再说吧，这么晚了给人打电话要钥匙怪不好意思的。”

看她这不慌不忙的认命相，猜也不是第一次丢钥匙了，容昱就对她如此不科学的物品保管方式颇有微词：“身份证和钥匙放在一起？”

“原来是放钱夹里的，人家告诉我，这要是丢了，银行卡都得被清空。”

“你告诉我现在这样好到哪里去？”

狄双羽再度望天，她从来没想过自己有一天会面临这么悲凉的处境：“往常都是去朋友家住。”

容昱也认命了，“走吧。”

狄双羽眨了眨眼，将目光从一弧苍穹收回。

他已经坐进车里：“还有什么事？”

“去哪儿？”还是确认为先，以免出自作多情的糗事。

容昱给她的猜测打个钩：“我家啊。”

果然——狄双羽连忙澄清：“我说去朋友家的意思不是要去你家……”

“要去谁家上来告诉司机！”容昱对支支吾吾的人显然没耐心，升上玻璃，瞪着车外的人影，冻得木耳晒干了似的，纳闷地嘟囔，“缩成一团就不冷了吗？”

糟糕，惹毛他了。狄双羽叫声不妙，迅速坐进车里，空调的热风吹得她连连寒噤，冻僵的思维也渐缓和。刚那么说话存有歧义，人家容昱陪玩陪吃还陪着满北京城找钥匙，她却急于将他划在朋友圈外。转过来小心地瞧着他的脸色：“会不会不大方便？”

容昱微侧过脸：“我说过不用客气。”

狄双羽哭笑不得：“这回真不是客气。”

“有空房间，你不用睡沙发。”

“好吧……”

“开车。”

司机没多问，直接奔着容昱家的方向开去。老板没说地点，那就按预计路线跑，他虽是临时替班新到岗，很多事也都被旭华嘱咐过了，只是还比较怕容昱，不敢拿些废话烦他，倒是对打了一场球的狄双羽感觉亲切。“没找着吗？”他问的是钥匙，“要不给华哥电话，让他找人来撬开。”

容昱正在埋头看手机，听着这话抬头皱了皱眉毛。

狄双羽倒没想那么多，回过头对容昱说：“华哥有这资源怎么不早言语啊？”

容昱冷冷望向她：“你想把房子炸了他都有资源。”

狄双羽很想马上联系旭华取证这句话的真实性，看容昱不甚愉快的表情作罢了，念一句华哥威武，也再没得到司机的搭话。

去容昱家过夜，虽是形势所迫，但总有些好说不好听的意思。新司机不像旭华那么健谈，车厢里沉默得诡异，狄双羽连呼吸都谨慎起来，莫名地尴尬，本想找些话题缓和气氛，结果容昱不知为何脸色凝重，隐约不快。听他刚才一连打了几个电话，大概是有公事烦心，狄双羽也只好识趣闭嘴，一路安静到容昱家楼下。

下车来到房门前，容昱按开密码锁，嘀哩一声过后，“不要紧吧？”他问，飞快地瞥了狄双羽一眼。

狄双羽愣了半拍，才明白他所指为何。

原来他跟自己揣了同样的不自在，只不过这人有着把一切情绪都展现成怒气的本领。

弄清对等关系，尴尬似乎就倏地不见。狄双羽两手合十，指尖抵在下巴上，笑着对他眨眨眼：“打扰了，容老板。”

容昱住的复式别墅并没有狄双羽预料中的奢华，格局设计反而还比较强调功能性，唯一出位的当属客厅一隅那张墨绿色台球桌案。之前还猜想，以容昱的暴躁，不会是喜玩这种技巧性运动的人，他的家饰就直接反驳了她的腹诽。

狄双羽被安排在一楼客房，房内收拾整齐，纯色床品简单清爽，只不像有人常住的样子。

容昱弯腰摸了下被子，捶捶手，左右看看，打开了壁橱的柜门，“哦，这有床单，你可以再换一套。”对自家物品存放处的陌生，以及检查卫生时不专业的动作，彻底暴露了他不做家务的事实。当然容老板也没想隐藏这点，“还缺什么自己找吧，我也不知道在哪儿。”

狄双羽道了声谢谢，背着包站在门口，样子有点傻。

容昱忍不住笑：“打算在那站一晚？进来啊。”他指着客厅另一端，“我房间在里面，有事叫我。”

不甚专心地打量着房间摆设，狄双羽问：“就你自己住？”房子虽谈不上豪宅，两层面积摆着呢，一个人住太夸张了。问完又觉突兀，有探听别人私生活的嫌疑。

容昱倒是神情自若，完全没想歪：“我妈住在二楼。”

“谁？”对狄双羽而言，容昱基本属于非现实人物，乍闻他的人际关系，她先惊讶，随即石化，那她这三更半夜跟回来……捏着背包带面色惶恐。

不明白她怪异的反应为何，他补充道：“她现在没在，回湖北老家了。”

狄双羽尴尬笑笑，顾左右而言他：“那什么，算起来戚忻管您家老太太叫舅妈对吧？”话一说出来就后悔了，戚忻明明说过容昱不喜欢他们家人，她还这么冒失地给提起了。

果然容昱不肯接茬。“睡吧。”他说着，脸上是那副与全天下都有仇的神情，看上去跟平常一样。

明显觉察到气氛的微变，狄双羽连忙应声“晚安”。

他点头，揉揉手腕又四顾一周，若有所思。

狄双羽只好继续站着待命。

漫不经心瞥下她，容昱问：“你是戚家那边的亲戚？”

“朋友而已。”她答道，斜眼偷瞄着他莫测的表情。

对于她的回答，容昱也没做任何有意义的反应，隐约应了声，就直接出去了。

留狄双羽一人在这陌生的房间里，主人没说随意，她也不好乱转，草草洗漱过便躺下。运动疲了，又吃饱喝足，纵有心事也难斗困意。一觉睡到铃声大作，拿过手机关了闹钟，看到两条未读短信：

“猪，码字呢？”

“明天就回北京了。”

都是关允发来的，夜里 1 点多，那时她刚睡熟。狄双羽回复了一条：几点到？

想了想又逐字删掉，半夜还在发短信的人，这会儿估计没睡上几个钟头，她不想吵醒他。关允睡觉大过天，说不定会被这种无意义的问题惹恼。

反正问与不问，该出现时他总会出现。

3

晚上跟妈视频，快结束时她迟疑道："小峰说……你谈恋爱了。"

我装傻："小峰说？我和谁谈？他吗？"

妈摇头，又叹："小小，是该谈恋爱了。"

我还是否认。

水月送写真来，咖啡厅里聊聊天忽然问：亲，你最近是不是谈恋爱了？

我说对于恋爱啊，朕可一直没歇着。

同事婚礼上，多喝了几杯的柏林爆料：咱们大才女也好事将近啦。

纷纷询问下我表示：暂不公开。

和关允在一起，就像是一场单恋。

我不敢向家人、朋友和同事说：我恋爱了。

2013年1月24日

收拾妥当准备上班时狄双羽还在想，要不要跟容昱打个招呼，推门出来，一眼看见客厅南面落地窗前的跑步机，容昱正在上面以近乎走路的速度慢跑，手里还掐着份报纸。

狄双羽果断地大声问好："容总早。"瞧他那速度，即便被吓到也出不了什么事故。

容昱头也没回，就在狄双羽以为他没听见，想走近再招呼的时候，他合起报纸，一手关了机器，一手以掌压按后颈，慢悠悠回过头来："起来了。"

狄双羽愣了一下，喷笑："你怎么像个老头似的？"

如期收到他警告地一瞪："我也要出门，等司机过来顺道送你。"

"不麻烦了，我去甲方，就这附近，打个车几分钟。"见他转动脖颈的艰难模样，忍不住又笑起来，"您这什么情况？跑步拧到脖子？"

他费解得恼火："谁知道，睡一觉就坏了。"

"落枕吧？"狄双羽看看壁钟，时间还来得及，放下背包走过去，伸手拍拍椅背请君就座。

容昱第一反应是戒备地眯起了眼。

"来来，祖传手艺，瞬间祛痛，见效付款。"她撸胳膊挽袖子地热情招呼。

容昱没被她夸张的吆喝骗到，挑着眉毛衡量数秒，大概是想再疼也不过如此，几步上前依言坐下。她手才触上来他就打了个摆子，扭头瞪她，这一动作幅度过大，牵扯到肌肉，疼痛加剧，他吸了口气才不悦地指控：“凉！”

“好好好……”狄双羽快速搓几下掌心，再按上去，“这样好了吧？捏的时候会疼，就一下，你有点心理准备。”

“唔。”他如临大敌。

狄双羽哭笑不得：“也没那么疼，你放松一点，肉绷成这样我捏不动。”伸出拇指沿着他颈椎向下至肩背处依次按压，“疼吗？”

“疼。”

“哪儿最疼？”压到一处筋结，“这儿？”

“嗯。”

“还是这儿？”

“嗯。”

“……到底哪儿？”

“肯定都疼啊。”

她无语，只好听着他吸气的轻重自行判断压痛点，直到他有明显躲闪的动作，才捉住他肩膀，手指在痛点用力滚压个来回。

容昱疼到直接怒了，闷哼一声，捂着后颈倏地站起。

狄双羽自尊心极度受挫：“不是说了会疼吗？”

“你赶快上班去。”念在她没恶意的分上，他压着火没与她计较。

“讳疾忌医，你一整天就这么僵硬着过吧。”她下了个诅咒，转身去拿背包。

容昱被咒乐了：“讳疾忌医是这么用的？”视线随着她的走动而移动，后知后觉地撤了一直捂在后颈上的手。“哎？”不可思议地把头转来转去，像齿轮缺油的机器人。

狄双羽发现了他过于灵活的动作，倨傲地哼笑：“感受到神奇了？”

他也不言语，坐回来向她比了比肩颈部示意继续。

狄双羽寻至刚确定的痛点又做了两遍指压，攥着空拳将按摩过的肌肉轻叩一番。

容昱还是疼得冒汗，但没再躲，咬牙坚持到她治疗结束，问出心中的疑虑：“你是把疼痛转移了吧？”

她在他两肩轻拍两下做结束动作。“好了，”掸掸手说，“要相信我国传统医学的秘技。”以前和易小峥学跆拳道时经常肌肉拉伤，这点小手段她还是会使的。

享用了这所谓的秘技，他仍不甘妥协：“我不置可否，好吗？”

狄双羽很满意："亦可。"两人相视大笑，她挥手，"走了，拜拜。"

他点头："路上小心。"

普通到近乎敷衍的一句叮嘱，狄双羽听了却有着说不出的异样感，忍不住回头看了他一眼。

容昱还在检验疗效，左一下右一下地摆着脖子，配合叉在腰间的双手，就像小朋友做广播操。迎上她的视线，动作并未停，只是慢了半拍："怎么了？"

"没怎么。我忘了有没有跟你说过谢谢。"

"说很多遍了。"他答完，怕别人看不出他的不耐似的，直接丢下她不理，转个身朝自己房间走去。

关允从机场回来直接到公司接她，狄双羽说了丢钥匙的事，被骂是猪，她愉快地抗辩："有可能在你家。"

"那也是猪。"他说。

她应一声，似后知后觉地问："不是要走个把月吗，怎么才一天就回来了？"

他笑道："不是惦记生病的猪吗？"

这理由是真是假，狄双羽辨不清，不过，他还记得她的病，她已知足。"您如果早有这份担心，我压根儿就不会生病。"

关允茫然："什么意思啊？听不懂。"

"意思是——我昨天去打羽毛球了，发发汗就好了。如果你早肯陪我去打球强身健体，不就没病了吗？"

"多不讲理，你什么时候说要打羽毛球了？"

"我现在说，明天你陪我去打吧。"

"明天可能还要走呢，赤峰那边约上了。"

狄双羽感动地问："所以你是特地给我送钥匙回来的？"

他要笑不笑地一咧嘴，权作回答。

"我当你是了。"她讨好地挨过去，将手放进他掌中，"关总人真好。"

他不客气地捉住，以指腹轻摩她冰凉的手背："你穿得少了。"语气像在教育女儿，"前几天我就说过你。"

她低眉顺目道："本宫没听见。"

他忍俊不禁，"猪。"

下了车，关允并未直接回家，拖着皮箱和不明就里的狄双羽，走几步拐进小区西门一家五金店，掏出家门钥匙递给店里师傅。

狄双羽盯着那电花铁屑交杂，有些呆怔，这还是第一次——她不曾要求，他便主动给予。

金属被削磨的刺耳声响中，他说："从你身上学的教训，留个备份。"付了钱接过两把钥匙，比对一番，将其中一把递给她，"别我出差，唯一一把钥匙留给你，转个身你就弄丢了，我回来两人站门口大眼瞪小眼。"

他说得画面感十足，配件师傅都听乐了："不要紧，咱这儿能开锁。"

狄双羽不好意思地接过那把余温犹在的备份："那我把备份弄丢了你不会骂我对不对？"

关允拔高了调子："我哪敢骂您啊，作家。"出了店门他回头看一眼，坏笑道，"老是丢钥匙，明天把你嫁到锁匠家去。"

狄双羽许愿："我希望世界和平，夜不闭户，从此不需要钥匙。"

关允坚持："还是嫁给锁匠比较现实……哎哟。"笑着挨了她狠狠一拳，拉杆箱换到左手，右手从口袋里摸出震动不停的手机，"喂？方便，说。"

狄双羽收起笑声，疑惑地看着他倏尔不悦的神情。

"有孩子的人出什么差啊，那如果我没在北京呢？我发现你真是……行了行了我接她过来……别废话了行吗？"挂断电话长呼口气，"说要去广州出差，保姆临时有事明天得回老家，让我把关宝宝接过来住一天。"

不用问肯定是孙莉了："现在吗？"

"明天。早上接她送去幼儿园，晚上带家来住。她妈后天上午就回来了。"

孙莉是一早的飞机，出门前又给关允来了通电话提醒。关允甩一句"行了知道了"，收线翻个身趴在床上继续睡。狄双羽原准备叫他起床，见此情景呆立在门口不敢上前找骂。

隐约察觉到门口动静，关允半撑身扭头看了看，趴回枕头眯起眼睛发笑："马上就起，你别再催我啊。"

有对比，狄双羽才懂得这语气有多宠溺，走过去沿床坐下，俯身压在他背上："爸爸我要上幼儿园。"

他迷糊着呻吟："爸爸困死了，宝宝今天旷课吧。"

狄双羽大笑："当你们家孩子太幸福了。"轻拍他一巴掌，"我走了啊，你赶快起来，别又眯着了。"

“现在出门也堵。”他伸手摸过手机确定下时间，“等下我送你吧，然后再去接宝宝上学。”

全部门同事都发现了，狄双羽这天格外有亲和力，话多笑容多耐心也多了，整个人散发出温顺气息，像母豹子驯化为家猫。有人向柏林打听，莫非因为拿到了大老板关照的项目，升官发财了？

柏林说怎么可能：“要升也是我升啊。”

狄双羽不屑：“你个男人家，用什么生？”

柏林气得：“好好一个话题让你给聊成年了。说真的，你最近这种表现，什么情况？”

狄双羽想了想：“我可以允许你称呼这种表现为‘低调的幸福’。”

“低调毛啊，一脸春意的样子。喜事将近了？”

“呵呵。”她系紧围巾，拿了背包挥挥手，“周末愉快。”

听他在背后嘟囔：“还卖关子……”

她不是卖关子，但就是无法大方地告诉大家：对，我谈恋爱了。

出写字楼一阵大风吹来，拢着乱舞的长发，走进常去的理发店，见了发型师就俩字儿：“剪短。”

发型师摸着她质感极佳的直发：“亲爱的，你这是受了啥刺激啊？”这把头发他亲手打理了两年，很少有这种长度还不分叉的，且又做足了营养和精华，完全可以去做洗发水广告。

狄双羽翻着杂志，指着模特蓬松卷翘的中短发造型：“还不就是你给我看这图片闹的。”

发型师直摇头：“那咱不带后悔的哦。”刀起发落，手机嗡动，狄双羽吓了一跳。发型师也吓到了，看她摸出电话才释然，“我说才一剪子您就激动成这样。”

狄双羽大笑着接通电话。

关允也跟着发笑：“哟，心情不错嘛，配上钥匙啦？”

“还配什么钥匙啊，我一会儿直接找人撬锁。”钥匙包没在他家，看来是真找不回来了。

“你还没回家？”

“剪头发。”

“这么早就下班？”

“嗯，你呢，接宝宝放学？”

“学校外边等着呢，宝宝上围棋课，要6点放学，我4点半就到了。”

“这么小的孩子学围棋干什么？”

“不知道，都是孙莉安排的。”

“应该让她学跳舞，跳舞对女孩子很好的，气质和形体都能培养。”

“你学过跳舞？”

狄双羽笑：“我学过跆拳道。”这倒不是胡说的。易小峥是黑带，差一点就走上职业路线。她和小峰也都跟着学了一点，她学得晚，柔韧度差了点，小峰虽然早学，但他更喜欢散打，所以也没啥造诣。

“啊？千万不可以惹你。”他也跟着发笑，“到家弄不开门就回来吧，我带宝宝去那边住，你住我这儿。”

“不用。”想也不想地拒绝，狄双羽抬手示意发型师继续剪发，“自己家还能回不去？”

“美女，”通话结束半晌，发型师忍不住问，“真学过跆拳道？”

狄双羽顺嘴接道：“段数还不低呢。”

“……您放心，我一定好好剪着。”

齐眉头帘没变，及腰长发一刀裁去过半，发梢里翻外翘诸多小卷，整体染成了深亚麻色，日光灯一照莹莹发绿。部门几个女同事约好了似的统一更新QQ签名：你怎么舍得……

关允反应较为淡定：“稀奇古怪的，挺配你。”

狄双羽瞪他：“那你也是稀奇古怪的。”

他呵呵笑：“我配不上你的。”

忽略心里对这句话产生的失落，她自顾自欣赏新鲜的自己。

吴云葭回北京见到她新发型就一句警告：“我看你嘚瑟没毛咋过冬。”

狄双羽变戏法似的拿出两顶帽子，一顶红的自己戴，一顶绿的原打算送给关允，被骂了，揣在包里带来给吴云葭。吴云葭也没什么好脸子，倒是小云云跃跃欲试，必然是大的，一跑一跳滑下来遮眼睛。狄双羽大乐，抱过她在怀里猛亲一口：“太好玩儿了！”娘儿俩翻了些针线出来，商量着怎么把帽圈改小。

吴云葭收拾着衣物，貌似随意一语：“那么喜欢孩子自己养一个吧。”

狄双羽接道：“又不是母鸡生蛋。”说完才反应过来吴云葭的暗示，一走神，针扎了手。

小云云惊呼，不假思索抓过她的手指含在嘴里。

狄双羽眼圈一红："没事……"

吴云葭支使女儿去药箱里找创可贴，坐到狄双羽身边，将她们那堆过于尖锐的玩具一一没收。

狄双羽吮着手指头，戒备地盯着她。

吴云葭看也不多看她一眼："你不用这副德行，我已经懒得说你了。"

放下手，狄双羽叹气："他给我他家钥匙了。"

"哟，不怕您一起给丢了？"

"我冷他就热，我热他就躲。"

"听着怪有意思的。"

"他想怎么样啊？！"

"玩儿你。"

"……"狄双羽实在很想哭。

小云云举着创可贴跑出来："小姨，伸手。"撕下纸膜，动作温柔地缠在狄双羽指尖那一星红点上，细心问她，"疼不疼？"

"有一点。"狄双羽凝视那认真的小人儿，又叹一声，"孙莉今天直接把孩子扔给他带了。"

吴云葭淡定不了了："我的天——！什么情况？想复婚的节奏？"

"没，就一天，孙莉出差，阿姨也有事要请假，让关允回家的。"

"你跟人家爷俩儿一起住的？"

狄双羽瞪她一眼："那么愿意当后妈呢。"

吴云葭觉得有必要提醒她："让姓关的知道你会善待他女儿，对你没坏处。"

"我不想孙莉又搞事。"狄双羽斜栽在沙发上，姿态粗鲁，神情烦躁，"之前是因为知道赵珂和关允分了，才那么痛快地离婚，要是发现关允身边又有女人，她肯定会急的。"

"她早早晚晚还不是要知道？"

"知道是知道，那早早和晚晚可不一样。"

"哪里不一样？历史遗留问题，他关允不解决，你绝对没辙。还瞪我，来不来一副你弄死我我都开心的样子，那男的会用心对你才怪。"

"他说他和孙莉不会复婚。"

“他还说过他会再结婚——这两句话加在一起，也不等于他要娶你。明白吗？他放了个屁不代表他想拉屎，闻着臭味就忘乎所以了那是你傻。做人不能太想当然，你怎么能不知道这个理儿？”

知道又怎样？做人的道理从小就学，又有几人真正学得了？狄双羽两眼直勾勾望向窗外：“又下上了，北京今年雪真厚。”

吴云葭泄气：“再下几场就把你埋了。”

4

夜里你抱着我说理想，你说三年内如何，五年内怎样……把我的人生对比了个一无是处。

我信你会完成这数字，不打折扣地相信，因为你是这样努力。埋头工作的关允的模样，比任何电视节目都好看。

只是，会很累吧……白头发越来越多了。你说：这些白发是瑞驰有今天的代价。

有些事是我早就看得出来的，一直回避不问。

果然是一山难容二虎吗？你们一起创业，一起打天下，如今你要自己的江山，家产难分。

或者你将远行，我并不在你的将来。

而你的将来，我会祝福。

2013 年 1 月 28 日

狄双羽在这城市混了有些年头，今年雪下得最厚，难得是气温也够低，除了撒有融雪剂的马路，大部分的雪都积留了下来。

回到家的小峰来电话说，家里的雪也很大，接连数日地下，天一放晴就变得很好看：晴空明蓝耀眼，针叶林墨绿优雅，积雪素白冷艳，间或露出黝黑土壤，肥硕的建筑五颜六色……那个东北边陲小镇的冬天繁华活跃，狄双羽已经很久没回去过。

易小峰说：“快过年了，小小，妈做了好多打糕，黄豆粉超级甜。”

狄双羽笑他：“你超级夸张。”

“我超级想你。”

“那怎么办，过完年来北京工作吧，不要回悉尼了。”

“嗯。”

“……”

“爸妈都不愿出国，他们年纪也越来越大，不在身边，我不放心。”

“小峰你长大了。”这话她说了无数次，唯独这一次说到自己眼眶微热。

“所以真的可以照顾一个家，你累了就回来，随时。”

“别给我退路，丧失斗志怎么办？”

“你要斗志干什么呢？只会让我和妈心疼。”

“妈才不会像你这么说。”

“可她就是这么想的，我知道。”

“啰唆，你还是回澳大利亚去吧，中文不好的时候没这么多话的。”

“他对你好不好，小小？”

听到这突如其来的一问时，狄双羽正走出写字楼的旋转门，身体搁于寒风中，非常突兀地打了个摆子。她说：“不算太好。”

冷风侵进鼻腔，激得人想要流泪。

前方马路边临时泊靠的黑色轿车打着警示灯，闪烁于雾霾里如目光游离。狄双羽才走近，车窗落下，一星细火被抛出来，落在雪里溅起小股白气——是支烧到头的烟蒂。明显已等了些时辰。

对于他比预定时间早出现，狄双羽稍感意外：“到了怎么不给我电话？”

“原以为下雪会塞车，没想到一路开过来还挺顺的。”他笑着系上安全带，“男人等女人不是天经地义吗？”

她斜睨他，不愿去想这是等哪个女人时练出来的觉悟，低头从背包里翻出几盒香烟：“早上收拾包发现的，好像是那天向阳给的。”

他瞥了一眼：“你留着抽吧。”

“别啊，人家送你的。”

“这个不值钱，那两包金嘴的我当天就消化了。”

狄双羽撇嘴：“您抽的是钱……”

关允掀唇角笑笑：“是情意。你不是说了吗，人家送我的。”

“真矫情，情意要看过滤嘴什么色儿的吗？”

“说实话，烟啊我是根本抽不出好赖，不过情意很重要。我这人缺乏安全感，一辈子都在寻找溺爱。”

狄双羽愕然：“缺乏安全感……我以为这是妇科病。”

“贫吧。”他无奈摇头，“待会儿就指望你安抚向阳那颗远离自由的心了。”

向阳被容昱开除了。

他自己不肯辞职，向老爷子直接电话给容昱，容老板说一句“孩子表现还不错”，就把这尊小神送出了瑞驰。向阳特别郁闷，不是对瑞驰有多热爱，而是对自己接下来将要从事的工作极其抗拒。

向家公子三人，向阳老幺，老爷子对他一直给予散放政策，向阳也真不含糊，在这片自由的原野上驰骋数年，大祸不闯，小祸不断，最终是颗粒无收。眼瞅着另外两枝都开花结籽，幺子还完全不立事，成天在园子里跟一群狗疯跑，老太太急了，再这么下去连媳妇儿都说不上。老爷子起先觉得向阳在容昱手底下混得也还凑合，能喂活自己，更略有盈余搭济农庄。但孩子妈感觉这么大个小伙子了还给人打工，清闲有余，体面不足。老两口一商量，疏通了几节关系，把向阳送进了某部委办公大楼去做实习生。经办人承诺等过了年春暖花开，准能挂上个编制，保他有充裕皇粮吃到膘肥体壮，养起美娇娘。

向老夫人笑逐颜开。

向阳只差诈死以对。

狄双羽和关允在KTV楼下找车位费了些时间，推开包厢门，只看到穆权跟服务生点酒，小吕掐着麦克在唱一首深沉似井的情歌，愣没瞧见向阳。走进去才在小吧台后面发现一道人影，垂头耷肩地吸着烟。相视一眼，关允微动下颌示意狄双羽上前，狄双羽清了清嗓子：“哈罗，公务员！”

音量比拿着麦克的都高，小吕直接唱不下去了，穆权笑喷，关允也没绷住，低头直咧嘴。反倒是向阳本人，不知是尚未习惯这称呼，还是走神得厉害，只道有人进来，抬头凝了凝神：“哦，狄姐。”

幸不辱命，活的。狄双羽向关允打个V形手势，坐到向阳对面，劈手夺了他的烟卷。

向阳望向狄双羽的眼神满是愁苦：“老容把我开了。”

“他太没人性了！这么着就把咱们扫地出门，亏你跟了他两年，没功劳也有苦劳不是，丫做事太绝不会有好下场的！”

她骂得太投入，向阳都忍不住想替容昱辩解了：“当然这事儿也确实不是老容管得了的。”

“他好歹挣扎一下对不对？二话不说就给办离职……工资结清了没有？”

向阳快哭了：“狄姐……”

狄双羽当下拍了桌子：“没结？！”一副要给他做主讨要的架势。

向阳连忙安抚：“结了结了，还多补了俩月的，说是过节费。”

狄双羽点头：“结了就行，管他过节费还是过夜费。”

向阳痛不欲生：“我宁可出去赚过夜费也不想到机关上班。”

狄双羽却劝他做人要务实：“都这岁数了没什么行情的。”

向阳叹气：“你这是在安慰我吗，姐？”

“那你要想从了，就得找个说法安慰自己。”

向阳眼皮一跳：“要是不从呢？”

“依你现在这个非准公务员的资格，估计进一趟局子就没什么仕途可谈了……哎哟！”后脑勺挨了警告的一巴掌，夸张呼痛。

偷袭者挨着她坐下：“策反哪？”

狄双羽身子一矮，心虚道：“小孩聊天大人别掺和。”

“就是就是。”向阳也挥手驱逐关允大人，“边儿去，我们这正聊得如火如荼呢。”

“你没聊得欲死欲仙啊！”关允鄙视地瞪他，又转向狄双羽，“你这是在教唆犯罪。”让她做思想工作实在失策，这女人只会煽风点火，让原本就疯了心的向公子彻底丧失理智。

果然向阳愁容渐消，嬉笑着抱起一摞骰盅找穆权斗酒去了。

穆权那天点了一瓶洋酒，忘了是什么牌子的，总之向阳喝了半瓶就高了。狄双羽笑他堂堂海归居然消化不了外国的粮食精，他非说是酒有问题，他在英国每天拿这漱口都不嫌辣，这KTV肯定卖的假酒……却仍然毫不含糊地一口一杯，直喝到一吐为快。从洗手间出来不回包厢，晃晃悠悠扶着墙蹭去了大厅舞池，狄双羽发现他的时候，这小子正举着一沓钱跟领班说要把整个场子包下来，惹得众人鼻孔朝他喷气。

连哄带骗把他弄回来，到门口又是一阵吐，狄双羽也没少喝，本来还可以坚持，被他这么一折腾也受不住了，捂着嘴往厕所跑，一转身撞上个弱不禁风的男人。对方掸掸前襟，嫌弃地看着他们，撇嘴不知嘟囔了句什么。狄双羽是没听清，向阳耳朵倒尖，胡乱一抹嘴，满手的呕吐物，拎住那男人的衣领，“你小子骂谁……”

狄双羽忙上前阻止："不好意思他喝多了。"

那男人发出的声音几乎可以用尖叫来形容，挣命乱推，向阳一个趔趄，重心不稳，结结实实摔在地板上，头撞到墙壁，闷哼一声，没音儿了。

狄双羽急了，一扬眉毛瞪过去。

对方耸着肩慌乱解释："是他先动手，自己跌倒的。"口齿不清的想也没少喝了。

狄双羽忍着反胃冲动，扬手想招服务生帮忙，胳膊才举起来就被人捉住。

是个漂亮如 T 一般的男子。

狄双羽惊喜："小 T？来得正好，帮我看下向阳摔坏没有？"

戚忻头疼地看着眼前的混乱："这货？"蹲下去察看倒在地上的向阳，没见外伤流血，正思索着要从哪看起，听到他嗝了一声，当即条件反射地跳开。向阳咂咂嘴，并没吐出来，可那个喉结上下蹿动的吞咽动作，让戚忻觉得比吐了自己满身更恶心，唰地站起来，"这谁啊，小小？"

狄双羽顾不得给他介绍，眼角瞄到那男人要溜："你给我站这儿，今天人要是摔坏了你哪儿也别想走。"

"他自己摔的我凭什么负责啊！"他一嚷嚷，音量范围内的全聚过来了。

其中还有戚忻的熟人，以为是戚忻惹了事，窃声打听。

包厢门开，关允出来接电话，先是不在意地看一眼热闹，见是狄双羽，匆匆收线走过来问情况。

狄双羽话说快了，咳嗽两声，食道连胃一起翻腾，拨开乱哄哄的人群，飞奔向卫生间。

戚忻正和关允扶向阳，一看她要吐，慌忙跟了上去。

关允接收了向阳的全部重量，脚下又发滑，根本扶不住，索性放他重新溜坐回地上。抬头看看戚忻的背影，再看一眼脚边烂成一摊泥的大块头，转身踹开包厢门把穆权叫了出来。

狄双羽漱过口，看着旁边递纸巾的戚忻，笑道："你这平常用不上的才华可得以发挥了。"她确定自己进的女厕所，但这家伙跟了进来，显然毫无顾忌。

戚忻不理她的调戏，只抱怀望着她，若有所思道："也没多像啊。"

狄双羽挑眉："那你怎么知道是他？"

没头没尾的对话，只有这两人理解对方说什么，不由相对发笑，伴随时不时的干呕声。戚忻唉声叹气："喝成这样……"

她摇摇头，湿漉漉的手在镜面上抹过，镜子里露出她清晰的五官来：还是那两弯眉一双眼，却有化不开的狂躁在里面。狄双羽被自己盯得发冷。“T啊，”唤着一旁沉默不语的人，“我看起来攻击性很高？”

戚忻诚实地点头：“刚才我还以为你要动手揍那家伙。”

狄双羽哭笑不得：“怎么会？”

“小峰说你打架相当厉害。”

“那是因为有易小峥在边上。”

他笑：“总之就感觉你是一点亏都不肯吃的人。”

狄双羽也勾了嘴角，可镜子里的脸上根本找不出笑意。

“一点亏都不肯吃的人”。

狄双羽得承认，戚忻的评语很准确。她虽不是斤斤计较的人，但也一直都不太懂宽容为何物，也未体会过得饶人处且饶人的益处。独独在面对关允时，能够一忍再忍，就好像，全天下都欠她的，她却要还着他一人的债。

那天晚上几番翻覆终按捺不住，狄双羽问：“你真会不在北京了吗？”

关允没吭声。狄双羽知道他没睡着——他喝过酒之后反而更难入睡。就在她以为他将以装睡代替回答时，他忽然转过身来，黑暗中沉默面对她半晌，伸出手覆在她的发上。“别多想。”声音哑得像唱慢版情歌，“现在交通多便利啊。再说宝宝不是还在吗？”

这话虽不中听，但却很有可信度。关宝宝一天在北京，关允这个做父亲的就一天跟北京脱不了关系。那么，同在北京的她，也就不会被完全抛弃。

也真亏他想了半天，说出这么伤人的话。

“快睡吧。”他说，“也没轻吐了，这点酒量还拼向阳呢。”

她唉声叹气地：“不也把他喝一大跟头吗？”

关允忽然想起件事：“晚上KTV帮着扶向阳的，你朋友？”

“戚忻吗？”狄双羽揉揉僵硬的后颈，“我弟的朋友，元旦时候就在他们家玩来着。”

关允漫应，又说：“小子看我眼神怪怪的。”

才合起的眼又睁开，狄双羽如实道：“你眼神比较准。”伸手拥住他的腰，“真快啊，才过完元旦，又要到春节了。”

“几号过年？”

“9 号除夕……还有十来天。”

“回家过年吗？”

狄双羽摇头。易小峰来电话催过几次了，但她还没下决定。自从葭子离婚之后，这几年的春节都是留在北京和她们娘儿俩过的。“你什么时候走？”

“再说吧，可能开车回去。”

“累死了。”

“好几年没回去了，都是在北京过完年，初三初四回去住几天。”

没离婚之前，过年当然和老婆孩子在一起。

狄双羽听懂了，心说自己真是没事儿找虐。原本就难入眠的一宿，彻底瞪眼到了天亮。

吴云葭说她患得患失过了头：“不过是个记忆里的女人而已，关允都放下了，你还老提她。”狄双羽心说如果他真能放下就好了。

悬于颈间的戒指，钱夹里的照片，书架上的日记……关允是有意保存还是随意搁置，都说得通，都可当成过去。只是知晓这些过去的狄双羽，感觉如同被告知吃下的饭里有苍蝇一样，吐不出，又不能坦然消化。或许作乱的不是胃，是心。

说起那枚戒指，不知是察觉出了狄双羽的敌意，还是只把那当成个单纯饰品，关允其实并没戴过几次，大多时候都搁在家里。狄双羽翻出那叠购物小票，拿着戒指到了附近商场专柜以旧换新。

更换的过程异常顺利，狄双羽目的在于消灭这碍眼物件，随便选了只项链坠，补齐差价，还赶上搞促销白得了条素金手链。

出商场大门凉风习习，吹在她因紧张和刺激而发烫的脸颊上很舒服，人也镇定下来，迫切想跟吴云葭分享下这心动一刻：“云云她妈——”

“嗯。”

居然不是“有屁快放”？狄双羽一怔：“你在哪儿呢？”

“在建恒他父母家。”

什么人？“啊！米建恒？！”

电话里含糊一笑，狄双羽估计她是把废话两个字生生给咽下去了。

跟阿米他爸妈吃饭？难怪吴云葭把嗓子捏得跟幼儿园老师似的。“之前怎么没听你提？”

“嗯，那改天再说吧，行，拜拜。”

被和谐了。要是阿米就不会挂她电话，可惜没他电话，不过可以问来。“喂，戚先生吗？”

电话里声音冷漠：“谁啊？”

狄双羽乐不可支：“你说呢？”

戚忻低骂：“阴阳怪气的，还以为手机被人偷了，打过来骗钱的。什么事快说，理发呢。”

“阿米手机号来一个。”

“等下，”才想挂电话，脑筋一抖，“你找老米干什么？还是在这么个特殊日子，想捣乱是吧？”

“你居然知道！吴云葭半句口风都没透给我。多气人多气人！”

“我会知道，是因为老米车子今天限行，我送他去接的葭子和小云。”

“嘁，吴云葭还挺能摆谱，自己开车过去得了。”

戚忻哧哧发笑：“小小，你是不是高兴得无从发泄了？”

目光偏转寸许，看到商场外立面玻璃里映照的自己，一张大嘴横咧。小T这家伙，她都没意识到自己在笑。“你吃饭没有，我还没吃呢。”

“且容我沐浴焚香。”

5

愚蠢的人总是想要拿走别人最重要的东西，然后观察对方的反应以寻求认同感。

2013年1月30日

戚忻真是浑身香喷喷来赴约的，狄双羽最近连连感冒，鼻黏膜比较薄，被熏得接二连三打了几个喷嚏，泪眼婆娑地望着那个杏眼樱唇的少年。“啧啧，这大长鬓角……”

戚忻得意地抚抚耳畔：“像杨过吗？”

狄双羽摇头：“杨过得打折你一条胳膊。”她倒觉得更神似小龙女，“我可以理解你剪这种发型的行为是破罐子破摔吗？”

戚忻很坦然，早料到她没好话：“点餐没？”

“叫了份面条，你吃什么自己点。”

翻翻菜单点了自己的食物，顺便揶揄她：“喝两瓶儿啊？”

狄双羽翻白眼，抬手揉了揉太阳穴。

戚忻笑得有些叹息：“易小峰知道你喝成那德行肯定跟你急。”

狄双羽神情严肃：“别和小峰乱说。”

戚忻斜眼：“我没那么八卦，”头疼地望着她，“你啊……”明显的欲言又止。

狄双羽撇嘴：“要说啥？”

“没啥。”

“哦？”

“你以为呢？跟你聊聊那个像你初恋的男人？这话题太闺蜜了。”

“易小峥不是我初恋……”

戚忻根本没听：“而且我想说的话，葭子肯定也都说过了。”

狄双羽略略垂头，笑里有一丝苦涩：“总之你们都不大看好就是。”

“你自己好就行，小小，别人都没用。”

狄双羽还是笑，笑得人很没辙。

戚忻长叹口气：“我实在是快烦死了，易小峰每次来电话都问，那男人对小小好不好，他哪里吸引你……我怎么知道，我又没见过。就算见过了，也答不出，谁知道你干吗喜欢上这么个男人，就因为他像易小峥？这是你自己的事，不管是我还是小峰，甚至是葭子，都没法儿说什么。但你得知道我们会跟着着急，不为别的，就担心你憋屈了自己。”

狄双羽低低开口：“小峰经常给你打电话？”她咬着指甲，不安地拧着眉，“也就是说，你们果然是熬得出电话粥的亲密关系吗？”

戚忻恨恨咬牙：“没带兵，带兵把你拉出去砍了。”

“所以你这是在跟我秀恩爱吧？”捂着嘴，以免笑声过大骚扰邻桌客人，“‘唉，小峰每次来电话’‘都快烦死了’，噗——太傲娇了，哈哈……”

戚忻黑着脸：“不要把你男朋友以外的爷们儿统统配成对……”忍无可忍地伸过手，隔着桌子去拍她脑门，企图以暴力阻止她欢快的脑补。

狄双羽心虚讨饶：“啊，刮头发了。”

戚忻欠过身子，用另一只手摘去缠在自己手表上的发丝：“你这是假发吗？那天在 KTV 差点认不出你来。”

头发解开了，她一巴掌拍在他腕上。

戚忻却没躲闪，结实挨了一下子，手收回去了，连人也站了起来："哥。"

狄双羽反应慢半拍，抬头看见容昱的时候，才想起为何觉得小T这声称呼似曾相识。"咦，容老板？"

容昱只是放缓了脚步，轻收下巴算是回应，继续往餐厅里面走。司机跟在身后，问服务员："还有位置吗？"

服务员抱歉地摇头。正值饭点，又是周五，这间平常客流稀少的茶餐厅也人满为患。

"容总——"狄双羽朝容昱挥手，"这边。"

戚忻蓦地收回视线瞪向对面动机叵测的女人。

容昱回过身看看他们，迟疑数秒，走过来。四人位的卡座，对面两张沙发椅，每张椅子能坐两个人。容昱站在桌前，冷冷俯视戚忻。

狄双羽扑哧一乐："还是您想打包点儿东西回车里吃？"桌底下被戚忻踩了一脚，身边一沉，容昱已经稳稳坐下来。

司机挨着戚忻坐下，客气地同他笑笑。

容昱问："头发怎么弄的？"

刚弄完头发的戚忻下意识捋捋发顶："啊，随便剪了剪。"

容昱怪异地看他一眼。

狄双羽当即笑喷。戚忻才明白自己应错了声，尴尬地迁怒于她："你笑个屁。"

其实有关容昱和戚忻的家族恩怨，狄双羽能想到的不外乎是遗产分割二妈争宠之类的豪门剧戏码，说不好奇是假，但也没那么迫切。戚忻不说，容昱不可问；若是旭华在场的话，或许可以旁敲侧击。眼前这代班小子浑不知情，估计连气氛诡异也察觉不到，闷头把一大盘炒饭吃得好卖力。

这一餐比狄双羽预料中和谐。

戚忻被她拉着谈吴云葭和老米的事，没工夫面对容昱表现紧张。容昱几乎整顿饭都在打电话，也没和戚忻有眼神以上级别接触，他好像对自己点的饭菜不甚满意，偶尔会从狄双羽碗中夹几根青菜吃。他吃饭速度奇快，只是不停有电话打进来耽误进度。戚忻本来已经把容昱当成拼桌的处理了，就忍不住在他接电话时斜眼关注。

小司机大概是习惯了食不言，又一副饿得够呛的样子。

狄双羽吃饱了就想找事消化食物，待容昱挂了电话立即笑眯眯唤他："容总，"

拇指比下戚忻，“我们小戚医生想提醒您，吃饭得专心，不然会消化不良的。”

容昱和戚忻同时愣住，后者极其狼狈：“小小……”明知她是故意的可还要再声明一次，“我不是医生。”

狄双羽笑道：“一样，一样。”容老板肯细分你是医生还是药师都怪了。

容昱却说：“我记得他是学药理的吧。”

轮到狄双羽傻眼了：“你居然分得清。”

戚忻叱咄她：“都像你那么没谱儿！”说实话他也没想到容昱会记得这个。

容昱收起手机，一副准备认真吃饭的架势，拿起筷子才吃一口，电话又响了。低头看着屏幕上的号码：“我妈前阵子问起你们，她回北京了有时间一起吃饭。”貌似随口说说，话落却不自在地斜瞥一眼狄双羽，这才接起电话。

戚忻跟容昱打交道甚少，被这种一开口全是第二人称的讲话方式弄晕菜了。而且容昱从坐下来就只跟狄双羽说话，所以这话乍一听，还以为是说给狄双羽的，抬头却见她满脸事不关己的好奇，那容昱是在跟他说话？戚忻当时凌乱了。

狄双羽猜不出他瞬间百转千回的心思，只是依稀觉得容昱这句邀请当属难得，不应让它散在风里，可戚忻一副搞不清状况的模样。幸好容昱在讲电话，并没期待他认真回答。将自己喝了一半的奶油汤推到戚忻面前，迎上他费解的目光，狄双羽一字一顿地解释道：“请你吃的。”眼珠向身边容昱斜瞄。

戚忻听明白了，乖乖端过杯子舀汤喝。

狄双羽大乐，一扭头，发现容昱把两道视线锁在了自己脸上。开始她还没在意，很多人专心听电话时都会把目光锁死在某一处，往往并未意识到自己在看着什么。不过，容昱的目光明显是有焦距的，迎上狄双羽的时候，他的视线直觉避开了寸许。

这个小动作让狄双羽微微挑眉。

难道打电话的人跟她有关？关允吗？

容昱一句“李总太客气了”，否定了她的猜测。“我交代下，明天上班让他们处理……不存在不存在……好的。”嘴笑眼不笑地哈哈几声，电话一挂马上晴转乌云。一手在手机上敲敲点点，一手推开盘子，抓了张餐巾纸擦拭嘴角，起身看狄双羽一眼：“你们吃吧。”不忘吩咐司机埋单，这时手里电话已拨通，贴在耳边直接就说：“嗯，你帮我查下这个月开出的发票，现在就查，抬头是……”

戚忻还想着要不要道个别什么的，没等站起来，人已经走出餐厅大门了。“嚯，雷厉风行的这位。”

狄双羽也只来得及跟司机摆摆手，回头正接上戚忻的话：“嗯，帅吧？”

“忒吓人了。”戚忻真是汗都下来了，“怎么回事？刚才那句抽空一起吃个饭啥的，是跟我说的吧？”

“废话，难不成让我陪他妈吃饭？”

“我觉得你陪都比我陪正常，看你们俩在一起吃饭挺和谐的。”

“不是亲戚吗，相互走动有什么不正常的？”

“他又不愿意承认我们这门亲戚……”话到这里戛然而止。

狄双羽眯了眼鄙视他：“又要说长辈的事不宜多讲是吧？那就别起头，烦不烦烦不烦！”

戚忻双手抱怀道：“你撒泼也没用……咦？”眼望到刚离开的小司机去而复返。

没有容昱，小司机一人，掐着车钥匙跑回来，火急火燎地说：“那个，账结完了。容总让您晚点打个电话给他。”

话是瞅着狄双羽说的，戚忻还是要确定下：“让她打？还是我？”

司机点头：“她。”指着狄双羽说，“容总说‘让那个女的晚点打个电话给我’。别忘了啊，走了，回见。”

狄双羽探身出去喊：“晚点是几点啊？”

他挠挠后脑勺：“没问。”丢下这么句不负责任的回答，一溜烟颠儿了。

戚忻有些幸灾乐祸地问：“你打算几点打？”

狄双羽很有经验：“根本不打，有事儿他就打过来了。”眼珠一横，“你接着说。”

戚忻才不中计：“我说什么啊我？”

狄双羽大笑，不客气地倒打一耙：“太讨厌了你这人……说真的，我觉得老容没像你这么禁忌的。记得那次和你在机场遇到他之后，有一次见到我，他还提起你，问我是不是你们家亲戚。”

“他是跟容家的人老死不相往来，和我们家没仇，只是不亲近而已，尤其是他爸去世以后，我们俩还是头一回坐下来吃饭。”

“他爸去世多久了？”

“有十多年了，那老爷子活到现在也是一个人物。早些年私贩象牙，被查禁了之后改赌石头，据说眼光特准，老能切出来极品……总之是个很能捞钱的主儿。到后来不知怎么迷上轮盘了，三天两头到香港去玩，输急了在当地借高利贷，差点被人砍死在赌场，幸亏马仔厉害把他背了出来。回来之后也没消停，带个女人在自家车库里乱搞，结果死到车里了。尸体还是容昱第一个发现的。”

狄双羽摇头，难以想象亲眼看见这一幕的容昱是什么心情。

“才把后事料理完，他那些叔伯姑婶一群亲戚就上门来讨论遗产问题。”只这么一提，戚忻就感觉很不堪了，“其实主要是当时他妈那么年轻，都怕她带着这么一大笔钱改嫁。最后逼着她签字画押，同意把所有遗产都归到容昱名下。”

听到这里，狄双羽忽然问：“那会儿容昱记事了吧？”

“十几年前怎么不记事啊，他都上高中了。”

“难怪么，有一回我开车送他去机场，在车里眯了会儿，他把我臭骂一顿，说车里睡觉会死人啥啥的。当时我还想反应怎么这么大。”话说到这份儿上狄双羽基本听明白了，以容昱的性子，看见那么一帮人欺负他妈，肯给好脸色才怪了。“你妈当时也在场吗？”

“所以我说啊，”戚忻没直接回答，“他居然还约我吃饭，回家跟我妈说这事儿之前，得让她先吃降压药，太刺激了。”

“是挺刺激，跟评书似的，”段子不长，狄双羽听得惊心动魄，“看容昱养尊处优的样就知道他不是白手攒铺，敢情老爹家底儿打得不薄呢。”

戚忻摇头：“也不全算他老爹给打下的，本身我姥姥她们娘家在湖广一带就属于富贵大户，据说祖上出了不少官儿。亲戚也多，我姥姥她们嫡亲的兄弟姐妹就十来个，每家又都好几个子女，我连一半都认不全。到我妈这一辈更是好多人都搬出老家了，离得远，多年不见一回。”

狄双羽一直就好奇容昱究竟是什么出身背景，为人处世那么嚣张跋扈。她曾经和关允聊起过，得到的答案是他上学时就已经是这副操行。现在想起来，有些攻击本身可能是一种防守。才不过是个高中生就要经历这些，那种对大人间争吵的恐惧，当众被人冷眼旁观的羞辱，对亲人间说翻脸就翻脸的困惑……

“换我问你了。你们——”指下窗外,借代已经离开的容昱,“仅仅是旧同事关系？”

“基本上是。”狄双羽答得含糊，不适时宜地想起了去容昱家过夜的那个晚上。

“没有个别成分在里面？”

“有点儿，但是说不清。”

戚忻一脸的不出所料：“真不是我八卦，那种谁也不鸟，就你说话时候抬头听的态度太明显了。”

“没那么言情，”狄双羽对容昱的感情一贯看得很淡，“以前在他公司，工作上和他交集比较多，我们俩对彼此肯定有相互欣赏的成分，工作风格啊，还有一些处事方式什么的，反正我对他是这样。说白了谁还没个暧昧的对象呢，尤其和男上司。”

这番话说得坦率，戚忻也很赞同：“你个性太强悍了，真不适合易小峰。”

“小峰是初恋情结，他都没你对我了解——我指个性方面。在他的设定里，我是一尊纸儿扎的女神，风吹不得雨淋不得的完美。”

“这话多口不对心啊，女人有不希望被男人疼的？说来说去还是不爱，那才是把你当女神供起来你都闲寂寞。”

“你说得对，T，我不爱易小峰。”

“也不爱易小峥，不然你们孩儿都能跟云云一起打酱油了。”

狄双羽失笑：“你家养孩子就为了打酱油？”她笑得太夸张，睫毛抖动幅度过大，才低头想抽张餐巾纸，一滴泪扑通就砸在盘沿上。

戚忻被这猝不及防的眼泪吓到了：“小小……”易小峰反复叮嘱别在她面前提起他哥，原来是这个道理。

狄双羽摆摆手：“没事。”她吸了吸鼻子，吁一口气，“真没什么事，我就是对他有太多愧疚。”

“我要是早见到你这一面儿，也会把你当女神供起来了。”递张纸巾过去，戚忻无奈地望着她的发旋，“那现在这个人，你是把他当易小峥去爱？”

她蓦地抬头，两只大眼被眼泪涤得漆黑水亮，分明想反驳什么的，张开嘴却连个音都发不出来。视线放低，双眸被垂下来的眼睫挡住：“谁知道呢，他如果不像易小峥，我们根本不会开始。但是如果只是把他当成易小峥，我坚持不到现在。”

从餐厅出来，狄双羽让戚忻将自己送到家，取了几件衣服，下楼搭了辆公交车去关允那儿。时过出行晚高峰，公交车上很多空座，她坐最后一排靠窗的位置呆望夜景，脑中断断续续重放着晚餐桌上的配菜：容昱他爸的传奇履历，葭子令人欣慰的第二春，又为易小峥掉了一滴泪，以及话题里没有涉及太多，却始终让她耿耿于怀的关允的过往……想起方才分别时戚忻说：改天去烧香拜拜吧，小小，你心事太重了。

狄双羽苦笑，戚忻又给她开药了，这次改走灵异路线，显然人类医学已经治不了她了，看来她即使不信佛，也不该再吝惜那三炷香。就不知佛陀肯不肯受她这无可奈何的虔敬。

第五章

——

我以为再努力一点他就会爱上我

喜欢看小言的女人一定坏不到哪儿去，

因为她还欣赏爱情，甚至明知是造假的爱情。

1

承诺了就要做到，做不到就要道歉——是关允的原话。

我不擅长低头，我吝于道歉，所以我不做承诺，但不代表我可以理解“做不到却要承诺”这种事情。并且我从不曾认为，道歉有实际意义。

我却那么迷信承诺。

我以为，我是女人没错，可我玩得起。

结果我爱上他了，那个有着秀长狐眼，表面比内里更温柔的人。

我要的更多，我渴望长久，我罔顾危险，我放弃手段。

当他自然无意地说：以后我把我遇到的事讲给你写书；

当他非承诺地说：有时间我带你去天津看看中医；

当他话赶话地说：将来如果吵架，你就说“我比你小那么多你好意思和我一般见识”，我就不跟你吵……

这时他的“以后”“将来”是否具意义，我不探索。

这一刻他还没想到结束，已经很好。

可能我还是活在小说里，再如何标榜脚踏实地，仍盼能爱得轰烈，盼他为我倾尽天下。我喜欢挑战不可能的任务，越危险，越忍不住接近。

2013年2月2日

“烧香？”关允对她的节目评价很高，“你玩得越来越新鲜了。”

狄双羽严肃道：“讲话放尊重点。”

关允失笑，在她下巴上掐了一把，手碰到那颗晶璨的钻石吊坠：“新买的？”

狄双羽冷眼问："好看吗？"

"看你拎着大包小包回来，又没少败吧？"凑近来挑着吊坠细看了两眼，"这太秀气了，不符合你的气质。"

"人靠衣装，气质这种东西根本就是打扮出来的。"客厅里手机震动的声响，他支使她去拿。她不干，"我这么秀气的人怎么能干跑腿儿的活？"

关允认栽地坐起来："我自己去拿。"摇摇头，"真要命，谁家姑娘这么牙尖嘴利的。"

狄双羽龇一口尖牙："把我电话也拿进来。"

关允出去一圈，回来恨不得把手机砸她脸上。"就是你的电话。"似笑非笑地说明来电人，"容总。"

狄双羽看看墙上挂表，这"晚点"还真够晚的。"喂？"

"在家？"

"……不在。"

"明天到公司了给我打个电话，有事要问你。"

"哦。"不明所以地跟着挂了电话。

关允一瞬不瞬望着她："知道你在我这儿，说话不方便？"

狄双羽诚实点头，容昱特意要避开关允才问的事，必然是与他有关的事。"关允，"她不确定自己的忧心是否多余，"你南京的公司，近期对外开过发票吗？"

狄双羽帮关允审过几次合同，他南京的公司注册名是：南京瑞驰京业房地产经纪有限公司。瑞驰这个关键字用得可说刻意，客户只看到他出面主事业务，合同章上又有瑞驰二字，理所当然认为瑞驰京业是瑞驰集团在南京的分公司。简单来说，关允在分流瑞驰的客户。

这是狄双羽得知关允自立门户后最大的担心。她不相信那蛇精对于关允的小动作全不知情，但是，知道他有公司和知道他的公司也叫瑞驰，绝对不在同一愤怒等级。

想到昨天吃饭时容昱最后接的那通电话，狄双羽直觉容昱找她与关允有关。向她确认关允的公司是否存在？让她出面劝关允收手？都无可能。容昱不是这么迂回的人，这种事他会直接找关允去谈。不管怎么说，和容昱谈关允，这个话题本身就让狄双羽不自在。心里忐忑，无法专注做事，跟柏林打了声招呼，夹着上网本去了楼下咖啡厅。

端着杯子，享受地吸着焦香热气，神经也松弛下来，电话打给容昱，问："电话里聊还是过来喝个咖啡？"

“哪有时间喝咖啡？”

“好吧。”她也只是客气而已，“容总有什么吩咐？”

“你怎么和关允在一起？”

这问题来得好迟，但是照样突兀，狄双羽一时弄不准他的意图：“这是疑问还是责备？”

他似乎也不求答案，像是遇到棘手事情时无意识的喃喃一样，跟着又问：“他离婚是为了你？”

“不是。”

“关允的事，你别去插手。”他说。

话到这里，狄双羽反而释然：“你打算怎么处理？”他果然都知道了。

电话里一声喟叹几不可闻：“你果然知道。”

狄双羽一瞬间身体发冷。

攥着手机，看着自己搁在杯柄上的另一只手，指尖微抖不受控，心跳过快不说，且没有节奏。不管像刚才那样针锋相对的讲话，还是从前在瑞驰与他面对面争执，她都没有过这样的情绪。看不到他的表情，也猜不到他的心情。那几个字像是信口闲谈，说完忽然就没了声音，却也不挂电话，像是等着她说什么。

结果，在耐心的较量上，她居然败给了容昱。

“原来你要问这个，”她放弃与他抗争，“有话不好好说，真不像你的风格。”

“我并没有什么要问你的，不需要这么防备。”

“那你能告诉我，我们……我和你之间，为什么要进行这种对话？我的意思是，我不懂这通电话对你处理关允的事来说，有什么必要性。”他不是应该直接对上关允吗？暴躁地直接把人炒掉，再卑鄙一点，动用资源把关允的所作所为在业界传开让他无容身之地，专业理智一些呢，追加个职务侵占之类的罪名。总之以他的个性和手段，打电话来确认她是否知道关允的所作所为，显然不是为对付关允。“我很早就知道关允的事，你几次约我出来，我却没有透口风给你——所以这么说对吗，容总？我和你吃饭、陪你打球，你以为我是有其他目的的？”

她语速反常地慢，慢到他可以随时插嘴打断，但他没有。

沉默地听她表达自己的愤怒，直到确定她想说的都说完了，容昱才开口：“我从来不以为你怎么样，”他给“以为”二字加了重音，“因为我弄不懂你。你是一个让我很累的女人，无论我做什么，你总有办法不当一回事，甚至和我逆着来。有时候我会想，随便你怎么样吧，反正我也不在意。就像我知道这通电话会惹你不痛快，你会有这些扯淡的想法，说实话我也都预料到了。”

一番话说得狄双羽脾气全无。对容昱，她无心忤逆是真，常常顶撞也是事实，他不计较，她却不该因他异于常人的秉性得寸进尺。

“不说话是表示暂时不攻击我了？”

“多冤枉，我有心也无力好不好？”狄双羽靠进沙发里，嘴上仍逞强辩解，用来质问的精气神已荡然无存。她还是第一次领教容昱身为律师的口才，寥寥数语却不可思议地让人信服。他说她扯淡，她就真的惭愧起来。

“你有力也都用在胡思乱想上了。”

“是你说话太难懂我才胡思乱想。”

“我说话难懂，狄双羽？”他笑起来，“哪句话你听不懂？哪句话你给我好好回答了？”

狄双羽语塞：“你自己说没什么要问的，根本就什么都知道……”

“不问是不问，我又没说什么都知道。”

“关允的事呢？在昨天那通电话之前，你就已经有所察觉了吧？”

“你知道我不会让自己处于被动应付的位置。”

“他还没意识到你的介入。”

“那是他笨。”

“什么时候摊牌？”

“春节回来再说。”

“你等得到春节之后？”

他哼笑：“打个赌怎么样？”

他还有心情玩笑！容昱今天的言行实在脱离她对他的一贯认知，狄双羽宣告投降，她复杂的人类思维恐怕难以理解这只单细胞动物。“我是真不知道你现在什么想法。你不是要指责我刻意隐瞒，也没想从我这儿打听什么消息，为什么还要给我打这个电话呢？就为告诉我，虽然我知情不报，但你也不会怪我。这算什么，表白吗？你到底想让我干什么啊？踹了关允，到你身边去？”

他接住这句话反问：“你会吗？”

狄双羽终于暴走：“你明知道我只是举个例子……”

容昱也陡地提高音量：“是啊！那你说我可能做这没意义的事吗？”吼到最后只剩下磨牙声声，“还故意拿话挤对我真想掐死你。”

结果她又挨骂了，这人真是无法沟通。“你生什么气啊容昱？”狄双羽深呼吸一次，把情绪归零，调整到最亲切的语气，“我还觉得事情可以调和，没必要弄到王对王……”

“王对王？”他对这种说法嗤之以鼻，“他配吗？”如果她是关允派来的说客，而非自作主张管闲事，他最多是不屑，也倒没这么生气。

“好吧，”她换种说法，“你也不想和关允撕破脸皮，对吗？否则早就痛下杀手了。”

在公司层面，他是掌握主线业务和财务情况的副总裁；就个人而言，他是一起创业近十年的同门师弟。于公于私，端掉关允，容昱都有所顾虑，因此愈加恨得牙根痒痒。反过来站在关允的立场，对瑞驰对容昱，他也非全然憎恶，而另起炉灶，更不像他设想那般轻松易行。

“你们两个不至于搞到今天这么僵的，有些话如果没法面对面谈，或者我可以做些什么。”

“不要做多余的事，一开始我就说了。”

“就算你说了我也会做啊！就算我承认整件事是关允的错，那我又能眼看着他挨打吗？回到他那儿，我不可能假装什么都不知道。”她没兴趣助人为乐，事关关允才另当别论。

“我没让你假装什么，你就按你的想法去活着好了。至于我对他怎么样，你也无能为力。”

狄双羽崩溃了：“随随便便就说些血淋淋的话……”

“关允的事就到这里，我给你打电话，不是想谈他。要说的刚才我都说了，你可以不在我身边，但是别站到我对立的位置上。”

“这是警告？”

“你就不能把它当成请求吗！”

得是多么乐观的人，才能把这种威胁语气理解成为请求呢？佛都做不到吧？狄双羽心想，如果烧香的时候，鼻孔朝着佛像跟它撂话“你可以不保佑我，但是别给我添麻烦”……菩萨肯定会把香炉掀了烧掉她裤脚的。

难得一个响晴天，不用担心烧到一半被雪压灭了香火，关允留在家里准备年终总结的PPT下午年会上用。狄双羽中午也要陪领导见客户，开了他的车出门。原打算去雍和宫打个转，熏熏佛香，缓解下这段日子的脾躁气急。才上二环，总监来电话说客户临时有事，饭局改到晚上。平白空出大半天时间来，狄双羽思考了一红灯的工夫，方向盘一打，决定进山拜佛。

冬天的西山比狄双羽想象中有生气。园里的常绿松盖住了山石的灰色，大棵乔木尽管落叶，又往往披满祈福布条装扮成许愿树，反而艳丽夺目，而红柱蓝楣五彩顶的庙宇古祠更难掩其形。又逢天气好，上山游玩的人不在少数，老人和孩子居多，欢笑声伴鸟雀叽喳，吵得人血压上升，稍感心情激动。

狄双羽出门前没计划要郊游，蹬着一双会客用的正装皮靴上了山。在众多游客钦佩的目光中，浑不觉费力地逛到二处，右脚掌率先抗议起来。遂不再去佛牙舍利塔凑热闹，直接进到大悲院敬香。

狄双羽对佛虽不曾多拜，倒是懂得虔敬和礼遇，站在香炉前，待到三炷檀香燃尽，双手合十又行了个礼，这才到旁边寻了只木凳坐下来歇脚。空气中香烟缭绕，狄双羽微微眯起眼，十分享受充斥鼻息的佛香，以及不时撞进耳朵的击钟声。她不求佛保平安，不为神赐福泽，也不图积什么功德，单这佛香扑鼻，苍钟贯耳，已不枉此行。

一串清脆笑声自身后响起。狄双羽闻声回头，看见两个八九岁的小男孩蹲在一只花猫旁边，手里拿着不知打哪棵树上扯下来的红色祈福布条，正将那猫的四只脚捆在一起。

狄双羽上山就发现园里到处是流浪猫，猫不喜群，单只独影各占据一隅，墙角树下青石旁，细看下数量惊人。大悲院里更是猫比游客都多，看来连猫也盼这儿能解苦救难，却不料遇上两个小祸害。

那俩孩子玩得倒欢，哈哈大笑，言语攻击对方的捆绑手法不够纯熟。

花猫大概被折腾有一阵子了，这会儿已放弃挣扎，身体被摆弄得各种扭曲，神色依旧坦然，一双褐色大眼甚至看也不看那两个小小的施虐者。狄双羽眼看不忍，环顾四周又找不到孩子家长，只好走两步过去，居高临下望着他们。

觉察到光线的变暗，其中一个孩子抬头看了眼狄双羽，先是若无其事地继续玩耍，很快发现这人并没走开的意思，手肘拐了拐小伙伴，俩人低头嘀咕了几句，故意大声说："管得着吗，又不是你家的猫！"

狄双羽咬牙："嘿，还来劲了你们俩！快把猫放了，要不一会儿和尚出来骂你们。"

两个孩子面面相觑，隐约也感到自己的行为不是很对，一个支使另一个："你系的你解开。"另一个说："你也系了，你系的还是死结儿。"你推我我推你，相互使个眼色，朝狄双羽吐吐舌头，拔腿跑了。

狄双羽蹲下来小心接近猫咪："我是来救你的，不许挠我噢。"沟通完毕，动手解开布条。

猫儿感受到善意，转过头来专注地看着她的动作。直到四肢被解放，抖了抖身上被压扁的毛发，仰头朝狄双羽喵了一声，似乎在道谢。

狄双羽觉得有趣，学着发声，伸手在它脖子下方抓了抓，听它发出舒服的呼噜声。公园里的动物常年见游人来往，早已不怕生人，花猫见有人陪玩，索性脚一矮，趴在了她面前，仰头眯眼任她抓。

看时间也差不多该返程，狄双羽不再与猫消磨时间，一起身，那猫儿忽然受了惊似的猛地蹿开。狄双羽被吓到，手忙脚乱地倒退了两步，鞋跟一歪险些扭到脚，幸亏旁边一个老太太身手矫健扶住了她："不要紧吧？"

狄双羽赶紧摇头道谢。

"好好看看，别伤到了筋骨。"老太太慈眉善目，音色亲切。

狄双羽不好敷衍，弯腰捏几下脚踝，又转了转关节，确定没有明显痛感，这才认真答复了对方："不好意思阿姨，差点撞到您，鞋不大跟脚。"

老太太注意到她脚上那双高跟鞋，只说："不跟脚的鞋就别穿了，会把路也走不顺的。"

许是受着佛香熏染，这话赶话的一语，狄双羽愣听出了几分禅意。

2

你问我：你很担心嫁不出去吗？

我说不会，心里却在想：如果你都不想要我，我有什么理由不担心呢？

是因为我说最怕结婚了，你才跟我在一起的吧？其实我就是知道你是这样，才说怕结婚。

这鸡和蛋的纠结……

你总是说我弱。总是被说，总是被说，迷路的时候，我都不敢向你问路。

女人在喜欢的人面前，不是都故作无知小鸟依人吗？怎么被你笑着说笨蛋时，我会那么难堪呢？

可能因为我真的太二了吧。

在一起已经一百多天了。笑，感觉那么久了，原来才刚刚一百天。

也难怪，就连你看着我的眼神，我都常会感到陌生。

2013年2月7日

回城路上堵了一段，到约定地点时柏林和郜海亮已经点好一壶茶对饮了，好在客户还没到。郜海亮是狄双羽所在的广告事业部执行副总，有大单他都会亲自跟进，狄双羽来这儿快两年，跟他比较熟了，也没太多客气话，坐下来端过一小碗茶水仰头喝尽，无可奈何地抱怨路况。

柏林听着路线不对：“你不是去雍和宫吗，怎么从西边过来？”

“我怕雍和宫人多，一想反正时间也充裕就去八大处了。”

“我说么，身上佛香味比这茶馆里的还重。”看她那兴致勃勃的脸，郜海亮打趣，“求姻缘去啦？”

狄双羽也笑：“没有，不过真在山上遇见位神仙。”

柏林不屑，拿起之前看到一半的杂志继续翻看，随口应她：“算命的？”

不等狄双羽出声，一道笑语凭空插入：“算出你今天来喝茶要遇见贵人？”来者不请自坐，笑眯眯看着狄双羽，无框眼镜下一双黝黑大眼如月半弯，满是调侃意味，两个狭长酒窝盛满精明，正是新尚居总裁段瓷段十一。

柏林慌忙放下杂志：“哟，段总，这么巧。”

郜海亮异常殷勤，亲自倒了碗茶搁到那位段总面前，瞪一眼柏林，纠正他：“什么巧啊，段总是贵人，肯定特意过来埋单的。”

一桌人不约而同大笑。狄双羽推了些茶点给他：“您这是刚来还是要回了？”

“我赶早班儿，聊完了正准备下楼，看见你们了。约的谁？”

柏林答：“盛启的人，据海亮说还是您家翘夫人给我们引荐的。”

咯嘣咬碎一粒松子，段瓷挑高了眉毛：“她安的什么心？盛启跟我这边抢地，你们还想从他兜里掏钱？”

海亮摆明了起哄：“要我问问翘总？”如愿得到段瓷警告的一瞥。

柏林规规矩矩答道：“一码是一码嘛，总得试试，不是还有翘总面子可卖？”

段瓷撇撇嘴：“她那一张小脸儿……”

海亮笑得捶桌：“哈哈，不行不行，十一你赶紧去把我们这桌单买了。”

“我买这单——”段瓷哼笑，笑得阴森森的，“盛启那单你们保证给我拿下？”

“是真没底啊，”谈起即将要见面的客户，郜海亮瞅着老板没主意，“趁人没来您先给我上上课？”

“没那闲心，”段瓷点点自己脑门，“没瞧这儿也快着火了吗？”

在座的都知他重心放在新成立的地产营销公司，柏林好奇道：“不是已经开单了吗？”

“没活儿还好，有活儿没人更着急。”

提到这点郃海亮感同身受，他这边也是严重缺人，弄得大事小情全得自己披挂上阵："你说这人才都在哪扎堆儿呢？我团购几个回来。"

柏林呛了一口茶："您当去越南买媳妇儿呢，还团购。"

段瓷笑得叹气："真没辙。"端起温凉香茗抿了一口，干脆转移这个头疼的话题，"双羽怎么不说话？刚从庙里出来还不习惯人间喧嚣？"

"您几位这么说话谁敢搭茬儿啊，回头再连我一起当人贩子逮起来。"狄双羽确实有一瞬间的走神，"段总要给营销事业部找个带队的？"

段瓷点头："总不能我自己带。"

"商业那摊儿不是交给翘总了吗？"

"不是没精力，是没兴趣。"

"段总最大的兴趣是跟双羽一样开个专栏。"郃海亮补充，"你写情感，他写时评。哎，十一，要不咱们再办本刊吧。"

"这个交给你张罗。"不靠谱的任务分派出去，段瓷转向狄双羽，"说正事，有推荐吗？"

柏林打个响指："差点忘了双羽是瑞驰出来的人。"

郃海亮登时两眼放光："容昱？"

段瓷斜眼："他把我招了还差不多。"哪有人上来直接端掉大 BOSS 的，相当于收购整个公司了。

狄双羽笑得像只花猫："虽不中亦不远矣——"

段瓷眨两下眼，心下有数了："关允？"将信将疑喃喃着，"这有戏吗？"

狄双羽把自己撇得干净："得您谈了才知道。"她什么也没说，更不承担任何后续责任。

柏林吃着零食，貌似随意地评价："看你开着容昱的大奔上下班，竟然还挖他墙脚。"

狄双羽一时忘了申辩，光剩下诧异："你怎么知道那是他的车？"

坦率如郃海亮者当即了然地哦圆了嘴巴。

看着一张张老谋深算的脸，狄双羽深刻检讨自己道行太浅。

段瓷这下彻底信了，靠进红木椅中拊掌而乐："谈成了按猎头市面佣金三倍提给你。"

狄双羽警告道："这事儿传到容昱那儿我可有苦头吃了。"

此时外人眼里，关允是条难钓的大鱼，段瓷想养其在自己池中，必得开出有绝对竞争力的条件。可在他与关允接头之前，若经容昱嘴里得知南京瑞驰的事，关允就失去谈判资本了。

狄双羽所在的新尚居是港资背景的房地产服务公司，通过并购成熟子品牌，快速拓宽业务面带动现金流得以进入资本市场。地产营销代理业务去年才筹建起步，数月内整合了长三角一带十余家强势企业，凭借这种实力及多年积攒的开发商资源，尽管短期内未见骄人业绩，但以新尚居其他板块的运作速度估算，跻身行业一线阵营所需时间不会超过两年。

别说关允那个尚在襁褓中的南京公司，就是容昱的瑞驰集团，也很难撑起这种国际性的规模扩张。关允现阶段对自己创业仍存顾虑的话，新尚居这个台子，恐怕是他的最佳校场。

撇开发展前景不谈，单说眼下形势，如果关允能就此归入新尚居体系，容昱便不好对他实施报复性动作，毕竟这样一来相当于正面较量段十一操盘的整个新尚居。即使他无所畏惧仍下杀招，新尚居也不是会被轻易食掉的叉烧鱼腩。

这个契机，关允没理由不屑一顾。

最后且最好的机会，她争取到了，就看他能否顺利出场。

结束晚上饭局就打电话给关允,迫不及待想告诉他这个好消息。关允没心思听，说是在抽奖。他身边很嘈杂，哄闹声声。狄双羽瞄一眼仪表盘，8 点多，瞧他这状态一时半会儿散不了，绕回自己家取了几件衣服才回到关允家。整理下今天饭局上柏林提醒她记的一些要点，又搜到段瓷的地产营销公司官网看了一会儿打发时间。眼瞅 12 点了关允仍没回来，发短信也没理。狄双羽洗漱完毕，客厅卧室转了两圈,想着快过年了,系上围裙,里外打扫起房间来。才把床单换下来扔进洗衣机里，关允电话过来了，叫她出去唱歌。

狄双羽哭笑不得:“都是你们单位的人我去干吗啊？”她不想见容昱，那个命令她将警告当请求的男人，见面手脚都不知往哪放好。

关允完全没听她说话，一径催促着:“你快点啊。这伙鸟人，又把我坑了。”

狄双羽听不懂他说的是什么，想挂电话，那边传来个半生不熟的声音:“双羽，我是你李哥。过来给他拿件衣服吧，穿的那身吐得没法穿了。”

狄双羽头都大了:“还拿什么衣服啊，喝成这样了你们还想赶下场？”

“老容让去的，包厢都订好了，都是瑞驰的老人，你也熟，过来一起玩会儿吧……哎你别抢……”电话里一阵乱，又换成关允声音，“拖拖拉拉的，干什么，还不好意思啊？”

“你有病吧，关允！”一通鸡同鸭讲之后，狄双羽到底放心不下，向老李问明了地址，匆匆穿好衣服出去。

到KTV外面停好车，打电话让老李把人送出来。还算幸运，没人搀扶的情况下尚能直立行走。步法不算飘逸，基本让人摸不清套路了，上身只穿件薄衬衫，冷风中不见瑟缩，笑得还挺灿烂：“作家，进去唱歌。”

老李递过来一只纸袋：“领带也在里面，别弄掉了。”

狄双羽看也不看直接扔到后座底下，开着门叫关允上车。

关允叼着半截烟，不知怎么灭了，习惯性去怀兜掏打火机，一抬手摸了个空，这才发现自己没穿外套，狠打了个摆子：“咦，我西服呢？借个火，作家。”

狄双羽啪地摔上车门，大步走到关允面前，弯下腰，同他鼻尖对鼻尖地讲话：“我叫你上车你听见没有。”

关允被她突然的逼近吓到，猛地向后一闪，失了重心跌坐在地上。

狄双羽从车里拿出灰呢大衣甩给他：“留神烫坏衣服。”

关允苦笑：“女孩子家脾气这么大多不好。”不过还挺体贴就是了。前襟胡乱一裹，身子早冻透了一时缓不过来，心倒是瞬间就暖和了。丢了烟头以脚踩扁，很自觉地跑到副驾位置，弯腰弧度不够，额头砰地撞在车顶盖边上，几乎是就着疼劲晕倒进车里的，抱着脑袋连呻吟的力气都没有了。

狄双羽系着安全带：“你坐到后边去，别一会儿酒劲上来了和我抢方向盘玩。”

关允恼羞成怒：“我没喝多！”

狄双羽面无表情：“后头那堆衣服谁糟践的？”

他咧嘴：“老容。”

“他压根儿就不碰酒。”

“老容真喝多了，不信打电话问。”

有人敢把容昱喝多吗？那个极端的危险分子，给他支枪就能把视野内一切不顺眼的生物点射掉。狄双羽被脑中的画面感逗笑，没及时看灯，车身过线大半了紧急制动。

关允一下前倾，胃里啤酒翻沫顺着食道顶了上来，两手合力把嘴捂住，腮帮子鼓得要炸开。狄双羽反应迅速，一巴掌拍上中控把四个车窗全降了下来。关允欠起身子，头伸到车外一通狂吐。

狄双羽把车从马路中间开出来，就近停在一个便利店门口，下去买了两瓶水回来。

关允蹲在地上，对着一堆雪，身后车门的惨状让人莫敢正视。

拍着背为他顺气，狄双羽不好意思地笑笑："关总果然没喝多，还知道这是自己车要吐到外头去。"

关允没好气地回头瞪她一眼。

"差不多行了，再这么吐下去胃就要坏了。"狄双羽拧开瓶盖把水递过去。

他呕得脱力，勉强漱了漱口，站起来望天干嚎一声，可怜兮兮地捂着胃："双羽啊，疼死我了。"

现在的关允心里什么都明白，还知道把干净大衣脱在车里。脑子也不糊涂，反应速度略显迟缓，各种感官还是倍儿清醒的，知冷知热，撞到头了会痛，胃里泛酸会吐，越吐越恶心，越恶心越吐。喝到这个状态人是最难受的。

狄双羽又气又心疼："让你喝！上车，回去我找点药给你吃。"

他心有余悸："再上去我还得吐。陪我走走吧，缓一会儿。"

狄双羽摇头："你真是一点都没醉……就故意闹人。"抬手在他额际一点，脚下打滑，给了他机会轻薄佳人。

"也不知道是谁醉了。"关允扶她站稳后才背过风去点烟，转回身捉了她的手带到自己臂弯里，没有明确方向地踱步前行。

狄双羽一抬头，就见一屑如尘轻雪落下，沾在他领尖上。不可置信地仰望夜空，雪花映着路灯飞散，白天还响晴的北京，又飘了一场雪。她从前最爱看墨绿树梢上方的湛蓝天空，从没留意过夜空里辨不清形状的飞雪。耳中有种不真实的呲呲声，好像烟草燃烧的声音，又像他的发在风中瑟瑟抖动的声音，还像带着高温的烟烬落在地上，融化了路面的雪。"你看，又下雪了。"她窃窃地欢喜，仿佛眼前是偷来的景色，不敢张扬。

他笑笑，烟卷叼在嘴上，漫不经心地燃着，鼻息中烟雾混成一团白气，淡淡笼罩。他在这团白气中望定她出神。

这个时而精明时而迷糊的女人，敢玩一夜情，敢写天长地久，却因不敢质疑他一个暧昧的电话而整夜啜泣。看起来无敌洒脱，实际却敏感易伤。他也曾想，是否该将她当成个孩子对待才恰当，可她又会在这样的风雪冷夜，不管不顾地陪在他身边，担心他的胃，烦恼他的白发，体贴得让他着迷，情不自禁想说心事。

"你……"狄双羽对他忽而深沉的目光感到恐慌，抬手挡住嘴巴，"不是要吻我吧？"虽然气氛很好，但他嘴里的味道绝对好不到哪去。

“老容知道我南京公司的事了。”关允说，扔掉烟蒂，呼出一大口烟雾，夜在烟雾中模糊，又再清晰。

一张开出去快两个月的发票，到了结款的时候才发现抬头有误。客户不知道南京瑞驰和瑞驰集团的关系，年底着急入账，电话就直接打给了容昱。容昱虽不见得对每单业务都了然于胸，大体还是有数的，简单一问话就知道差错在哪。更何况，关允的举动，早有人向自己通风报信过，他看在眼里，找不到合理时机追究而已。

这些信息狄双羽都已得知，再听关允复述并不意外，让她费解的是，容昱说过年后再处理这件事的，为什么又选择现在摊牌？“他喝了酒跟你说的？”

关允点头。

“你们吵起来了？”

“没有，他说，把公司名字改掉。”

“就这样？”

“让我做好不再跟瑞驰有任何关系的准备。无论是瑞驰京业，还是瑞驰集团。”

谈话语气、表达方式都无所谓了，结果他们仍是走到这步。“一时瑜亮？”

“霜雨老师抬举了。”他这句话是顺着气叹出来的，笑容令脸颊发紧，拍拍挂在自己臂弯的那只手，惊讶触感的冰凉，“你冷死了吧？怎么不戴围巾？”

“忘了，光想着要戴眼镜开车。”

伸手将她大衣的领子拢紧：“猪啊，把你宰了过年算了。”

“过了年有什么打算？”狄双羽直视他的眼，“去南京吗？”

关允愣了一下：“或许吧。”直觉避开她的目光，他笑道，“这边还有很多事要交代，也不是说走就走的……”

“我不想你去。”所以新尚居是他的机会，也是她的私心，“关允，我白天见到段……”

他抬手示意她等下再讲，从裤子口袋里拿出震动不停的手机。

无意识地望向骤亮的手机屏幕，“赵小妹”三个字随着震动的节奏闪烁。

“嗯，刚散……没有，回家路上了……”

关允接电话时声线发嘶，刚吐得厉害，又一直抽烟喝不下去水，话一多说嗓子更加不舒服，越讲越低声，终于呢喃。

狄双羽系紧了大衣，转身往车子走去。

3

可有可无。好一点的话可以说是锦上添花。

我意识到自己对你是这样的存在，在很早之前就意识到，可还是会做些傻傻的事。

记得你曾肯定地说：喜欢一个人是习惯。

我想，一直在你身边，傻傻地存在，慢慢你也会习惯，然后被喜欢。

这样的逻辑合理吧？

你听的歌我都懂，你想的人我知道。

你为什么笑、为什么沉默、眼睛看什么、潜台词是什么……猜得越准，心越难受。

而你连我眼里闪亮的是喜悦还是眼泪都分不清。

不在你眼中，遑论心里？

你说我没劲，越来越会生气了。

真对不起，这么没劲，我自己也不想。

我希望可以欢笑晏晏、嬉皮涎脸、任意撒娇和亲昵，可以乖乖听你讲别的女人，可以若无其事地帮你分析谁是谁的劫。

就和开始一样。

可是心跟肺有神经，会一跳一跳，会被牵扯，会疼。

2013年2月8日

凌晨1点钟通电话的男女，以这样琐碎的话题做开头，代表什么意义，狄双羽不想去探究。当然，也不知道该以什么表情继续听下去。

关允仍是之前散步的速度，走着说着，发现身边人没跟上来的时候，车灯骤闪，狄双羽的背影也跟着闪了闪，身子一矮，钻进了车里。她个子很高，穿高跟鞋几乎与自己平视，可这个不算太远的距离望过去，瘦瘦小小的，腰杆倒是挺得溜直。

车子低低传来了引擎发动的声音，安静地亮了一会儿灯，前轮转动，开上了马路。

关允看得清楚，经过自己面前时，她连头也没转一下。

电话里赵珂问："吗呢，突然不言语？"

"没什么。"他笑，"把我扔下开车走了。"

“生气了吧？”

他还是笑：“没事……”

狄双羽没上楼，坐在车里，熄了火，心里的火也正烧尽，灭了，冷掉。翻开手机看时间，看照片，看关允的短信，一条条都舍不得删除，哪怕就是一个“嗯”字，一句“知道了”，一串省略号，她都记得这短短回复是针对自己的哪句话，便可会心微笑。

甚至每一个通话记录，他打来电话说什么，她都大致记得。

关允的铃声是特别的，狄双羽有时假装找不到电话，用他手机拨号，故意等铃声响起让他听。那是从歌里剪辑出来的一段，压缩后音乐有些嘈杂，但仍听得清楚：

“我们之间的爱重得像空气，越想逃离却越沉迷……”

关允到底还是听出些什么来，笑说搞文学的就是不一样，唱歌都跟说话似的。

彼时她会为他懂得自己感到庆幸，这份爱啊，她不曾认真说，但他能知道，再好不过。后来她才懂得什么叫知道归知道，不要归不要。

他喜欢上了她为自己设置的铃声，朝她要了整支完整的歌曲，晚上在家里工作的时候会放来听，单曲循环。

“而回忆太拥挤，我无法呼吸，只能拥抱着空气，假装那是你，不曾远离。”

假装那是你……

狄双羽伏在方向盘上喃喃：“关允你太欺负人了。”

他反复说和赵珂再无可能，那张塞在皮箱死角的一寸照片却再次出现在他钱夹里。他喝过酒提起赵珂会骂，会不耐烦，他还会说：她有你一半懂事就好。

狄双羽想问：就有多好？天荒地老？

口袋里的手机又唱起那首歌的时候，距离狄双羽回到小区里已将近一个小时，关允从一辆出租车里下来的。狄双羽坐在冰冷的车厢里，静静看着他边走路边打电话，这边被自己按成静音的手机持续颤抖。

他进了楼里，她的手机安静了。不一会儿接到他的短信：开门，我没带钥匙。

狄双羽回：钥匙在脚垫下边。

一分钟后，他问：你回去了？

狄双羽删掉了短信。

又过一分钟，电话响了。狄双羽挂断，他继续打，她再挂断。短信就接二连三地发过来。

“她工作上遇到点麻烦，和同事关系处不好，不想干了，身边也没什么朋友可说话，这才找我聊。”

“也算和我打个招呼，毕竟这份工作是我给介绍的。”

“她知道我现在有女朋友了，听我说你生气，还让我给你道歉。”

“我跟你说过我和她不可能的。我很累，不要闹了。”

“接电话好吗？”

“好吧，你早点休息，别胡思乱想，我和她不可能了。”

狄双羽猛捶了两下方向盘，推门下车，捂住耳朵，把所有愤懑送到喉间，全力喊出去。空无一人的小区里回声阵阵，她被自己的声音吓哭，跌坐在地上，喘息剧烈，吞吐大团寒气。她垂着头，寒气扑到镜片上、睫毛上、头帘上，凝结成霜。

一阵仓促的脚步声由轻变重，近了变成踩雪走路的咯吱声。

斜长影子缓缓拉近，遮住了她头顶路灯的光亮。

收到她回复的短信，关允猜她并没回家，一定还在这附近，出了门来找，楼道里没人，去平常停车的位置也没看到她。打电话又被她挂掉，短信发到手软也没再得到回复。就在准备放弃的时候，听见了她凄厉的喊声，四面八方地回响，他辨不清方向，找了好一会儿才找到这里。

望着她在路灯下光泽好看的发旋，半晌，他蹲下来：“双羽？”伸手抱住这具不知因寒冷还是盛怒而微抖的身子，抚着她冰凉胜雪的发丝，“双羽。”

他什么也不说，只这样略带无奈地唤着她的名字，音色比抚在头发上那只手更温柔。

“我可怜吗？”狄双羽盯着他的鞋尖，眼泪大滴大滴地砸下来，声音却未见哽咽，“你觉得我可怜吗，关允？”

“说傻话。”他将手臂收紧，哑得就快失声。

那为什么，她自己都觉得自己可怜呢？

她离不开这个男人，不甘心离开，自作却不肯自受，所以可怜之人必有可恨之处。既玩了命地喜欢人家，又玩了命地闹情绪。跟着关允回了家，然后整夜不与他说话，明知这样两个人都很累，她就是哄不好自己。

关允筋疲力尽，洗过澡头发没干就睡着了。早上醒来已是 10 点多，推推仍在熟睡中的小姑娘，问她是否上班。

狄双羽看一眼手机，爬起来穿衣洗漱。

关允起床撒尿，跟她说话她不理，恶作剧地伸手捏她的脸，只得到冷冷一瞥。直到出门也没跟他讲一句话，拿车钥匙给她，她视若无睹，动作协调地绕开他，到大衣镜照了照，转身出门。关允的手还僵在空中。

摇摇头，他说："你越来越会生气了。"随手将钥匙丢在鞋架上，回卧室补眠。

节前最后一个工作日，大家忙着检查系统里各自负责的任务。中午惯例部门聚餐，助理订了附近一家日本料理。狄双羽心事未得纾解，胃口堵得满满，看什么都不想动筷子，又怕扫大家的兴，夹块鱼片在佐料碟里狠狠滚了一圈，整个儿丢进嘴里，哧哧直冒眼泪，还一脸的强悍："哦—西！"

一大桌子人喝烧酒吃鱼生，笑笑闹闹好不欢乐。局散了各回各家，狄双羽脸赛桃花，关允来接她的时候一眼就看出她喝酒了："昨天睡那么晚今天还喝酒。头不晕吗？"

"晕。"她诚实回答，"饿的。"一整天没正经吃东西，胃缩得难受。

"我们回去做饭吃吧。"他笑着抓抓她跑乱的刘海，"你做一个菜，我做一个菜。"

狄双羽正在犯馋他们常去那家餐馆的酱油炒饭，听见这句话愣住了。视线又被他覆在额头上的手挡住，看不到他的表情。

"有困难吗？"他收回手，露出笑吟吟的一张脸。

"有点儿。"狄双羽讷讷问道，"你是不是只会煎鸡蛋？"

他笑得玄秘："待会儿去超市，你想吃什么随便买，别小看我的厨艺啊。"

结果还是狄双羽献了一桌拿手菜，醋熘白菜，笋尖炖排骨，葱爆羊肉，凉拌瓜丝，雪菜豆腐汤。这算他们在一起真正意义上的开伙，以前只是煎蛋，煮煮面条，还是第一次在他家淘米煮饭。

吃过饭狄双羽在厨房洗碗，关允拿了一对印有关宝宝照片的陶瓷水杯过来："这上面图案不会洗掉吧？"

"不会。"狄双羽看他小心翼翼地蘸着水擦拭女儿的照片，"哪来的？"

"孙莉弄的，让过年给我爸妈带回去，"他炫耀地举起杯子，"比画着小鸡小鸭的好看多了是不是？"

"是。"她笑着，踮脚在他脸颊上轻吻一下。她一直觉得提到自己小孩就很骄傲的男人非常迷人，非常让她感动，"你几点走？"

关允看下手表："再等会儿。"他老家所在的小镇没有机场，飞南京的话还要再倒四五个小时大巴才能到家，索性直接开车回去。十小时车程对他这种老手来说也挺考验的，幸好同行的还有两个老乡同事，一起走还可以换班休息。白天车多，便选在夜里启程。

狄双羽看着杯子上小女孩儿怯生生的脸蛋：“你不带宝宝回去，爷爷奶奶见不到乖孙女儿，不会骂你吗？”

关允笑容略紧：“我妈喜欢男孩儿。”言外之意和这个孙女感情不深。

老太太重男轻女，狄双羽倒是很早就知道的。摇摇头，她将杯子搁到一边，手缠上他的脖子：“回去待几天？”

伸手拥住她，正视她落寞的表情：“要不你也回家过年吧，自己在这有什么意思呢？”

她不答话，踮起脚轻轻吻着他刚刮过胡须后光洁的脸颊和下巴，在颈窝处加了力度吸吮。

他阻止她说：“别闹啊。”却没躲避。

狄双羽满意地看着自己制造出的标志：“这个消失之前回来。”

他努力低头仍是看不到她干的好事，抬手一摸都是口水，伸过去在她身上擦了擦，顺便将她圈紧了压向自己，低下头，嘴唇寻到她的嘴唇，细细摩挲。

她温热的掌心贴上他的锁骨，指尖自肩头沿手臂下滑到他手背上，摸索着夹过那支烟，扔在洗碗池里，嗞声细响，烟头熄灭，他的火却被勾起，抱着她转身，将她夹在自己与碗柜之间，用力地吻下去。

身体猛地腾空，狄双羽失去重心支撑，胳膊在空中胡乱挣扎了一下才搂住他的脖子，不小心碰倒了刚洗干净的杯子。她呀声低呼，伸手捞了个空。杯子摔在地上，回声脆响让她下意识举手掩耳，T恤下摆随即被撩起。

就着她这个双臂上扬的姿势，关允很方便地脱掉她的衣物。他的手刚沾过凉水，触到她背上的肌肤，她打了个冷战。

觉察到他非玩笑，狄双羽有些抗拒地掐掐他：“回房间……”

关允含混笑笑，手依然很凉，但是湿润，在她背后抚摸的时候像一条冷血爬虫，顺着她脊背的弧线游移至后颈，再绕到胸前，时轻时重地探弄，寸步不离她的体温。狄双羽有种微微刺痛的感觉，张开嘴又被他卷住了舌头。

她没穿内衣，脱了T恤后整个上身裸露在空气中，半坐在冰冷的大理石台面上，凉意让她不自禁往下滑，想偎进他怀中。他接住她，解开裤子，不顾她的干涩硬冲了进来。

酒醉后的那次，狄双羽没有印象，在那之外的每一次性爱，他都非常照顾她的感受，会让她足够湿润，从没像今天这样粗暴。柔软的床垫换成冷硬的石台，细心的情人仿佛发泄般一味索要。她不习惯，不舒服，张眼却看到关允动情的模样。

平常做爱时他很少闭眼，他喜欢眯眼看两人接合的位置，有时是观察她的反应以调整动作，有时也纯粹只为看她享受的样子。但这次狄双羽注意到他没看任何东西，完全是闭着眼睛的，眉头轻皱，撞过来时有小声的闷哼。这个姿势他很吃力，要抱着她承担她一半重量，他是否因此格外投入，她无从分辨，只从他微微扬起的下巴，不时舔过嘴唇的舌头，以及一下比一下用力撞击她身体的灼热，真切地感受到他的急迫。

这一次他没持续多久，很快就在一声粗重的闷哼后缴械。

狄双羽整个过程只有疼痛和不适，却意外在他最后释放这一瞬，体内蓦地蹿涌出莫大的快感，突兀而且强烈，让她手足无措地攀住了他的肩膀，腿还绕在他腰上不允许分开，仰起脸，有些费解地瞪着天花板上不算明亮的白炽灯，嗓子干燥发不出声音。

关允哧地笑了一声，托着她的后脑让她靠回到自己身上，自己也靠着她支撑身体，虚脱地嘟囔："腿都软了……"

狄双羽大笑，下巴探过他肩膀，收紧手臂，很近很紧地拥抱，锁骨能感到他喉结的滚动。

他抬手揉揉她的发："待会儿把门锁好。"

她叹一口气："激情时刻说这么家常的话。"

"安全第一嘛。"说完这句话他忽然直起腰，正色道，"你现在安全吗？"

狄双羽一愣，也才意识到他没采取措施，默默数了下日子，遗憾地摇摇头，她生理期太乱了，根本算不出哪天安全。"明早买药吃好了。"跳下来穿上拖鞋去洗澡，同时不忘提醒他当心被地上摔碎的杯子扎到脚。

关允没急着处理那堆碎片，跟着她问："明早吃来得及吗？"

"我记得是事后72小时都有效，不过越早吃效果越好。"后面这一句完全是凭借常识的推测。

关允夜里11点多钟出发，提着行李下楼，几分钟后又折了上来，塞了两盒药给她："吃完了可能会吐，要是吐了就再补服一片，多喝些水。"

他说得一板一眼，一听就是刚接受完培训的结果。

狄双羽拿着药心情复杂，这算是关允的体贴吗？虽说她也害怕会怀孕，可是，

“他还真是怕出事”这种念头一旦浮现脑海，多少有些受伤的感觉。

靠在门板上，拆开包装盒，拿出米粒大小的药片反复打量，这是你给我的新年礼物，关允，我会好好品尝。这么想着，把药片整个儿丢进嘴里，苦味迅速泛滥。

呸，真不吉利！

4

没有一起过除夕，我把那一餐当作了两个人的年夜饭，像举行某种仪式一样。

不知道关允怎么想，我吃的每一口饭都很噎，羊肉都难以下咽。

幸福来得那么惶惶。

这感觉说不出，好像是因为太幸福了，所以莫名产生不祥的预感。多诡异的“因为所以”。

你就这么过不了好日子吗狄双羽？

吴云葭说我对关允是征服欲作祟，从小到大任性习惯了，我想要的东西就一定要得到。

亲密如葭子这般，也并不知道，从小到大的我啊，其实都不太敢去想要什么东西的，更别说明知没有希望得到的东西，我是一定会假装不屑一顾的。

关允的可恶，就在于他不停地给我制造一个一个小希望，让我觉得再努力一下下，他就会爱我。

像是挂在毛驴前边的胡萝卜一样。

2013年2月14日 年初五　情人节

“小姨，2012过了，还有世界末日吗？”

“总会有吧。”

“为什么？”

“因为人们老是念叨。”

“念叨念叨就来了吗？”

“嗯，你听没听过，说曹操曹操就到。”

小姑娘惊慌失措："我以后再也不念叨了。"

"别扯淡。"吴云葭洗完碗去换衣服，打断二人对话，"小小你赶紧起来给云云找套衣服，我得领她去阿米家串门。"

"今天不适合串门儿。"狄双羽依然倒挂在沙发上，懒洋洋地晃着腿，"我觉得你今天就应该跟阿米出去吃西餐、逛商场，逛累了看电影，看累了开车上五环兜风——至于孩子，就交给我照管吧。姐们儿处着，这时候指望不上还等啥时候啊！宝贝儿，小姨今天陪你过情人节。"

小云云捂嘴直乐："我要跟小戚叔叔过。"

那她不是白白计划了，结果还是落到孤身一人，狄双羽鄙视道："这丫头这么小就懂以貌取人。"

吴云葭忍无可忍："狄双羽——我最后喊你一遍……"

狄双羽惊骇："呸呸呸，大过年的！"一骨碌坐起来，跟进衣帽间，"别穿这高领的，显老气。"

吴云葭依言换了一件，再看她身上那件兔子睡衣："你要不也换身衣服，跟小戚看个电影去？"

狄双羽敬谢不敏："你该干吗干吗去吧，别安排我了。这日子看电影？浪的……"

话是狄双羽自己说的，可在开车到关允家楼下的时候，仰头看着连个"福"字也没贴的八楼窗户，她又觉得，这比陪戚忻去挤一场电影更浪。

街面出奇地安静，没几辆车，行人也少。北京每年也就是这几天的清静，她本来也该为首都清静做贡献的，却赖在这儿没走。

又能去哪儿呢？这么多年来，早习惯了这城市，纵然他不够温润、喧嚣浮躁、表里不一……纵然他千般不好，他甚至也不承认她是他的人，可她就是离不开。

狄双羽从前会想，你承认与否，不影响我生存。

她没想过有一天自己会这么渴求被认可。

城有城的门，心有心的门。城门能攻，她来了就不走，城也没办法。

他的心，她还没进去，就已经这么累了。

关允的房间跟她第一次来的时候并没太多变化，只有那瓶竹子新冒出来几片黄绿色嫩叶，几天没打扫，视及之处均落上一层薄尘，两个青瓷花色小方枕总有一个滚在地板上。狄双羽弯腰过去拾起，抱在怀里，走进卧室，看着床头桌上倒扣在某一页码的英文书，又想起刚来关允家，看到这些专业书籍，联想着他的业务能力，就觉得他读这些书的样子会非常好看。

摇摇头，走过去将书合起收进书架里。

关允家有两个书架，客厅的书架较大，卧室这个小一些，狄双羽之前收拾时只简单擦了擦，没做仔细整理。因为上面总共也没放几本书，大多是些言情小说，想也知道不是关允会看的东西。

不过也挺意外的，赵珂居然会看这种书。记得有人说过：喜欢看小言的女人一定坏不到哪儿去，因为她还欣赏爱情，即使明知是造假的爱情。

望着那些小说，狄双羽忽然想到，如果赵珂是有爱情的，关允该有多么混蛋！

她看过赵珂的日记，忘了是哪一天的，只有一句话："关允的离婚证是假的！哈哈！"

看的时候狄双羽只觉得痛快，现在才感受到一种悲哀。

和她爱着同一个男人的赵珂的悲哀，她不想同情，却隐有怯意，如果连那么艰难也要去喜欢的赵珂都能欺骗，对于主动送上门的自己，又有什么是关允做不出的？

狄双羽已经不止一次在想，如果跟关允只是一夜情，如果没有住进这个房子，那么分手几个月，消了气的赵珂，是不是已经回到关允身边？他总是说"她不会回来的"，而非"她回不来的"。很明显地，如果不是她，关允根本不会扔掉赵珂的东西。

控制不住胡思乱想，狄双羽抓起背包逃也似的跑出关允家。

身后房门合起，才想起落在玄关鞋柜上的钥匙，回头已挡不住盛怒下被摔上的门锁。气得在门板上狠拍，揉着肿痛的手掌，斜眼瞪视那道门，心想楼下那家换锁的不知还在不在，没钥匙连葭子那儿也进不去的，大过年又流落街头了。

可是换了锁，关允回来进不去怎么办？

她还在自我提出问题并解决着问题，身后拎着箱子的人可是沉不住气了——

"你能把它瞪穿一道窟窿钻进去还是怎么着啊？"

大过年新尚居段瓷的拜年电话，自然醉翁之意不在酒。关允无心在老家耽搁，匆匆赶回北京赴约，捎带阻止了自家房门被撬的悲剧发生。

狄双羽叹气："大过节的，段十一不用陪翘夫人吗？你怎么挑这日子回来？"

"我怎么挑这日子回来！"他狠狠重复一遍，低头将皮箱里的衣物逐件取出，举起两件衬衫问她，"我穿哪个去见段十一？"

“法袖的。”

“这么正式好吗？”

“段十一那人穿戴讲究，我每次在公司见到他都是西服、袖扣、司徽，没半点马虎的。”

“我记得他是媒体出身，怎么还养出这穿正装的习惯，跟老容似的。”抱怨归抱怨，仍听她的话取了那件款式庄重的，又拉开放领带的抽屉。

狄双羽极有耐心逐一搭在衬衫上看效果：“这面试啊，就是一场相亲，博到第一眼满分会让你受益无穷。”

关允被她的理论逗笑：“你相过几次亲，作家？”

“段瓷是个不错的对象，你要好好把握。”

“再听你说下去，待会儿见了面要直接和他谈婚事了，”说着表情严肃起来，“也挺奇怪，他怎么会挖到我身上来？”

狄双羽耸耸肩：“那人多自负啊，什么事干不出来？他挖老容我都不奇怪。”

她是新尚居员工，总比他这个外人了解自家老板。看看离约定时间不远了，他将衬衫丢给她，自己则钻进浴室。

狄双羽拿着熨斗，精益求精地把衣服每个边角都扯平了细烫。

关允一个澡洗完了，这姑娘一件衬衫还翻来覆去烙着呢。“熨煳了吧？”

她小心翼翼撑起衣服检验成果：“其实我特不喜欢你穿这件衬衫。”

他猜得出大概：“为什么，容易出褶？”

“嗯！”她眉毛皱得老深，“而且还不好熨。”

“是你技术不行，我几下就能搞定。”

她斜眼警告：“熨斗还没凉呢，惹我把你眼角鱼尾纹处理了。”

他哀号：“杀手啊你！”却因她这句话，照镜时忍不住关注了下眼角，原来还真有不少细褶存在，连连摇头，“老了，年华不复了。”

狄双羽抖着衬衫走过来：“要借你眼霜吗？”

关允拒受嗟来之食：“不要。”

她嘻嘻直笑：“我也没有。”及时撑起衣服挡住他的香水攻击。

他将香水瓶重重搁在书架上，伸过手穿上衬衫，不忘鼓励她：“这不是熨得挺好么。”

她顺嘴就接：“那是，我这活儿干得再次，按你们普通人的标准也已经是神品了。”

关允由衷佩服：“对。”觉得她能这么自我陶醉，大半是他给惯出来的。整理衣领，转身去盒子里翻袖扣，咦了一声。

狄双羽看见他扣好的一只，是那对他经常戴又经常丢的青花瓷，就等着嘲笑他："又找不着一只？"

却不料他问："你记不记得我有个彩金的小圈戒指？"不死心地继续翻找，"我记得就放这袖扣盒里。"

狄双羽心里一咯噔："被我扔啦。"

关允动作僵住："真的假的？"回头看她的目光只是疑惑。

狄双羽扬了嘴角甜笑："不相信你就找吧。"

他只相信，她能说这种话，即使没扔，他也必然是找不着了。"扔了干吗？"语气像责备一个浪费的孩子，"我都没几件像样的配饰。"一边向她哭穷，一边戴袖扣，不够专心的结果就是没掐住扣子，掉在地上摔了个清脆。

狄双羽弯腰拾起："那个也不像样好吧？什么东西啊，就往脖子上戴，你不嫌寒碜我看着还别扭呢。"扯着他衣袖拉过来，指尖轻捻，别好了扣子，又将袖口翻整抹平。

她语气凶狠动作倒温柔，关允只剩叹气："你真是……"

狄双羽眯眼，眉头攒得死紧。

他抬手以指节骨凿在她眉心："别这么瞧人，难看。"抱着她的腰将人放在身后，顺手把她放在鞋柜上的钥匙抛过去，"装包里，出门别再忘了啊。"

她很听话，钥匙扔进包里，碰到了手机哗啦直响，懊恼地抚着屏幕："得把手机贴个膜去，才买一个来月被划成这个小样了……"

关允站在门口换鞋："你别走远了啊，我估计有两三个小时就能回，晚上带你出去吃。"

狄双羽老老实实等了两三个小时，等到天擦黑，晚饭时间早过了，那个出去喝下午茶的男人还没回来喂食。饿倒还能忍，就是实在无聊，游戏打得手机都发烫了，忍着不去骚扰他，拿了些钱下楼去打发时间。

转角茶座意外地人多，狄双羽一看门口停那么多车就知道自己二楼的小座肯定没了。推门进去，服务员看见她也挺稀奇的，倒也不多过问，只热络招呼："新年快乐。"

狄双羽回了一句，不抱希望地问："二楼满了吧？"

服务员撇着嘴点点头："早上开门就这么多人了。"引她到一楼靠窗的位置，拉开椅子，“就你自己？”

“嗯，吃点东西。”窝在松软的沙发里，盯着窗口直打呵欠，夜晚把玻璃漆成单面镜，清晰映出一张百无聊赖的脸。这张脸下的心情，连本人都不甚清楚，隐隐有些沮丧，是一次次没有解开的郁结，积累成团，到现在已经是说不清道不明了。

和关允一起，她本不想收获什么，也想不到有什么可收获。只是在一起越久，付出越多，不知不觉中，对他开始有期待，有失望，结果就是像关允说的，她越来越会生气了。

喜欢他都不能控制，生气更不能控制，狄双羽想，要是可以不喜欢这个人，可能也就没这么生气。所以更多时候她是在生自己的气。改天再见到戚忻，要问问他医院里有没有什么X光，能拍出大脑回路，她太想直视自己脑子的构造了。

“头疼？”

听见这句问话的时候，狄双羽从玻璃里看到自己正用食指在太阳穴上按压。而容昱从桌边走进了卡座，坐在了她对面的位置，向跟过来的服务员指了指她面前的那杯柠檬水。

服务员毕恭毕敬道：“请稍等。”瞅着狄双羽，脸上露出一副看热闹的笑容。

狄双羽也发现了，疑惑地盯着她的背影，脑中有不确定的讯息。

容昱叠起腿，半靠在扶手上，不算专注地打量她，也不再出声吸引人注意。

她侧脸线条明显，额头被厚而齐的刘海覆住，眉毛也隐约看不清楚。鼻梁不高但是修长，鼻准略尖，唇薄，下巴弧度柔和。谈不上甜美，也算很清秀，只是不能有表情，尤其是这种让人看不懂的表情。似愁似苦，还有点不在乎。他想一探究竟，目光就离不开这张脸。

狄双羽却很快回神：“容总过年好。”

“好。”他笑笑，“我以为你已经过完年了。”

“呵呵，上班了才算过完。”

“过年很高兴？”

“放假很高兴。”

他打断她无意义的废话：“刚在外面看见你，对着窗户发呆，好像快哭出来了。”

狄双羽错愕，下意识望向窗子，外头一抹黑当然什么也看不见，却在玻璃面上与他目光相对。她扑哧一笑：“哪有的事，我在照镜子。”扭过脸来戳戳脸颊，“这几天在家傻吃蔫睡的，刚一看好像长肉了。”

容昱也将视线由镜像拉至本尊身上。“就待在楼上？”他指关允家。

“没，在一姐们儿家过的年。今儿白天跟个朋友在附近看电影，散场了来这儿吃个饭。”

“唔，难怪没见你拿电脑，我以为过年不写稿子。”

“也确实是最近都没写。我写这类稿子的话，自己感情太顺利或者太不顺的时候，都会堵塞思路。”

他似乎不屑猜测她属于哪种情况，只说：“不写专栏正好抽空给我手里项目写几篇软文。”

狄双羽傻眼：“能不写吗？”

容昱瞥她一眼，不满之情溢于言表。

她打着哈哈：“您的稿子，我写了也不好意思收钱……”

“你比宰别人都狠。”他冷哼着道出事实。

“哈，”被拆穿的人毫无愧色，“那是因为容老板爽快。”

关允发来短信：往回走了，饭没？

正好服务员把炒饭端上来，狄双羽将手机搁在一边没回复，看那小姑娘动作熟练地摆好餐具、小菜、配汤，捧着托盘行个礼：“慢用。”

容昱叫住她：“拿本杂志来。”再看狄双羽，“你还缺什么？”

狄双羽看看面前，摇摇头。

“吃吧。”他接过服务员递来的杂志翻看，姿态闲适。

狄双羽可是才吃了没两口就噎得难受，忍不住打听：“您点什么了？”

他不抬头地问：“炒饭不好吃？”

“挺好啊。”

“好就专心吃，别惦记我的。”

狄双羽不肯认输，扬着笑脸说：“早知道您也没吃饭我就直接约您了，自己一人吃怪寂寞的。”

容昱笑了笑：“双羽太贪心了。这么有才气，会写文章，会谈恋爱，又有朋友一起过年、看电影，还觉得寂寞。那我怎么办呢？”说这番话的时候，他还翻了一页杂志，分明心思不在书上，视线却始终没离开它。

狄双羽如遭雷击：“容总……”

“不是吗？”

“您突然这么坦率……”

“我一直坦率。”反正是褒义词一概纳为己有就是了，像是为了昭示这项品质一样，他大大方方地承认自己的来意，“我吃过了，是听说你一个人在这儿吃，特意过来跟你说说话。”

5

你的心腹，你的肌肤，你的衣服。

一生，一代，一夜情。

某次酒后我曾玩笑般说道：我什么也不要，只要他对我好。

木头说：我们都跟他说过，你和孙莉是能跟他走一辈子的人，赵珂不行。他不喜欢孙莉，但他喜欢你，你不知道。

我是不知道。

我只知道他爱赵珂爱得九死一生都不肯放弃。

男人若痴情起来真是不像话。

女人呢，痴情这种活儿，似乎都干习惯了。

订了个温泉小套间，想为整天坐在电脑前改报告的猪缓解下腰酸背痛。兴冲冲拖着他建议：周六去泡汤吧。

关允说：周六出差。

一颗心崩裂成碎片，就落在清晨六点钟落在四环路上，被浇洒了氯盐，连同隔夜的雪一齐融化而去……

说实话，关允对我比以前似乎更加亲近了，怎么我会越来越不开心呢？

我们都懂得这雪化了终不再有痕迹，却抹不掉记忆里雪曾飘洒。

2013年2月21日

关允回来的时候手上多了个方方正正的纸袋，里面有只精美的素色包装盒，狄双羽接过来：“巧克力？”站在门口就拆开了。

关允打开门提着衣领把她扯进来。

身后房门砰地关上，狄双羽打开了袋子里的纸盒包装，黑色绒布里衬上嵌了只白色钥匙包，磨砂皮革，编织工艺，小巧安静，夜空中的月般优雅。孩子气地“哇”了一声，小白包拎出来摇晃，金属挂钩相互碰撞，哗啦哗啦直响。

她的反应让他松口气："下次还是你自己去挑，我好像有选择困难症。"给她选条围巾大半个小时，选这个钥匙包更是快把商场所有皮具店铺都跑遍了。

狄双羽听出他的潜台词："其实我很好打发的，礼物我都喜欢。"只要是你送的，"嘻嘻，小白。"她唤那钥匙包。

他唤她："小白痴。"

她也不恼："对了，刚看见容昱了，在转角吃饭。"

关允问："你没跟他说我回来了吧？"

狄双羽白眼："像你那么嘴欠。你下午跟段十一谈得怎样？"

"价钱上没谈拢。"他摇摇头，坐在沙发上点了根烟。

"他嫌你贵？"

"他说超预算范围了。"

"屁！问他做预算的时候想过是关允坐这个位置吗？"

他被这脱口而出来的抬举逗笑："倒也没回死。"

狄双羽小心问："段十一知道你和老容闹掰的事吗？"

关允意外地瞟她一眼："他当然不知道。"

"那还好，我就怕你说南京公司的时候傻乎乎把什么全给他托底了，那你就卖不上价了。"

"啊，我会把自己卖个好价钱，"他对这种说法也感到好笑，"不过他如果把我南京公司买了，给不到我要的数也行。"

"真够软的你，还没怎么着呢自己先打折了。"

他笑笑，伸手将烟摁灭，搓了搓脸："段瓷说公司总部可能要放在上海。"

地产公司放在上海的事，狄双羽也略有耳闻，早些时候是觉事不关己，未加关注。现在想想传闻不无道理，整合重组的几个公司都是长三角一带的强势品牌，资源肯定在当地更强一些，由南往北辐射显然更合情合理。

结果就还是得离开北京吗？

关允说："再说吧。"去做南方市场他也不是没有顾虑的。

但她知道，他太着急离开瑞驰，或者说，他着急在容昱下杀招之前，离开瑞驰。他说如果新尚居肯收南京公司，就同意放低年薪标准。事实是他已经迫不及待想跳去新尚居，哪怕跳得不好，待个一年半载，再迈下一步都可以。

狄双羽春节剩余的假期就待在关允家，过一种一成不变的简单生活：收拾房间、洗衣服、煮饭、做爱。

他在写字台上做各种表格，她抱个本子在茶几上写稿，客厅里往往只有敲键盘的声音。关允写累了抽烟，伸个懒腰回头看她认真的样子，笑了笑："好像小学生写作业。"

狄双羽一口烟吸进去没吐出来就笑，直接呛到了，起身过去扳过他的电脑一看："这么个破邮件你写了两小时还没发出去。"

他趁机把椅子让给她："帮我看看还有什么没写到的。"

段十一是记者出身，职业写字的，措辞很得体，看似随意轻松实际严谨细致。关允则是技术派作风，逻辑稍显跳跃，写东西专业有余，精彩不足。

幸好家里还宅了根笔杆子。

他半根烟抽完，只看她一阵疯狂拷贝粘贴，断了断句，折了折行，根本没打几个字，就保存文档说 OK，不由皱眉："你是不是在应付我？"指着屏幕，"这不就换了个语序吗？"

"语序当然重要了，同样一堆字先说后说可不一样呢！"更何况这是转折关系的两句话，"那你说'虽然你很有气质但长得一般'和'长得不帅但很有气质'，你爱听哪句？"

他略微思索："我……还挺帅的吧。"

狄双羽翻个白眼："你想当帅就得拿出个帅样来。"手指敲敲被自己挪到邮件开头的人员架构图，"团队部分是你首先要考虑的，就先拎出来跟他讲。市场分析什么的让段十一知道你心里有数就行了，无须长篇大论。说白了你现在只要告诉他你要什么样的兵、要多少兵，至于怎么用这些兵，他不关心的。"

"嗯。"他点头应是，视线不觉微沉，由屏幕转移到那喋喋不休的女人身上，"我们作家还懂军事哪。"

狄双羽精益求精地又排了排版才发出邮件，对他的赞赏顺嘴应下："我当然什么都懂！"

关允大笑："你说这话好像老容。"

修修改改中又到了上班的日子，一周年假让办公室气氛变轻松，消极怠工的假期综合征非常严重。狄双羽也是患者之一，明显表现在早起精神百倍，一到公司就打蔫，打开电脑眼皮都掀不开了，连捏鼠标的力气都没有。回到家立刻又活力无限，把晚餐折腾得丰盛之极。

可惜关允也没享受到几顿，他倒是一如既往地忙，又频频开始出差。

狄双羽没搞清容昱葫芦里卖的什么药，都这种时候了，还会让关允去处理业务。用关允自己的说法是有些客户一直他在跟，就算要走也得给个交代。狄双羽不信，容昱怎么会干这种给人交代的正常事？再说，客户是瑞驰的客户，关系却是他关允的，搭着几万块的薪水和差旅费，让一个背叛者去维护人脉，活雷锋吗？

那黑口黑面黑心肠的家伙，究竟想怎样清理门户，狄双羽还真想不到。想不到就愈加不安，不止一次建议关允主动出击，避免被动挨打。关允却是一副满不在乎的嘴脸，不知是相处久了熟悉容昱的套路，心里早有应对策略，还是完全破罐子破摔了。反正是该去公司去公司，该跑项目跑项目，同时一心二用地顾着新尚居的差事。

和段瓷达成了初步共识，关允带队新尚居营销公司已经写上日程表，开始着手做人员安排，公司构架，甚至业绩拆分。他一向贪眠，现也不得不陪客户开早会，只想尽快结束，回北京处理这边的一摊子事。

这天关允起早去公司开会，说晚上要和老容摊牌。狄双羽下午到甲方那儿做阶段性汇报，上午没事，本可睡到自然醒，想到关允和容昱谈判的场面，脑子里闪过各种镜头，困意顿消。坐起来揉太阳穴，阳台玻璃门清晰地映着她一脸的愁苦。

大概是晨起供血不足的关系，狄双羽从起床就感觉有轻微的耳鸣，一直到下午开会回来也没见好转。

关允到家意外发现有人站在阳台里望天，听见开门声响也没回头看看情况，倒真是棵处变不惊的好苗子——“你怎么没去上班？”撂下行李走过去，不赞同地看她身上那件单薄的小睡裙，“进屋来。”

她目不转睛盯着窗外，告诉他：“我在看日落。”

在这大阴天？关允搭上她肩膀：“你怎么了孩子？”

她叹一口气：“我担心天塌下来。”

关允失笑，呛了一下：“行，那你在这撑着吧。”她就是怪话多，他也懒得问。脱下外套给她披上，自己进屋收拾了。

没人陪疯，她也只好识趣地跟进来：“跟老容谈妥了？”

“月底走人。”他答得简明扼要。

“承认你百分之十的股份？”

“嗯。”

“其他的呢？”

“随便，不爱谈。”

“昨天你可不是这么说的。”

“算了吧。”他面露倦色，“争来争去，穷不了他富不了我的，以后还有得争。”

她就知道会是这结果，跟律师谈财产分割，他哪有胜算可言？“走之后受竞业条款限制吗？”

关允愣了下：“没提。”想了想又说，“但是不能带瑞驰的人走。”

“那怎么办？”她记得段瓷邮件里第二人称几乎就没用单数，都是说“你和你的团队”怎样怎样，间接表明新尚居挖的不是你关允一人，而是你整个营销事业部。

他摇摇头，什么也没说，不知是没主意还是不在意。

狄双羽也不多问，把他的大衣挂好抹平，就穿着睡裙走来走去。

关允挑眉看着她可疑的一张红脸：“你这是冷是热啊？”

“热，”她答得具体肯定，“我在发烧。”

关允拉过她探探额头，果然热度骇人：“吃药了没有？”

“我想减肥，晚上不吃东西的。”

“……”家里也确实没什么药，“待会儿我下楼给你弄点。你最近怎么老是感冒？”

“天冷。”

“我记得你根本没怎么出门……”

腰间缠上一圈手臂，她的脸紧贴在他背上，隔着一件衬衣和羊绒开衫，仍能感受到炙灼的温度。狄双羽懒懒靠着他，用尽全身力气把一个祈使句说得水样温柔：“关允，你不去上海好不好？”

一病起来，人就会很呆，思维慢了几拍，感情却迅猛而充沛，哭和笑都不受控了。由着自己任性言行。狄双羽说：我不想你去上海。

再普通不过的意愿表达，而她也没期待关允会说，“好，我不去。”更没期待他说，“我陪你。”

大概就是发现自己竟然不可以有这些期待的时候，眼泪才飙出来的。

不是因为他要走，而是因为自己不能留。

留了又怎样？她知道她留不住。她只能哭哭啼啼，用这种方式让他知道：你走了我有多难过。或者他可以假装不知道，但起码还会哄，像哄孩子似的说些不负责任的话，真实性不高，却往往很好听。

他是真的不讨厌她撒娇甚至无理取闹黏着他，只是不乐意她霸占他。

只要她不是因为赵珂的事哭闹，他总有耐心哄到她破涕为笑。

只要别提赵珂，两人便如胶似漆。

赵珂就像是狄双羽生活里的一颗摔炮，无须点燃，随便的脚踩手摔就能炸响。她恨透了这个存在，简直都不能想，一想就牙根痒痒。想象着某天关允突然号啕大哭，狄双羽问他为什么，他说赵珂死了。

赵珂怎么就不死呢？被车撞死，被火烧死……都行。

如果不是孙莉和赵珂都成了过去式，她不会走进关允的世界。将心比心，她做不来伤害别人成全自己的事，也不允许别人以任何理由来伤害自己。

只有天可以对人不公平，人没权利对人不公平。人只能够对自己的选择负责。

赵珂选择离开，关允选择与狄双羽开始，狄双羽选择接受。赵珂可以后悔，关允可以后悔，但时间不可以倒流。而曾被她藏起的那张赵珂的一寸照片，却又出现在关允钱夹里。

不管是关允刻意寻回的，还是无意发现的。狄双羽没去质问，只是不动声色把它取出来撕得粉碎，扔进马桶里放水冲掉。这么做是否有意义，关允是否会起疑，她都不考虑。

关允能做什么呢？跑过来问她：看没看到我钱夹里的照片？

如果他来问，她会据实相告。他发火，她一定打到他跪地求饶，然后潇洒走掉。狄双羽竟不知自己为何非常期待他这样做，非常期待他因为赵珂的事，同她发一通火，干干脆脆地告诉她：我爱的只有赵珂，你接受不了就走。

如果这样，狄双羽不会有怨言。

但他不说，却这样偷偷怀念，偷偷爱。

还有各种理由表示自己只是同情旧友：她工作不顺利，一个月就六千多块钱，又自己租房子住，到现在还欠着朋友一万块钱，挺不容易的。“连一万块都拿不出的女人，跟她计较什么呢……”

他总是用一句“我和她不可能了”，企图按捺下狄双羽所有的质疑和怒气。

他说“和她不可能了”，便可以光明正大讲电话，甚至见面；因为“和她不可能了”，所以他们做什么，你狄双羽都不应该再在意；她赵珂身世可怜可泣，你狄双羽冷漠不通情理……狄双羽气得都快捧心了。然后他又来哄。

接她下班，给她买提拉米苏，帮她下载她想看的剧集。

瑞驰的事渐渐放手，新尚居的事还没正式接手，他难得空闲，早早回家居然把饭菜做好。红烧鲫鱼，端上桌来挑刺少的鱼肚子夹给她先吃；她到换季时节气管炎犯了，夜里常会咳醒，他能记得睡前在床头放杯水给她；尽管在生人面前，他的介绍里从没有女朋友这一说，但他不掩饰她的存在，跟朋友或者客户吃饭，不管是生是熟，只要方便都会带上她。就像在鼓励她确认自己在他身边的位置。

狄双羽只能劝自己慢慢来。

快到三月了，北京还下着雪，这一年春天来得真迟。

狄双羽从没想过，真正让她和关允矛盾激化的，不是赵珂，而是孙莉。

她虽然不喜欢孙莉温吞隐忍的个性，但在心里还是愧着的。没有她，关允或者会为了宝宝再跟孙莉在一起。也因为提到孙莉，关允的厌烦绝非假装。总之狄双羽认为孙莉对自己构不成威胁。

事后想一想，初恋怎么会没地位？孩子她妈怎么会没威胁？孙莉若真那么容易对付，占尽优势的赵珂当时怎么都没能完胜？

狄双羽是在看了一条关允发给他母亲的短信后，忽然意识到孙莉的可怕的。

——五一前后就搬回去。

乍看下莫名其妙的几个字，狄双羽却不知怎地从头凉到脚。

搬回去住，回去，总不会是搬回南京，那就只能指孙莉那里了。为什么？她记得关允说老太太很重男轻女，因此也并不喜欢生了个女儿的孙莉。可看这短信，多少有种关允被劝服的感觉。

孙莉肯定知道并允许他回去的，或者这根本就是她的意思。可关允并没和孙莉有过长时间通话，这种事又不可能是半分钟说完的。他最近也没回去看宝宝，所以，他为此单独和孙莉见面聊过？还是好早之前双方就谈及此事，现在决定了电话里通知一声就 OK？

信息量少，可能性就变多。狄双羽想不通，也想不到。想不到对前妻表现厌烦的关允，最终竟同意回去。当初分开并非误会，而是确确实实的他心有异，直到现在也没有回心转意，这样的关允回得去吗？孙莉到底是大智若愚还是个彻底的二百五，狄双羽答不出。她只知道自己错估了孙莉：对于关允，她从没放弃。

如果这是一场战役，狄双羽输的原因是轻敌。她以为只有冬天才会有狼的。

第六章

——

当花期开到荼蘼

他之于她，是风筝，

她握有一条线，长短收放全在她。

而之于我，他是一朵云，

曾飘在头顶，风吹了便走，去向不明，归期不定。

1

葭子劝过我不要太早和家人提起关允。尽管这么多年来妈从不会干涉我的决定，但有些事她知道了会很担心。所以一开始她从小峰那听到些什么向我求证，我说，不是值得一提的人。

我确实从没想过有一天要和妈提起关允，可就在年三十儿的晚上，给叔叔拜过年，电话被小峰接去肉麻了一阵之后，听到妈妈声音的时候，突然很想告诉她关允的存在。

为什么会有这么强烈的冲动？到现在我也想不明白。

某些我不知道的因素发生变化，而我始终未有觉察。

应该有很多语言可以描述关允，结果我却说："他离过婚，因为在外面有别的女人。"

对于我这个坦白到傻的行为，妈妈只是交代了一句话："你过得了自己那关就行。"

用一个"关"字来形容我对关允的种种，真是再恰当不过。果然知女莫若母。

听说出轨是会上瘾的，是否有学术性的根据呢？

不知道。

但是因为前科而猜疑他，于我而言简直是一定的，都不用说以后会不会再有一个赵珂。

我很清楚我就是这样的人。

可是，小半年了，原以为会平淡的感情，完全没有收敛。我怎么办呢？

想起很久之前看到的一个问题：如果爱情是一场戏，注定了剧终散场，你还要不要演？

当时否定得斩钉截铁：不要演。

可现实这种事儿，谁又能说得准？

2013 年 3 月 17 日

那一夜狄双羽心思翻转，入眠困难，所幸睡着以后倒还踏实，连闹铃响了也没听见，更不知道关允什么时候走的。一觉睡到天大亮被尿憋醒，捂着隐隐作痛的肚子下了床。坐在马桶上还呵欠连天，猝不及防一阵刺痛让她狠狠抽了口凉气，低头看着马桶，猛地咳了起来，震得五脏六腑疼痛加剧，生生出了一脑门冷汗。稳了好一会儿才起身，拿了手机又回到卫生间。

电话打给吴云葭，响了好久，接起来却是男人的声音："喂，小小吗？"

狄双羽反应过来是阿米。"你接正好，"这时候他比葭子更可靠，"我病了。"

换成戚忻肯定要强调自己不是医生，阿米无心打趣，听出她声音异常："怎么了，哪里不舒服？"

吴云葭也被吵醒，听到阿米的话才转过身来，睁大眼睛瞅着他。

阿米低语："小小说病了。"听筒里的沉默让他不安，提高了音量，"还好吗，小小？你现在在哪？"

"在厕所。"狄双羽盯着尚未冲水的马桶，"我……尿血。"

那红色淡得透明，几不可辨。一时间后腰发酸，小腹坠胀，再看那浅浅血迹竟说不清地恐惧，眼前一黑跌坐在地上。

医院诊断是尿路感染，说她气血不足免疫力低下，再加上天气湿寒，引发炎症。开了一堆消炎药，嘱咐静养，多喝热水，不要着凉。这与路上阿米的问诊结果和治疗方法一样，吴云葭这才稍稍宽心，把憋了一早上的担心都数落出去："你说说你啊，要谈恋爱就正经找个男朋友，这你死到屋里他都不知道的，谈和不谈有什么两样？"

狄双羽干笑："他是出差又不是出台，怎么能说人家不正经。"

瞧那张惨白的小脸，吴云葭不忍多说："收拾收拾去我们家吧。"

狄双羽嫌远不爱折腾："你放心吧，关允晚上 8 点多飞机回来，我不是自己在家。"

吴云葭打心眼里不待见关允，但这总是一颗宽心丸，幸好不是大毛病，也不勉强她："晚上早点睡！少熬点夜吧，你看你头发都熬干巴了……"

狄双羽头回听人说头发没熬白先熬干巴了，稀奇地呵呵直乐，被误认为不在乎，又多挨了几句。出了医院谨遵医嘱在家待着，老老实实喝热水排尿。晚上叫了份清淡外卖，吃饭的时候又想起葭子的话，摸摸头发，确实没以前顺滑。吃过晚饭，找出关允的美发店会员卡，穿上件羽绒服下楼去做护理。

理发店就在转角茶座隔壁，洗头床皮质硬实，躺下去倒觉腰没那么疼了，舒服地叹口气。为她洗头的男孩子不时问水温如何力度怎样，狄双羽一律没意见。一阵手机震动的嗡嗡声响起，接电话的人音色低沉，略带口音。

狄双羽向来觉得容昱说话飞快，这么听起来其实语速尚可，只是声调缺乏抑扬轻重，给人感觉是冷淡的，漠不关心的。意识到在讲电话的人是容昱后，狄双羽不觉转头看去。小工没预料到客人的动作，洗发水泡沫沾到了她脸上，连连道歉。

被接二连三的道歉声打扰，容昱不甚愉快地瞪过来，警告的眼神变成微讶。

狄双羽顶着丰富的泡泡，冲他眨了眨眼。

容昱依然没有明显表情变化，接完电话起身，站在狄双羽头顶，忽然一抬手将她发上的泡沫拂了满脸。

狄双羽实没想到这家伙居然偷袭毫无反抗能力的人。

洗发小工看出这二人相识，也只是笑笑，任肇事者昂首阔步离开，拿了块干毛巾小心替她拭去泡沫，问她："你朋友？"

洗完发用毛巾包起她的头发，讨好地把人安排在了她朋友旁边的位置上。看着被人用剪刀抵在头顶仍倨傲地梗着脖子的容昱，狄双羽扑哧一乐，不出意外惹他一记斜瞥。

刚洗过头吹得半干的头发略显凌乱，有几缕不合群地覆住前额，彰衬了容老板罕见的稚气。狄双羽站在他身后笑嘻嘻地称赞："容总头发真黑。"当然皮肤也不怎么白。

容昱从镜子打量她那头湿漉漉的发，皱眉："你染头发了吗？"是室内光线过强还是镜子反射失真？感觉她头发颜色好浅，脸色也不对劲。抬手暂停发型师的动作，他转过来仰视狄双羽："你脸色很不好看。"

狄双羽愣了，有那么明显？旋着椅子对上镜子照了照："还好呀。"就有两个睡眠不足的黑眼圈。

容昱没再深问，回身继续理发，偶尔瞄下她，目光疑惑。

小工将狄双羽头发理顺吹干，吹风机的声音嘈杂得令人无法正常交谈。

容昱理完发，狄双羽头发也吹干了，正被拉扯着涂发膜。轮到他站在她身后发表看法:“写稿子太熬夜了吧?”

狄双羽摇头，嘴角轻扬，为他能一眼发现自己脸色不佳而心怀感激。

手在脖子上掸着发茬，他居高临下盯着她:“过完年回来这么久了也没找我。”

“不是怕您忙吗?哪敢打扰。”

“他都跟你说了?”

“您说得对，容总，其实不关我的事。”

容昱终于点头，迅速结束了这个话题。“待会儿过去喝咖啡吗?我没事。”

“我不行,最近……得戒几天咖啡。”阿米说她的病不用吃药,热水和睡眠足可。

“你就会说这不行那不行的。”本该是埋怨更兼恼怒的语气,他却是习惯成无奈了。

狄双羽盯着镜子里的背影，拜拜也没说一声，就那么拂袖而去了。唉，这人怎么老是生气呢?

许是一个姿势坐久了，从理发店出来狄双羽又开始腰酸，和痛经时候感觉差不多……扶在后腰上的手突然僵住。抬头看着天上一弯弦月,脸上血色尽褪,堪比月白。

班机又晚点，关允到家已经凌晨 2 点，进门发现房中大亮，只当狄双羽独自在家又不敢关灯睡觉。换了鞋子进到卧室，赫然见她在床上盘膝而坐，一本厚书摊开倒扣在手边。

“还不睡?”他对不懂惜福的人皱眉以对。

“等你。”她盯住他的眼睛。

审视地迎着她的视线，关允脱衣的动作慢了一拍，很快又恢复自若。“好了，我回来了，快睡吧。”他解着皮带，弯腰在她额际一吻，离开时拿了她的书，看一眼封面:《福尔摩斯探案全集》。投给她一记不赞同的眼神，书合起来随手扔到床头柜上:“老是感冒还不好好休息，大半夜的看这个。”

“你也没好好休息啊，这么晚了还回来干吗?”

“干吗?干你!”关允咬牙使狠，“你还有没有点良心啊?赶紧睡觉!”推着脸将她按倒在床上，去卫生间洗漱。

她淡淡地望着他的后脑勺:“你不让我今天说你会后悔的。”

他现在只后悔不听航空公司安排,非要改乘一趟班机连夜飞回来受这丫头折磨。

觉察身边有动作的时候关允不耐地拢起眉头，睁眼看了看窗外，天还没亮，估计也没睡上几个钟头，眼睛干涩，一张一合哗哗流泪，疼得人烦躁。狄双羽好像睡得更少，他迷糊着将要入睡了，她还躺在旁边吃苹果。大概是吃坏了肚子，这么早起来跑厕所。

叹息着调整下睡姿，眼睛才闭上，床沿微微下沉，出去半天的人回来了，却只是坐在床边，闷不吭声。关允蜷着身子，也不敢搭茬儿。

狄双羽看他大气也不敢喘的样子："别装了。"该来的躲不过。

关允最后一丝耐心耗尽："你要干什么呀？"怕牵动酸痛的眼肌，他连眼睛也没睁，只把一双眉拧成崇山峻岭。

她知道他最烦别人吵他睡觉，他睡不好心情更不会好，但这事儿，他心情再好，也不会平静面对的。"我怀孕了。"她说。

"不会吧！"关允蓦然睁眼。

长年熬夜的缘故，狄双羽例假不算太正常，但这眼看两个月了还没动静，再心里没数也明白问题出在哪儿了。昨天从理发店出来买的试纸，为求准确她是一早起来验的：两条红线果断浮现，清晰无比。一点悬念都没有。

这个消息让她不知所措，似非常抗拒，但又隐约有一种猎奇之类的期待。再之后才开始紧张，人流是不是很疼啊？又想到容昱，真是个可怕的人，只不过跟他并肩躺一下就怀孕了……脱力地瘫在床边，揉着太阳穴舒缓炸裂般的疼痛，阻止脑中混乱而诡异的思绪。

一只手臂无声无息横攀过来，将她拥进一副温暖微潮的怀抱，他的下巴在她发顶，手掌就扣在她冰凉的肘弯上，呼吸平稳，仿佛沉睡，而不时轻轻摩挲她臂弯的手指，则泄露了他无法安睡的事实。

磨人一夜的消息证实，狄双羽也不知接下来要怎样，困倦袭来，盖过无力的烦恼，反倒真的睡着了。醒时发现还在关允怀里，脖子底下是他胳膊，欣喜这难得的亲近。有心赖着不起，奈何胃不争气，闲了没半日竟饿出抽搐感，起床洗了把脸煮粥。才淘米下锅，卧室里手机响了，在这过于安静的中午显得突兀而惊悚。她吓了一大跳，按着心跳往卧室跑，迎上关允把她抱了满怀。

"莽莽撞撞的。"他将手机递给她，转去了卫生间。

明明是那一贯嘲讽带点无奈的数落语气，狄双羽却有点发怔，手在围裙上无意识地擦着。

电话一接通吴云葭就问："煮毛豆要放多少盐？"

狄双羽还未回神，也没听清她要煮什么，完全凭直觉地回答她："抓一把就行。"

吴云葭啼笑皆非："咱能好好教不？"

“你能好好地问吗？我知道你煮多少啊？”

“哈哈，大半锅。”

“那玩意儿不进咸淡，多放点没事。”电话那端一阵柜门开关碟碗相碰声，恰当地拯救了她这边安静到耳鸣的世界。

“你还没起床啊？”吴云葭对她说话音量和反应速度有些担心，“关允回来没？下午让他陪你去打消炎针。”

“我可能不用打针了。昨天晚上我上网查了，原来妊娠也会引起尿路感染。”

“什么？”吴云葭没听清她支吾带过的那两个字儿。

“我说我怀孕了。”她已经说得委婉了，可电话里还是啪嗒一声巨响，狄双羽只能祈祷被打翻的是锅盖而不是一整锅毛豆。

厨房工作交给闻声过来的阿米，吴云葭拿着手机站到一边：“那我……”完全不知道要说啥，“得说声恭喜？”

“正常来讲是吧。”

“要结婚吗？”

狄双羽对付不出来了。

“你收拾收拾，我现在过去接你上医院。”

“我得想想，葭子。”

“你有脑子么你想想？”吴云葭音调陡高，“还想个屁，不结婚，凭什么给他生孩子？”

“孩子是我的，结了婚才是两个人的。”

“什么什么？”吴云葭蒙了，“到底是他不跟你结婚，还是你自己不想结啊？”

她不说话。

“那你告诉我，知道你怀孕了，他说什么？”

“‘不会吧’。”

“嗯？”

狄双羽苦笑：“他说：‘不会吧，怎么这么倒霉。’”她听见关允叹气了。

吴云葭笑得天寒地冻：“他可真是个爷们儿。”

“……”

“不过也不怪他。人家本来就想逮个野兔子尝尝鲜儿，结果是个家兔，没滋没味儿不说，还额外送个兔崽儿。都酒足饭饱了，谁还吃得下多余那一只啊。”

狄双羽汗毛耸立：“去你的，老娘不是野兔子！”挂了电话，哇的一声吐在洗碗池里。太恶心了，太恶心了吴云葭！她胃里没食，满满的一口酸水吐出来便只能干呕，又止不住反胃，呕得眼角都要裂开。手撑在池子边沿上，痛哭不已。

眼泪咸涩，胃液酸苦。

关允冲完澡，只听她一声高一声低地还在讲电话，忽然没音儿了，忽然又骂起人来，他摇头想笑，忽然又听见呕吐声，连忙跑出去。

她呕得厉害，脸都憋紫了，眼泪和汗一起往下淌，他看得心疼，帮着顺抚后背，却被她莫名恼怒地推开。他再伸手，又被推开，如此反复。说是推，人也早没了气力，只逞强地压下他的手，兀自对着洗碗池大哭。

虽然不知道原因，关允不想惹她发怒，只得扶额立在一边，不再碰她。直等到她什么也吐不出，气顺了，泪也没那么凶，他接了杯清水给她漱口。她总算不再动气，大口喝水漱净口中异味。

电饭煲里的水沸了呼呼蹿热气，她丢下饭碗，用手背抹下嘴巴，走过去想把锅盖掀起以免米汤溢出，全然忘了头顶打开的吊柜。

“小心！”关允抬手捉了个空，眼睁睁看着她一头撞上柜门。

狄双羽又气又疼，眼冒金星，再次当场飙泪。

关允说话腔调都变了：“你看看你啊……”也是一副快哭出来的样子，走近一步揉着她通红的额角，拇指抚着她的眉毛，“孙莉怀宝宝的时候好像没这么大反应，你这才多久就吐成这样。”

胸口的燥热逐渐平复，狄双羽抚了抚额上那片瘀肿：“就是只有前几个月会吐，后来就好了。”

他笑起来：“懂得还不少。”

“你不懂吗，宝宝都这么大了。”

不想他居然摇头，问她：“你以前怀过吗？”

狄双羽的心倏地一沉。

2

这不是咱俩的缘分，是我硬扯出来的。所以从最开始，你我就知道结局，不同的是，你认同了这样的结局，我却期待奇迹。

2013 年 4 月 4 日 复活节 旧情什么的，请自重

“做完手术了。”

“现在在哪儿？我去看看你。”

“在他家。”

“我接你过来吧，小小，这几天幼儿园放假，孩子也吵着要找你。”

狄双羽嗓子发堵：“不用，我歇几天就行。”

吴云葭叹口气：“吃什么用什么让他出去买，你踏踏实实在屋待着，别出门，外头风大。”

“嗯。”

关允托了只小碗过来，舀着一勺热汤，递到面前让她尝味道。

狄双羽皱眉：“咸。”

他收回汤勺把剩下的喝光，咂咂嘴：“这还咸？你不是重口味少女吗？”

少女？她吗？如果不选择几小时前的那一场屠杀，或者几年后她就是一个少女的妈了。狄双羽笑出声，也不想跟他解释太多：“去加点水，烧开了就关火吧。”

他应了声好，指着茶几上的点心：“饿了先吃这个，饭马上就好。”回厨房去继续料理她的补品。

从医院回来将她安置好之后，他跑了趟超市，举凡术后护理单上罗列的食物几乎买齐了，光是红枣就买了几十包不同产地不同形状不同色泽的，袋装盒盛的堆了一客厅，让她挑喜欢的吃。已经不知道再给她什么好了，不知道怎样才能弥补心里的愧。

排在对她的心疼之上的，是他的愧疚感。这种感觉让他不得安生，千方百计想消除。

狄双羽想告诉他没必要。纵他再愧，她的疼一分不少。

躺在沙发上，盖着一条薄被，麻药药效还没完全消失，除了头晕竟然没有任何不适感。如何去的医院，检查过什么，术前做了哪些准备，甚至那个注射麻药前她一直盯着看的手术室天花板，现在都没有印象了。就像场梦一样。

手悬在肚子上方，不敢贴上去，不敢想象自己刚失去了什么。连哭的冲动也没有，就好像做了个不知所谓的有点难过的梦。

关允端着汤出来的时候，看到的是一个宁静到寂然的狄双羽。

她是个表面较冷，实际个性很烈的女孩子，犀利言辞足以螫人，自我保护意识极强。她可以兴致勃勃和你聊上一整天，也可以因一件小事赌气几天不和你说一句话。待人待事看似理智，骨子里却全凭她自己的喜好行事，非常任性。很容易满足，也很容易就生气，思维过于跨越……类似的种种鲜明反差，造就她独有的特质：神秘、难以控制、高不可攀。

是性格缺陷也是她的魅力所在。

他受那份神秘挑拨想要接近，被她的难以控制激起征服欲想要掌握，也常为她高不可攀的态度感到泄气。他不知道她有过怎样的人生，二十几岁而已，却看遍了千帆似的从容，能将各种突发事件一律看淡。面对这个小他十几岁的姑娘，关允时常会有莫名的挫败感，仿佛他所有一切都难入她的眼。她的眼神向来是审视的、挑剔的，兼有攻击性。

但他从来没见过这样的她，毫无生气。

让他想起两年前自杀被抢救过来后躺在病床上的孙莉。

狄双羽发现自己能从阳光投在床上的影子位置来判断出大致时辰了，也不过才躺了五六天，离规定的静养时间还有些时日。白天客厅温度偏低，她习惯了待在卧室，关允干脆一日三餐端过来让她在床上吃。

他在瑞驰还有些零零落落的收尾性工作，有时要一早过去处理，会将早点准备好再出门。中午一定会回来给她做饭，下午一般待在家里办公。电视有好看节目，会拖她到客厅一起看。遇有非外出不可的事，会反复嘱咐她不要下楼，别碰凉水。如果赶不回来吃晚餐，就会带些包装精美的糖果点心给她，像是对于丢她一人在家里表示歉意。

对这种几近讨好的照顾，狄双羽时常不知所措，更心惊的是自己居然能够安然享受。

那令人感觉强烈不安的“五一前后”，正随着她身体的康复逐渐到来。那么即使这些日子美好得像回光返照，她也只能哄骗自己去享受，因为这或将成为她以后回想起这一段混沌感情时，唯一值得肯定和怀念的记忆。

一个礼拜熬过去，大清早，她把自己包得严严实实出门了。

关允听见防盗门响后醒了过来，等明白发生什么事追出去的时候，人早就没影了，跑到窗前向下看，她在金灿灿的连翘花丛中穿行，橘红色外套让她看起来像一只硕大的蜜蜂，拈花惹草步伐欢快，偶尔停下来以手遮在额前往半空里眺望。

“这真是散养惯了。”关允打消下楼把人逮回来的念头，身体是她的，她又有过经验，懂得自我照顾。

吴云葭好不容易睡个懒觉，却被女儿的尖叫声吵醒，一个激灵从床上蹿起来。走到小卧室门口，就见小云云披头散发吊在狄双羽身上，脚底下各式各样的小零食铺了满床。晨起低血压发作，她靠在门框上站稳，鄙视地瞧那一大一小两疯猴：“八百年没见了似的……”

小云云迫不及待诉苦：“小姨你总算来了，都快饿死我了，我妈也不起来给我做饭。”无视母亲警告的目光，继续说，“她玩保卫萝卜玩到可晚了。”

“挺会告状的啊，不就抢了你上网本吗！”吴云葭走过去剥了块糖塞自己嘴里，提醒狄双羽，“你快松开她，那么沉抱着腰受得了吗？”

小云云一听主动跳下来：“小姨，我们重新开学要竞选班干部了，你帮我写演讲词吧。”

狄双羽讶然：“幼儿园就搞这个？你小姨都是上了大学才参加竞选的。”

“而且还没选上。”吴云葭及时插嘴。

“切，我那是根本没想选，室友硬给我报名参加的。”

小云云很兴奋：“当班长可以别袖标的，班干部都有两道杠戴呢。”

狄双羽摇头：“你不知道，孩子，还是一道杠好。”

吴云葭用力一咳：“狄双羽！”

狄双羽一脸无辜：“我是教她做人要淡泊名利，这么小就官儿迷。”

小云云迷糊道：“可是我们没有一道杠……”

吴云葭扭头训斥女儿：“洗漱去！醒了就往床上一赖，像你小姨似的。”

小云云直缩脖子，也不知道是自己因为小姨而挨骂，还是小姨因为自己受牵连，总之老妈心情不好，她和小姨两人都危险。一双大眼扑闪两下，掉头跑开，把危险留给大人。

“眨巴眨巴的，”吴云葭余怒犹在，“这孩子好像你生的，狄双羽。”

狄双羽很遗憾：“我的根本没生出来。”

吴云葭狠戳下她额角：“你就当从来没有过！”

狄双羽向后躲闪，就势倒在床上，往里翻滚了两圈，滚到离吴云葭有一定距离的位置，怕自己接下来要说的话会直接让她大嘴巴抽下来。“我不但有，我还有过两个。”

“什么意思？”吴云葭想法单纯，“双胞胎？”

狄双羽摇头：“我跟关允说我以前做过一次流产。”

吴云葭兴致勃勃的：“然后他怎么说的？”

狄双羽小声："没说什么。"

吴云葭眨着眼，很认真地问狄双羽："那你没告诉他，你小时候让猪拱过，脑子不太好。"

狄双羽干脆把眼一闭，任杀任剐了，她反正也是来找骂的。

吴云葭只是不能理解："你为什么要这么说啊？"

"他问的。"

"怎么着……"吴云葭瞠目结舌，"那就说你没怀过孕，没打过孩子，这种实话很丢人？你说不出口？"

"他都那么问了，我否认的话，反而像撒谎。"

"你真这么想？"她只是挑了挑眉，但脸色却远比发火更吓人。

狄双羽默默地用视线勾勒天花板上顶灯的花瓣形状。

吴云葭拧着身正视她："你是怎么回事啊，小小？你到底想不想让这个男人对你认真？你觉得他前任是个水性杨花之人，他很爱很眷恋，就挣了命非把自己也往那形象刻画？"

没声音否认。

"那然后呢？他如果喜欢上了那样的你，你会为了他，就真的变成那样的吗？"

还是没人说不。

"你别傻了行吗，小小。他希望你玩世不恭，并不是喜欢你这样，而是因为他自己就只想玩玩。他怕你认真，要负责。他问你以前是不是怀过，就等着你说一个'是'字，他就心安理得不用负责了。"

狄双羽脸上一点意外表情都没有。

根本是早就明白的。

吴云葭心口堵得厉害："话我跟你说明白了，你再这么作下去，作为姐们儿，我能做的就只剩下按你的喜好给你定做一口滑盖式棺材，算不枉你托生认识我一回。其他的再什么也管不了你了。"

"我是想——"她终于开口，半晌没吭声让嗓子有点发哑，"哪怕就算为了我身体着想，或者他能说：'留着吧，再做下去怕以后都要不上了。'不用他许诺别的，真的，哪怕就这么一句话，我都愿意把这孩子生下来带大。"

吴云葭揉着左胸，眼望那病入膏肓无可救药的好友："你说你得傻到几岁呢？"

狄双羽本来想说，那得看我能活多久了，可是……头疼地看着落在床单上大滴大滴的眼泪，唉，结果把葭子也弄哭了。说点高兴的吧，她坐起来，胡乱抹了把脸："傻不了几天了，他这个月底就要搬回孙莉那儿去了。"

晚上来接她的关允，仍无任何异常言行，完全没打算通知她：我要离开你了。

车里没开暖风却闷热非常，狄双羽按下窗子。车速忽地降了下来，关允将窗子关严："别吹风。"

她皱眉："闷。"

他想了想："我给你唱个曲儿？"

狄双羽笑不出来。

他也没再逗她："累了吗？跑一整天，野丫头。"

狄双羽点头："累。"是累，但不因为身乏。"你和孙莉说过去上海的事吗？"

"说了。"他降下车速，"怎么了？"

"没事……"

"没事？"

狄双羽抬头看他："所以只有我一个人觉得，北京到上海是距离吗？"

时间静止片刻，关允哧地笑出来："你啊……"她竟因为这闷闷不乐，果然是多愁善感的文艺女青年。"对于孙莉来说，北京到北京也是距离啊。"

狄双羽愣了下，随即又在心里缓缓反驳，可是你就要搬回去了。

"别乱想了，已经这样了。我说过会常回来看你的，"他找出她的烦恼根源，顿时觉得面前这姑娘双眼溜圆的样子有些可怜了，拍拍她的头，"再说现在不是还没离开吗？"

狄双羽趁机要求："离开了要提前跟我说。"

他没答应，也没拒绝，只说："只有你离开我，没有我离开你的那天。"说罢似自嘲地笑了笑。

狄双羽扭头："什么意思，关允？"

他看她一眼："我一直觉得你早晚有一天会离开我的。"

注视他的眼，她终于忍不住问："还有什么应该我知道的事儿吧？"

他叹口气："别太早结婚，双羽。结了婚也先不要着急要孩子，不然真是没有后悔的余地。"

这不是他第一次同自己说这样的话了。没有后悔余地？这就是他找了小三挣命把婚离了之后，仍不得不回到前妻身边的原因？狄双羽问："你要复婚了？"

他毫不犹豫地摇头："不可能的。"

非常值得信任的态度和语气，让狄双羽简直想捶头骂自己是笨蛋了。

销假上班第一天，总监柏林请吃饭，席间少不了谈起公司上层的一些变动，说是广告单元要拎出来一个小组去支持新营销公司——“段总还特意提到你。”他对坐在旁边的狄双羽龇牙一乐，“可惜被亮总当场否了。”

狄双羽纠正他：“是‘幸好’被否了。”

爆笑声中柏林凑近她低语，“上次在茶馆你提到关允，好像真让段总挖来了。”

狄双羽扶了扶眼镜：“不是什么稀奇事啊，要是挖不来我可能提吗？记得见了段总提醒他把当初许给我的猎头佣金兑现啊。”

柏林目光变成赤裸裸的探视：“双羽——”

狄双羽做好笑而不语的准备。

“你和容昱关系匪浅吧？”他有意压低声音，但压不住八卦的兴奋，惹得邻近两个座位的人也伸长了脖子。

狄双羽真是无语了，完全不知道该跟他说什么。

“其实是容昱想开他，又不想出分手费，就故意让你放出风声。”

“我就不能是从关允本人那得到的内情吗？”

柏林挥手：“关允有老婆有孩子的人，你怎么可能和他搅到一起去？”他一副你别想忽悠哥的奸相，“再说你那车可是容昱的。”

“也就开了那么一回让你赶上了。”她对这事不做过多解释。坐了一上午腰力不支，弓身轻捶，“头儿，早退一会儿。”

“不行，你休一个多礼拜了，才来上仨小时班黑我一顿饭就想回去歇着？”柏林咬牙，“把昨天派到你账号上的项目确认了再回。”

“我确认过了。”狄双羽得意地给分派任务的助理抛个媚眼，光明正大地在领导眼皮底下翘班了。

关允上楼就觉菜香扑鼻，饥肠辘辘地吞下口水，进门才发现味道竟从自家厨房传出。“嗬，这么早就回来啦？”他好惊喜，顾不得换鞋就走到灶前拥住那个勤奋翻勺的女人。

狄双羽回头看一眼地砖上的脚印，调小火，摸起一把菜刀来。

他大笑着躲开，连退几步退回玄关去换拖鞋，顺便举起一口袋点心献宝。

戳戳那块软而黏稠的提拉米苏，狄双羽胃酸泛滥，就差吐出来。

关允靠在沙发上发完短信，扔下手机起身去洗澡了。

狄双羽看看浴室门，洒水声响起，她很自然地摸起带着关允体温的手机。才解锁，水声又停了。她慌得来不及锁键盘，直接把屏幕朝下扣回了书架上，抓起点心撕开包装纸。

关允笑着看她一眼："你吃吧，牙是不想要了。"走到衣柜前翻了条内裤，一回身正迎上她窥视般闪烁的眼，想了想，走过来拿起自己手机——屏幕没锁还亮着，他按了几下，放回原处，又进了浴室，这个过程看也没看狄双羽一眼。

狄双羽心脏狂跳，尴尬得要死。呆对着那手机，心想这下完了，可看的内容一准被清空了。攥拳砸下去，手机嗡嗡直响，她愣了一下才明白是有短信进来，听着浴室里的水声，按下查看——

妈妈："儿这么说妈就放心了，早点搬回去吧，莉莉一人照顾孩子太难。"

再往下看，没了，收件箱删得倍儿干净。翻进发件箱，还有几条没处理的，狄双羽只看了最近发出的一条："我会跟孙莉和好，生一个儿子。答应你了一定会做到的。"

盯着这寥寥几字，单是把泪锁在眼眶里就几乎用光了全部气力。再看不下去其他，也不敢再看。

3

如果发生什么变故，涉及我的，请及时告知我，我不会令你难做。

我们开始之初，你什么都说，我什么都说，相关的，不相关的。赵珂、易小峥、孙莉、关宝宝、老容、你父母、我爸妈、小时候、将来……其实恋人之间，只要是对方的事，就都与自己有关吧？想要了解这个人，他的什么事，你都会想听。

那么，是从什么时候开始，变成我一个人嘟嘟囔囔，而你连听也完全不愿听了呢？

没有沟通，我离你那么近，却要从你身上的蛛丝马迹来了解你的近况。见了什么人，做了什么事……我们之间的亲密，好像只剩了上床做爱。

当我觉得自己仅有这些时，你不肯抱我，推开我的手，可知这对我意味什么吗?

你说我反应太大,我只承认是我想得太多。

我成为你的压力之一了吗?

成为你心烦和睡不着的原因之一了吗?

如果是,请告诉我,我想我愿意把空间归还给你。

我还傻傻以为自己是解语花,你却将我归为断肠草,不要这样子,你让我觉得自己很好笑。如果是这样的话,我也许没有你想的那么潇洒,但我会如你所愿。我不是没心没肺,只是我不惧怕疼。

可能是因我有着比寻常人更顽强的性格,同时也有比别人更敏感的神经。这让我更容易生气、恼火和感知痛苦。我会一一忍下这些实际的或者自以为是的,其实别人并不理解的伤害,然后继续生活。

伤愈能力也很弱吧,长久都会疼,一碰就会疼,只是我深信这疼痛终会过去。

一切只是过程。

还记得你说,你觉得我终将会离开。

大概像我们这样的人,对于身边的存在,都会抱有这种态度,觉得自己所经历的一切都是过程,苦难和快乐都是暂时。

但我因此更珍惜快乐。也更能忍受痛苦。就像我会在凌晨三四点钟醒来将灯熄灭一样,我不会惧怕天亮之前的黑暗。

一切都是过程,我没有终点。

所以到现在我才知道,未知的伤害,甚至是已知的未来的伤害,都不能改变我现在的决定。哪怕明知自己去的是地狱,而你将要去往天堂,既然现在愉快同行,我会陪你走到岔路口。

或者到了那里,你愿陪我走一趟地狱。

我还在期待。

Happiness is a journey——D'souza

2013年4月15日

狄双羽晚上10点钟爬上床,居然很快就睡着,睡得还很沉,稀里糊涂做了许多梦,听到手机响时分不清梦里梦外,看着屏幕一闪一闪,想不到要如何处理。

关允不悦地咕哝一句，翻身拉高被子遮上耳朵。她这才醒过来，手忙脚乱翻开手机阻止它出声。

屏幕上“容昱”两个字老大，狄双羽仍坚持是自己看错了，直到听筒里催促通话的声音传来。调低音量，狄双羽压着嗓子应声。

容昱说：“下楼来陪我练车，狄双羽。”

狄双羽艰难而困惑地出声：“您知道现在几点了吗？”

片刻后他告诉她：“2：36。”

“嗯。”那你还废什么话啊？

“路上人少。”意思是容老板故意挑的时间。

狄双羽直接拒绝：“睡觉吧。”她不够清醒，又叨唠了一嘴，“您怎么还不睡觉？”

容昱极有耐心地回答她：“这不是找你练车吗？”

“干吗找我？”凭什么深更半夜侍候他，又不欠他的，当初从瑞驰离职的时候他还少结了她三天年假工资呢。

“你说的，我开车不好，寻求指教的话你免费陪练。你说过吧？”

这还真是她的原话。狄双羽坐起来，摸索着蹭到床边，穿上拖鞋到客厅接了杯水喝。

电话那端安静等待，间有粗重的呼吸声。

狄双羽终于想明白了：“您是不是喝酒了，容总？”尽管音色清亮有问有答的——就是这点才最不对头，容老板怎么肯任人发问？

他沉吟：“这么晚了还有警察吗？”

这货还有心思管酒驾的事儿……狄双羽哭笑不得：“睡觉吧，好不好？”

他逻辑混乱地反问：“那你说好不好？”

狄双羽说：“好。”

他于是也说：“好。”学舌一般，跟着又提高声音，“睡觉吧。”

挂了电话，狄双羽轻笑，重复：“睡觉。”可哪还睡得着？

仰头喝光杯子里的水，步至阳台看夜色，2点半，一天里最冷最黑的时候。

数月前的明月已早不在窗外，曾被那白光妖魔化的种种，有些还能恢复，有些就只可以湮灭了。悔吗？她不悔。

即使关允说了：“早知你会这么认真，这么在乎，当初真不该开始。”

听了这话，狄双羽也没后悔同他开始。

只是，如果能和他重新开始一次的话，她必不会这么认真了，可也不见得比这遭走得更好。总之时光一去不复，所以人才会怀念，才会有遗憾。狄双羽只遗憾自己为何有那么多过分的纠结。她喜欢这个人，就包括他全部，对孙莉的责任，对赵珂的爱。

这边对她说绝对不会和孙莉复婚，那边又跟母亲保证会和孙莉和好，再要一个孩子。这个人就是关允，别人做不来他那么矫情那么气人。

“你把自己放在什么位置？”她喃喃地问，嗓子发紧。

天亮就封喉了，张大嘴照镜子，扁桃体肿得通红锃亮，吞口水都嫌困难。到公司一整天没怎么说话，一味低头干活，柏林直夸她是上了半个月发条的小老鼠。

关允临时决定搭晚班飞机去重庆，那边项目到最后回款确认环节了，他说容昱之所以这么干脆答应他的离职条件，有一部分原因就是让他赶去安抚这个开发商。

“去吧，”狄双羽哑着嗓子，“站好最后一班岗。”

恰巧有同事路过，听见她的声音，关切道：“难怪今天没听你出声呢，没事儿吧。”

狄双羽咳了两声：“残喘着。”

“那还喝咖啡！”指着她的杯子，“多喝点热水，别说话了。”

正行礼表示听令，手机又响了。得，不说也不行，苦笑接起来：“喂，什么事？”

容昱迟疑了一下：“狄双羽？”

她歹声歹气应道：“是，容总想找谁？”这家伙最好别打错电话了。

“怎么这个声音？”

狄双羽咬牙：“没睡好觉。”扁桃体发炎是一方面，也是故意压着嗓子不打算给他什么好腔调，要不是这人扰醒了自己半宿未眠，她嗓子能这样吗？

容昱直接发大招：“我昨天喝多了。”

狄双羽愣住：“——咦？”

“奇怪吧，原来我也是喝完酒会给人打电话的？”本来是自嘲的话，也就他能说得牛烘烘。

“不是，奇怪你居然会承认自己喝多了。”狄双羽还没见过他喝醉，“你所谓的喝多了是什么样？”

“就喝喝喝……”顿了顿，“第二天了。”

狄双羽喷笑，容老板偶尔流露出的天然呆属性恰好会戳中她笑点，当下不客气地将嘲讽之意悉数表尽。

他也笑起来："我说什么了？看通话记录时间不短。"

她倒不记得准确时长，有两三分钟吧，对容老板而言绝对算是一煲电话粥了。心思一翻，狄双羽说："明明不准我提的人，结果自己喝多了说个没完。"

"我和你说关允？"他猜得很准，却是明显不信，沉默了半晌，放弃追辨真伪。"最近怎么样？"

"不还是老样子吗？刚飞去重庆了，你还不知道他忙什么吗，干吗问我。"

容昱低吼："我就是问你！你在跟我说谁？"

"……"她还没从之前的谎言中脱身，代入太深了。

"我是问你，最近怎么样，有什么打算？跟着去南京吗？"像在给外国人翻译中文似的，他的发音缓慢而清晰，"还是上海？"

容昱当然没兴趣跟她玩什么尔虞我诈，所以容昱怎么会问出这种问题的？心里越清楚，脑子里就越烦躁。狄双羽挂了电话满屋乱转，几个加班的同事看得眼晕，直劝她难受就早点回家。看时间已是9点多，关允应该起飞了，翻出他的号码想发短信，按错图标把电话拨了过去，居然通了，她好诧异："你怎么没关机？"

"晚点呗。"关允怨气颇深，"等塔台给起飞时间呢，国航不景气，连瓶水也不舍得发……"

狄双羽没空听他牢骚，直截了当问："老容知道你要去上海的事？"

"嗯？"他像是意外，又像是不能迅速转移进这个话题来，"他找你打听了？"

"他那还能叫打听吗？根本就非常笃定了。"狄双羽揉着眉心，"就你到处跟人说说说的，指不定哪个客户告诉他了。"

关允笑起来："我告诉他的。"

狄双羽直接被噎住。

"早晚还不是得知道，等别人告诉他不如我自己跟他说，反正该拿的钱都到账了还怕什么。"语气中一派潇洒，说完也开始犯嘀咕，"不过他怎么知道公司在上海的，我只跟他说段十一找过我。"

狄双羽随口说："可能段十一也找过他。"

"疯啦，哈哈。"他只觉得好笑。

狄双羽笑不出来，段瓷不找容昱，不代表容昱不能找他。容昱脾气坏，段瓷嘴不好，两人同样恶名在外，私下虽谈不上交情，彼此打个电话互通互用倒也再正常不过。说起来狄双羽认识段瓷是在去新尚居之前，就是因为陪容昱参加活动时见过他几面。

“甭琢磨了。”关允闷在机舱里，耐心被培养得极好，等她心理活动结束才出声安抚，“他没空去编派我的——起码现在没空，哼，他现在应该知道我多忙了。”

狄双羽有种皇帝不急太监急的无力，不过得承认还是他了解容昱。“我就是怕他说了什么让段十一对你有想法的话。”

“该说的我早都说过了，段十一又不笨，知道我南京的公司后就该明白怎么回事。”

“唔，也是。”

“你倒比我们几个活得还复杂。”他又笑了声，“行了，去写字吧，没事早点睡。”

“怎么可能没事，攒了半个多月，一堆活儿。”不过没心思干，转回工位前合起电脑，“算了，回家弄吧，这天好像要下雨。”

“这点儿走好打车吗？”

“我往三环那边去，有黑车。”

抱着被宰的决心还是能成事的，呛着车尾气沿三环辅路走了十几分钟，一辆车拐进路口，经过她身边时速度降了下来。狄双羽被车灯晃得睁不开眼，隐约看见有车过来，连忙伸手叫停。

“去哪？”车窗落下，有人问。

狄双羽说了地址，走近来一看是容昱，直觉地吃惊一下：“这么晚了……”你这技术居然还敢自己开车！作为即将有求于人者，她识相地将后半句话生生岔过去，“您还能看见我，好眼力！”

容老板不悦地瞪她一眼：“你来开。”欲推门下车。

狄双羽连忙抵住车门：“别，还是您来吧。我没戴眼镜……”嘻嘻笑扶下镜腿，手指从空框中穿过，“片。”

容昱露出困惑的神情。

狄双羽也没空等他想明白，一溜小跑坐进来。

容昱打着方向盘掉过头来，驶进主路后才稍稍打量她，实在不能理解她这个无片镜架存在的意义。就像当初好奇她身上的香水味，忍了又忍还是要问：“为什么戴这个？好玩？”

“好看。”

“加上镜片有什么影响？”

“加上镜片就不好看了。”她同他磨牙。

他问不出究竟，只说：“你少熬夜视力就没这么差了，每天写到那么晚。”

“噢。”狄双羽不再搭茬，老老实实坐一边给他指路。

容昱的驾驶技术不太允许走神，她不说话，他也不开腔。

狄双羽在这片安静中想起了他夜里打电话叫她去陪练车的事，刚又问自己是否会跟关允去上海，忽然觉得这家伙清醒时候的思路比喝完酒还耐人寻味，不敢再贸然挑起话题给他发挥。

车到狄双羽家小区门口停下，他探头看看，小区里灯光明亮，不远处又有小商贩卖夜食的，确定她步行安全，解了锁放人下车。

狄双羽道过谢才想起要问：“您这么晚了还去哪啊？”

容昱凛着脸：“就你刚才上车的地方。”一脚油门踏下去走了，动作还挺利落的。

留狄双羽一人站在原地，半晌才明白过来。

关允最后一班岗值勤时间不长，第二天就打马归来，重庆大雾，飞机拖延，到北京也快半夜了。狄双羽还在公司应付柏林派过来的案子，关允来电话说从机场回来直接接上她，没一会儿又让她自己回去，说关宝宝发烧了，他要过去看看。

狄双羽到家半天了，他来短信说才打上车，狄双羽说早知开车去接你了。他说：“不用，”声音很乏，“你早点睡吧。”

挂了电话，狄双羽钻进被子，估计关允今晚是回不来了，他拨得开重庆大雾，也放不开孩子的小手。忽然想起TVB里那些为达目的狠心伤害自己孩子的变态母亲，越想越觉得孙莉眼神可疑，涌起的念头难以按捺，一边数落自己太阴暗了，一边起身倒了杯热水喝。

客厅灯又亮了一夜。

拂晓时醒来想去关灯，门锁意外咔啦一声被打开。关允推门进来，看到屋内灯光明亮也很吃惊：“你……是没睡还是要起了？”他问卧室门口那揉眼睛傻站的女人，分不清她是刚出来还是准备进去。

“睡醒一觉，”她据实相告，揉揉眼睛走过去接了他的登机箱，“宝宝怎样了？”

“肠胃炎，烧退了，可能还得打几针。”疲惫神情中稍见恼火，“不知道乱吃了什么东西。”

“这么大孩子正是难管的时候，你又不照顾就别那么多抱怨，”她将箱子拖到墙角常放的位置，拍拍手回头看他，“赶紧睡觉吧你，眼睛熬通红。”

他长吁口气，搓着紧绷的脸走进来，放下手看向狄双羽时目露歉意：“折腾你也没睡好。”

她云淡风轻地说：“大不了白天睡，不去上班了。”

他没当回事，进卫生间挤了牙膏刷牙：“又要技术官僚了。”

她亦步亦趋地跟到门口：“我跟你去上海吧。”

关允一脸不屑地咕哝：“上海有什么好的，为什么都去上海？”

“都？”狄双羽双眉一挑，“孙莉也说要去吗？”

他差点呛着：“她去干吗？”哗啦啦漱净了嘴里的泡沫，回过头吐字清楚地告诉她，“你要到上海玩我不反对，要想到那边发展可得从长计议。”

狄双羽负着手，脊背挺得溜直，歪着头一派无知地望向他：“我还有时间从长吗？宝宝病了，你不打算提前搬回去？”

关允愣住。

4

我的选择总是错的，我喜欢的全是垃圾食品，不如意的时候总是哭……关允说我就是这么孩子气。所以就只有我一个人觉得不能每天见面会难过吗？那么喜欢的人，只能每天想每天想，看不见也碰不到，像爱上个杜撰的人物一样。

原本就不安的感情，不能紧紧抱在怀里，更加不真实。

孙莉也许真的不在乎这段距离，因为她有关允的责任，她有宝宝，他总会回来见她，无论多远。

他之于她，是风筝，她握有一条线，长短收放全在她。

而之于我，他是一朵云，曾飘在头顶，风吹了便走，去向不明，归期不定。

这就是我和孙莉的立场。

我只能顺风去追。风不歇，云不等我。

我也有追不动的那天啊，最后拥有的也只是昔日抬头看云的记忆。追了那么久，一直仰望他的方向，我已不知自己身在何方。

幸福之于我，一如别人手上的糖果，好近好近地我看着，我甚至能闻到甜香，我却不敢要。或者在这样生猛的年代里，被动成我，注定要被淘汰吧，被幸福淘汰。

那么到底是找一个不哭的理由更容易，还是找一双帮我擦眼泪的手更实际？

就快到盛夏的北京这几天忽然刮起大风。我庆幸这天气反常，或者未来得及欣赏的春花得以迟开待看，又担心花苞被吹落枝头。很想对关允说：带我去上海吧。

这样的北京，没你好冷。

结果我那点自我感觉良好的勇气，就只够支撑我在黑暗中开玩笑地说：我搞不好会跟你去上海。

又被他笑过，问我：过得了自己那关吗？

被问到沉默的我，真的相信，有时候不是人家不对，是我不合适。

2013 年 4 月 25 日

她恨己不争，事事抢着说急着问，这样地沉不住气，在关允看来，只会是咄咄逼人吧？他想不到她的在乎和不安。总之这一次她又等不到他坦白相告了。

狄双羽放弃挣扎，垂下眼睫说出自己的推测："你想到时候偷偷一走把我扔下。"话未落便慌忙转身，不想他看见自己突然汹涌的眼泪。

他对这种说法和语气感到惊骇："怎么可能？"上前一步搭着她的肩膀，"你身体不是一直还没恢复吗，我怕说了你又胡思乱想发脾气。"

狄双羽甩开他的手："你什么也不说我才胡思乱想。"

"我什么也不说，你不是也知道了？"他其实挺纳闷的，这姑娘是会掐算还是受过什么特殊培训，自己一举一动她都了如指掌。

"如果不是我自己发现，你是不是打算搬回去当天对我说：收拾收拾走吧，我要回我老婆孩子那儿去了。是吗，关允？你觉得即使这样，我也会无所谓的，对不对？"

"我不会做这么伤害你的事。"

"你们已经复婚了吗？"

他摇头："孙莉想给宝宝一个正常的成长环境，我答应她五一以后搬回去，但不可能复婚，我不喜欢跟她做爱，我一定会在外面有女人——这一点我跟你说过，孙莉也知道，她只要求我去上海之前回去住几天，以后每个月能回来陪宝宝一次两次，给她一个爸爸妈妈并没分开的假象。"

“以后呢？宝宝长大了，会一直相信这种假象吗？哦，估计到那时候你也玩不动了，自然而然就又回到她身边，孙莉这招用得可真妙啊。当然也得您肯配合。”

“我配合是因为我对宝宝有责任，不管对她妈是什么感情，都不应该给孩子的人生造成残缺……”

“你早寻思什么去了啊！这会儿来讲责任感。”狄双羽怒不可遏，“要讲责任你复婚啊，今天你如果告诉我你为了宝宝要和孙莉复婚，我无话可说。可你说什么，假象？合起来给宝宝演出戏？骗谁呢？骗宝宝家庭幸福？骗自己这就算尽了当爹的义务？我就跟你说，关允，每个人有每个人的宿命，宝宝她生在一个破碎的家，就不该像在父母恩爱的家庭里长大，这就是她摊上你这种父亲的命。别说我对小孩子残忍，想想你们这些为人父母的究竟在做什么吧。”

“我和孙莉的错误十年前就注定，那时不懂事，以为结婚离婚很简单。现在宝宝一天一天长大，开始会质疑爸爸妈妈的相处模式，孙莉解释不了，就把压力转移到我身上。你说得都对，双羽，我是自私，如果我完全为宝宝着想，当初就不会离婚。这次去上海于公于私都是好事，可以告诉宝宝爸爸因为在外地工作所以不能常常回家住，也能让我不要每天面对孙莉。这是我能想到的最好的解决方法，既然已经错到现在了……”

“做错事要去弥补的，弥补不了就认错道歉，你却只想去造假象粉饰太平逃避指责。”

关允一言不发坐在沙发上，头埋在掌中，只觉心力交瘁。

狄双羽盯着他的发旋，非常想要看他听完自己下一句话之后，会露出什么样的表情。“你还是要听你妈的话，和孙莉再生一个孩子吗？”

关允倏地抬头，神情与其说讶然不如说恐惧，他开始怀疑自己彻夜未眠听觉出问题了，或者干脆就是幻觉。可她的讥笑非常真实，非常近。

她蹲在他面前，两只手臂都搭在他膝盖上，仰望他的眸子里满是求知欲：“不是说没办法跟孙莉做爱吗？那答应妈妈的事情怎么办？不做爱能生孩子吗？”

关允半眯着眼，像在思考她的问题，几秒钟之后他笑起来：“你怎么什么都知道呢？”

“不是说过很后悔有了宝宝吗？结果现在又要再生一个……为什么？负负得正？”

他只想确认：“有什么是你不知道的？”

狄双羽始终保持一个姿势：“你不想让我知道的我都知道。”

“比方说？”

“你已经复婚了，但又摆脱不了我，怕我像赵珂一样，做出伤害孙莉母女的事，所以就用这种话，骗我稀里糊涂跟着你做小三。”

眉毛随着她的话越皱越深，关允强忍着保持风度不去插嘴，直到她把话说完，直视那双水汽氤氲的漂亮眼睛，他问：“我在你心里就这么不堪？”

狄双羽眼中有几不可察的疼，随即就被厚厚一层泪膜覆上：“重要吗，我的心？”

“我刚才说的都是真的，我不可能复婚，更不可能复婚了不告诉你。”他终于回应她的猜测，却避开了视线，无法正视她一望到底的伤心，“生孩子是我妈要求的，我和孙莉都不想要，只是这么应下来。”

她笑着站起来：“女儿也骗，妈妈也骗，你这种男人还有药救吗？”

“你不信我也没办法。”他被那笑容惹恼，起身走向卧室，不想再交谈。

“我信不信你，都没意义。这么死心塌地跟你，从来都不是因为我对你深信不疑，就因为喜欢你，不愿意离开你。”她笑出声，却是笑自己的痴傻。

呢喃般的一语令关允拽不动步伐，回过头，不出所料迎上她满脸的泪。

狄双羽吸着鼻子，止不住眼泪滴答，音色清亮不带一丝混浊：“跟你在一起没期待，但从来没这么不安过……”音未落已再发不出声，全化为酸楚如鲠在喉。

他沉沉叹息：“你不安什么呢？”抬手伸向她，感觉不到抗拒，才轻喟一声将人拥进怀里。

拥抱这个动作是为何产生的，贴得这样近，近到所有感官都被迷惑，只有搂着自己的手臂用力。她在这样的力道下屈服，哭声溢出，渐成号啕。

“哭这么凶对身体不好，会坐下病的。”关允抚着她的背，手指把玩眼前一缕发尾，他不记得自己有没有说过这句话，“我们俩，只有你离开我，没有我离开你的那天。”

女人的直觉，天蝎座的第六感？要不是因为了解这个人，不是因为在乎，谁会去注意什么蛛丝马迹？从这些痕迹来判断整座森林，狄双羽感觉就像空手徒步穿越过这片森林一样，无关路途远近，更重要的是方向。找不到出口，也辨不清来处，她已经不记得为什么会进入了，或者是误入，曾经还有兴致欣赏这意外美景，现在只想出去。

最后依然是不记得稀里哗啦的眼泪是怎样收场的，就像大多数她哭的时候一样。总之雨会过，天会晴。她自己也想要原谅。其实原不原谅，也无所谓了。

书架边的富贵竹十余日未打理，瓶中水早干了，根须黄到发红，叶子迅速枯尖。

关允倒是难得有心理会植物：“这怎么一点水都没有了？”

狄双羽没理他，叼着烟，手在键盘上狂敲，打的什么自己都不知道，屏幕上不停弹出拼写错误的提示。

关允瞥她一眼：“不让我在打字时抽烟自己还抽。”

还是第一次听他抗议自己抽烟，狄双羽不由侧目。

关允一边随口念叨，一边弯腰摘下沾在自己裤腿上的枯叶碎片，抱着花瓶去接水。“这不能活了吧？明儿上班想着扔了，再放两天还不得臭了。”

“烦不烦？”狄双羽头也不回地吼，“自个儿扔去，我是你家使唤丫头啊？”

关允完全无惧她的盛怒：“你好意思说的，这阵子哪天不是我做饭给你吃……”解领带的手顿了一下，“关宝宝都五岁了，孙莉没吃过我煮的一粒米。”

狄双羽这下是真怒了：“是我不让你煮的吗？”

关允伸手揪她头发：“你懂好歹不？”

狄双羽推开他：“少跟我动手动脚。告诉你，可以伤我心，但不可以伤我身。”

他大笑，快速又在她发顶拍了下：“小萝卜头。”

狄双羽斜视：“你才小萝卜！”忍俊不禁。

关允垂头找到她的目光焦点所在，低骂了一句。“对了，抽空陪我去买部手机，去上海要用新号，老号也还得用。我今天拿宝乐的NOTE2玩了一会儿，安卓系统还是挺经典的，我也买一部？”

狄双羽关注点在别处：“你在哪儿见着的宝乐？”关允已经离开瑞驰了，照理根本没机会和许宝乐碰面，还能一起玩手机？

他笑得玄秘。

狄双羽秒懂：“你挖了许宝乐。”

“怎么样？也送你一部，我买黑的，再送你一个小白。”

狄双羽摇头：“你非逼老容跳墙不可。”

“谁逼谁？”关允冷笑，“和我说人心不足蛇吞象，我就让他知道什么叫人心不足。”

狄双羽被他的表情和语气惊到，烟燃到尽头，手指被烫得一抖，积了半天的烟灰洒落在键盘上。

关允颇为体贴地为她伸手拂去，捏过烟蒂掐灭：“明天晚点上班，陪我买手机去吧？”

狄双羽吹吹被烫疼的手指："都买一样的吧，再偷看你短信被发现的时候，就可以假装拿错电话了。"

关允笑得要死："好啊。"

第二天果然买了两部同样的手机，离开专柜到地下车库，关允抹了抹车门上的划痕："待会儿得把车送去做个保养。"

他要开车去上海，十几个小时的长途，准备工作不少。狄双羽点点头，难怪完全不反抗地买了对双胞胎，偷看短信什么的，今后怕是再也不用担心了呢。

坐上车，手托下巴将头转向窗外："我可能要失业了。"

"嗯？"

"我们公司要搬家，搬到南边去。"而她的房子在北边。

关允不以为意："跟着搬呗，再去南边找个房子。"

狄双羽冷哼："站着说话不腰疼！像你到上地找个房子那么容易呢？"

"甭指桑骂槐啊。失业是什么意思，就因为路远打算辞职？房子还比工作难找了？"

"工作可以对付，生活不能对付。"

"什么逻辑？"他是真不理解，"那你不上班要专职写作？"

"随便走走，找个喜欢的城市落脚，一直打算写部长篇。"她靠进椅背里合起眼微微发笑，行道树已转绿，车子飞驶中灌了满眼柔和的颜色，心也被一抹一抹地治愈。"你和赵珂的故事我太喜欢了，怎么办？"

关允不安："你想怎么办？"

"把版权卖给我吧。"

他哼笑："你给什么价？"

她认真考虑了一下："身体怕是不够，灵魂你又找不开。还是你开个价吧。"

"陪我去趟上海吧。"他说。

狄双羽在说"找个喜欢的城市落脚"时，刻意放慢语速，甚至停顿了几秒。她在等他接嘴问：上海喜欢吗？然后她会说：还好啊。就这么自然而然、无可无不可地选择了上海。她没想到关允会说：陪我走一趟。

没想到被邀请，也就没准备好对答，狄双羽糊里糊涂地问："跑过去发现特别喜欢，不想回来了怎么办？"

关允只是呵呵笑了笑："那随便你啊。"

狄双羽于是说：“就到这儿吧，咱们俩。”

红灯变绿，关允是在后面喇叭催促下才记得驱车前行的。

“再下去怕生出怨恨了。”狄双羽喃喃。

他扑哧笑出声，看她一眼：“现在已经怨恨我了吧。”

狄双羽是在后来才突然觉得，那天关允的眼神有点深，像近视的人拼命眯了眼想看清远处景物。

五一假从 7 天改成 3 天也有些年头了，大多数人还不习惯，办公室里一片唉声叹气，数落这长不长短不短的假期缺乏人性。柏林倒是看得开：“放 70 天假你们也落不着全休。”五月正是楼市旺季，开发商抢爹似的做营销功夫，单子多得让人想剁碎吃了。

狄双羽更是一天都不愿休，脑子里关允一家三口乐融融的画面远比看到他跟赵珂滚床单更让她安坐不能。临放假的前一天，狄双羽起早整理了关允家自己的物品，出乎意料地多。关允迟疑而漫不经心地开口：“房子空着，你要不继续在这儿住吧，反正你也有钥匙……”

一阵哗啦啦轻响，在他还没意识到她在做什么之前，一把钥匙丢在面前茶几上。

过多的衣物塞得行李箱拉不上拉链，心口也堵得厉害。随便拿出两件衣服甩在地上，合好箱子提起。关允伸手去接，她侧过身躲开：“我拿得动。”

他不为所动地望着她，眼波平淡，最终还是没做任何惹她抗争的行为：“不管你信不信，双羽，我跟你在一起，至少对得起我自己的良心。我以前从不做饭洗碗，也从不会体谅女人的心情，包括孙莉和赵珂。但对你，我会尊重你很多的想法，照顾你的心情。虽然还不够，但和你一起是状态最好的我。”

房间空荡，他的这番话四处碰墙，明明没有多大的音量，听在狄双羽耳中却震得鼓膜生疼。

5

发现投注的感情被当作飞尘甚或笑话的时候，简直连眼泪都流不出。长这么大，第一次觉得整个某一年都没有好事情，是不是教训还不足够？还不够疼，还敢忆起种种难过。有人说了解一个城市最好的方式就是在这里谈一场恋爱。我谈过，了解了，不喜欢。是否意味着可以离开这座城？

可是，究竟什么才是不可或缺的呢？阳光、大气、水分。除此之外其他东西是否具有这样必然的属性？没有。只能说有些缺少是种遗憾。

比如我爱的，或爱我的。

2013年5月8日

上次回家离开得匆忙，窗台上一盆田七浇过水没及时拿下来，盆底渗水把窗下墙体染出一道红褐色水痕，乍看仿佛血渍。据说这花不能晒太阳，可这么晒了几日也没见异常，顶端那花球貌似还长大了一圈，隐隐发黄，大概要开花了。

狄双羽找了张硬纸板，扔个坐垫到窗下，盘膝坐着，细细地刮掉墙上的水痕。

关允发了条短信过来：还有双鞋在我这里，什么时候给你送去吧。

手机就放在脚边，狄双羽歪头看着屏幕，像对待垃圾广告一样，连看完全部短信的欲望都没有。

为什么要喜欢这种人，喜欢到离不开？这么问自己，答不出来，就有点想哭，烦躁地拉开阳台窗子，风灌进来吹干了尚未凝结的泪。

拿过手机，翻出一个存了很久却从没联系过的人：

——我们分手了，以后不会再见面，他明天会搬回你那儿，祝你们白头到老。

从关允电话里看到孙莉号码的时候，狄双羽并没想到要如何使用。

发送成功后，又返回发件箱细细地看了遍短信内容，真懦真软啊，应该很值得同情吧。冷笑着将手机丢到一边，她不认为孙莉会有什么反应。所以手机响的时候还真被吓了一大跳。

——珍重

短信就两个字，没任何标点符号，完全感受不到这句叮咛的诚意。

珍重……么？狄双羽有趣地弯起了双眼。

——我和他在一起时你们已经离婚了，所以我肆无忌惮地爱。我真没想到你会抢走他，我有一点讨厌你，又恨自己没本事留不住他。你能理解我吧，当初他为了别的女人离开你之后，你是怎么过来的？

这番话她修修改改了好半天，尽可能地无助，尽可能地语无伦次，尽可能啰唆，甚至超过了一条短信的字符数限制。

相比起来孙莉的回复就简洁利落得多了。她说：

——爱自己，走过去天更蓝。

这是在说她不自爱？狄双羽抓抓脑门，再拿起硬纸板，认真地将墙壁刮回本来的颜色。被刮掉一层漆的白墙有轻微的凹陷，但不细看的话，也没那么明显。墙是不知道痛的，看的人舒服就行了。

低头吹去落在手上的白灰，拨通关允的电话："现在，把我的东西一样不少都拿回来。"

关允说："睡一觉吧，我也困了。改天拿给你。"分开的前一夜，她没睡好，他同样不得安眠。

狄双羽不肯妥协："现在。"

"还有时间，双羽。"他说。

"没有没有，没有了，关允，没有时间。"眼泪终于决堤，她在电话里哭得像个胡闹的孩子，"我现在就要，就现在，想见你……"

关允到底是来了，是被她的眼泪泡软，还是担心自己不赶过来她会出事，也或者他也思念她，疯狂想见面，于是像偶像剧一样，一路猛踩着油门飞奔前来，推开没上锁的房门，把蹲在阳台上蜷成一团的她抱进怀里。

狄双羽抽泣着，双手颤抖地揪着他的衣襟："好难受，关允，感觉有什么没做完。我好难过。"

"你以为我喜欢这样吗？"他抚着她的发，声音里有她未曾听过的哽咽，"我不想一直委屈你。你还年轻，我不能因为我的自私误了你，我不敢承诺。"

"所以我才不甘心。你是坏人也好，我就可以恨你、报复你……可是，谁都没有错，却不能在一起，不能爱不能恨，心像缺了一大块。就只有不甘，连绝路也没有，非得让自己选择不喜欢的一条路继续。我走不下去……"

他揉着太阳穴："纠结这个你只会更难受。"她就是有说一句话就让他心脏被狠戳一下的本领。

时间愈久，了解愈深，愈能看到她的投入，这一点是他始料不及的。

记得有一回在KTV喝酒，穆权问他是不是已经和双羽扯结婚证了，关允当时差点喝喷，看着屏幕前唱歌的狄双羽，确信她不可能造这个谣，就更不明白穆权怎么会问出这么句不着调的话。他的反应让穆权语气深沉起来："你要从没想过这问题就赶紧算了吧，这女的你可驾驭不了，她跟赵珂还不一样。"关允问为什么。穆权摇头，想了半天："说不出她在你这儿图什么。"笑呵呵躲开关允扇来的巴掌，“我说真的。”

穆权是事不必言尽的信徒，话外总留三分音，当然那三分意思关允也明白，或者不用人说，他心里早就有数的。女人跟着你，总是要图点什么，这无可厚非，赵珂一开始接近自己，无非就是为钱，为了做伴享乐，成年人之前最纯粹简单的交往方式，这一点关允很清楚。所以说，与赵珂之间，主动权在他，只要他不挥手，赵珂并不会离开。

狄双羽不同，她有自己的事业、社会地位、朋友圈，有自己的认知和理解能力，完全自我地活着，不交任何把柄由人控制。她进入他的生活，替他打理食住，工作上出主意教他跟容昱斗法。却从不理所当然地问他要钱花，也没动用他的人际关系做事，甚至不占用他过多的时间。她只要求感情对等，他若做不到这一点，她会转身就走，毫不留恋。

穆权说得对，这不是他能操纵得了的女人，付不起她的价码，私心里虽有征服欲作祟，理智上却已做告退准备。男人到了他这个年纪，背叛过女人也曾被女人背叛过，感情上已经没办法太随心所欲了。而她要的感情太强烈太纯粹，他招架不住，给不起。

周六，北京，晴，很合适跑长途的日子。

狄双羽一早下楼等在小区门口，过了半个小时，关允的车子才缓缓驶来。

她坐进车里，打开天窗，又被他关上，风被阻挡，只滤了阳光进来。温室内裙子拢成一株安静的花苞，于那些明亮的射线下骄傲招摇，又不知道自己多好，姿态放松却绞着十指，偶尔望向前方的眼里坚毅与恐惧交错闪现。

车子在市区堵堵行行，狄双羽打了个盹，感觉到车停了，睁开眼，右边是一家麦当劳，左边关允已经下车大步走进去。很快提了一口袋快餐回来，右手一只小甜筒递给她，她迷迷糊糊地低头就咬，冷得打摆子，享受地哆嗦了一下。看他大口解决掉一个汉堡，兴致勃勃道：“好像私奔啊！”

关允没客气地呛了，咳出一粒芝麻才顺过气来：“快吃，化了。”

她恶意地询问：“早上没在家吃饭么？”

他没好气：“不是赶过来陪你吃吗？”

狄双羽龇牙乐道：“知道你要赶过来，人家没给你做吧？”

他斜眼：“做了。”

“那你应该打包带来咱俩一起吃，肯定比这东西有营养。”

“……变态作家。”

狄双羽的话题通常都出乎他的预料，变态的不在少数，也有惊悚的，亦真亦假，关允大多应付不来；不过，可能因为有这认知，倒没有太反感的表现。

人坏都是被惯的，狄双羽感觉自己就像个不知深浅的孩子，得寸进尺，愈演愈烈。他的忍让使她愉快，愉快到可以不想这样下去会怎样。明知自己去的是地狱，而他将要去往天堂，既然现在愉快，她会同行，走到岔路口再说。尽管明知自己上不了天堂，但是到了那里，或者他愿意陪她走一趟地狱。

一窗高远的蓝，才到泰安就过渡成低沉的灰。

狄双羽是在伸懒腰时觉察到光线变化的，不安地左右看看，“是天晚了还是天阴了？几点了？”

关允似乎不打算理这个迟钝的孩子，很快就有一滴雨落在天窗上代替他给出答案。

“哎呀！”狄双羽惊呼，看看关允，正迎上他闻声望来的视线，笑意于这目光交错间袭上双眼。又一滴雨落下，摔成无数小水珠，被疾速行驶的风瞬间吹碎。她又哎呀一声，呆呆发笑，就像觉得下雨是件很可乐的事，直到雨势渐大，仰头望天的女人摇起头来，“哎呀呀呀，天黑前肯定到不了上海了，完了完了。”

“乌鸦嘴。”关允骂得无力，挑眉看下窗外，也确实需要减速行驶。

天阴气压低，车内气氛更低，狄双羽担心再这么下去他要犯困，正想要挑个话题，关允放在座椅中间的手机响了，“赵小妹”三个字在屏幕上滚来滚去。

封闭的内室拢音效果有多好，关允自己再清楚不过，许是沉默太久，电话接起时一声“喂”竟然音色喑哑，清了清嗓子才说：“在开车。”之后就差不多是“嗯”“对”“好”一类的单字回应。那边说得倒挺欢，对他过于僵硬的对答全不介意。

就是没看见来电显示也听得出是谁了，赵珂那一嘴京片儿还挺有识别性的。细节没太听清，大概是在找什么东西，需要问到关允的，当然是在他家找东西。狄双羽略微直起腰，手指一按落了车窗，风灌进来，吹跑车厢里突兀的女声。

关允眸子半转，这回没再阻止她。“我到上海给你打回去。”

到上海已是夜里 11 点多，雨果然下得很大，温度比预报数字来得还要低。关允的落脚地儿在闸北，离新营销公司不远，是一个南京同乡的房子，在 23 层，三居室，南北通透，屋子很干净，想是特意整理的。关允的房间有个非常小资的飘窗，两个深色坐垫，一张白色木几，几上摆了纤细的水晶花瓶，一朵艳红玫瑰插在当中含苞未放。

关允开了一天车又困又乏，行李拎上来后直接钻进浴室洗澡。狄双羽帮他把衣物大略整理了一番，看着他搁在飘窗上的手机，犹豫很久，才决定放弃去获取一些让自己伤神而无力的信息，它却突然屏幕一亮震起来，狄双羽看了看来电，挂掉，挑衅似的，没两分钟又响了。赵珂一开口满是温柔的揶揄："都这会儿了您还没到地儿哪？"

狄双羽说："刚到，洗澡呢。""劳您费心"这四个字冲到嘴边又客气地咽下去了。

赵珂显然没想到关允的手机会被别人接起，过于意外，哑了一下直愣愣地问道："你谁啊？"

狄双羽没回答，只告诉她："看你一遍一遍打挺着急的，要不叫他接一下？"说完也不理她怎么说，拿着手机走过去推开浴室门，问："赵珂电话你接不接？"

关允想都没想地说："先搁一边。"

狄双羽提醒他："打好几遍了。"

关允一脑袋洗发水泡沫，眼睛都睁不开，根本看不清她递过来的是个通话状态的手机，直接没好气地回了句："我这怎么接啊，先挂了吧！"

狄双羽撇撇嘴："不接拉倒，吼个屁。"也没跟电话里交代一句，低头点了结束通话。扔下手机又坐在飘窗前俯视小区。已过凌晨天色全暗，其实只能看到一星半点的路灯，还有玻璃上自己的倒影。

关允出来看了她一会儿问："你怎么还没洗澡？那头还有一个卫生间你没看见吗？"

狄双羽漫应一声："困了，明天起床再洗。"

他笑着拍拍她肩膀："行，睡吧。"手碰触到她冰凉的皮肤，搓了两下，催她上床进被窝。

比预料还离谱的低温，体质向来不怎么好的狄双羽却没感冒，大概是天冷犹不及心寒。蜷在关允怀里念着犯贱犯贱、没救没救，眼眶酸得稀里哗啦。

狄双羽心里很清楚，关允害怕她真将工作辞了跟到上海，就像当年把孙莉带到北京之后就要一直负责那样，否则会愧疚，这责任感还真有些可笑。

可两人之间就是这样，不是你爱我，我爱你，就是你欠我，我欠你。

关允不想她辛苦周折，就因为知道自己终将会对她没有交代。她为他千里迢迢是一厢情愿，他却连这份奔波的情分都不敢领，是想某天或者可以轻松转身不背骂名。他为的是转身，狄双羽其实特别明白。

可她还是愿意这样主动追着他东奔西跑，勉强前行。还跟自己说，这是习惯了，不走下去，也没有方向，所以才走到这里——大家都心知肚明的尽头，她甚至拐了一程陪他，可惜总还是得回到自己的路上。

他并没邀她同行。

“我也有我的路啊，也有我会遇上的人。”虽然不确信，但正常来说总会有吧？飞机在气流里小幅震动了一下，算是回答。

窗外一夜如墨。

从机场出来，狄双羽发了条微博：每个人，都有底线。

第二天没去上班，爬起来打电话给柏林请假，做好了骂不还口的准备，柏林要是非让她去不可，正好借着清早的迷糊劲装晕听不懂。结果柏总二话没说：“OK，歇着吧，身体是革命的存折，明儿早点来啊。”光瞅手机都能想象到他的慈眉善目。狄双羽正抠着头皮想要不要打听下公司出了什么事，柏林咳了咳，小声问：“双羽啊，你那条微博不是冲着我来的吧？”

狄双羽没太睡醒：“什么？”

“没事儿！外头下雨呢，你也别出去乱跑了，好好休息一天，拜拜。”

“拜。”挂上电话光脚走到窗前一看，原来她把上海的雨带回北京来了吗？

雨并没多大，天空铅灰，低气压下一丝暖意都没有。狄双羽走到地铁站用了十来分钟，身上那件纯棉布衬衫都没见被浸湿。雨丝细得发黏，刮在发梢上是一层雾，积了好久汇了一滴水，从领口掉进去，突兀地凉，凉透四肢百骸。想到见了吴云葭免不了又要挨顿好骂，结结实实打了个寒战。

葭子姐气性大，对于她送关允离开千公里之外的做法肯定在家攒词儿等着呢。狄双羽决定主动送上门去给葭子消气，兴许还能念在她冒雨投案态度良好的分儿上管顿饭。

果然选时不如撞日，赶上阿米发烧在家，吴云葭忙着照顾病人没工夫搭理她。狄双羽心中暗爽，行为上则特别殷勤，下楼买了瓶可乐回来进厨房给煮了碗老姜汤，顺便还把一家人的午饭也一并煮了。吴云葭吃人的嘴短，数落她一句“狄双羽你是真能嘚瑟”，再没别的犀利言辞。

6

我知道你一直坚持看我的网络日志，因为自从加了你QQ开始，我每天都会到空间里看看是否有你的访问痕迹。从访客记录上，能看到今天有没有上QQ，大致猜到你今天几点到公司。

这算不算是默默关注彼此？

是想看我在日志里有没有提到你吗？那个公共空间里，不会有任何人的真实名字。

但在你不知道的这个私密记事本里，满满的，全是你。

2013年5月14日

阿米病得不重，连退烧药也没吃，姜汤喝下去没多久发了一身汗，很快体温降下来了，洗个澡之后神清气爽，坐沙发上给她们俩剥栗子吃，大有偷得浮生半日闲的兴致。有他在场，吴云葭更没法提关允的茬儿，狄双羽别提多乐，自告奋勇要替他们去接小云云放学。

“你给我消停待一会儿吧，剁尾巴猴似的。”吴云葭自从看见她进门那副壮烈的表情就哭笑不得，哪会不知道她什么心思。

阿米也没烧糊涂，笑着说：“早上给小戚打电话了，他正好没什么事提前下班帮忙接下云云。”

狄双羽不假思索就接：“怎么不给我打电话！”

“嗯。”吴云葭一捂嘴巴，显然是着急说话被栗子噎着了。

狄双羽一个鲤鱼打挺起身去倒水。

吴云葭当然没吃她这套，水是接过来喝了，人照训不误：“您多忙啊，天上飞地上跑，风里来雨里去的，谁敢拿接孩子这种小事儿叨扰您？”末了还是不解气，抬腿踹了她一脚。

狄双羽忙不迭警告：“完事儿了啊，不许再提这茬儿了！”

吴云葭白眼：“愿意搭理你！我告诉你不行跟去上海哦。”

“废话，我去上海干吗，疯啦？”神情激动地保证完毕，才看到对面两双写满“你反应过度了”的眼睛，把头一低，“噢。”不吭声了。

阿米扑哧轻笑，拍着吴云葭后背帮她顺过气来：“我去把床单被罩换下来，刚才出汗都湿透了。”起身进了卧室，把空间留给姐妹俩聊体己话。

狄双羽也不客气，人家一腾地儿，她立马整个人扁乎乎趴在沙发上。

吴云葭嘴角抽搐："你别惹我削你，小小。"

惊恐地扭过头看了一眼，见她并没行动的意思，狄双羽才安心地叹口气："我不会去上海啦，没二到那种程度。"

"我谢谢你，你这已经二得超出我的理解范围了。人都走了，你还绊着干什么呢？要不就趁早断了，要不就赶紧结婚。"

狄双羽冷战："别闹！"

"我闹？不结婚吃亏的是你，知不知道？人家婚结过了，孩子也有了，小三也找过，感情债扯不清抬抬屁股去上海了。你呢，到头来除了伤害，你落下什么了？"

"我……"

吴云葭一个脆壳栗子砸下去："你怎么那么多废话。"

狄双羽没防备，正仰脸看她说话呢，被砸在脑门儿上，一声惨叫："我说什么了！"

阿米探个头出来瞧了瞧："动手啦？"不出所料的模样随即被狄双羽划为帮凶。

直到戚忻接小云云回来，狄双羽头上还一个大包没消。吴云葭出手太狠事后也有点歉意，借口说难得大雨天还聚得这么齐，钻进厨房里张罗了极丰盛的一顿晚饭。戚忻美得冒泡，直说："不就接个孩子吗？葭子姐太见外了。"

狄双羽端着饭碗咽眼泪，阴恻恻地剁筷子，牙缝里跟人说话："有的吃就赶紧吃。"

葭子菜做得多，开饭时间晚了点，吃完已经8点多，狄双羽吃得最慢，她感觉这顿饭自己吃少太赔了，撂下筷子抽张纸巾擦擦嘴，指着那两道荤菜让吴云葭拿饭盒装起来，明儿带公司当午餐。

小云云靠上前来："小姨我们今天有命题绘画。"

狄双羽木然道："小姨现在没有绘画心情。"

戚忻偷笑："你小姨现在大脑供血不足，处于缺氧状态，还是戚叔叔帮你吧。"

狄双羽仄眼一瞥，正想顺话损他，手机响了，狄双羽一看来显就想乐，直接递给戚忻："来，你接吧。"

戚忻再笨也猜着是谁了，接起来就被易小峰吼了一嗓子："你为什么会接小小电话！"

戚忻嘀咕："你打错了吧。"易小峰"哦"一声就挂了。

把这边两人笑得直往沙发下出溜，小云云被吵得皱眉毛又捂耳朵的。

吃太多的人连笑都不敢太放肆，狄双羽捂着肚子倒进沙发里平胃："我不管，他再打过来还是你接啊。"

戚忻不同意，两人猜丁壳，结果还是他接的电话，果不其然挨了顿臭骂，绿着脸把手机丢回去。狄双羽捧起电话，屏幕对着戚忻，按下了结束通话键。戚忻都快疯了，跳过来掐她脖子，那边手机疯响，他一手抓过来举到狄双羽面前："你要敢造谣说是我挂的我肯定杀了你。"

狄双羽摸索着划开屏幕："真不是戚忻挂的。"脖子上手劲一松，立刻造谣，"但是你一来电话他就抢过去……咔咔……"被掐得直咳嗽。

戚忻把电话夺过去："跟我没关系我就手欠接了第一回……"蓦然收音，乖乖照吩咐把手机还给主人，看着满脸奸笑的狄双羽，咬牙不言语，很乐于看她乌龙到底。

狄双羽浑然不觉地继续唱大戏："哎哟他抢人家电话，说什么不允许我和你联系……"

容昱问："为什么？"

这声音？狄双羽看一眼来显，指指戚忻，一副"你行呀"的表情，调整下声线恢复正常："不好意思容总，以为是我弟打回来的电话。"

容老板稍微表示怀疑："那是跟弟弟说话的语气？"

她打哈哈："闹着玩嘛。"听筒里提示有电话进来，估计这回真是易小峰了，赶紧示意戚忻给他回一个，不然那小子准打个没完。

戚忻原本不想管，但她正通话的这位，他也不敢打扰，摸了自己手机去给易小峰回话了。

容昱对于她这边的混乱全无感觉："吃过晚饭没有？"

"刚吃完。"

"怎么整天那么早吃饭，每次约你都吃完了。"

"那你就不能别每次都七八点钟约人吃饭吗？"

"原来你知道我昨天给你打电话了。"

"老大，我这存了名字的，您以为数字机？"

"那为什么不打回来？"

狄双羽隐隐闻着点酒味儿："是这样——昨天您来电话的时候我正跟编辑讨论选题，刚对付说完手机就没电了，本来想着回家打给您，结果充上电开机就忘了。"

容昱强忍着听她编完："倒没忘了发微博。"他可不懂什么接受善意的谎言等于维持自己的尊严，一句话就把她杜撰了半天的理由给戳穿。

狄双羽反正也没指望他信以为真，听他这么一说只觉得奇怪："哇，您居然也玩微博？"

"嗯？"对他人质疑自己的能力明显不悦。

她死撑："容总果然懂得忙里偷闲的生活之道。"

"我只懂活着得吃饭。消夜吧……或者明天晚饭？"

这厮居然肯给她做选择题了！狄双羽受宠若惊下口不择言："看您方便，我都行！"

电话里沉默半晌："刚才是戚忻？"

狄双羽直觉地接茬儿："是啊，在朋友家吃饭呢，您找他？"

容昱语气不快："找他需要打你电话吗？"

也是。"那……"

"明天下班等我电话。"挂了。

好像生气了，吃戚忻的醋？不对，这人没这项技能的。

戚忻那边早打发了易小峰，反而比较关心接完电话还莞尔回味的狄双羽："你跟我哥……"

"你们两个！"他们俩一边一个打电话，夹在中间被忽视个彻底的小云云可算是很懂事了，等到两人讲完电话才肯爆发，"不帮忙就算了，嚷嚷什么！还把人关在里面，躲都躲不出去！吵死了！"

左右护法相视一怔，心底歉意齐齐滋生。

听见女儿尖叫的吴云葭擦着手从厨房出来，一眼就看见这郎情妾意的，中间还搁着个爱情小天使，多和谐啊！刹那间感触颇深，差点流下一滴泪来。

阿米刚扔完垃圾进屋，把这情景看在眼里也很欣慰，走过去搭住葭子肩膀很大声地说悄悄话："有人好事将近了吗？"

"快了。"狄双羽积极回应这种期盼，"等我慢慢接受丫是个男人的事实。"

戚忻可不乐观："您都快拿我当弟媳了。"

"你想得美！就不说我爸妈，你敢打小峰的主意，姐一天尸身不腐，都会阻止你跨过去。"

吴云葭只觉身心俱疲，挥挥手轰人："吃饱了各回各家吧。"

狄双羽一把抱住小云云："求留宿。"

小云云很乐意，但也明白这事儿得听妈妈的，没等她妈开口，旁边戚忻出声了：“你跟我走，我有事儿问你。”

把那一家三口都弄愣了，狄双羽缩回两手，十指交叉抵着下巴，转向吴云葭感叹：“哇，好霸气有没有？”

一出门戚忻开口就是：“你不是说跟容昱没关系吗？”

狄双羽被他毫无起承的问话逗笑：“我没说过啊。”

“你说过你们顶多就有点老板和女秘书的暧昧，只是工作上相互欣赏，没实质内容。啊，这才几天又没说过了？”

“哦，我说过这话吗？”狄双羽认真地想了一下，“相互欣赏是没错，我怎么可能说我俩暧昧？”

“你撒完谎自己就忘了，没暧昧这么晚了还约你出去吃饭？”

“哈哈哈，我觉得你这一副捉奸的语气堵着我问我跟别的男人什么关系才暧昧。”

戚忻表情夸张：“刚才容昱电话里那语气才叫捉奸呢！我都心虚了。”

狄双羽才不信：“老容哪儿有那么生动的语气。”她印象里他对客户以外的人说话一律都是“你赶紧还我钱”的调调儿。

戚忻摇头：“我跟他接触不多，肯定不会理解错。”

“我不是说你理解有误，而是你心理暗示，你就老觉得我跟容昱有事儿……反正或多或少有点，但肯定没到你想的那种程度。我们也就顶多这么晚了还一起吃个饭而已。”

戚忻将信将疑：“真的？”

狄双羽举着根烟起誓：“我保证我对你忠贞不贰。”

“嗯，你不二，信你我就二了。”

“可以开车了吗，师傅？”

戚忻松一口气：“你俩没事儿最好，别我们这关系刚有点改善，他再莫名其妙拿我当成情敌。”发动车子，又嘟囔一句，“要是真的我也就认了。”

狄双羽听得真切，哧哧发笑：“要是真的你得先被易小峰揍一顿。”

戚忻脱口就说：“他管得着我吗？”瞥她一眼迅速收回视线看路面，“他心里也有数，那个像易小峥的男的才是他最想揍的。”

她干笑：“别说得我弟跟个打手似的。”

戚忻看她那一提到关允就尿了的态度着实来气:“人都去上海了你还不打算断?”

狄双羽哑道:“断了拿你度阴天啊!”心里骂吴云葭咋该说不该说的都告诉戚忻。

戚忻瞪眼:“你再说一遍!”

“我说……”尴尬地搓搓脸,狄双羽想起经常安慰自己的那番话,“戒烟还得有个过程呢,何况朝夕相对的这么个大活人,不是说断就能断的。”

不止一次,她对自己也对关允说:就到这里吧。

听其言观其行,这个男人早该被戒掉,可她就有本事说服自己相信奇迹。可等到现在,所谓奇迹,也只有摆在化妆台上的那瓶香水。

易小峥说这个奇迹系列有三款,分别叫作:真爱、魔法、永恒。

狄双羽听了想笑:“意思是说真爱在魔法下方能永恒。”

易小峥说:“你写爱情小说,又不相信爱情,这是行骗。”

狄双羽说:“我还是相信会有奇迹出现的。”

没了一个易小峥,还能遇见关允,这算不算奇迹?她这么一个恨透了拖泥带水反复无常的人,跟他分分合合到现在还牵扯不清,该是个奇迹了吧。

第七章

——

他是一双她穿不了的“鞋”

对一个人不抱期望，才会不动气，不伤心，

也不责怪他的错，不生他的气。

所以轻易的原谅，

或许代表着可以随时能够放弃。

1

咖啡豆被碾碎的声音真好听，味道也好，很香，闻久了会头晕的那种香。

今天的黑咖啡是苏门答腊秘鲁综合，颜色深棕，透亮度较低，比美式苦味重一些，但是流动起来有少少酸味，哽在喉咙很舒服。

据说苦的味蕾是长在舌头根部的，所以只有在咽下去的那一瞬间，苦味才能品尝到极致。

就在你觉得特别苦的时候，咽下。

然后你想回味，只能再饮。

一口接一口，烫得食道很舒服。

据说人喝很烫的水会得食道癌，可是，相比癌症而言，我更贪图这一口他人不解的快感。

可能是太畏寒了吧。

2013 年 5 月 19 日

关允说这两天可能就要回趟北京，但只待一晚上。

狄双羽问：“跟我说了就是会来见我吧？”

关允说：“我不见你见谁呢？”

温柔到要滴水的语气，狄双羽也毫不奇怪，好像很平常一样：“那我去机场接你。”

他说：“好吧，反正我也想早点见到你。”

然后闹铃就响了。

真是够了，她不该那么晚还翻日记看的……狄双羽发现，但凡是他做了她喜欢的事或是说了她想听的话，肯定在做梦，直接睁眼准没错，这些天来都总结出规律了。

连轴的落雨之后是个晴天，蓝的蓝，白的白，搭配清新，狄双羽一整天心情也很好，跟郜海亮出去谈了个广告置换，中午12点出门，下午3点多就往回返了。酒足饭饱的，开车从CBD开到石景山再兜回来，沿途赏遍长安街上标志性建筑，红灯停车，手伸出窗外抓一把阳光进来："北京这么通透瞅着真舒坦。"

郜海亮瞧出来她心情不错："据说情绪受天气影响大的人，都有抑郁症倾向。"

狄双羽也听过这理论，不过她不信："普通人谁见着这大晴天不高兴啊？卖伞的才喜欢下雨呢。"

她见过不被天气影响心情的，也就容昱一个。这方向开过去离瑞驰越来越近，狄双羽想起前两天容昱的电话。"亮总啊，前边下辅路给踩一脚呗。"

下车的时候头顶刚好是一大朵白云，云层中间有个洞，太阳就从那洞里把一束浅铜色的光递过来，不晒，照在瑞驰办公楼的蓝色外墙上还有些微凉意。

容昱看见狄双羽进来只问："你不上班吗？"

狄双羽坏心眼地打报告："你秘书怎么也不问一下有没有预约，就把我放进来了？"

"我忙的话你有预约也进不来。坐，喝什么？"

"自备。"她举着楼下西点店的自制酸奶，分一杯给他，"下午茶。你吃过这个吗，我以前在这儿上班的时候经常买。"

容老板对来历不明的食物本能地抱有戒心："好吃吗？"

狄双羽递吸管给他，真诚地推荐："老好吃了，跟肉似的。"

容昱脸色怪异，想了一下说："算了你吃吧，我没下午茶的习惯。"

狄双羽大笑："容总今天心情好，换平常早把我赶出去了，哈哈。"

容昱也有点笑意，但基本上是被她哈哈出来的。"我说实话心情一般，看见你来还好一些。"他撂下笔活动活动手腕，起身松了领带，"你好长时间没来瑞驰了吧。"

狄双羽笑嘻嘻的："我混得不好，无颜面对旧主。"事实上这是离开瑞驰后她第一次主动回来看容昱，虽然谈不上怕他，但和他在一起还是保不齐什么时候就挨骂，下意识还是敬而远之。

自动过滤掉这些废话，容昱问："涮羊肉吗？"

“啊，可以。”

他笑：“还真不挑剔。”

“整天吃来吃去还不就这几样。”看他那身正装打扮，狄双羽略有迟疑，“不过你晚上还有没有别的安排，火锅吃完……”

“没有。”答得简单动作也迅速，拿了手机和车钥匙就准备出门。

狄双羽眼尖：“华子脚还没好？”他居然自己开车。

他不答话，却抬手敲敲她眼镜，确认有镜片，把钥匙递过去：“你开吧。”

狄双羽苦笑：“容总，您这么着可不成啊，抓紧练练，不然将来跟女朋友约会还得带一司机，多别扭。”

容昱说：“女朋友开不就行了。”大摇大摆走进电梯。

狄双羽看看手里的车钥匙，再看他的背影……算了，换别人还有占便宜的嫌疑，容昱没这么迂回，完全不懂 Lady first 的人，说出这话也不奇怪。

晚餐吃得相当可口：“只是晚上回去又得搓衣服。”狄双羽低头抹着衣襟上的麻酱傻笑。

容昱目光嫌弃：“看你的故事里，主角都是可以不穿名牌但必须干净整齐的，你这种卫生习惯凭什么那么写？”

狄双羽恨不能立刻瘫成一碗麻酱：“我是作者又不是女主角。”

“这两期专栏是新写的还是拿旧稿子充数？”

“现做现卖啊，保证新鲜。”新鲜得那边都快下印厂了水月才校完版交上去的。

“不好，”顿了顿又补充，“俗套。”以上是容总最诚挚的评价。

狄双羽全不受打压：“谢谢。”出了门深呼吸，“真好，全是火锅味。”

“好吗？”容昱理解不了，不过受她心情感染，他也兴致颇高，“待会儿兜兜风吧，跑一圈高速。”

狄双羽眼瞪得快竖起来：“我明天上班！”

他笑：“用不了明天就能回来。”主动坐进驾驶位发动车子。

“你是想开到天亮，直接送我上班吗？”

“我——送你上班？”容昱两只眼睛弯得过头就绝对不是笑而是笑话了。

狄双羽认输：“是啊，您又不送人上班，会开就行了。来，下车，我送您回家。”

容昱瞥她一眼：“我明天要去美国。”

“美国？”只顾着为这消息好奇，倒没体会他说这话的言外之意，“去干吗？”

他勾下嘴角："看电影。"

"那您好好看，"狄双羽后知后觉地发现自己问的是句废话，这工作狂当然是出差，他有心思旅游都怪了，"可惜没中文字幕，不然录回来就能刻碟卖了。哈哈。"

"哈哈，哈哈。"他批评她的笑点，"学些小商小贩的头脑。"

"大买卖有容老板做就行了，"转转眼睛，"哎呀，去那么远，可真要谈个大买卖吧？"

"不小。"

"去几天？"

"一个月——"目光微斜观察她的表情，"或者半年。"

"这么久！"她第一反应是，"瑞驰怎么办？！"

容昱收回注意力，没好气道："交给你了。"

狄双羽干笑："还是折现给我吧。"

容昱倒认真考虑起来："拿着一大笔钱，你会干什么？"

狄双羽被问愣住，想了想："瑞驰要上市吗？"

他摇了摇头："瑞驰现在这种管理方式走不了资本路线，你自己在上市公司，区别应该体会得到。"

"也差不多吧……"她对资本概念不得要领，停留在基本术语认知阶段。

"想到要给股东打工，心里抗拒，就不想去做。"

狄双羽当然理解什么叫"心里抗拒就不想去做"。

"七年前也就你现在这年纪，整个公司算上一个保洁两条鱼，加在一起9个活物。到现在养这么多人，我跟你说烦得要死了，你信不信？"

狄双羽重重点头，他脸上就是一副别人活着都是来烦他的神情。"你独惯了。"

他懂她的腹诽，并不计较："我创业不是因为事业心，只想自己当老板，因为我不会好好听别人的话。"

狄双羽扑哧直乐："原来你这么了解自己。"

容昱神情倨傲："有谁是我不了解的？"除了身边坐的这位，笑不好好笑，给什么都不要，以语出惊人为乐，别人认真说话的时候她插科打诨，不该说的唠叨不停，重点的一律守口如瓶。他跟自己说："了解一个人的过程也是乐趣。"以此打消心内那丝挫败的怒气。

狄双羽好笑："不是说对一个人太崇拜就没法了解他吗？我还觉得容总很自我崇拜的。"

容昱当下变脸：“胡说八道！”他会崇拜个黄毛丫头？

狄双羽吓一跳，这种话对容昱来说应该是夸奖吧？

借着打转向灯的动作掩饰内心的微震，他轻咳一声：“怎么走？”

狄双羽哭笑不得：“您不是兜风吗，怎么走还不行？”

容昱不再作声，貌似专心，几脚急刹车弄得狄双羽胃里很不舒服。

“容总……”才一开口，手机唱起来：我们之间的爱轻得像空气……狄双羽压压胸口接起电话，“喂？”

关允无事不登三宝殿：“给我拼一个营销公司的LOGO，PPT里要用。”

狄双羽很佩服他：“这玩意儿能瞎拼吗？找你们推广部要去。”

“推广部？你告诉我这座庙门儿朝哪边开的。”

他们职能部门还没完善？狄双羽皱眉：“没有就先别用。”

“我总不能用瑞驰的模板吧？要不你把新尚居的LOGO发给我。”

“路上呢，回去给你找。你在单位还是家了？”

“单位，刚看段十一都没走，再陪陪他。”

“行，您好好陪吧，我不说了，晕车。”

车里安静数秒，狄双羽仔细辨了辨窗外，无奈了：“这怎么还是三环，咱能把圈子兜大点吗？”

容昱显然没兴趣兜圈子：“关允去上海跟你有关吧？”

狄双羽脱口就说：“跟我有什么关系，我又没去。”

他轻哼：“段瓷干脆把我挖过去吧。”

狄双羽被激上阵，话也不客气：“你有意向的话我帮你转达。”

容昱怒极反笑：“雪中送炭效果怎么样？”

狄双羽据实相告：“他根本不知道。”

容昱嘴角一抹轻讽：“他不知道别人都当他是瑞驰老板？还是不知道段瓷是你老板？”

关允在瑞驰的地位太特殊，即使有去意他自己也没法公开声明，业内更不会有人想到他可能跳槽。没人给段十一透信儿，他想不到来撬关允。这道理很简单，关允不可能想不到,却从来不提。狄双羽只说：“每个人都有揣着明白装糊涂的时候，因为不是每个人都会像您这样有什么说什么的。”一句话多轻巧，殊不知听的人心口悬石。

“他要你，你什么都不用做，他不要，你拱手山河也没用。”他一字不差地背诵她的文句。

“是我写的，”狄双羽笑得无辜，“可我是作者，不是主角。”

“关允不会再结婚的，我了解他。”

“您谁不了解啊？”两侧景物疾速驶过，可一座座是什么建筑，狄双羽心里很清楚，这附近的路她走过很多遍，熟到不想再看。“下了桥我来开吧，送您到家我也回去了。”

“他离婚是因为赵珂，但是没有赵珂，他也会为了别的女人离婚。”

“今儿就别练了，我眼镜度数小，开不了夜车。”

“他好不容易离婚，起码几年之内，不会再想要家庭生活。”

“好久没验光，最近可能又长了，一到天将黑不黑的时候视力特别差……”

“这就是为什么他离了婚，也留不住赵珂。”

“停车，容昱。”天色渐暗，夕阳能给的那一点热气也慢慢褪尽，忽然又冷又乏想回家睡一觉，像倦鸟思巢。

三环主路，他当真一脚刹车踩下去，后边车凄厉地嘀了一声，反应过来之后自觉并线绕过障碍前进。

狄双羽心里一个咕咚，像是睡觉滚到床底下，吓醒了。黑暗中有张笑脸，好陌生。

“难听的话多半是真的，”松开方向盘吹了吹手心的细汗，劝她，“试着接受这事实吧。”

狄双羽拉回理智：“事实是这些跟你都没有关系。”

“你自我暗示太强了，双羽。”这样的人如果还能被催眠那也就是她自己了。容昱叹口气，重新驱车上路。

“我来开。”她嗓子发哑。换了位置系好安全带，一路超车不打灯不减速，全程只有给油不给油没有刹车，直奔自家小区，到门口停下，手刹也不拉，打开车门扬长而去。

容昱跟下来，不紧不慢的，手上是她的背包。

狄双羽走出很远才想起回来取，走到他跟前一把夺过，转身就走，比抢劫的还快。

容昱收回手插在口袋里，静静望着她的背影，路灯下面容憔悴，瞳色郁黯深不见底。

迈出两步又停下，她站得笔直，调匀了气息，一字一顿道：“有些事不在你逻辑范畴内的，没必要为之伤神。早点休息吧，这车也别练了，您够多才多艺了，人无完人。”

“我只有开车的时候才能不伤神，不去想你和关允的事。”他迟疑地靠近她，伸出手臂，缓慢但不带着征求意味地将她整个人连同怀里的背包一并轻轻拥住。“不想你，就是休息了。”

狄双羽全身僵住，她并没忽略容昱的感情，却也未曾体会过一背之后他的心跳，是这么强烈，强烈到她的胸腔似乎被震疼。

“我不阻止，你要继续，就继续。但是别难过，”他的语气是她从没听过的请求，“不管结果如何，都别难过。”

“我答应你，”她向前一步，离开他的怀抱，“你常跟我吃饭，应该发现了：我自己点的菜，再难吃，也能把它吃光。”

容昱是标准的结果导向者，习惯且擅长攻人软肋，他的话像一把匕首，准确而迅速地撬开狄双羽最不愿面对的那个盒子。

尽管一直在自我否定，可内心确实是在关允说过一定会再婚之后，有了认真的想法。

别人眼中她是个洒脱不羁兼想法另类的人，或者她这些年来为人处世也都希望给他人造成这种印象，可骨子并不能免俗。如同大部分言情作品里的女主角一样，她渴望浪漫真挚的爱和情投意合的人。她并非人们概念中的文艺女青年，起码不像关允以为的那样：爱泡夜店，渴望激情，憎恶平凡，不屑长久。

只是，这些却是吸引他接近的元素。

容昱说得对，这世上如果还有人能催眠她，也只能是她自己。

这半年来喜少伤多，算得上是好事的屈指可数，眼泪流了不计其数。狄双羽翻着日记，漠然地看着那些让自己继续到现在的借口，一个个近乎玩笑。

和关允谈恋爱，就像穿一双超高跟的鞋，其实一上脚就不是很舒服，但开始时无所谓，最多就是不能像穿平底鞋一样肆意，得小心翼翼，不留神就要受伤。穿着它走下去，时间越久，脚越累，想脱掉为快，又不舍得。每天每天地穿下来，鞋没变，脚已被磨硬，痛感不再那么明显，可仍是痛的。再习惯也累，自己也知道，这双鞋她早晚要脱下，路还那么长，穿着它走不下去。

吴云葭问周末安排，狄双羽说要跟领导去出差。吴云葭不信，狄双羽遗憾地表示无能为力：“不唠了，着急下班。”

吴云葭不甘心被她这么搪塞了:“晚上过来吃饭。”

“不去,明天公司周年庆,周末还要去青岛,不少活儿都赶这周交呢。”

吴云葭冒火:“撒谎撂屁儿的,谁知道你到底去青岛还是死上海去!”

狄双羽苦笑:“这周末真是去青岛。”

2

你曾盼有人为你倾城吗?

我盼过。

我盼你即便没有城,可或者愿为我屠一座来。

然你那城里缤纷炫目,却城门紧锁,阻我半步难入。

感情越强烈,越不安。

究竟我可以爱到怎样的地步?

人为什么会对另一个人死心塌地?

2013年5月22日

下班高峰期电梯挤得一塌糊涂,狄双羽等了几趟都没进去,索性跟几个同事走步行梯下了楼。才过大厦门禁,迎面一个四十来岁的女人双眉倒竖地冲过来,狄双羽直觉往旁边蹭了一步。那女人收不住身势,脚下鞋跟一扭,在一群人惊诧的目光中险险站稳,左右找了一圈,视线落在狄双羽身上,转过身,扬手就是一巴掌。

狄双羽没躲,屈肘捉住了她的手臂,趁机把人上下打量了一番:方脸盘,面容略沧桑,一对眼火光直冒倒挺亮的,身高上几乎跟她平视,手臂相当有力。狄双羽自认手劲不小,虽是自卫性的阻挡,一般女的被她抓住了可没那么容易挣开,这女人却往回一使劲就脱了禁锢。

这通张牙舞爪来得太突然,几个同事全看傻了,呆在旁边也没反应过来要上前拉架。

那女人出手没伤到人,气势倒上来了,两只手举起来撕挠,“小婊子,叫你勾引别人老爷们儿!不要脸的烂货……”

轰然一片议论声,写字楼大堂变得菜市场一般热闹。终于有人回过神儿来,抢到狄双羽前面去挡那疯婆子。

那女的见有人拦着，嘴里愈发不干净，跳着脚往前冲，几个男同事愣是没拦下她。

“这怎么不拴着点啊？”狄双羽吓着了，迎面躲开两只胡抓乱挠的手，抬脚直踹过去，那女人往后趔趄两步，一屁股摔坐在地上，当时蒙了，翻愣两只吊梢眼睛瞅着狄双羽。

解除近身危险，狄双羽拉起背包肩带，一手指着自己鼻子：“认识我吗？干吗的呀你？”气得直咬牙，“瞎子还是疯子？”

那女的一张嘴就吼劈了嗓子：“我他妈凭什么认识你！臭不要脸的骚货，写两本书以为自己什么名人儿呢，干些偷汉子的行当……”

狄双羽眼一眯，这还真是来找她的没错了。

那女的骂得花样百出，站起来掸了掸屁股上的灰，一直身就觉得迎面来阵风，没等睁开眼，结结实实挨了一嘴巴，脸颊顿时火辣辣地疼，脑后头发被人猛地揪拉起来，后膝关节一痛，重心大失，再次跌在地上。这下正摔在骨节上，头皮也被拽得死紧，疼得她嚎叫声凄厉，想还手，下盘又使不上力，瞪着狄双羽迫近的一张脸，眼神里就有了点退意。

狄双羽跟着矮下身子，左手还抓着她那团快散掉的发髻：“说明白吧，不然我今天让你死在这儿。”

大厦门口，还是有人频频窥视，但也不好表现太八卦。狄双羽扯着那女人的头发，一百多斤的大活人，她几乎是一路拖出写字楼的，单这狠劲儿就让很多人不敢正眼看。

那闹场的女人更是惊骇慌张，她收了钱来当打手，这要是反被人打残了，捞不着医药费不说，搞不好还得进派出所。半走半赖地跟狄双羽出来就开始琢磨逃走路线。

狄双羽松了手，瞄一眼那双不安分的脚尖，劝她不要自寻死路：“回头看看那些车，你就是能从我手里跑得了，上了马路也得被撞死。”

那女的再听这死字儿脚都软了，“哎呀老妹儿啊，我真认错人了，你打也打了，也没吃着亏，你看我这领子都让你拽坏了，就消消气吧。”

“你拿这话糊弄我我肯定消不了气儿。”

“我就是个小时工，一个女的给我钱让我来的，我也不认识人家啊。”

狄双羽笑：“啊，就瞅你像打架小能人，她怎么不挑别人呢？”

那女的一副苦相：“老妹儿你肯定心里有数，偷了谁家人就去找谁呗，为难我有啥用啊？”

狄双羽说：“我偷你爸爸了。”

那女的脸颊肌肉一阵哆嗦，终于认栽：“那你可别说是我说的啊……我就知道她姓赵，不知道叫啥，头发很长，梳着一个大波浪，长得挺漂亮的。”

狄双羽退两步，示意她继续说。

威胁离远了一些，女人语速也放缓了：“她是单位管事的，我们保洁和保安都得听她的，我进那家公司都是她招的。那些话都是她教我说的，真的。要不你说我跟你没冤没仇的我说你那些干啥，是不是……”

狄双羽不忍打压：“得了，你临场发挥得也不差。”

打发走了这个演技派，狄双羽一个人站马路边上，就着车尾气抽了好一会儿烟。

晚上到葭子家跟她把事情说了，吴云葭当即暴走，拿起电话就要召集小伙伴杀回去。狄双羽死命相拦，把葭子拦得直愣，平白被人扣个屎盆子，她不信这丫头忍得了。狄双羽根本没忍，思想乐观：“就让大家伙儿羡慕去吧。”能做像赵珂那样让人恨得牙根痒痒的小三儿，也算没白当回女人。

吴云葭听着就牙根痒痒：“你让人打坏脑子了吧！”

次日一到公司就被几个同事围住了打听，狄双羽又气又笑：“你们把我偷人的事当笑料，不怕老娘一纵身跳下去？”

一位目击了现场的男同事说：“你跳吧，我相信你会轻功。”

下午司庆现场，柏林坐她旁边位置，莫名其妙来了句：“明儿行程没变化吧？”

狄双羽跟他出差，压根没记具体行程：“听你安排啊。”

柏林这颗心才落下来：“以为你被那精神病一闹，正好有借口不去了呢。”

狄双羽咧嘴直乐：“你是怕跟我一起出差闹绯闻吧？”

柏林把脸一沉：“别跟我开这种惊心动魄的玩笑！”

狄双羽叹道：“一个个的不长心啊，都拿这开涮，也不怕是真事，我多尴尬。”

柏林转视台上讲话的领导：“这也就你，换别人你不尴尬我都尴尬。”

狄双羽瞧出不对头了：“柏总——”居然给她扭开脸说话。“你信了？”

柏林迭声否认，观察着她的脸不见愠色，又忍不住多嘴：“不过乍一听人说起的时候，猛地还以为是那谁媳妇呢……啊，前妻。后来再一想不合逻辑，要闹早闹了，这婚都离了，人也去上海了，她还闹个屁啊。”

狄双羽不敢置信：“你说关允？！”

柏林吃不准她的喜怒，非常不仗义地供出消息源："海亮说漏嘴了，他以为我知道呢。"

"你们觉得关允离婚是因为我？"

柏林很让人烦躁地沉默了起来。"看你这个反应……"咳了一声，确信，"海亮净瞎猜！"

狄双羽不想再描下去："王八蛋！"也不知在骂谁。

柏林自然不会接茬找骂，开始对前排就座的管理层皱眉："这不都年会上讲过的吗？又来一遍。"

狄双羽没听也知道多无聊的内容："我想回家。"

"再待会儿，段老板讲完话咱再走。"

"他第几个？"狄双羽问。

"最后一个。"

"……明儿起早的航班啊！困死了。"

柏林劝她："靠椅子上睡会儿。"

狄双羽不肯："我要枕头。"

"别那么高要求，没看亮总都靠椅子睡吗？"

"段十一不用回上海么，为啥不先发言？"

"他那身份只能第一个或最后一个发言，他又迟到了，只能后说。反正他也不怕堵车，私人飞机在楼顶上等着呢。"

很仇富地哼了一声，狄双羽无话可说。

一片掌声中,段瓷踏上演讲台。柏林由衷赞叹:"其实咱们老板就是嘴损了点儿，人还是挺有魅力的哦。"

狄双羽跟着拍手："是，业务水平那儿摆着呢，人损点儿不要紧。"斜眼瞪着台上那位绅士，郜海亮、柏林之流的小道消息说到底还不是他给的。

段瓷的演讲刚开始，对于全场的注视一律浅笑回应。

柏林苦笑："我说他嘴损可没说人啊，要说地产圈里不会做人的，得属你前任老板，段十一嘴黑，容昱那可是心黑了。"

她随口溜一句："长得就不白。"

"要不能一起创业的哥们儿都不跟他了吗？"

这话落在狄双羽耳朵里极不中听，嘴角弧度消失，冷冷瞥了柏林一眼："我觉得这只能说明某些人是白眼狼。"

柏林撇嘴："真没听谁这么议论关允的，就看他从瑞驰带出来那些人，二话不说地跟着他，也明白谁黑谁白了。"

在关允离开瑞驰加入段瓷旗下这件事上，业内都道容昱太过独断不懂容人，以他那种处事作风，拼业缘自然不敌关允。因此类似的话，狄双羽近期听得不少，虽然知道容昱必不会放在心上，但她仍愧得不敢直面。确实关允离开瑞驰不关她的事，可若没她从中牵线，关允自顾不暇，哪还有心有力从瑞驰带人出来。

狄双羽不屑助人为乐，但也没兴趣烧杀抢掠，这一回合，她无心加害，可毕竟害得容昱损兵折将，落人话柄。

那晚在路上驾车狂飙，并非因为被说到痛处恼羞成怒，而是潜意识里觉得无地自容。她没有河山，就抢了容昱的，去讨好关允——想到自己的所作所为，最终演变成这样一个事实，她不知该如何面对容昱。

一早就警告过不要插手他和关允的事，她偏偏为之。

就算她能好好道个歉，容昱又怎么肯好好接受？她只能不认，他却非点破不可。

不欢而散这结果，容昱生气她为关允谋算，她则只能哀悼自己丧失的节操了。

相比五月初夏的北京，青岛气候正佳，天高海蓝，微风宜人。这次的甲方是个滨海度假项目，会议就在海边的售楼展厅里进行。落地窗四面通透，视野开阔，随意一个展身远眺，紧张行程带来的不适立刻烟消云散。

上午碰头会结束，狄双羽没跟去会餐，借口昨天睡得晚要补觉，电脑手机都扔在会议室，出去寻了个沙滩椅躺上去闭目养神。原本那么信口一说，不想在正午暖洋洋的日光里眯了一会儿竟然真的睡着了。一觉睡到众人都吃完了午饭，柏林出门抽烟，经过边厅把蜷缩在阳伞底下快熏熟了的人叫醒。

狄双羽这一觉没睡饱，开会时上下眼皮直打架，猛一抬头见总监大人正盯着自己，表情似笑非笑，说不出什么意味。她疑惑地定了定神，边喝咖啡听甲方说话，边心不在焉地把玩着手机，意外发现有两通未接来电，都是关允打来的。大概以为她故意拒接，他还发了条短信来催：接电话。

三个字狄双羽看了许久，直到屏幕灭了自动上锁，皱皱眉将手机扔到旁边。

看来是知道赵珂闹事了，良心不安。狄双羽猜不到他能说什么，关允是那种为了摆脱愧疚感什么话都能说得出来的人。

一杯黑咖啡下肚，没多久胃就造反了，咕噜噜提醒她全天只吃了一顿飞机餐的事实。忍饥挨饿到散会，出了案场大门就蹿到柏林身边："柏总，吃灌汤包去啊？"

没等柏林吭声，同行的阿浩直接给否了："来到美丽的滨海城市当然是吃海货，汤包等去了上海再吃。"

狄双羽撇嘴挑他病句："上海不是滨海城市啊？"

柏林笑道："浩啊，你有所不知，上海的汤包咱双羽早吃腻了。"

懒得理他的弦外音，狄双羽斜望二人："所以青岛的汤包，你俩到底吃不吃？"

"我们吃，你就免了。"柏林眨眨眼，"啊，该干点啥干点啥去吧。"

"还能干啥去？"狄双羽对他那个三八笑容很费解，"这个点儿了当然是吃饭，我午饭都没吃！"

柏林不慌不忙同她拌嘴："我不让你吃的啊，喊个屁，不斯文，落顿午饭算什么，"扬扬下巴指着走廊尽头的人，"那不烛光晚餐等着吗？"

"完事儿了？"语气像在公司楼下等她下班一样。

"完了。"看见他在这里若无其事地打招呼，也不难理解柏林这一下午怪异的举止了。

关允问："要回酒店换衣服休息一下还是直接去吃东西？"靠近一步要帮她拿电脑包。

避开他的手，狄双羽看着他："什么事，说吧。"

"说什么？"关允不懂，"就是想见你了。"

狄双羽耸耸肩膀："也是，你本来就跟我没话说。"

笑脸僵硬起来，关允抿抿嘴，显然并非真的无话可说。

到上海这些天他一直在适应环境、熟悉业务以及建立人脉，尽管忙得不可开交，还是能察觉到她的冷淡，那种疏远感很明显。起初他以为是空间距离作祟，心里也希望是，可事实并不如此。

最终只是摇摇头，他说："先吃饭吧，边吃边说。"

"你对着我吃饭不噎得慌吗？"

"怕噎我就不来了。"

狄双羽转身就走："谢谢，我怕。"

"好，那就不吃，反正我也不是为了吃饭来的。"

"那您也白来了，我现在没心情照顾您的性需求。"

"我也没心情，"他拉住她，并且任她挣扎了两下也没放手，"都说是专程过来看你的……"

“看什么？怕我跳海吗？你也配！”越说越起急，抄起手里的电脑包砸过去，“给我滚，看到你就烦。”

“那把眼睛闭上别看了，”连武器带人一同接在怀里，他呵呵直笑，“我大老远飞过来，结果把你气成这样。我是不配啊，你又何必动这么大火气，话说得都绝了，听过难听的没听过这么难听的。”

狄双羽闷声警告他：“你会发现以后我跟你说的每一句话都很不好听。”

他也有这觉悟了：“说吧，只要你以后还肯跟我说话，不好听也没关系，你高兴就行。这么夹枪带棒的，你要是觉得高兴，我不在乎。别一大堆难听话说着，最后气坏的还是自己。”

她哼了哼，被猜中心思地羞恼，从他怀中退出，别在头上的窄条卡子松了，吊在发丝上荡悠几下啪地落地。揉着突然散下来的头发，目光茫然，想到低头寻找时，卡子已被拾起递到面前。

“像个小疯子，”抬了只手撑在墙上缓解双腿站立多时的乏累，关允看着她低头整理头发的模样，忍不住感叹，“还以为你再也不理我了。”

“是又怎么样！”扎好头发仰脸瞪他。

他扑哧一笑：“不怎么样。”

这是他第二次挽留她了吧？不肯放她走掉。狄双羽迷迷糊糊地回想着，上次好像也是这么晚了，在她家楼下，他说：你穿得少了。那时月光昏暗，看不清他的脸。而此刻走廊灯光明亮，照得人明晰无比，一张脸更伸手可触，眉是眉，眼是眼，两道视线完全读不出任何感情，却把她全方位罩住。

一颗心倏地提起来，怎么也按不下去，直到头顶斜上方嗡声轻震，狄双羽下意识抬头去看，他手里握着电话，屏幕上亮起短短几个字：

赵小妹：水卡在哪？

如果说刚才是一腔怒火烧得满膛燥热，现在则是兜头的凉水浇下来，如置冰窟。

3

我曾经以为，一个任我予取予求的男人，该算是本命了。

却不知得失必有因。

他不问明天，他不忘昨日，只问身下的我疼不疼。

我的爱，只换来笑语温存，是我甘愿，我不怨。

这男人与我朝夕相对，予取予求，心心念念却是之前那一位女朋友，是莫大的慢待了吧？

这个多雨的5月终于过去，北京暖风压人，天很快就晴了，可是被冷雨浇透的心，并不易晒干呢。

渐渐地，我都不知道是因为不在你的将来而伤心，还是因为比不上你的昨天而难过了。

2013年5月26日

关允先是注意到她表情的变化，才去看手机上的短信。

海浪扑踏衬得走廊安静，却恰好掩住了二人鼓点般心跳。

关允垂下手："不是你想的那样。"

对他不动声色的表现，狄双羽不知该欣赏还是绝望："知道了。"

他叹一声："听我解释。"

"我不想为难你，关允。更不想让自己变得那么不堪。"

"不要凡事都自顾自地下定论好吗？你这样累的是你自己，会没法再继续下去的。"

"你还想继续下去吗？"狄双羽盯着他，那双不笑自弯的桃花眼，任他凝眸望到头疼，寻不着半点热度。

"起码我现在想，"他回答没半点犹豫，"很认真地在想。"

"就认真到这种程度？"捉起他的手，连同攥在掌心的电话，屏幕还亮着，未读短信还在上面，狄双羽瞳孔轻晃，"你和我认真，这个在你家里找水卡的女人怎么办呢？"

"她只是暂时在那儿。"他头疼地闭了闭眼，"她上个月辞职了，不想待在家里听父母唠叨，又没钱出来租房子，这才过去借住几天，一找到工作就搬走了，没告诉你是怕你会多想。"

"你现在说我也理解不了。"

"这有什么不能理解的呢？"他不耐，"你不住，我也不住，房子空着也是空着，她刚好有需要去住一阵，这怎么了？假如不是赵珂，换成向阳穆权，随便个什么朋友熟人，你也这样吗？"

狄双羽拒绝听他的假设："赵珂就不行！"

“你能冷静一点吗？我答应你尽快给她找个工作让她搬走，好不好？”

他把姿态放到最低，逼得她气不起来，悻悻瞥他一眼，没吭声。

关允略松口气：“我是不想大半夜接她电话听她说一堆委屈事，才把房子借给她的。我也不想再和她有牵绊。其实本来打算把那房子卖了的，但是——不知道上海那边发展如何，先观望着吧，要真到了退回来的那天，我总不能住上地吧。”

狄双羽没想过这点，一阵错愕。

“现在想想说开也好，免得你有东西要回去拿，撞着她了，到时候更解释不清。”

“那你就不能别老干这类解释不清的事儿？”

“我和她的感情是过去式了，你不信我我也没办法。”

“人都是不愿意改掉习惯的贱皮子，”狄双羽平静点拨，“她不顺心了找你说，你敞开怀地听她牢骚，这么久了，发生了很多事，可你们都没打算改变。”

原计划的公费旅游因不速之客匆匆结束，返回北京的航班上，关允突然说：“我第一次和你一起坐飞机。”他已经飞成金卡了，坐飞机还会兴致勃勃，就因为同她一起。狄双羽感觉心倏地软了，然后挺讨厌这样轻易被他左右的自己。

有一些话，明知道他不过是脱口而出，可她仍不可阻止地去理解深层次的意义。

关允在北京住了两晚，都在狄双羽家，说孙莉不知道他这次回来，否则怎么也要回去住一天。

狄双羽趴在枕头上看着他：“孙莉不问你东边那房子怎么处理吗？”

他点烟的动作停了半拍：“她从不过问这些事儿。”

狄双羽皱皱眉，听起来是符合孙莉性格的行为，可不知怎的又有一种违和感，脑中才闪过些什么，关允推着烟缸接住她掉落的烟灰，思路被打断，就再也没想起来，有些恼怒地瞪了他一眼。

他搓搓紧绷的面皮，长吁口气：“起吧，我待会儿要去见顾加东。”

“干吗？”

“就是拜会一下，盛启今年项目不少。一起？”

“免了，本来柏林就老怀疑我要调去上海，再跟你一起去谈业务，明天直接不用上班了。”

“你这不倒休吗？闲着也闲着。”

“葭子要去趟天津，我得去帮她带孩子。”

“她小孩不上幼儿园吗？”

“上，幼儿园今天办什么玩具义卖活动，让10点到就行。”

“不好好上课成天瞎折腾。”

“关总，不是学查数念儿歌才叫上课的。”

他点点头，算是认可了她的理论：“你要来上海吗？”

狄双羽正想发短信问那娘儿俩起床没，闻言僵住，抬头看看他：“不一定，看心情。”

阿米在天津的大伯父去世，他得到信儿连夜回家接上父母开车去了天津，让吴云葭安排好孩子之后再过去。小云云早上起床没见着阿米，一问之下非要跟着去，吴云葭软硬兼施才把她安抚下来，还自作主张替代班小妈许了一些不切实际的愿。

所以狄双羽这一天过得比上班累多了。先是陪小云云在幼儿园摆摊卖玩具，家长之间相互买倒也快，六七个旧玩具没出半小时就卖光了。问题出现在小丫头怎么也不肯把钱放进捐款箱，非说是自己赚来的，根本没理解义卖是啥意思。老师给讲了半天理论，到底把孩子讲哭了。后来还是狄双羽自掏腰包，又答应放学后带她去电玩城，总算哄住了眼泪。

狄双羽穿了吴云葭的衣服，是和小云云同款的亲子装，玫红格子吊带裙配白色小罩衫，在人群里非常显眼。

离小云云的摊位不远，孙莉陪着关宝宝，听见哭声，母女二人抬头看了看，宝宝说：“妈妈，她们衣服一样。”语气羡慕。

狄双羽和小云云订好约定，才站起身就对上了孙莉的视线。

她在关允电脑里看过孙莉的照片，不丑不美，没有任何特点，是看过多少遍都很难想起来的长相，只能说，关宝宝长得像爸爸真是挺幸运的。

在这里见面并不意外，狄双羽没想避着，但也没想刻意招呼。可惜吴云葭的女儿打小就没有默默无闻的优点。一个没看住，人已蹦跶到关宝宝的摊位前停下了，指着一个小熊扑满：“这个多少钱？”

关宝宝拉着孙莉的衣摆：“妈妈……”

孙莉将目光拉至女儿脸上：“苏苏说这个要卖多少钱？”

关宝宝摇头：“不知道。”

小云云好惊讶：“你自己的玩具不知道多少钱？”

她的玩具确实都是自己定价的，姜文超送的名牌公仔，随便哪个都上百块，孩子吆喝着六块钱就给卖了，把狄双羽看得欲哭无泪。

孙莉取过那个扑满，问小云云："那这位小朋友，你想多少钱买呢？"

小云云没经历过让买方自由开价的交易，一下被问住了，仰脸向狄双羽求助。

狄双羽直接制止："买它干吗？"

小云云很有想法："我要把今天赚的钱都塞进去存起来。"

狄双羽想了想："你干脆把那几个子儿都花了省得老惦记。"

孩子立马掐紧小钱包："你给我买！"意思是不能花她的钱。

孙莉扑哧一笑："现在的小孩可有主意了。"

狄双羽嘟囔："还不是爹妈教得好。"认命地付钱让她把那小熊带走，跟在后边商量，"你念完幼儿园就别念了，早点挣钱还给我。"

关宝宝问妈妈："我要什么时候挣钱还给你？"

"苏苏不用还，爸爸妈妈给你花钱是应该的，哪会让你还呢？"

"刚才姜维妙的妈妈让她还了。"

望着走远的两条格子裙，孙莉笑得很温柔："那种女人怎么配当妈妈？"

吴云葭下午就坐高铁回北京了，阿米父母担心孩子没人照顾，不肯让她在那边久留。狄双羽去南站接她，路上给关允打电话："我得还车去了，您自己去机场吧，一路顶风。"

关允说："哦，我晚上又约了个饭局，机票改签到明天早上了。"

"你……"下回早点说！算了，谁知道还有没有下回呢，"反正明儿也送不了你，就当提前说了吧，拜拜。"

关允也没多说："行，谢谢噢。"就挂了电话。

狄双羽跟吴云葭吃过晚饭到家才洗完澡，关允回来了，站在门外笑呵呵的，小脸泛红，举着两杯提拉米苏满眼谄媚。

"哟，喝啦？"狄双羽揭下面膜纸扔进垃圾桶，"什么饭局散得还挺早。"

关允答非所问："还以为你预备不给我开门呢，下午把话都说完了似的。"

"我跟你没完。"她接过蛋糕，盘腿坐在沙发上挖起来。

"没吃晚饭？"

"吃啦，不过又都拉出去了。"

关允推推她的头："吃得还挺香。我去洗澡了。"浴室关上又打开，走过来拿起放在茶几上的手机摆弄几下递给狄双羽，"帮我充会儿电。"

狄双羽把手机连上充电器，老老实实坐回来吃蛋糕，看电脑里新下的偶像剧。

关允一身水汽坐到她旁边，为那两只空杯子所拜服：“你晚上真吃饭了吗？好可疑。”

狄双羽说：“你更可疑。”眼神示意他去看手机。

关允看见孙莉的未接来电才明白她说什么：“你就胡思乱想吧。”才说着，手机又响了。

看他不耐蹙起的双眉，狄双羽冷冷道：“接吧，她这么打下去，你那电一宿也充不满。”

电话一接起来就是孙莉的哭声，很大声，狄双羽也听到了，一脸的捉弄顿时散去，不明所以地盯着关允。

关允也被吓了一跳：“出了什么事？你说话啊，哭什么！喂？孙莉？”

就在狄双羽也怀疑是不是信号故障那边听不见说话时，孙莉终于改哭为泣：“你能过来一下吗？”

关允此刻没心思顾及狄双羽的想法：“怎么了，是不是宝宝病了？”

孙莉问：“你就不能来看看我吗？我也会生病啊。”

关允松了口气：“发生什么事了，哭成这样？”

哭声又响亮起来：“你和我之间，只能谈关宝宝吗？”

关允突然提高了声音：“你是不是喝酒了啊？在家里还是外边？赶紧回去！你是不是神经病啊，这么晚了把孩子丢给保姆，跑出去喝酒！”

之后就全变成他大声呵骂，孙莉再说了些什么狄双羽一句也没听清，就见关允挂了电话甩到一边，靠进沙发里，面色阴沉得吓人。

狄双羽是看惯了容昱那尊黑面煞的，自然不怕这种程度的黑脸，偎过去在他下巴上掐了一把：“怎么办啊，这么晚了，真让人不放心。”

关允没心情调笑，看着她，沉默了一会儿，叹了口气，欲言又止的样子。

这还真是要去？狄双羽对自己这种猜测并不生气，更多的是意外：“你要敢过去哄她，我就死给你看。”

关允对那一脸半真半假的怒气无从分辨，瞅了好半天，哧的一声笑了出来，合了眼向后靠着，疲倦地揉揉鼻梁：“闹吧你就。”

现在是谁在闹啊，狄双羽好冤枉：“她知道你回北京了？”

“她喝多了。”

狄双羽盘起手：“我可滴酒未沾，关允。”

他不再否认：“她刚才问我，为什么不能爱她。”

狄双羽好奇:“以前说过这样的话吗?”

关允摇头，未加半分思索:“我和她从来不聊这样的话题。”垂眸望着她的眼神尽是无奈，“所以你到底跟她说什么了啊，双羽。你去刺激她，她只会变本加厉来烦我。”

两人结婚数载，她不曾听他说一个爱字，也不曾表述过自己的情感，只在察觉丈夫有外遇之后做过一次过激行为，就是结束自己性命。关允说：她那么压抑的一个人，如果不是喝了酒，根本不敢跟我谈感情的事。

狄双羽问:“是孙莉说的，我对她说了什么话?”

关允说话的时候一直埋头吸烟，听孙莉的名字才抬头看了眼狄双羽，弹弹烟灰:“她什么也没说，她都没说今天见到你了。我很了解她，要不是见到你，她好端端的不会闹这一幕。”

狄双羽感到好笑:“你还怪我啊?她闹这一幕显然不是因为见着我了，而是因为没见着你。或者说因为知道你回北京了，却差那几步没回上地去看她。”

“那你还去刺激她干什么呢?”

“我刺激她的?我的存在是你告诉她的，我还得躲着她吗?”

“那也没必要去招惹她啊。”关允就是拿她这份理直气壮的坦荡没辙，“她只知道我身边有个女人，根本不知道是谁，要不是你说了什么，她怎么会认出是你?”

狄双羽总算听出点眉目来:“你的意思是我今天是故意出现在她面前的?然后跟她炫耀说你回北京来了但是住在我这儿。”

关允没否认。宝宝和小云云念同一个幼儿园的事，还是狄双羽告诉他的，她当然知道去幼儿园会遇见孙莉。

“难怪从刚才你就追着问我跟孙莉说了什么。”狄双羽承认，在答应葭子陪小云云去参加义卖活动之后，想到了孙莉也有可能会陪关宝宝去幼儿园，两人有可能会碰面。可她还没计划要以关允现女友的身份出现在孙莉面前，跟她说些有用没用的。不是怕刺激到她，相反正是认为自己找不到刺激她的话，才不想去浪费那个出场机会。“我不知道孙莉跟你造了什么谣，但我根本正眼都没瞧她一下。”

盯着早已自动跳转到下集的电脑屏幕，狄双羽脑子里乱作一团，各种念头交杂。白天在幼儿园跟孙莉之间的对话就那么几句，按照关允的说法，孙莉分明是认出她来了。狄双羽也不由得开始怀疑是不是自己真有哪句话没说对，哪个眼神不对了。经历过赵珂的孙莉，对关允身边的女人可能会有她想象不到的敏感。

看着这姑娘不多见的慌乱模样，关允心里也颇不是滋味。她会去攻击孙莉，他其实能够理解，也不生气，只觉得实在没必要。“你知道吗？以孙莉的性格，如果一早就认识你的话，见着面了只会转身避开你，”伸手拍拍她的发顶，他语带央求地说，“别再去刺激她，她不懂反击，只会没完没了地烦我。”

孙莉真像关允说的那样只是个麻烦，那他也大可不必这么烦了。关允大概没发现，在他心里，孙莉的地位远不是他嘴上说的那么无足轻重。狄双羽也是那天晚上躺在整宿不能入眠的关允身边才有了这个觉悟的，她很惊讶。

惊讶的不是关允对孙莉的感情，而是知晓这份感情的自己，竟然不生气。他为孙莉担心的训斥，不安的表情，她看得那么清楚，竟然不生气。

她有一次弄翻水杯打湿了键盘，就因为关允一个责备的眼神，足足赌气了两天不给他好脸色，这一回面对无中生有的指控，她竟然完全不想做过多辩解，可能知道辩了也得不到他的信任。也可能因为，他信不信自己，都没什么关系了。

她不在意。

4

要是跟你说第一眼看见你，我就觉得咱俩会有事，你肯定不相信。

但感觉就是一种形容起来很玄乎的东西，要是人能想它怎样它就怎样，也不会有那么多人受它折磨了。

孩子气让我失去很好的一个人。我长大了，变成很好的一个人。我真心地去爱，却遇到这样孩子气的你。

2013 年 6 月 1 日

对一个人不抱期望，才会不动气，不伤心，也不责怪他的错，不生他的气。所以轻易的原谅，或许代表着可以随时能够放弃。

吴云葭对她这份迟来的认识又欣慰又心疼：“都说了那男人不是你的菜，嘴馋。”

狄双羽不以为然：“总得尝了才知道。”

这一点吴云葭更难理解：“你说你就不能听听别人的经验吗，非得自己舍命一试。”

天渐渐热起来了，大厦还没来冷气，又逢阴天湿度大，含氧量低，狄双羽早上到办公室坐下来就没动地儿，猛一起身只觉头重脚轻，差点栽个文艺的跟头。正巧郃海亮来找柏林路过她工位，眼急手快给扶住了："哎呀，一走一过就有为我倾倒的，这可咋整呢？"

狄双羽不好意思地笑笑："饿了。"

郃海亮冲着不远处饮料机前接咖啡的柏林直嚷嚷："柏总，你这么用人可容易上新闻啊。"

柏林一口气灌了半杯咖啡："当事人还不定是谁呢！"

狄双羽从旁注释："柏总山海关项目失利，写了一宿案子惩罚自己。"

郃海亮懂了："走，慰安一下去。"

"嘀咕什么呢你们俩？"柏林走到跟前，"亮总来请吃午饭啦？"

亮总豪爽地拍拍他肩膀："山海关的事别上火，李自成都没攻下来，您也甭觉得多丢人。"

"不是丢人，我是憋屈，后来才知道，那边项目推广总监的媳妇儿就是广告公司的，咱们去压根儿就是给人捧场的。"

"啊？这么不靠谱的项目谁淘弄的？"

柏林没好气："不是你是谁！"

郃海亮晕了："我可真不记得山海关有啥大项目。"

"那个旅游项目，政府背景的，带着好几条步行街的产权商铺。"

"啊，那不是秦皇岛的吗，你说山海关我一下没想起来。"

"亲哥，山海关不是秦皇岛难道是海南岛？"

"那单子怎么还没签呢，过我手都得有三四个月了，当时以为容昱是双羽的人能说上话，我才让销售跟进的。"

狄双羽很想一杯水给他兜头浇下去："跟容昱有毛关系？"

"废话，瑞驰是营销代理，搞不好还是项目合伙人，当然有权拍板广告公司。"

"有这层关系……"狄双羽做了整个推广方案也没发现有瑞驰的事。

柏林完全不意外："你有时候做完 PPT 连案名是啥都记不住。"

郃海亮偷笑："现在知道还不迟，估计那边没这么快签合同。柏总也别憋屈了，双羽直接一个电话打给容老板，搞定。"尽管不是男女之情，可还有旧主之谊呢。

"我疯了吗？刚害得他副总被撬走，又打电话朝他要单子，那又不是我爸爸。"

"能把人家车开出来跑通勤，过个话怎么也比他们这闲杂人等容易呀……哎？"

险些被狄双羽突然推开的椅子撞到，郜海亮望着拿了背包朝电梯走去的背影，后知后觉地望向柏林，“闹着玩儿的，这……不能真生气了吧。”

柏林也不知道郜海亮是天生就无邪，还是后天学得这么气人：“没看双羽两只眼睛翻得都快没有白色儿了吗？”虽然他也搞不懂她为什么会这么大反应。海亮这个要求是很恬不知耻，不搭理也就是了，怎么就爆了呢？仰头看看窗外灰蒙蒙天色，“真够热的，什么时候能给空调啊？”

“曾盼有人为我屠城，结果却是自己手提屠刀。”

容昱恐怕不肯赞同她如此夸大战绩，可对狄双羽来说，确有这种程度的尴尬。以至于郜海亮一提容昱，她就针扎一般。出门才意识到自己反应太激烈了，又磨不开脸回去。

反正也没要紧活儿，天气又不好，索性放半天弹性假。正值饭点，写字楼附近的简餐厅陆续上座，狄双羽没寻着可心位置，打车去了转角茶座。

两个月没来，领位的还认识她，寒暄几句直接要把人引上二楼。狄双羽环顾四周：“就一楼吧，也没什么人。”挑了个靠窗的沙发。

这家店一楼因为刚好在转角的位置，两面墙临街，都开了超大的玻璃门窗，行人路过，里外看得一清二楚，通透有余，私密性太差。所以一楼也没设几个客座，大部分面积是前台和后厨，用他们经理的话说“主要起形象展示作用”。像这种时间段，楼上基本都有位置，狄双羽也是第一次大白天的坐一楼吃饭，视野也很开阔，只是跟二楼的角度不太一样。

店门口那盆海棠养得不好，就顶端一簇叶子，底下的全掉没了，花枝光溜溜，乍一看跟棵侏儒椰子树似的。就在她挨着的窗户外边，有几根半米来高的野草，胳膊腿发育得明明不一样，舞姿却很一致，整齐有序地倒过去，荡回来。

起风了。憋了大半天，这场雨看样子终于要来了。

赵珂是被这场急雨浇进转角茶座的，推门时头顶风铃乱撞，惹她迁怒地瞪了一眼。

狄双羽倒没听见风铃声，她正戴着耳机看一段搞笑视频，呵呵直乐。笑声并不大，但在这静谧午后空旷的小咖啡馆里，还是清晰地传进了避雨者的耳中。

狄双羽闻到一阵香水味，抬头看见了赵珂。看见她鬓角发丝粘在脸颊上狼狈的样子，才发现硕大的玻璃窗上已挂起清流瀑布：“哟，下这么大？”

赵珂怨气颇重："可不吗，来得这个急。"

狄双羽也替她惋惜："就差这么两步就能回家。"将纸巾推到她面前。

赵珂擦脸的动作一顿："他告诉你啦。"

狄双羽含糊应声，摘下耳机缠好收起。

"嗨，也是怕你误会，反正过阵子找着工作就搬了。"她语气很轻松，一派不拘小节的豪气。

狄双羽耸下肩膀："住着吧，又没人赶你。"

赵珂扬眉而笑，一双凤眼里冷波乍现："这话说的，老关不赶，你还不赶啊？"

狄双羽端着早已凉掉的咖啡轻啜，边打量面前这个明明没有立场却还能保持高姿态的女人，不理解她这份泰然自若的敌意。

赵珂到底在那专注的探视中生出一丝不自在，转身问服务员点了杯饮料，借此打破尴尬的沉默。

狄双羽笑了笑："房子是他的，我做不了主。"靠着椅背叠起双腿，她说，"所以你也大可不必做那些多余的事。"

"得了吧。"赵珂不悦，"我跟他说了，一找着工作立马把地儿给您腾出来。"

狄双羽着实好奇："关允让你尽快搬走了吗？要不然——你干吗找人到我公司闹事？"

赵珂"嗯？"了一声，两道漂亮的眉毛拧得十分纠结。

她这反应，在狄双羽看来，并非避之不答，而是根本听不懂。

果然，听到那女人供词所指是自己时，赵珂脱口就骂："放屁，我都多长时间没上班了，哪儿雇个保洁当打手去！"

狄双羽也是在听关允说起赵珂辞职之后，想到这事便觉得欠缺逻辑。难怪她没怎么费力，就问出了赵珂的主使。

"再说了，原来在瑞驰就听华子说你练过，一般男的都不是你的对手，找人打你，我干吗那么自讨没趣儿？"说着从包里掏出一盒烟来，让了下狄双羽，对方摇头，她自己抽出一根来点燃。

烟草燃烧产生大量毒素刺激交感神经，同时促使脑部释放某种神经传导物质，让人出现短暂且病态型的清醒。赵珂逐渐从盛怒中找回理智，她向前倾身，双肘支在大腿上，一手夹着香烟，一手把玩烟盒，眼珠跟着烟盒转，睫毛也不停地扇动，像要飞起的蝶。

狄双羽也盯着那只烟盒，脑中思绪随之翻转。

“也猜着是谁了吧？”半晌赵珂一声轻笑开口。

狄双羽望着她，没太大表情，因震惊而晃动的眼瞳泄露了全部心思。

“想不到吧？在关允面前装成贤妻良母，实际什么贱招儿都使。”她说到后来声音愈低，几乎像是从牙缝里挤出的话。

“关允知道了，”狄双羽撒了个谎，“我跟他说是你干的。”

赵珂愣了下，不怒反笑，笑到后来叹了口气：“难怪最近打电话都没接。”继续低头转烟盒玩，纤长漂亮的手指，夹着烟竟然轻微发抖，烟灰落在衣袖上，她也不为所动。

窗外有人经过，光线变化，狄双羽直觉扭头看了看，“咦？”她没戴眼镜，不确定是否看错，眯着眼看那人进到店里，直奔着前台去。

赵珂跟着看过去，也很意外，朝前台方向举起胳膊：“华爷！”

旭华闻声望来，看见狄双羽，再看赵珂，表情说不出的怪异。

狄双羽看他和赵珂老情人重逢般客套腻歪，就很奇怪他怎么在容昱身边待得住，感觉说不上两句话就会惹容老板翻脸。容昱也诡异，自己一本正经地连个玩笑都不懂开，居然受得了这货在面前全天候说相声。

身边一沉，脑门上受了力道不小的一凿。

旭华收回行凶的手：“嘿，想什么呢，都不搭理人。”

“腿好了？”狄双羽捂着痛处，反复跟自己说这人骨膜还没长结实呢不能踹不能踹。

“那是，我什么身体素质啊。”边说边抖着腿证明健康。

“那怎么没跟着去美国？”

“被拒签了呗。”

“因为有案底？”

“被容老大拒签了。”也就是人家不愿意带他的意思。

“噢，那也是因为案底嘛。”

旭华摸着下巴，一眼高一眼低的模样相当不像好人：“我老板是不跟你说了啥不该说的啊？”

狄双羽表情茫然：“不该说的是指——有人出国净顾着自己玩，喝酒喝高把老板弄丢了。”对一个职业生活秘书来说这简直是不可洗白的污点。

赵珂反应过来当即爆笑：“老容还让你活着回国了？”

旭华捶胸顿足地干号：“这跌份儿的事他也往外说，还能不能一起玩耍了！”

自尊心受挫地起身，“走了，楼上有人等着呢，回见吧二位。说好了，下次见面咱就把这翻篇了噢。”

“跟谁说好了。”赵珂对那有点跛脚的背影说，“他腿怎么了？”

“说是踢球摔了。”

“不好好在家养着，老容都不在，还顶风冒雨地跑公司来。”

狄双羽托着下巴望着窗外全不见小的雨势：“正好等会儿蹭他车走。”

赵珂估计她占不上这个便宜了：“那你得等到几点啊，他这刚过来。”

“等着呗，早也是回家，赶时间我就不在这儿耗着了。这雨憋这么些天了，能下一阵子呢。”看了看手机的天气预报，未来几天都有雨。

赵珂同意：“是，”她给自己盘算着，“小点儿就往回跑吧，等停是没戏了。”

视线仍搁在手机屏幕上，狄双羽笑道：“您倒真不恋战。”

“我劝你也甭跟他身上耽误太久，”她想了很久才决定对狄双羽说出这番话，“可能这话由我来说你不爱听。我没斗过的，你也斗不过，孙莉她太厉害了。关允不爱她，这就是她的资本，她能把谁都玩进她的心机里。到最后吃亏的，还是你。”

那天狄双羽在转角坐到天黑，原本已决定将关允驱逐而渐平静的心湖，因为赵珂的话，荡起澎湃涟漪。

狄双羽从没正视过孙莉的存在，对她谈不上憎恶，同情居多，恨也是恨其可怜。一直到发现她在关允心里并非全无地位。赵珂会输，是因为从一开始关允就没给她向孙莉宣战的机会。在关允心里，孙莉占据的是一个别人无从触及的位置，赵珂根本够不着，够都够不到，再多本领也是徒劳。

认识到这一点之后，狄双羽反倒平静下来。

在这之前她想过很多，想得头疼，这一刻终于承认是自己想得太远，若绕回原点，那本来就是孙莉的位置，相见恨晚是不该鼓励发展的感情。

经常去的餐厅，经常坐的位置，某一天被别人占去了会感觉不爽，可那本就不是谁的固定位置，先来后到才是本分。关允的生命中，孙莉和孩子已早早出现。他为了赵珂中途离席，狄双羽尽可以去千方百计讨厌赵珂，却没底气与孙莉斗。

她从没想过，就是这么个自己从未真正敌视的存在，竟然会比赵珂更用心更凶狠地干扰着她与关允的相处。

现在看来，就算她想全身而退，孙莉也没那么容易作罢。

就像游戏里那些非主动攻击型怪物，她不是没有攻击能力，相反还超高级数，不管你成心招惹，还是手滑点中了她，她都会反击，直到你死。

服务员去二楼送餐，被距离楼梯口最近卡座的客人截住，“楼下还没结账啊？”

“没，”服务员略表无奈，“走了一位，先来的还坐着呢，叫的一杯冰淇淋都化了，也没吃。”

“那你赶紧给换一杯啊。”

服务员僵在原地。

旭华挥手：“去吧去吧，估计换了也不吃。”打发走服务员，鬼鬼祟祟往楼下观察了一会儿，“想什么呢这妹子……”手机一响，吓得他一跳蹿了老高，急忙回到自己座位接起来，“老大，您还没睡！”

“醒了。”

“呀，都7点了。那边现在也亮天了吧？睡得怎样？天儿好不好，北京这一天大雨，好还没停呢，到底要下多少才算多啊？”

“还能比你话更多吗？”

看来晚上睡得不大好，旭华咳一声：“那什么——还坐着呢，赵珂都走半天了，她也没挪地儿，叫一杯冰淇淋都化了也没吃。看样子这雨要还不停，她就能跟这儿过夜了。”

“好。”

“您别光好啊……喂喂喂，容总？吓死我了以为这就挂了，话还没说完呢。这个时辰了，我还等着送吗？人要压根儿没想走呢？”

“就等到她想走。”

“什么理由啊，老大？太刻意了，还不一下就猜着是您吩咐的？”

“我吩咐的不行吗？”

“行，”旭华服了，您老说什么都行，“也是，总比孩子在外面淋雨打不着车强。”

刚下去没多久的小服务员又上来了，站在旭华面前像是有话说。

“结账啦？”看到服务员点头，旭华赶紧对手机汇报，“得，要走了，我把人送家去给您回话。”长一脚短一脚拐到楼下，对着空空的座位傻眼了。

“有辆车来接她的，”服务员尽职说明，“她还说，让您早点回家养伤，不用……等了……”对着旭华逐渐狰狞的表情，声音越来越小，话一说完转身就走。

留旭华一人恍恍回神：“哎呀，我的姑奶奶，您这是遛谁呢？”

5

他对我既没有对赵珂的感情，也没有对孙莉的责任，我不知道自己在期待什么。

奉信奇迹且迷信自己眼光——

6月15日，阴天，零星碎雨。

心情就跟天气一样，明明是喜欢凉快的，可怎么也比不上晴天里高气压的舒畅。

你是风景，我是路人。

你寂寞，我惊艳，彼此交握。

我驻足徘徊，但总要离开。

其实我没有目的地。

只是你仍是风景，并不为我专享。

一个漫无目的的漂泊之人，会有在美景中停留永久的念头。或是刚好走累了，或是景致太美了。我不在乎这里来过多少路人，却无法不在乎你依然视我为路人。

可你对风景的属性竟已认命。

你的凉薄我已知道。

防守反击不是狄双羽的套路，与其费神留心孙莉的小动作，倒不如直接把她揪到对立面上来，像和赵珂一样，赤裸裸地敌对。什么都没做，关允也觉得她有心刁难孙莉，既然解释不清，就造就些事实好了，总不能任劳任怨地把个黑锅背下去。

过去因为没防备，也没刻意从关允那留心孙莉的举动，现在想探知一二更不容易，一来关允离得远，再来有过上次的事，关允有可能会故意将孙莉同她隔离。所以狄双羽现在手里有的就是孙莉的手机号码。

拜这个危险的信息时代所赐，当然，也巧在孙莉不是全职妈妈。手机号在搜索引擎一搜，结果里直接显示了孙莉的名字，是一个摩托车展的活动联系人，活动虽早已过期，页面信息可还相当完整：姓名、座机、手机、E-mail：sunli0612。

狄双羽看到那个邮箱前缀就笑了："双子座，还挺配水瓶的。"可真巧，快过生日了。

6月12日,农历五月初一,周六。关允登机之前给狄双羽发短信告知起飞时间,莫名收到一条不相干的回复:宝宝妈今天生日,别忘了打个电话。

他回:知道了。

也不问她怎么会知道孙莉的生日,完全不担心发生什么。狄双羽看别人淡定就很恼火——要不要我订束花给她?

关允对着这条短信哭笑不得,把电话打过去:“大闹天宫吗?”

“你才是猴!”狄双羽轻哧一声,“我说真的,是以你的名义订。你肯定没带礼物回来。”

“带什么礼物,又不是小孩子了,还过生日。”

“不是小孩儿才过生日呢,过一个少一个,干吗不过?”

“你不怕过一个老一岁?”

“你陪我过就不怕。”她声音甜甜。

关允靠在座椅上合眸低笑:“等着吧,这就去陪你过。”

她笑得开心:“好。”然后又问,“那我也给她发条短信说生日快乐好不好?”

“不好。”关允反应不大,但是很直接。

“为什么?”

“你没有理由。”

“祝福不就是理由?再说我以前也给她发过短信。”

他对她的话毫不意外,只说今天的情况:“又不是朋友,祝福什么?”

狄双羽问:“为什么不是朋友,难道要当敌人吗?”

“不是敌人就一定是朋友吗?”

“那也不是陌生人啊。”

“你就当是陌生人不行吗?”

“唔……”她想了一会儿,“行吧。”

关允失笑:“别捣蛋。”知道她是故意跟自己磨牙玩,要是真想做就不会说了。

狄双羽哼了哼:“怕我捣蛋吗?看你不怎么紧张,都不问我为什么知道她生日。”

关允叹气:“你什么都知道,”这一点他是由衷佩服,“为什么什么都知道呢,女巫吗?”

“一般人们都叫女神。”

“好吧,女神。让关机了,见面说。”他挂上电话,想了想,给孙莉发去条短信:

生日快乐。调到飞行模式，收起手机，继续闭目养神，又不由发笑。真是疯了心了，他居然受了狄双羽暗示！

发那么一条短信过去，孙莉看了还不得吓着，他应该有四五年没记得她生日了。

狄双羽那个贼丫头，不知打哪偷的信息，还跑来显摆，让人猜她消息来源。她就是说孙莉亲口告诉她的，关允都不觉得吃惊。

他也不想浪费精力去烦恼她如何知道这些事，该不该知道这些事。她要知道，就让她知道好了。她太细心，能体贴他的冷暖喜好，也必然戳得穿他不想透明那二三事，越不让她看的，她越会千方百计瞧个明晰。如果事事摆在明面，她反而无心过问。

与赵珂不同，她不屑争宠，因此很多事介意的并非事情本身，而是他雪藏这件事的行为。好比说他回北京先去看了关宝宝，赵珂会生气他去看宝宝，狄双羽气的则是他回北京却没告诉她。她的燃点是没被告知或被撒谎哄骗，往往又很敏感，寻着苗头就会挖根刨底搞状况，在她看来，不明说的都是坏事。关允宁可有问必答，其实倒落得轻松，最多受两句挤对，也别有情趣。

他自认本就不是做事背光的人，只是经历了一个赵珂，差点伤及人命，之后开始会害怕了。

飞机准点到达北京，开机先看到孙莉短信：谢谢。

一副实在不知所措的样子。

关允摇头而笑，给狄双羽打去电话："到了，到哪儿找你去？"

听筒里传来男子放肆的笑声："真连个称呼都没有啊，还以为你能叫个'亲爱的''宝贝儿'啥的呢。"

关允确定没拨错电话后又反应了老半天："向科长？"

"哈哈哈，我连科员都不是，还科长呢。"混了一冬天还没考上正规编制的向公子全无愁相，心里甚至默默期待机关裁员的奇迹出现。

因着这份稳定差事，向阳现在比鱼好捕捉，非工作日基本都宅在庄园里种樱桃树，接到关允电话开着小电瓶车迎出来好几里地，差点颠儿进了二环。幸亏客人来得快，电瓶车速有限，没等上高速就给截回来了。

鱼竿饵料网篓躺椅阳伞已在塘边备齐，向阳又跑来跑去张罗零嘴儿，两条同样热情的大狗跟在后头蹦跶着，间或撕咬成一团。

狄双羽躺在帆布椅上，头顶的天和10月份的一样又蓝又远，身边人也依旧。

关允抬脚踹她："也不出来迎迎我，自个儿在这晒太阳。"

她翻个身："钓你的鱼，都指你出菜呢。"

不知是技艺生疏还是人品不行，关允大半天收获可怜，倒也没耽误晚餐鱼肉满桌，招来不少酒虫，老李和宝乐也都到了。向阳有阵子没被这群人骗酒，没多久喝得就有些高了，搭着关允肩膀哀求他："你还是回北京来吧，上海有啥好？肉都是甜的。"

狄双羽的印象有点穿越："上海有穿旗袍的姑娘。"

宝乐爆料："上海姑娘不喜欢关总这样的才子，上海姑娘都喜欢财阀。"

老李也没少喝，顺着话就说："还是北京踏实，老婆孩子热炕头。你不说，还要再生个儿子吗？"

一句十分真实的醉话，酒桌刹那间陷入不恰当的安静。

关允目光低垂，看了面前的酒杯一会儿，端起来一饮而尽。

向阳结结巴巴开口："说、说什么呢，老李？孙子没酒量还嘴欠，根本没听过的事你瞎说个啥！"

老李后知后觉地往回找补："啊，双羽还小，不急着要孩子。"

而每个人都想看又不敢看的狄双羽，面无表情地抓了把花生，走出屋子，留他们兄弟在里头聊体己话。

向阳赶紧推推关允，一边还狠斥老李："你喝二啦……"

初一新月，庄园里没装太多照明，放眼望去，天黑，地也黑，星星不少但亮度太小，只能看远处丘陵的起伏，近处植物的轮廓，还有夜了还不回窝的狗，蹲在不远处，两眼幽绿，比星星亮。狄双羽倚着一组矮篱笆和那狗对立而站，旁边是一架子葡萄藤，她能听见蚊子开派对的碰杯声。

关允刚追出来，瞳孔还不足够大，收不进去光，站在门口方向都辨不过来。

狄双羽在黑暗中待好一会儿了，能很清楚地看见他略有不耐的表情："关总要走啦？"剩几粒花生朝着绿光方向抛去。

狗在她举起手时就防备地弓起身子，花生一飞过来立刻敏捷地躲开，绕回来嗅嗅投掷物，想吃又咬不到嘴里去，原地蹲下望着狄双羽摇尾巴。

关允听着动静，勉强看见狄双羽身上那件浅色衣服，走过来与她并排靠在篱笆前："不冷吗？"

"我不冷。"狄双羽的注意力还在那畜生身上，话却是对着关允说的，"看你挺冷的，想热炕头了？”

他笑：“我哪睡过炕？”

狄双羽哦了一声：“那就是想孙莉了。”

他对这明显闹别扭的话不以为意：“我说想她你信吗？”

她恍若未闻，兀自念叨：“才 11 点多，回去还来得及，生日还没过完呢。”

对话无法顺利进行，他叹口气，仰望星空：“明年再过吧。”

狄双羽冷笑：“抓紧吧，她都快四十了。”

关允屏住呼吸，僵硬地转过头对上她堪比星冷的目光。

狄双羽无比认真地忧心：“再过两年都绝经了吧，还怎么生儿子啊？”

关允倏地拔高声音：“怎么又冲孙莉来了呢？怎么就这么没完没了的！”甚至没等狄双羽的话落音，他已经控制不住自己对她吼起来，“先因为赵珂，整天哭闹各种状况，现在不介意她了，又开始搞孙莉？我们只能这么相处吗，狄双羽？白天一个样晚上一个样的，我怎么才能让你不去想那些，踏踏实实跟我在一起待着！”

他脾气来得很急，语气很坏，但狄双羽听得一字不落，拢拢衣襟准备逐样替他解答，首先——“我没有不介意赵珂，只是知道不管我怎么介意，都没有用，对你来说，赵珂就是赵珂，她就在这儿。”食指重重戳在他的胸口。

关允一痛，倒抽了口冷气。

“但是我相信了你说的，你们不会再重到一起，所以你尽可以去想着念着，我不介意。至于孙莉，很简单，因为我想在你身边待着。我也想踏踏实实的，我特别想，只是我一个人，和你在一起，踏踏实实的。你说我白天一个样，晚上一个样，为什么？因为白天的时候，我能哄着自己说：‘没事儿，你人在我这儿呢，她孙莉又算什么？’可到了晚上，有人告诉我，孙莉是你孩子的妈，是你回北京的归宿，而且你们还要再生个孩子。所以我算什么？”点在他胸口的指尖反戳回自己心头，一下比一下用力地疼，疼得她泪如泉滴：“我算什么啊，关允！我是第四人，在你和赵珂和孙莉旁边有亦可没有亦可的第四人！是这样吧？我敢问都不敢听你回答，不想听你骗我……又没勇气听真话。”

她的话越来越狠，声音却越来越小，从控诉到质问，最后全化作喃喃，盘起手抱着自己，孤身与这夜风对抗。

关允说：“你别哭。”扔了半截烟蒂，展臂将她拥进怀中。

找回呼吸后她说的第一句话是：“我们约孙莉出来谈谈好吗？”

“孙莉她也不好受，她做的什么都不是针对你，只是为了给孩子看。一切都是我的错，是我委屈了你。”

“拥有一个那么乖的宝宝，还可以随时把你拢在身边。孩子真好用，早知道我就不做掉了。”

夜里，狄双羽写了条短信：他今天在我这儿住，别等了。

不知怎么就预感孙莉会回复，隔几分钟就拿过手机看看，终于把关允折腾醒了，警觉地看着她的手机：“干什么？”

“说生日快乐。”她当真把这四个字给孙莉发过去了，嗡的一声提示发送成功，竖起屏幕给关允看。

他被过亮的屏幕刺得根本睁不开眼，也不想追究她到底干了什么。老李那个二愣子乱说的话被她听了，不让搞点什么她肯定没完的。

误以为他的不吭声是攒词训她，狄双羽竖手保证：“我不会伤害孙莉，我只会让她生气。”

他按下她的手：“睡吧。”

她偏偏挺直脊背：“不就是都想各自好好的，又不能伤害关宝宝吗？这事交给我好了，我会想出一个让所有人伤害最小的方法，可以找孙莉商量。”

“你是梦话还是醉话？”

“很清醒。”

“你去找她，本身就是对她最大的伤害。”

“你不说她早就知道我吗？你们复婚也是假的，只为给宝宝看，那我去找她为什么会伤害她？”

“我们没有复婚，你别搞这些了好不好，双羽，我真的很累。”

“活该。”

“我是活该，那你跟着半夜不睡觉遭什么罪呢？”

“孙莉跟我说过：‘要对自己好’。你们都过得不好，我才觉得自己没那么可怜。”

“你怎么会可怜！安静一会儿吧，我快困死了，就半小时行不行？”

“反正你也睡不着，我才不相信我安静半小时你就能睡着。”

“我能。”

“好！”她说完当真赌气不再出声，没到半小时自己先睡着了。

关允无奈地从她手里抽出电话放在一边，拉高被子，屈臂当枕侧卧着，就这么看她，一夜未眠。

狄双羽睡醒一觉天已大亮，隔着窗帘也能看见大日头发威，伸手摸过手机，翻了翻只有一个小广告进来，十分怀疑关允删了她短信，孙莉居然能真当没看见？还是知道她跟关允在一起，怕回了不得体的话被关允看见？

关允翻过身，双眸几可透血："醒酒啦？"

她回忆了一下："我没喝多呀。"

关允只好投降："是我喝多了。"

狄双羽笑道："但是话说得挺透的。"

他推开她的脸："你躺不住就起来去找向阳玩吧，我再睡会儿。"

狄双羽也没睡够，但睡眠对她而言是只要有点儿就行的东西，不贪多。关允这么说了，她愿意成全他个安静。起床套上牛仔裤，从他拉杆箱里翻了件干净衬衫穿。

关允看着她身上过大的衬衫发笑："像男孩子。"

撩起下摆打了个结，露出不算纤细但是结实修长的腰身，她拍拍肚皮："多性感啊！男朋友衬衫诱惑。"

"衬衫一般，肚脐儿挺诱惑的。你衣服呢？"

"找不着了。"她撇着嘴，悄悄把地上自己那件雪纺上衣用脚尖挑进他箱子里，祈祷拿回去后被孙莉发现，然后大发慈悲一起给洗了。

关允实在没精力跟她闲聊："那就穿它吧。"

狄双羽对着镜子照了照，忽然转过身坐回他床边，"睡醒带我去商场买新衣服，要不今天还不放你走。"

他费力地看她："只买衣服就行？"哭得眼睛现在还肿着，真能不生他的气了？

狄双羽沉吟片刻："也有可能买包。"

结果她撒火似的狠刷了他一笔，瞬间就七八个购物袋在手的关允开始后怕："你打算让我拎着这些东西还跟你逛多久？"

她没理他，走进那家自己经常光顾的女装店，转了一圈，在一件玫红格子童装前停下，正是之前在幼儿园见到孙莉那天和小云云穿过的亲子装。"原来是在这儿买的。"摘下来一件在关允眼前比了比："好看吧，关宝宝穿正合适。"

关允是有些小心动，他还没给宝宝买过衣服："我不知道她要穿多大的。"

导购过来询问年纪身高，推荐尺码："不合适可以拿回来换。"

"装起来吧，"狄双羽自作主张替他成交，"我送宝宝的，就当占用她爸爸大半天的赔偿。"

6

会注意到关允，有一个挺土气的原因：他像易小峥，那个放在我心里不敢提的前男友。并不是初恋，却是我伤害最深的一个人。伤到没得挽救。

所以这场感情之初，我就告诉自己要善待，无论怎样，我都会低姿态迎合。对关允，我始终坚持认为是一种类似于赎罪的感情，我并不想去承认爱，那样自己太悲哀了。

因为，他并不爱我。

2013年6月22日

出租车停在吴云葭的小区外面，狄双羽拎着令人侧目的购物成果下车，不忘叮嘱关允："跟宝宝说我送她礼物了哦！"

关允客客气气地："跟葭子说这些是我送你的礼物。"

狄双羽被反将一军，秒怒，两手都占着，张开嘴去咬他，被一片升起的玻璃车窗挡住，气鼓鼓地转身，差点被后面驶来一辆车贴上。手上购物袋掉了好几个，她迅速退了两步，抬头看见车里意图行凶的人正抿嘴偷乐，第一个反应不是骂他，而是紧张地回头看看出租车是否已经走远。

很令人感动地，关允打开车门，探出半个身子看她："没事吧？"

戚忻先还纳闷呢，这妞儿受到攻击不立刻反扑，回头回脑的干什么？又怕是自己这一脚刹车没点住，真碰着她了，赶忙下车去看，这才发现出租车里的关允。

冷着脸看车走远，收回目光，鄙视地看着那慌里慌张的家伙："大包小包跟民工似的。"

狄双羽挺胸收腹，单手叉腰："你见过穿露脐装的民工啊？"

打眼一看就是男人的衣服，亏她还大摇大摆地穿出来："不是断了吗？"

"哎呀，有车要进来，你挡道了，"转移注意力将人推上车，"先开进去再说。"

狄双羽头一次在他面前词穷，无从解释："你别跟葭子提刚才的事。"

"那天雨下老大的，差使我绕半个北京城去接你，路上是谁说的'失恋了求安慰'？憋我一肚子牢骚不敢吭声。才发现你这么会撒谎！"戚忻是真动了气，语速都照比平常快，虽不像吴云葭那么数落她，但是一字一句透着不高兴，语气非常生硬。

"……总之我那天不是撒谎。"

戚忻绝望地说："你就折腾吧，小小。"停好车下来，一甩车门不慎夹到衣角，他余怒犹在，猛地一扯，挣飞了一颗扣子，连带撕坏了精薄的衣料。

狄双羽大方递上一袋连衣裙："穿我的，穿我的。"

"离我远点儿，"戚忻看她就发愁，"他这种有家有孩子还找情儿的男人，到底哪点吸引你，人都离开北京了，你还要断不断的。"

"就断了，最后一面，"她信口胡说，提拎拴挂跟着他跑，"你可千万别告诉葭子。"

戚忻劈手夺过她那些购物袋："没一句真话。"算是答应缄口了。

狄双羽也不知道自己当时都哪来的灵机一动，算计孙莉，算计关允，好像成了她这阶段的一种本能，往往都是不假思索就去做了。

当天晚上就收到关允的短信：找到你衣服了。

啊哦，这很平静嘛，看来孙莉没碰着他的行李箱。狄双羽问：宝宝喜欢我送她的裙子吗？

他反问：你是送宝宝的吗？

有戏上映了？她窃笑：什么反应？

当我面撕了。

好大的力气！那衣服质量很好的。

你也有一件是不是？在孙莉面前穿过？

狄双羽懒于回复。他真以为她会贱到受了那样的侮辱之后，收他几件衣服就喜笑颜开？

别再搞了，她很辛苦，你有怨气冲我来吧。

我也很辛苦，可我甘之如饴。

这样看来真没办法继续了。

狄双羽转向孙莉求助：那天看宝宝很喜欢我穿的衣服，才买给她的，并不是关允的主意，不要怪他。

很快就是回复，仍是关允的短信：你再给孙莉发短信我们就彻底玩完。

狄双羽边哭边笑，告诉孙莉：关允不让我给你发短信，否则就跟我玩完。你这个坏人。

这下直接是电话打过来了，关允话都说不出，就为了叹一大口气给她听。

她低声抽泣："不是说没办法继续了吗，打毛电话！"

他终于开口："你把我杀了吧，行不行？"

狄双羽不想他死，消停了一阵。关允过完端午回去上海又开始忙了，偶尔在QQ上调戏她一下，一直到7月份，期间都没再回过北京。狄双羽也没去上海。

戚忻到底向吴云葭告密了，那之后狄双羽被看得很紧，基本上所有节假日都被葭子包办了，一到周五下班恨不得亲自开车来接她。只可惜防不胜防，太平日子没过几天，接到狄双羽电话说要去上海出差，吴云葭当时就有种收拾行李跟她一起去的冲动。

狄双羽也挺无奈的，说是出差，并没有业务必要性，只是惯例的季度培训。以前这种事从来不派她去，这次如果换在别的城市也轮不到她去，偏偏是上海。柏林给她签出差审批表的时候一脸讨赏的笑："好好上课噢。"分明假公济私送她去会情郎。

抱着好好上课想法飞去上海的狄双羽，还没登机就接到关允的电话："你也来培训？"

"嗯，正要飞呢。"

"不早说，我明天要去呼和浩特。"

"你去你的，又不是来找你的。"

到上海下午4点多，公司派了辆大巴车在到达层接人，狄双羽这才发现同乘不少熟脸，为了避开人群少费些招呼，特意放慢脚步后上班车，守着个靠边的垃圾桶抽了会儿烟，远远看热闹。这些人在北京的时候，进一个电梯里都恨不得假装接电话相互不搭理，一出来倒称兄道弟的，三两成团唠得不亦乐乎。

部门同事上车早，放好行李站车门口喊她，狄双羽举着手里半截烟，意思是抽完再上去。泊在大巴车旁边的黑色轿车突然发动，缓缓倒过来，停在狄双羽面前，车窗落下，露出关允一张故意卖帅的脸："我说没瞧见你，躲这儿清静来了。"

狄双羽真呛着了，咳了半天，把烟摁灭："你来——找我？"

"接你。"他纠正。

这人几时变这么高调了？"有班车统一接，你搞什么？"

关允笑得别有深意："班车是把人统一接去酒店的，你又不去。"

"你不是还要去呼市吗？"上了车狄双羽问。

"去也是明天去，再说——"他抛个媚眼过来，"段十一特意提醒我来接机，敢怠慢吗？"

从公司层面来讲，狄双羽这级别必然够不上和段瓷吃饭，但私下二人也算有交情，微博上还是互粉，都会在对方的段子底下偶尔回复个看法。当然更多还是因为狄双羽和郜海亮很熟，再加上这次成功投递了关允，所以段瓷这顿晚饭请得并不突兀。

只不过说是为她准备的答谢宴，席间还是两个男人交谈较多。行业内外，人事军事，倒不多涉及业务问题。狄双羽对这一文一理的对话逻辑很感兴趣，更有兴趣的是来回比较他们脸上的酒窝，被问到了就是一笑以对，完全不愿意参与话题。段瓷说她："双羽总这么安静。"

狄双羽说："我性格内向。"

段瓷很懂判断："听这话就不是了。"

关允听他们打机锋就笑："说起来两人都是笔头出身，结果谁也没务正业。"

狄双羽辩道："我现在也是笔头。"

段瓷自嘲："我们笔法不同，双羽是写情感的，招人喜欢。我一写评论的，得罪人都来不及，哪能赚着钱养家糊口呢，只好不务正业了。"

相视大笑，关允说："不过都保持着相当的文人气节。"拍拍狄双羽后脑，"之前手里有些小项目，让她写几个软文赚点零花钱，丫头根本不当回事……"

不知道是她的错觉还是过于敏感，狄双羽总觉得，在段瓷面前，关允看她的眼神似乎比平常来得亲昵。

第二天的出差无故取消，他说不是急事，她来了，他能陪着总不会躲出去。

狄双羽周末两天都有培训，关允也跟着加了两天班，不过他一般都是中午才到公司，忙一下午，等她结束一起出去吃晚饭，或到外滩坐坐，去西藏路买一大口袋小龙虾带回家，晚上看球吃。球赛在狄双羽看来挺精彩，进球多。上半场猜比分关允输了，被罚剥剩下的小龙虾，她还嫌弃虾仁形状残缺怪他动作不娴熟，他满手辣油去捏她的脸。

睡觉的时候关允说："你要真能调来上海也挺好，省得天天胡思乱想。"

狄双羽说："这跟上海北京没关系，是你这样的表现，让我没有安全感。"

“哪样的表现？”

“你可以不用围着我打转，但不能围着别的女人打转。”

他笑：“你不相信我的感情，我也没办法。”

“我现在相信，并且我正享受，相信你是喜欢我的，才会这么肆无忌惮。”

她就是太多顾虑，话想了又想才同他讲，衣服挑了再挑才穿给他看，连眼泪都忍了几忍才敢流下来，说到底不过是一个在乎。太在乎关允的感受，太怕失去待在这个人身边的资格，可委屈了自己那么多，他又看得见多少呢？既然他说了，“只有你离开我，没有我离开你的那一天”，她大可来验证下这话的牢靠程度，抱着鱼死网不破豁出去的想法扑腾了这些天，和关允的相处倒异常融洽起来。

大概真怕网破了，他宁可放生她这尾小鱼。

她这样针对孙莉，他吼了骂了也拿离开吓唬过了，到底没能拿她怎样。话是撂得一句比一句狠：“有劲没劲？”“你不累吗？”“你杀了我吧。”

狄双羽算盘珠子拨得很响：“杀了你还得把我搭上。你要不自杀吧，也一了百了，我会替你照顾好孙莉和关苏豫。”

明摆了告诉关允，他若选择沉尸，她绝不打捞，而且会把你妻儿都送进去。

她两天不联系，第三天他早早就拿各种借口主动骚扰。可能因为太不放心，所以才坚持不放手。人有个通病，对自己最有威胁的东西一定要搁在身边才能安心。

其实在拿亲子装刺激过孙莉之后，狄双羽再没对她多用心思。单方面使劲挺累的，起初还幻想孙莉能来个小爆发，慢慢就领教了她的沉着，狄双羽自认比不过，便不愿把大好日子都用来对付她。本来也没多期待能得到正面回击，她做这些只是想警告孙莉：你敢搞小动作，老娘就敢大嘴巴抽你，并且不需要抓你小尾巴以求师出有名。

狄双羽相信，这阵子下来关允心里也会犯嘀咕，从前怎么不见她对孙莉动手。即使不怀疑孙莉，也会检讨他自己。他应该明白得很，一切开始变糟的原因，是他搬回上地，搬去了孙莉身边。就算这些他都没想到，最浅显的教训总该懂了：她狄双羽不痛快，谁都别想四脚朝天过舒坦日子。

她已经不去想，把关允弄得心力交瘁，是不是只会令自己被抛弃，不去想这样做的结果是不是会把他推向孙莉，只想着乐和一天是一天。干巴日子过久了，哪怕滋润眼前的是自己的血和泪，也先享受了再说。

2013年的北京是个旱夏，自打入汛也没落几场雨，7月以来温度日益增高，燥得人心烦意乱。狄双羽坐在飘窗上，看着水月寄来的当期的杂志，手在脸上无意识地搓着，碰到才挤掉一颗痘痘留下的小痂，没想起来是啥东西，好奇地摸了摸。吴云葭一巴掌拍过去："又抠，你真是好了伤疤忘了疼。"

狄双羽苦笑："还没完全好呢。"看看指尖，好像又出血了。

递给她一杯绿豆冰沙，吴云葭话里有话："依你这自虐的性子且好不了呢。"

杂志扣在脚边，她活动脖颈，骨节轻微作响，昭示主人不良的健康状况。"晚上得去做瑜伽了，"她敲敲颈子，"你也一起吧，明天要飞十来个小时，抻抻筋骨不会那么遭罪。"

吴云葭也正有此意："待会儿阿米回来咱俩就走。对了，你到底请没请下来假啊，现在订机票后追我们也赶趟。"

"得了吧，你们新婚蜜月，小孩儿跟着也就罢了，再拖个我，还问人家T去不去，干什么，夏令营啊？"

"你就出去走走吧，老这么原地打转还行？"

"我这人在哪儿不是照样玩？"

"就怕留你自己在这儿瞎玩瞎玩的。看你这阵儿成天嘿嘿嘿的，也不愿意扫你兴……可不知道怎么回事，老觉得你有点反常。"

"反什么常！"她脾气又上来了，不耐烦地踹她走，"你就专心享受你的马代十日游吧，明儿就出发了，赶紧去看看还有啥没装箱的。"

躲开她的大长腿，吴云葭正色道："那这几天你给我老实待在北京，不许去上海。"

"听见了。"

"他回北京了，找你，适当见见，不许喝酒。他不找你，你别自己送上门去。"

"听见啦。就十来天我能弄出多大乱子，是能生个孩子出来，还是能自个儿人间蒸发了啊？"

"我真想一记闷棍把你打得干脆记不得这人算了。就这么和姓关的绊着，过的都是人家的日子，你懂吗？你自己的将来呢，就没点儿打算？这啥时候才能嫁出去啊，愁死我了，云云都眼瞅着上小学了。"

"额滴神啊，真是交友不慎，给自己找一后妈，成天盼着我早点嫁出去。"

"没人逼你赶紧嫁了！就你这种怪胎，哪天突然宣布一辈子不想结婚了我都能理解。可你好歹正经八百谈个恋爱，你自己说，你跟关允这叫谈恋爱吗？"

狄双羽耸耸肩："基本上吧。"

和关允虽然聚少离多，但见面有热情，分开时也总会彼此牵挂，这不叫谈恋爱吗？她最好的朋友都知道了他的存在，妈妈、弟弟也知道，现在连公司同事领导也心照不宣。只是，不管当事人还是旁观者，大家都仿佛只是默认，没人承认。

狄双羽心里也清楚，关允是喜欢她没错，为了留她在身边，他还会做一些勉强的事，可他不会再婚的，好不容易才离婚，他不想再承担家庭责任。和一个不想负责任的男人在一起，从开始就能猜到结局了。之所以能走到今天，有太多因素在起作用，到后来就是相互习惯了。像是吸食毒品，第一口的原因千奇百怪，离不开的原因却千篇一律：戒不掉。很多人都说她自我暗示很强，能够将自己催眠，那么，如果从此以后不见面，然后每天每天地对自己说，我不认识关允，是不是就能戒掉他呢？

曾有几次，在他怀里她突然提出分手，他也应允了。

对狄双羽来说，不做情人就只能做路人，等他彻底从她生活里消失，她或者会找个人结婚——这是她能想到的，两个人最圆满的结果。可他做不到。

分手可以，不见面不行，联系不上她，撇家舍业跑回来，公司那边一堆事找不到他，许宝乐的电话直接打到她手机里要人。

狄双羽说："早晚有一天你会让我恨你。"

这根橡皮筋在拉扯的过程中，谁用力谁顺从都没关系，到它被拉断的那一刻，谁还掐着不放，才会真的疼。可是谁也想象不到后来，就像记不起最初谁把陌生变成爱。

第八章

——

为他准备的失忆

感情如是杯酒，

到了这样的浓度，还无法让人醉去，

酒也会无奈。

何况，再烂醉如泥，不死总会醒来，

对一个人的欲望，哪敌得过铺天盖地的诱惑。

1

吴云葭临出国把狄双羽托付给戚忻了："辛苦。"

"心不苦，命苦。"戚忻哪管得了狄双羽。

又记恨他跟葭子告密的事，又缠着他要试验用药，他躲都来不及，还看管她不去见男人？一狠心把易小峰叫过来。

易小峰当然乐不得。

狄双羽可不乐意，又赶上进入伏天，易爸爸的老年病犯了，也要住院调养，狄双羽索性买了张票回家看老人。

她这时候回老家是个皆大欢喜的选择，葭子放心，戚忻省心，易小峰开心。就关允有点郁闷："我明天去天津，还想到你那停一脚给个惊喜呢。"

她叹气："咱俩老这么没缘，你说怎么整。"

"几点航班？"

"3 点半。"

"那路上小心吧，早去早回。唉。"满心惋惜的样子。

狄双羽心里泛着小甜蜜，开了电脑想登 QQ 继续聊。登录窗口上显示的不是她的号码，想起下午同事曾用她的电脑传文件，点开下拉条找自己的号，列表最下边有一个她不常用的号码，是打游戏用的小号，很久没登录了。一时玩心大起，登上去，把资料改成了印象中赵珂的生日、血型、所在地，还想了句符合她风格的心灵鸡汤做个人说明。然后加了关允的号，验证信息里狄双羽什么都没填。

瞬间就通过验证的提示，让狄双羽涌起很不好的预感，她的第一个想法是马上关了这个 QQ，并且以后都不要再登录。可越怕越做恰恰是她这种愚蠢人类进化失败的表现。

看着关允的 QQ 签名：从前有只猪……

零零逸：后来呢？

关允：那只猪改名叫赵珂，混迹于人世。

狄双羽只觉头顶血液忽然降温，流下来，凉到脚底。她从来就知道他对赵珂的感情，没想到亲自来证实，是这么难以承受。双手搁在键盘上，除了哆嗦，什么都干不了。

关允：哪里搞的我的 QQ 号？

零零逸：当然是有人给的。还在怀念从前？她都变成人了。

关允：还好是同类。

零零逸：怎么知道是我？

关允：7 月 5 日还不够标志么？猪的烙印啊！

零零逸：哟。7 月 5 日生的多了去了。

关允：我认识的就你。

零零逸：忙吗？

关允：刚来新公司，难免的。以后得空了找你聊天啊。

零零逸：还有以后吗？

关允：啊！你不活啦？

零零逸：你才要死呢！！！

关允：那为啥说还有以后吗？

零零逸：不怕我破坏你生活吗？

关允：我有什么生活怕你破坏。

零零逸：人去上海了，重新开始了，北京的一切都想忘记，也包括我。不是你的想法吗？

关允：胡说八道。你还得给我交房租呢。

零零逸：我很快就搬走，还你们二人世界。我不是纠缠不清的人，犯不着这样！

关允：我也没想伤害你，我不想伤害任何人，她出于好心送我到上海，即使我说我不会跟她结婚，她非说她做得不好，她要做到最好。唉，天哪，我也不知道这社会是怎么啦。毛主席不是说了嘛，凡是不以结婚为目的的搞对象都是耍流氓，我现在觉得自己是个流氓。

零零逸：你就是流氓，不喜欢还跟人家在一起，给人家希望。不爱就说明白吧，这么下去没人会受得了。

关允：如果爱不需要负责，我谁都喜欢。

零零逸：你就不怕这么着会出事，她看起来可不是个没脾气的主。

关允：脾气大着呢，不过，她比你要体贴人。我都说清楚了，我不结婚了，她也说她只有一个要求：可以不围着她转，但也不能围着别人转，尤其是你。

零零逸：那她知道你还和我这么聊天不完了。

关允：聊天也摸不着，管不着，再说了她在北京，我在上海，慢慢她自己就烦了。

零零逸：你对女人真残忍。

关允：残忍？！双方选择的，有什么残忍的呢？我从前为一个女人离了婚，希望能和她过一辈子，我付出真心去爱她，我这辈子体验过了爱一个人的滋味，已经足够了，所以我不会再去那么真心爱一个人了，与爱别人比起来，被人爱还是要幸福得多。

零零逸：我知道你怨我，没脾气，我也不想俩人这么继续怨下去，有些事过去了也想开了。她这么爱你，你真的不会爱上她吗？如果能，可能每个人都会幸福。

关允：经历了你，我只会找个比你更漂亮的，贤惠的有孙莉就行啊。

喜欢不一定可以做夫妻，喜欢有时候连朋友都做不成，喜欢不一定有缘分的。并且，不是所有的喜欢都能够天长地久，感觉会变，人会变。还有可能从一开始，你喜欢的那个人，就不喜欢你。

而即使像关允和赵珂这样相互的喜欢，有一天也要以一种过去式的说法，来表述自己昔日的心情。喜欢的力量到底有多大？感情如是杯酒，到了这样的浓度，还无法让人醉去，酒也会无奈。何况，再烂醉如泥，不死总会醒来，对一个人的欲望，哪敌得过铺天盖地的诱惑。

狄双羽终于相信关允和赵珂的关系没她想象中那么密切。也许是一方的不妥协，使他们在分手至今不短的时间里，只在酒醉时才敢拨通对方的电话，只在别人面前才敢提起对方的名字，只在另一端是谁都无法保证的网络上，才敢貌似随意实则热切地说上一句：以后找你聊天吧。

若无其事的字体其实掩盖不住太多压抑的想念。

狄双羽为能这样获知关允最真实的想法感到庆幸，这大概是使她最能完整保留自尊的方式了——虽然到这一刻她才发现，跟漫无边际的绝望相比，自尊、挫败感根本不算什么。

合上电脑的时候她想：挺好，怎样开始，就怎样结束。

夜里发了条短信：睡不着。给通信录里所有可以打扰的人，易小峰、葭子、戚忻、水月……

天亮的时候易小峰打来电话："小小你失眠了吗？哈哈，没关系，很快就见面了。"

狄双羽说："我刚睡着，小峰，我起不来床，机票改明天好不好？"

易小峰错愕片刻："你别想！"

没一会儿就接到戚忻的短信：你给我起来，这就去机场。

看看屏幕上方的时钟：6：27。她央求戚忻：起码吃完午饭吧。

戚忻来电话说快到小区的时候大概11点钟，比她想象的还要早一些。

狄双羽拖只行李箱走到门口，回头看了看房间，一种很熟悉的感觉涌上来。不是说室内摆设，而是回过头看这些摆设的心情。这感觉实在难以理解，眨眨眼，归咎于彻夜未眠的恍惚，转身推开房门，遇到遮挡没推开，门外传来一声惊呼，狄双羽吓了一跳，心说这小子上来得好快。

门打开，却是她怎么也没想到的人。

"还说没缘分？"关允捂着鼻子哀号，"缘分可真够疼的啊。"

他的出现太过意外，狄双羽完全没准备，脑中有太多信息不分先后冒出，一整夜的回忆交替闪现，几乎涨炸了颅骨，抬起双手按住太阳穴阻止疼痛蔓延，闭上眼的同时泪水一涌而出。

"醒醒，妹子。"他在帮她确定不是做梦，怀抱张到最大将她拥住，"我坐最早班的飞机，就为了和你共进午餐，就允许你感动一分钟哦，收拾下出去吃饭。"

压住眼眶的酸痛，自他怀中退出。

隐隐觉察气氛异常，他抬头看她的脸："哭啦？不是吧？"手掌压过去，揉揉她前额的刘海，笑容漾着溺爱，"你也太好哄了！"

她拂开那只灼人手掌，绕过他走到门外，拎着箱子面无表情望着他。

"这就要去机场？"屈肘看下手表，"还早得很。"

狄双羽催促道："出来。"

再迟钝也知道这不是感动的表现了，关允观察她浮肿的双眼："昨晚没睡好吗？"

该说的总要说明白，尽管早无话可说了。捏紧箱子拎手，狄双羽深吸口气："关允，咱俩就到这儿吧。"

"怎么了又？"

"分手。"

“可为什么啊？”他的音量因烦躁升高，很快又牵强地笑笑，“昨天不是还好好的，莫名其妙的，什么情况啊？因为没提前告诉你我要去天津吗？”

她不语。

他只好往其他方向猜测：“是有人跟你说什么了？”

仍然没有反应。

不足的睡眠以及两小时飞行的疲惫，满腔热情被施以冷暴力，他压着火问她：“到底怎么了你说还不行吗？”

“你觉得呢？”

“我怎么知道！”

“那就是没怎么，是我不想再继续下去了。”

“你这孩子怎么这么大脾气啊，什么事不能沟通……”

“我不是孩子，”狄双羽冷冷打断他，“换成有责任的男人我都是孩子的妈了。”

一拳捶在门框上，他终于耐心尽失：“少跟我提那个孩子，我只造了一次孽，你怎么不跟那个男的要死要活的？别老拿这说事儿！”

狄双羽先是一怔，猛然听懂他话里所指，脸上血色霎时褪尽。手中的皮箱也落下来，砸在她脚上，失衡跌倒。

被刚上楼来的戚忻及时接住，扶稳箱子，戚忻直起身，与关允面对面相互打量。

后者眼神闪烁，终于回避。

“走了，小小。”拎起箱子推着她离开，走到楼梯转角想起没关门，行李放在狄双羽脚边，又回头跑上楼去。看着仍站在屋内的关允，做了个请的手势。

关允脸色乍明乍暗，尴尬地迈出门槛，扬起客套的笑：“好，路上小心。”

戚忻抬手就是一拳，落在他还未收起的笑容上。

关允毫无防备，踉跄了几步，直退到对面房门上才站定，不敢置信地瞪大了眼。

几秒钟前还和和气气的俊美面庞，此刻满是狠戾。戚忻摔上房门，几步跑到同样惊愕的狄双羽身旁，攥住她的手不由分说拖下楼。

坐进车里许久，戚忻沉默良久才调匀呼吸，搁在方向盘上的右手指关节被擦破，隐有血丝。

狄双羽苦笑：“还真用劲儿。”

戚忻脸色难看：“换成易小峰你这张机票都省了，等着跟他一起被公安局遣返回乡吧。”

“你还有心情开玩笑。”她这么说着，脸上分明是快哭出来的尴尬。

“我没心情，你也不用把脸拧成这样。睡一会儿吧。”伸过手压住她的发顶，顺着刘海滑下来，盖上她的眼，不想让她看见自己过分担忧的脸。

“好。”她听话地闭起眼，感觉椅背被放低。

阳光被车窗贴膜滤掉大半，没那么炙烈，晒得背上暖暖，小腿和脚稍有点凉，蜷起来贴在座椅上，寻个舒服的姿势躺好。

戚忻小声交代了一句：“我去买瓶水，很快回来。”

下车先掏出手机给易小峰拨过去，告诉他小小今天不回去了，被一通炮轰，只得不厌其烦地编着借口哄他。

狄双羽睁开眼，看戚忻打着电话越走越远，直到进了一家便利店消失不见，才肯收回视线。过于封闭的车内空间让她透不过气，降下车窗也唤不进风来，索性推门下了车，站在路边看车来车往，有风掠过，反倒更加闷热。又想起楼梯口那讽刺的一幕。很难过被人如此对待，她没过于奢求什么，却付出了这么多。

残忍吗，双方选择的，有什么残忍的呢？关允说得对。

这场感情之初她就告诉自己要善待，无论怎样都会低姿态迎合。她曾豪气万千地对他说：“你可以伤我心，但不能伤我身。”因为心是自己控制的，身子还要向爹妈交代。因为她需要一副健康完好的身体，来修复这注定要一无所获的伤心。

第一次看到他，酷似易小峥的神情举止，让她惊讶又心动，公司里默默寻找他的身影，刻意制造碰面的机会。

两人第一次单独外出，她为他安排了杂志专访，是人物传记，他半请教半玩笑地问记者：“不都是死人才被写传的吗？”在一家西餐厅的包间，她坐在不影响采访的角落里，听他讲自己的学业、事业、家庭，他说：“女儿的出生为我的人生做了一个新命题，‘父亲’是最让我感到自豪的 Title。”

他第一次叫她名字就略去了姓氏，后来才听他说明原因：只听别人叫她双羽，他根本就不知道她姓什么。

第一次听他提起私人感情，“赵珂离开我了”。这几个字在屏幕上，像一行诗，悲伤而动人，读之百味掺杂，她对自己说：故事来了。

有些故事从一开始，她就料想得到结局，但不代表就可以避免悲剧，因为太期待奇迹。一些看似不切实际的梦，以深刻的姿态打扰，渐渐让她误以为是真的，是能够触碰的……亲手戳破的七彩皂泡，本来也已膨胀到了它能承受的极限。

对关允，狄双羽始终坚持认为是一种类似于赎罪的感情，她并不想去承认爱，那样自己太悲哀了。

因为，关允并不爱她。

人果然是在无路可退时，才能懂得真正的炎凉寒暑。

只剩不甘的情绪仿佛修牙时在齿面打磨的小小钻头，并不会造成多大疼痛，细微而尖锐的声音却直传进神经中枢，越安静，越刺耳，让人持续地高度紧张，全身的肌肉都僵化了。

马路间车辆交错，像宴会上推换的杯盏，乱舞的人像，华丽堂皇，她快走几步，直奔过去，想融入这热闹，淹没脑中那尖锐刺耳的钻声，却有熟悉的人影挡在身前。

一双写满不赞同，却依然带着和煦暖笑的眸子，一瞬不瞬望向她。

狄双羽很久很久都没见到这么温柔的眼睛了，瞳仁漆黑如墨，她甚至能看见自己绽开嘴角的欣喜模样倒映其中。

“小小，你干什么！”人就在面前，声音倒似很远，语气急切，关心中有责备。

真的是他……思念揉酸眼睛，再度凝起她以为早已干涸的泪水。

“小峥……”她伸手攀附，却只有车尾气的温湿炙灼，手上空空，心也空空。什么也没捉到，整个人失重前倾，她不在意，不收重心，也不伸手支撑，就那么直直地倒下去，无比相信这副怀抱。

他从不让她失望。

“我好累，易小峥。”

“小小你？！”

“咱们回家吧。”

“……值得吗？”他问。

她算不出，费力地摇头，在他怀里闭上眼：“抱我一会儿。”真累。

“小小！”

2

狄双羽睡得极安稳，不皱眉头，没有惊搐现象，甚至不翻身，就那么一动不动地睡着，完全看不出是生病住院。医生为她做了各项检查，找不到昏迷原因，生命体征正常，只是叫不醒。

戚忻陪在床边，看她睡过了登机时间，睡过一晚闷热夏夜，又睡过了日出和一窗清凉蔚蓝的晨光。后来竟不忍心吵她了。

近二十个小时不间断的睡眠，虽不常见，但对一个长期熬夜的人来说，也许还是种享受。

“睡吧，睡够了再说。”他拨开她额前的头发，以便能更清楚地看见她的眉眼，结果看见她睫毛轻颤，眼睑缓缓掀开。

“几点了？”她问，声音有点哑。

戚忻长出一口气，伸出掌扣住她整张脸。

她嘻嘻发笑：“别闹。”双手揭开他的手掌，扭过头看着戚忻，脸上的笑就那么僵住了。

才落回胸腔的心脏又悬起来，戚忻站起来，小心地贴近她：“头疼吗？”见她要坐起来，忙搭手搀扶，顺便按铃叫来医生。

“小戚？”她声音清楚，语气却是让人不安的困惑。环顾身处环境，再看看自己身上的病服，表情由困惑转为惊慌，紧紧抓住了戚忻的手，眼神惶乱摇晃，“易小峥呢？”

易小峰赶来时，狄双羽刚从 CT 室被推回去。戚忻去医生办公室看片子，在走廊里遇到冲杀进来的易小峰，一路寻找狄双羽的病房，完全没看见戚忻。差点擦肩而过的时候，戚忻一把抓住了他。

他收住脚步，看清是谁了直接就问：“小小呢？”

戚忻指给他房间：“你有点准备，她情况不太对劲……喂，先听我说完！”

易小峰已经一头闯进去。

狄双羽弓着腿坐在病床上，两臂圈着膝盖，腰挺得很直，伸长脖子往窗外看。听见门口的脚步声，扭过头，眼圈就红了。

易小峰扑上去一把抱住她：“你可怜可怜我吧。”

狄双羽捉着他胸口的衣服堵住眼泪：“他们说易小峥死了……”

她鼻音很重，又被闷在怀里，易小峰根本没听清她说什么，只一味紧紧搂着她：“醒了就好，吓死我了，好好的怎么突然昏倒……”

狄双羽推开他：“你带我去看看他。”

易小峰愣住：“看谁？”瞄一眼跟进来的戚忻。

狄双羽吸着鼻子：“小峥。”

这下易小峰可听清了："谁？！"

戚忻一字一顿重复："易、小、峥！"他加重了那个"峥"字，"她要见你大哥——她不相信他已经不在了。"

易小峰隐隐感觉有什么不对了，扶着狄双羽肩膀严肃地盯着她："你要找……大哥？"

"真的死了吗？"

"是。"他老实回答，尽管觉得这问题相当怪异。

"我要去看他。"

"他都不在了，你怎么看。"

"尸体也好，骨灰也好，你带我去见他……你们怎么能不让我见他最后一面？我是他妻子呀……"才止住的哭势再次崩溃。

"你等下，"易小峰退后两步，将戚忻拖出病房，"小小撞坏脑子了？"

戚忻叹气："医生说她没有脑损伤，也没有血块，记忆功能没问题，问什么都答得上。你也看到了，咱们俩她都认识，家庭地址、就职单位也记得，还知道自己的杂志专栏。"

"她说她是我哥……的妻子，她说她是大哥的妻子，"易小峰一阵发毛，搓着胳膊上的鸡皮疙瘩，"你听见没有戚忻？"

"我听见了，所以我才让你过来。"在信息表上填到婚姻状况时，她填已婚，配偶姓名：易小峥。

"你还说她没撞坏脑子！"

"医生说的。"戚忻拨开紧拽自己领口的双手，"而且她根本没被撞到，我亲眼看见的。车离得很远她就昏倒了。你看她哪有外伤，人好好的。"

"见鬼了，怎么回事？"

"医生刚又给她做过检查了，等结果，在此期间，别刺激她。别刺激到她的意思是……你给我听着，"抓过鬼鬼祟祟往病房里看的易小峰，往他脑子里灌命令，"她说什么都不要去纠正，她听不懂的信息，你也不要向她传递。"

不纠正她的话易小峰能做到，至于后面这句话——"什么叫她听不懂的信息？"

"就是说，可能有些事她会不记得了。"戚忻说。

易小峥是继父的儿子，她大学一毕业两人就结婚了，婚后住在北京。还有一个弟弟在澳大利亚，为了能陪伴老家的父母，年前刚回国发展。出事当天她和先生原计划回去看望患病的父亲，过马路时被车撞到。细节说不清楚，她的记忆本来还停留在早上起床的时候，一路想下来，才记得这一段。

时间地点没问题，事件过程都完整，她的叙述没有明显不合常理的情节。

戚忻越想越不安：狄双羽说易小峥是她丈夫，那关允在她的记忆里，又是什么人？

听完大致情况后，吴云葭也是第一句就问："那她还记得关允吗？"

戚忻两眼一闭："我哪敢问？"

电话里传来极低的抽泣声，还有阿米的轻声安慰，好半晌，吴云葭才再开口："先别问，小戚，等我回去再说。"

她不叮嘱，戚忻也不会贸然行事。他对关允的事知之甚少，之前单纯觉得她和那长得像初恋的男人在一起动机叵测，见吴云葭也极力反对，猜想关允对狄双羽或者不大用心。要不是亲眼在她家门口目睹那一幕，还想象不到她竟被欺负到这种程度。

那么难听的话，让易小峰知道，天涯海角得追杀他去。

就怕他听后话多，戚忻给吴云葭打电话都特意躲到另一个楼层来。这层是特需病房，除了医护人员鲜少有走动，比较清静，戚忻打完电话，就坐在走廊尽头的椅子上，回忆那天在狄双羽家门口听到的话，再想起狄双羽的那条失眠短信，那天晚上肯定发生了让她扛不住的事，或许那正是她陷入这种混乱状态的原因，明显和关允脱不了干系。

眼前光线一暗，抬头一眼看见人高马大的容昱，身边的护士扶着位满头银白头发的老太太。

容昱也看见戚忻了，脸上也没明显的表情变化，大有直接经过的企图。

戚忻一个激灵站起来："哥！"

容母拍拍容昱的手示意他停下："戚忻，什么事？"指着前后的病房，"是有谁住进来了吗？"

"舅妈，"戚忻叫过人，脸再转向容昱，"小小……双羽住院了。"

漠然一瞬消失："在哪？"

戚忻指指楼下，报了病房号，下一秒眼前就没人了。

容老太太平静地看着戚忻："有空进来陪我说会儿话吗？"

做完常规检查，医生拿着病历跟易小峰说话。狄双羽在沙发上躺着，头顶正有一束光从窗帘缝隙照过来，她把眼睛眯起来，也不肯换个姿势躲开那束光芒。

像孩子一样，只懂得最基础的自我保护，却不知哪里安全，不知如何躲避危险。

病服是有些肥，可她也瘦得过分了。

容昱站在门外，看着她好像随时就要消失在那套衣服里的样子，说不出的恐惧。

去美国前的那晚他话说太狠，她气得不轻，他不知道以前那种生硬的做法还能不能哄住她，实在吃不准她的脾气。他人在国外，也还动了不少脑筋，像往常那样找人拿些案子缠住她，让她没时间胡思乱想。转角的服务员看她一出现就通知了自己，他没想到她还会去那个茶餐厅，也想不到她和赵珂能谈什么。想不出那样的大雨天，她一个人坐在一杯咖啡前的心情。

更没想到会在这种地方再见到她。

易小峰送医生出门，看到门口的容昱："你是？"

"来看看双羽。"

易小峰也没想太多，直接把他让了进去，意外发现狄双羽看到这个人眼神晃得厉害。

"容总——？您怎么来了？"她坐起来的速度很慢，但眼前还是一阵发黑。

"经过，"容昱四顾打量了一番病房，目光落在她床头的吊瓶上，"刚打过针吗？"

狄双羽讷然点点头，靠在沙发上还在等血液重回脑袋里，猜不出他谈什么买卖会经过医院。

坐在易小峰推来的椅子上，容昱问："什么情况？"

"那是营养液，"易小峰不管三七二十一开始告状，"她不肯吃饭，每天吊好几瓶水。"

"又不是植物，就靠这些水怎么活？"

"说的就是。可她吃什么都吐，医生说再这样转成厌食症就糟了……"

"易小峰，帮我去买杯咖啡给容总。"狄双羽打发他，跟容昱补充一句介绍，"我弟。"

易小峰跟容昱确定："你喝咖啡吗？"

容昱回答："喝。"

易小峰爽快地起身比了个 OK，跑出去了。

狄双羽偷笑，还真得容老板，换个脸皮薄的还打发不了他。

容昱走过去近距离看她，还是觉得不够，索性蹲下来，面对面凝视她的脸："一眼看不到就乱来。"

她回视，略显拘谨，向后靠了靠，转转眼睛：“戚忻告诉你的？”

“看来不是脑子的问题。”他站起来去床头看她的住院卡，床号住院号姓名性别年龄填写工整，入院时间是前天，唯独诊断一栏空着。

狄双羽哧地笑出声：“这么多天您还是头一个给我确诊的。”

抬头狐疑地盯着那些营养液：“为什么不吃饭？”

看来这人是误会了：“我不是厌食住院的。”

“嗯？”

“胃里有什么毛病吧。”她轻描淡写的，主要是因为自己也说不清楚。

容昱脚尖点下地板：“这是脑内科病房。”

狄双羽搓搓后颈：“戚忻没跟你说吗？”

“没，”他没忽视她的小动作，“还好吗？”

轻叹一声，她说：“我答不出好。”疲倦地将头埋在弓起的膝盖上，“您随便坐会儿吧。”

“累了就躺会儿。”

“躺累了。”

“和他有关吗？”他有想过如果答案是肯定的话，这话会不会刺激她，但是看她的情况，就算刺激也不会更坏了。

“嗯？”确定他是在和自己说话，狄双羽很努力地想了想，最后还是放弃了。

她不可能听不懂，更不可能在他面前装听不懂，再一想到自己所处的病房科室，以及住院卡上空白的诊断栏，容昱想到一些不太好的病。

狄双羽忽然小声问他：“容总，您知道我结婚了吧？”

他摇摇头：“什么时候？”

“很早啊，在瑞驰工作时就已经结啦。”

“我认识的人？”

“您好像还真没见过，刚才那孩子他哥哥，”说着叹口气，“算了，看来我真是脑子坏了，没理由您不知道。”

“还有什么觉得不对劲？”

“都不对劲。”

“有想不起来的事吗？”

“没，”她自嘲地笑笑，“只有我想得起来，别人却都不知道的事。”

“瑞驰的人你还记得谁？”

狄双羽被这几天的记忆测试搞得很头痛，随便答了一个："旭华。"

容昱点头，技巧性地引导："他说前几天还在转角见过你？"

她不假思索："对，当时还有赵珂呢。"

"和她怎么还有来往？"

"碰巧遇见，那天下大雨，她进来避雨。"

"她以前好像住那附近。"

"现在也住那儿啊。她那天自己说的，就挨着转角的那个小区里面。"

瞳孔因震惊而扩大，眼睫微垂遮住变深的眸色，容昱说："这不是都记得吗？没什么事早点出院吧。"

狄双羽卷着耳畔的头发，歪头看着他："这话……是发自肺腑的吗？总觉得你看我眼神怪怪的。"

他否认："我看你一直都是这个眼神。"

戚忻和易小峰还在病房外的走廊大眼瞪小眼地站着，容昱走出来，脸上罩了片乌云，易小峰上前一步将余温犹在的咖啡递给他。

容昱不伸手接，也不道谢，只看了戚忻一眼："她不记得关允了。"

戚忻没想到他会提到关允的名字，更没料到这么几分钟的时间里，他就能有这种判断，语气还非常肯定。或者他对那俩人的事知道得不比吴云葭少。

易小峰以手肘撞下戚忻："谁啊？"

戚忻回过神来，见容昱还看着自己，点点头："嗯。"迟疑了一下，决定将自己看见关允和狄双羽争吵的事跟他说说，"我们出去说吧。"

易小峰抗议："就这儿说不行吗？"

"这是医院不方便，再说小小出来听见了怎么办？你进去陪着她吧。"

"你也不是没看见，她整天就是睡觉，醒了也一个人坐着，根本不用我陪。如果聊小小的事，我希望能听一些。"易小峰认真地请求，表情略显沮丧，"医生建议让小小接受心理治疗，可我都不知道她这些年经历了什么事。"

检查都显示狄双羽脑内神经组织与血管均无机械形变，不存在任何器质性损伤，由此推断她目前的虚构或潜隐记忆应属于精神上的干扰。有可能当年易小峥的意外对她打击太大，又年轻不懂排解，积压成心理上的障碍。

当年得知易小峥去世的时候，她没掉过一滴眼泪，直到易小峰把骨灰带回来，冲进房间去骂她，才发现她烧到人事不省。一烧十来天，打针吃药都没用，母亲边哭边叹说这是小峥要带她走呢。

后来她对易小峰说：要是知道我不会因为他的死而掉眼泪，他一定没那么容易死。

戚忻说："看她就是会压抑自己的类型。"

易小峰从没见过狄双羽这样的失声痛哭，好像把当年攒下的眼泪全流出来了。"其实这两天我也想过，她如果真的以为我哥是和她结了婚以后才遭遇不幸的，对她来说也许更好受一些。"

戚忻对他的乐观很没好气："就你这么想。"

易小峰浓眉紧皱，马上想到战友："云葭也会这么想。"

"她才不会。她会问小小为啥会突然昏倒变成这样，正常人都会去追究这个。"

"不是说意外吗？"

"谁说的？！"

"你说的啊，"易小峰没摸准他的着火点，"你说她晚上没睡好，头疼犯了。"

戚忻这才想起当时哄骗他的话，哑口无言了："你可真是长在阳光下。"

"你不知道，小小一直觉得我哥的死跟她有关，认为是她拒绝了求婚，才害我哥开车走神，然后出了车祸。"这些话他第一次跟戚忻说，是希望他听了之后也能不再纠结小小的病情："现在她虽然也难过，吃不下饭，可不会那么愧疚。过一阵总会好起来的，最起码能好好生活下去，好好地谈个恋爱，而不是随随便便找个长得像我大哥的男人。"

戚忻听得颇不是滋味："你们都认为关允像你哥吗？我怎么没看出来哪儿像。"

易小峰直觉道："你根本就没见过我哥好吗？"

一直沉默听他们对话的容昱，这时才开口："双羽和关允在一起，是因为他像……"看向易小峰，"你过世的哥哥？"

易小峰不情愿地承认："是，有点儿。"

戚忻迷糊："小小没跟你说关允像易小峥？"

容昱神色不快："她怎么会和我说关允！"

"那你怎么知道他的？"

"我当然知道，他是瑞驰原来的副总。"

戚忻忽然发现他们之间信息非常不对称，根本就是各说各的，很难再聊下去。

容昱仍然想不通："家里反对双羽和你哥结婚？"

易小峰老实回答："除了我没人反对。不过我从知道他们俩谈恋爱起就很反对了，小小当然不可能因为我反对就……"

"家人没意见，"戚忻打断他过长的表白，"是她自己还没考虑好吧，毕竟那时候还在念书。"

容昱并不关心这么多细节，他想说的是："连你哥哥本人的求婚都拒绝了，怎么会再找一个像他的对象？"

"弥补心里的愧疚？"戚忻猜着，放在狄双羽身上一想确实挺离谱。

"她没那么幼稚，只不过要为自己做事找个理由而已。"容昱的冷笑足以冻住两个与他接触不多的小朋友，"病情再观察一阵，先不需要找心理医生。有事情随时给我电话。"

目送容昱离开，戚忻陷入沉思。

易小峰则又好奇又恼火："他这算不算管闲事啊？小小是我姐，看医生为什么要给他打电话？"

3

提前返回的吴云葭到医院直接去见主治医生，半个小时后回来，告诉狄双羽："收拾收拾回家。"

狄双羽指着头顶吊瓶："还半瓶药呢。"

吴云葭恨恨地："一眼没瞧见你就乱来！"嗓子又有点哑了。

狄双羽惊道："你跟老容说话一样。"

"哪个老容……容昱？他来看过你了？"

"小戚在医院碰见他陪他妈来看病，跟他说了。"

"小戚怎么认识他？"

"说是什么亲戚我也没搞懂。我好像跟你说过吧。"

"你成天都说那么些乱七八糟的事，谁给你一件件记得住？"

"这回可真是够乱七八糟的了，"她如攀浮木地望着吴云葭，"我真没结婚吗？易小峥在我上大学的时候就死了？"

吴云葭坐到她的病床上："你记不记得易小峥跟你求婚的事？"

"记得，所以我一毕业就跟他结婚了，不对吗？"

“你没有。你拒绝了。”

她不信：“我为什么拒绝？”

吴云葭对她这个反应很熟悉，自己当年就这么反问的。“我记得你当时给我打电话说了挺多的，大致是不确定对他的感情能不能支撑起婚姻。”

这绝对是她的思维，葭子编都编不出这样的话。抬起左手，无名指上没有戒指，也没戒痕。狄双羽闭起眼，眉心轻颤：“这些年和他一起生活的点点滴滴，我记得特别清楚，甚至他做什么事时穿的衣服，还有一些对话我都能回忆起来。葭子，我绝对不可能凭空想象出这么多的细节来。”

吴云葭拉下她的手轻轻拍了拍：“别想了，真的假的也都过去了。你看你，才几天就瘦了一大圈，你这么为难自己，易小峥走了也不踏实。”

“大概太突然了，老觉得他并没死。”不管真相是8年前还是8天前，易小峥都再也回不来了，她的孤单难过，一分不少，“我很想他，舍不得就这么再也见不着他了，还没爱够，心里胃里都堵得慌，气都喘不过来。”

“这些年你是怎么过来的啊狄双羽……”到底还是没控制住，眼泪扑簌簌掉了下来。

冥冥中真是有什么守护也说不定，她昏倒的那天，竟是易小峥的忌日。是不是多年前就该离开的易小峥还在，不忍心小小陷在和关允的畸恋里，所以篡改了她的记忆，让她换个心情重新开始生活。那这样一一帮她纠正，究竟应不应该呢？

才划价交费办好了出院手续，狄双羽嗓子又发炎了，咳嗽了一下午，到晚上连话都说不出了，扁桃体肿得发亮。考虑到夜间发烧的可能，她又伴有厌食倾向，医院不敢放人，隔天把她转去了其他科室的空闲病房。

易小峰忙着把行李转移过来，狄双羽趁乱拿了烟就要下楼。易小峰一把按住她：“就当心疼云葭吧，你再不出院她就得陪你一起住进来了。”

吴云葭掐着一把缴费单进来，正看见这一幕：“说话都费劲，那烟就不能戒了吗？”

狄双羽咧嘴：“那我还不如把话戒了。”

吴云葭根本懒得跟她生气，坐下来瞅着她没主意：“又到晌午了，吃点啥啊？”这主儿向来不挑食，现在任她调着样儿侍候都没胃口。“我怀云云那会儿也没你这邪乎。”

易小峰很有想法：“要不咱涮羊肉去吧。”

狄双羽一笑又刺激到喉咙，咳得上气不接下气。吴云葭边把水杯递过去边瞪易小峰：“你赶紧回家吧。”

“下午就回了。”易小峰语带伤感，依依不舍看向狄双羽。

又来了又来了，狄双羽赶紧把脸一扭：“头好疼。”

“好人这么个咳法也受不了。”吴云葭也没辙，“小小你今年走背运，多长时间没个病，一病全找来了。”

狄双羽耸耸肩：“该来的躲不过。”手机叮啷一声提示电量不足，她回头找充电器，看一眼屏幕，“关、允——这人谁啊，打俩电话了。”她电话里好多存完号不知道是谁的。

吴云葭不动声色：“不用回吗？”

狄双羽插好电源把手机丢到一边：“估计哪个甲方的吧，联系不着我就找柏林了。”

吴云葭向表情不太自在的易小峰打个眼色：“我领你出去吃吧，有什么给她带回一口算了。”走到门口见一陌生男人在探头探脑。

“劳驾问下，这是狄双羽的病房吗？”

吴云葭点点头，刚换的病房，连戚忻都不知道呢，这人怎么找来的？

“祖宗啊，可算找着了。我是她以前同事。”

“瑞驰的？”容昱吗？不是，她见过容昱，虽然记不得具体模样。

“旭华？”狄双羽听见声音凑过来看热闹，“你自己来的？”

“哎呀，这小烟嗓儿……”旭华上下打量她，“我说，凭您这身手，一般都是送别人住进来的，这咋回事儿啊？”

狄双羽谦逊摆手：“马有失蹄，呵呵。”

吴云葭开了门把人往里请：“进去说吧，正好我要出去。”

“啊，不啦。容总让我把粥先给你送过来，”旭华递过去一个保温壶，“他在上头跟老太太说话，这就下来。告诉我在8层，我溜溜转了满走廊也没找着，这顿打听。他还不知道你换病房了，我得麻利儿上去说一声，你让他找又该急了。”

“哎哟，这可真是个急惊风。”吴云葭叹为观止。

易小峰也有同感：“小小的朋友长得都凶。”

狄双羽呆呆地捧着个大饭盒，显然没听明白他叽里呱啦都说了一堆什么话。费力拧开盖子看了看：“这啥玩意？”

“不说是粥吗？”已煮到烂熟看不出粮食模样了，吴云葭闻了闻，放弃辨别，“他送来的东西总不会害你，尝一口要是能吃下去就吃吧。”说着去拿餐具。

狄双羽这边已经整壶端起来往嘴里倒。

易小峰吓得叫道：“你别烫着！”

“好吃吗？”吴云葭对她早已放弃进食方式的教育。

“甜味，”她咂咂嘴，又舔下嘴角，味道不好描述，“相当怪异，你吃。”推给易小峰。

易小峰接过来仰脖喝了一口：“哪里甜了，一点都不甜……”

身后突然传来一声：“粥为什么要喝甜的？”

易小峰手一抖，回头看是容昱，举手打招呼：“Hello！”

“双羽要喝甜粥吗？”容昱认真发问，他的确不了解她现在的口味。

“不是，”易小峰抢着代答，“她说这粥甜不肯吃。里面坐吧，哥。”

狄双羽一巴掌拍上他后脑勺：“你像个唱二人转的，逮谁都叫哥。”

易小峰好冤枉：“就跟着戚忻叫的有什么不对？”

吴云葭笑道：“怎么跟到他那边去了？你应该跟你姐叫。”

易小峰指指狄双羽，皱眉：“容总？多奇怪！又不是领导又不是客人的，是吧，哥？”

“嗯，”容昱对排名论辈没研究，他好奇的是狄双羽的声音，“嗓子又怎么了？”

狄双羽张大嘴巴：“啊——”被吴云葭一挑下巴给合上了。

“少说点儿话。”吴云葭把粥交给容昱，“我们出去吃饭了，您受累看她会儿。”

易小峰不放心：“她如果不吃你别逼她啊，吃了会吐的。”

容昱说：“好。”

狄双羽舀着一勺粥，拼命想把注意力放在进餐上，可是对面端坐如僧的那位……叹口气，勺子搁回碗里，抬头央求：“老大，你这么盯着我，我真是想吃也吃不下去。”

容昱眼睛里有笑意，语气却很无辜：“平常我越是盯着你看，你越是埋头猛吃。”

狄双羽嘟囔：“哪有的事。”

他弯下腰，将她丢下的勺子拿起来，舀了一勺送进自己嘴里：“不难吃啊，多少吃一些，我亲自煮的。”

幸好没喝多少！狄双羽后怕：“真的？”

他一勺粥直接塞进去：“当然是假的。”

狄双羽一惊，咕噜就咽了，疼得喘粗气。

容昱略感好奇：“要真是我煮的，你就会痛快吃了？”

“更不会，”她没那么缺心眼，“刚才还说不会逼人吃。”

勺子还给她，他笑得随和：“你可以吐出来。”

他绝对会把她吐的重新喂进来！狄双羽惊恐地从他的表情中确认了这个信息。“其实也不难吃。”她对自己说着，又吃了一口，特别享受的样子。

容昱笑了笑：“你这么懂自我暗示的人，吃不吃在自己。”

“屁。”她小声抗议，这叫自我暗示吗，顶多是自我保护，危机意识比较强而已。

“少吃些就好，”他不再给她压力，转去窗边看天气，“都吃光的话我更有理由天天来了。”

太烦人了，这到底让不让吃啊！“反正你也得来啊，不说老太太也住院了吗？怎么样了？”

“她是常规检查，每年都要住院调理下，早就应该来的，就等我从美国回来呢。一把年纪了还使性子。”说罢莞尔。

狄双羽不由跟着发笑：“那你还要去美国吗？”

“最近不去了，”他轻轻摇头，“才走几天，回来你们俩都跑医院来了，还怎么走啊？”

狄双羽到底忍不住了，冒着被骂的危险表示：“你今天话好多。”

他承认：“因为想让你少说。”

狄双羽吃呛了，不敢咳，怕胃受到震荡造反，憋得直哼哼。

容昱想起什么似的：“你吃多少了？”

“吃光了。”她举起空碗给他看，等着被夸奖。

感觉她暴饮暴食应该是不太好，但总比饿着强：“不许吐哦。”

“哦。”

“要吐也等我走。”

“你什么时候走？”

“确认你不会吐了就走。”

“……”

“自己咽下去的食物，再难受也努力消化了吧。”

这话好耳熟。狄双羽想了想：“我能咽下去，消不消化是我努力就行的吗？”

“晚上我有事过不来，让阿姨做好了拿给你。”

“不麻烦了吧……”

“有没有特别想吃的？”

“别还这么甜就行。”她妥协道。

容昱疑惑道：“甜吗？”他刚才也吃了，没试出甜味。

“甜！”说完又迟疑了，“不过我这几天吃什么都发甜。”

“那是嘴苦吧，还是心里苦？”

狄双羽愣住，视线从他脸上移开，借整理餐具掩饰心脏骤缩的恐慌。

他眼神发直：“你啊，当年受不了的事选择掩埋住，现在既然敢挖出来，就说明有能力承受了。”

她不作声，低着头，耳畔与颈后有茸茸的碎发，卷曲的一只小马尾垮垮拴就，发色枯黄没什么光泽，只有根处的新生发颜色黝深。

容昱最初见到的她是一头泼墨直发，刘海剪得齐整，在他看来有些滑稽，像玩具店橱窗里的娃娃。做起事来倒很得力，脑子够灵活，不过会犯孩子脾气。大概是太无所畏，又或者无所谓。

她没有特别在意的事，兴趣基本随机，喜怒全看心情。他的严谨精致在她的肆无忌惮面前，顷刻间一败涂地。

可是人总会有弱点，不允许被轻易触及的那种。

容昱经常会想，狄双羽的弱点是什么。现在知道了，便懂得如何去保护。

吴云葭和易小峰回来的时候，容昱还没走，站在病房门外讲电话。他声音很低，别说病房里的人，吴云葭也是走得很近了才听清他在说工作的事，没敢打扰，本想直接绕过他进门的，却被他伸手拦了一下，不明所以地看着他。他一边听着电话，一边竖起食指在唇上比了一下，指指屋里。吴云葭轻轻推开门，对易小峰说：“睡着了，你进去小心点别吵醒她。”

易小峰苦着脸：“她现在就睡觉，晚上可怎么办？”

“别管那么多了，你快去拿行李，要赶不上飞机了。”

“那说好了，你得劝她跟我回家待一阵。”

“知道了，你先回去，过两天她出院了再说。”

两人对话音量虽小，但容昱听得清楚，分神看了吴云葭一眼。

易小峰拿了自己的背包，走到狄双羽床边想再看看她，却见她睁着两只大眼睛，直勾勾望着天花板，呼吸剧烈，胸口起伏明显，受了很大惊吓的样子。连忙坐到床边握住她的手："别怕，小小，没事，做梦而已，没事了。"

狄双羽松了口气，合起眼，心有余悸地咽咽口水。

"又做噩梦了？"吴云葭习以为常，拉开窗帘让阳光照进来，"别睡了，起来喝点水。"

易小峰端过水杯："晚上睡不踏实，大白天的怎么也做梦呢？"

狄双羽喝水润润嗓子："不知道，吃完容昱送来的粥就困得不行，他是不是给我下药了。"

易小峰捂住她的嘴，紧张地回头看看。

容老板已经打完电话，似笑非笑地站在门口听她诽谤。

吴云葭好奇地拧开保温壶的盖子："都吃啦？"不知该欣慰还是担心，"猛地吃这么多，不犯困都怪了。"

狄双羽神情恍惚，对她的话毫无反应。

易小峰心疼地擦着她脑门的汗："梦到什么了，吓成这样？"

"嗯？……"狄双羽眯起眼，努力回忆梦境，"我梦到一个陌生的房间，楼层很高，不知道是谁家，也不像酒店。房间有个大飘窗，我在飘窗上坐着，往下还能看见一条河……然后易小峥进来了，我忘了他说了些什么话，突然拿出一把刀来杀我。"

吴云葭抚着手臂上竖起的汗毛："杀死了没？"

狄双羽脸色茫然："我其实明知道这是个梦，但就醒不过来，还想着与其让他杀了我不如自己跳楼。使劲一蹬腿，醒了，感觉全身都发麻，好半天才能动弹，正考虑要不要报警呢，你们就进来了。"

易小峰眉头拧紧："大哥怎么会杀你？"

吴云葭也很无语："也不知道成天都想什么，老做这些怪梦。"她又不是不认识易小峥，那是个连冷脸都舍不得给小小看一下的人。

狄双羽从小欠缺的家庭关爱，在他身上悉数补回。那时候她们才上高中，吴云葭还曾为易小峥的温柔深情而萌生好感，但也早早死心，因为他对狄双羽的那种喜爱溢于言表，根本就不可能给其他人任何机会。所以当年怎么也想不通狄双羽拒绝他的求婚原因何在。

吴云葭摇摇头，这才注意到容昱还在，正要开口说话，他向她点了下头，不声不响出了门。吴云葭心领神会："容总慢走。"跟出去送客。

4

“你的意思是，她把和关允在一起发生的事当成是和易小峥的回忆了？”戚忻不敢置信地重复，“你确定吗？”

吴云葭要能确定就不给他打这通电话了：“我也是中午听老容说的，感觉他的话挺有道理的，你想啊，关允对小小来说，谈不上刻骨铭心，也把她折磨个半死的，怎么可能一点印象都没有。”

“她这是很典型的心因性遗忘，超出她心理承受能力了，就选择性地把痛苦的记忆和可能引起痛苦的记忆一并忘掉。”

“没那么简单，她不是整段整段的记忆丢失，而是但凡涉及关允的记忆，全给替换成易小峥了。”

戚忻头疼：“那她自己察觉到什么没？”

吴云葭想着容昱的警告，如实转述给戚忻：“搞不好哪天就突然都想起来了。”

“她人呢，你这是在哪打电话呢？”

“在病房呢，她去楼上看容昱他妈了——呃，你叫舅妈吧？”

“哦，知道了！是得上去看一眼，老太太人特好。”

“看容昱老绷着脸那范儿，我寻思老太太还不得更讲究，她穿个病服抱半拉西瓜就上去了，也不怕人直接给她轰出来。”

轰出来倒不至于，不过狄双羽也没待多久，容老太太午休刚醒倒正好闲着，不过她得掐点儿回病房打针。下楼的路上都在想，那银发圆脸的容老太太在哪见过，记不起来直闹心，路过自己病房也没看见，还是护士一把拽住她，带进来挂吊瓶。

针一扎破皮，狄双羽疼得闷哼。

抽空来探病的阿米笑道：“真让人给撵回来啦？”

狄双羽瞪他：“吃你的苹果！”抬头看一眼窗外灰蒙蒙的天色，湿气很重，空气里烟雾缭绕的，她忽地拍下大腿，“噢噢噢，我想起来了！”

阿米慌忙扶住输液管：“你小心针头。”

吴云葭正推门进来：“这干吗呢，大呼小叫的？”

阿米不安地指指狄双羽：“她说她想起来了。”

吴云葭看她神情激动的样子，小声嘀咕：“想起来也好，省得一天到晚说胡话害老娘心惊肉跳的。”

狄双羽雀跃道："你记不记得我有一次去八大处，差点让野猫挠了，有个老太太扶住我的，就是容昱他妈，你说多巧啊！"

吴云葭磨着后槽牙："啊，很巧，可惜是个老太太，要不野猫就成你们媒人了。"

"嘿，我刚才在楼上死活想不起来，就觉得怎么这么眼熟呢，哈哈。"

阿米后知后觉道："合着是说想起这个事啦，吓我一跳。"

吴云葭迅速拐了他一下。

狄双羽的笑容转成疑惑："那我，还有什么没想起来的？"

她是不知哪根筋搭错造成的记忆紊乱，并没有真撞坏脑袋。阿米的脱口而出，葭子的欲盖弥彰，加上之前戚忻陪着她时满腹心事的模样，狄双羽都看在眼里，她心里有数，只是不想去刨根问底。就算真有什么重要记忆丢失了，葭子也一定会告诉她。既然没说，那就不是什么不可或缺的记忆，也可能是不希望她保留的记忆。至于自己脑中那些与易小峥的点点滴滴，就当成是一场梦好了。

虽然说人在做梦时也都还是有感觉的，但那并不真实，随着苏醒，梦里的悸动——喜悦也好，悲伤也好，都会逐渐平复。梦里哭得再伤心，疼得再厉害，醒来之后，最多不过惯性哽咽数声，再化成一声叹喟，谁也不会为此困扰。所以大多数人经常不记得自己梦过什么，这也许是人体的自我保护功能，为的是不想让人们在虚幻的梦境上耗费太多感情。

然而狄双羽却总是记得自己做过的梦，尤其是那些悲伤的梦，不知道是不是太过坚强，连大脑都不愿意对她仁慈。每做一场梦，就像经历了一段人生。所以在面对真实的噩运时，她也常常想，干脆就把这当成个梦，再忍一忍。醒来之后就可以不再碰触、不回忆、不承认。只是害怕太长时间地去做一个梦，会没有办法马上回到现实。

时间惹出的麻烦也只能靠它自己去收拾。

狄双羽自打住院就很难入睡，没三四个小时的酝酿睡不着。晚上医生查完房，吴云葭早早把灯关了，躺在陪护床上抱个 Pad 看电视剧，看几集困劲儿上来先睡着了。没多久被枕边手机震醒，下床看看狄双羽，悄声走出去接电话。

狄双羽还没睡着，稀里糊涂地想着这么晚了谁给葭子打电话。

吴云葭这通电话接得很久，久到狄双羽都快忘了她不在房间的事了，睡意渐渐袭上来，周围更加黑了。

黑暗中她不敢睁眼睛，怕看见有人走过来；也不敢闭眼睛，怕没看见有人走过来。纠结得害怕，索性一把扯过被子从头到脚蒙了个严实。忽然听见脚步声，很轻很不怀好意地走过来，离她越来越近，她想掀开被子看个究竟，身体却被死死压住，张嘴叫葭子来救自己，发不出声音。骇然之下猛地明白自己又陷入梦魇了，本来不想徒劳挣扎，可那薄薄的夏凉被蒙在脸上，正压住口鼻，使她呼吸困难，努力想醒过来，骨骼肌的张力却还没恢复，完全不听意识指挥。

就在她放弃呼吸和醒来的想法时，头顶的被子被掀开了。

狄双羽瞬间惊醒，有种活埋的人被挖出来的感觉，贪婪致使空气被过度吸入，她剧烈咳起来。

一双手将她扶起，抚着她的背顺气："喝点水。"

狄双羽接过水杯猛灌，总算压住咳嗽。床头灯被打开，她劫后余生般抹着眼泪："你再晚一步进来我就被埋了。"

指背擦着她额头和脸颊的细汗，容昱语气责备："这么热的天蒙头睡觉。"

狄双羽从恐惧中缓过神来："葭子呢？"探头往门口看了看，躲开他的碰触。

容昱轻笑，五指一张盖住她整张脸往后一推："刚醒来看见我都没有反应，现在才害怕。"

狄双羽小动作被戳穿，也跟着笑起来："我刚见了白无常，睁开眼睛又看见黑无常，有什么好害怕的？"

容昱不满地摸摸下巴："哪有那么黑？"

她把水杯放在床头："葭子到底哪儿去了？"

容昱语气随意："你这么病下去，她熬不住跑了。"

狄双羽目瞪口呆："真是久病床前无孝子。"

"所以今天我陪你睡吧。"拍拍她的床沿，抓起挂在脖子上的毛巾擦头发，显然刚从楼上病房洗过澡下来。

哥们儿语气平常得跟打招呼似的，狄双羽可受不了，看着他那套浅色睡衣："你就那么有把握能赶走吴云葭？"

容昱语焉不详："总有我的办法。"拉过一张椅子到床边坐下来，他正色望着她，"双羽，哪儿都别去，留在北京，我会照顾你。"

"容总……"

"嗯。"

"您是不是喝酒了？"

“我自己开车来的。”

“酒驾太危险了。”

“……”

“……”

“你听明白了就行，”容昱笑得很满足，“反正你也不懂乖乖跟我说个‘好’字。”

狄双羽坐得溜直，郑重回答他：“我本来就没想去哪儿，我也不需要人照顾——出院以后，我自己能照顾自己。”

“你自己还能埋了自己。”他扯扯她的被子。

“那是梦魇，”抬腿把那险些闷死自己的祸害踩到脚下，“在医院被魇着很正常，出去就没事了。”

“什么梦魇？”对容老板来说这只是个修辞格。

狄双羽玩兴大发，左右看了看，半倾着身子凑近他，竖起手，以喉音轻语：“也就是传说中的——鬼、压、床。”

容昱指着她故意营造悬疑气氛的手：“你这么说话是怕它听见吗？”

狄双羽攥拳把手收回：“很多人不相信或者不记得自己已经死了，认为还在治病呢，灵魂就徘徊在去世的地方不肯走。所以在医院不要随便跟陌生人说话，晚上如果有人敲门也不要应声，你不知道会进来个什么东西。据说，急诊室走廊的夜里每天有很多人走来走去，但是地上根本没那么多条影子……”

他毫无预兆就跳上床来，和她并排而坐。

狄双羽正沉溺于恐怖画面的描述中，被他突如其来的动作吓得倒抽一口冷气，脑门直冒虚汗。

指着台灯照射下两人重叠在一起的影子，容昱说：“现在我和你也只有一条影子，你是鬼，还是我是鬼？”

她用手肘顶他一下：“你吓死我了！”

他嫌弃地看着她：“胆子那么小还吓唬别人。”揉了揉被袭击的肋骨，还挺疼的，一转念才记起发生了什么事，“你居然打我。”

狄双羽在他的睥睨下果断服软：“条件反射。”边龇牙赔笑，边惩罚地敲着手肘，像在按摩不受控的肌肉，更像在教育不懂事的孩子。

容昱耐心地看她演双簧，半晌，抬起一手，握住她的腕，阻止她继续自残。

他头发根本没擦干，一滴水落到她手上，狄双羽打了个冷战。

松开手下了床，他从桌上拿起一支笔，没找到纸，最后把她床头的住院卡给扯下来了，翻过去在背面不知写了什么，塞到她枕头底下："枕这个就不害怕那些没影子的了。"

狄双羽好奇地翻出来，就见四个飞扬洒脱的大字：恶灵退散。手一抖，纸片飘到地上。她仰头瞪着容昱："你深更半夜跑过来还干这么幼稚的事儿，我更害怕！"

他笑笑，拾起卡片挂回床头："睡觉，狄双羽，太晚了。"

她也不再贫嘴："你忙一天了，上楼好好休息吧。我开着灯睡就行……容昱。"黑暗中徒劳地唤着他的名字。

"睡吧，"将她堆在脚边的被子向上拉起盖好，他坐在椅子上，手肘支着床沿，借着门窗透过来的微弱灯光静静凝视她，"我在这儿陪你。"

那晚狄双羽躺在床上都不大敢翻身，结果远比自己想象的要睡得快，连容昱什么时候回到对面床睡的都不知道。

这尊黑无常，鬼见了是否会绕开，狄双羽无从证实，但是他在身边，她不会再想那些扰人的梦，倒是真的。

出院这天戚忻一早过来当劳力："我这假全用到你身上了，自己想想怎么补偿我吧。"

狄双羽摩拳擦掌："我可以帮你请到病假。"

他不同意："我们病假也扣工资。"

吴云葭拍拍壮丁不算有力的肩膀："小戚哥仗义。晚饭小小埋单，想想怎么宰她吧。"

戚忻好心替她省一笔，回家让吴云葭做饭吃，结果狄双羽吐个一塌糊涂，戚忻当时就怒了："你到底是厌食还是看我恶心啊？"

狄双羽安抚他："都有，都有。"抽了张纸巾擦眼泪。

小云云抱来一杯水："小姨，漱口。"跪在椅子上心疼地拍着她的背。

"我说你现在吃不了羊肉非得买，"吴云葭把她面前的盘子端远，换过去一碗鸡蛋羹，"吃点软的东西。"

狄双羽无福承受地摆摆手："算了，胃里下火，吃了还得吐。"

阿米也愁道："怎么还落下这毛病了呢？"

吴云葭扑哧一笑："也不算啥毛病，就是吃惯小 T 他舅妈家的饭了。"

戚忻还没反应过来，阿米非常不合时宜地笑了笑。

饭后吴云葭去洗碗，喊她帮忙她各种耍赖，还软磨硬泡把戚忻派去打下手。

吴云葭看戚忻到厨房来很奇怪："刷个碗要什么打下手的，你进去吧。"

戚忻识相："估计是在那套老米话呢。"

吴云葭冷哼："可真不死心。"自打那天她让容昱在医院陪护，狄双羽就笃定了她和容昱做了什么交易，这两天在医院也没问出啥来，又朝阿米使劲了。"嘚瑟去吧。"

戚忻也很好奇："我哥到底说什么了？"

吴云葭斜眉歪眼地看着他："你是猴子请来的救兵吗？"

"我是真想不明白，你这是要撮合他和小小？"

她不答是否，只说："这也正常吧。"

"正常什么啊？"戚忻不理解她的态度，"小小现在就不是正常状态，你有没有想过，她要突然记起关允怎么办？"

吴云葭叹口气："她就算记忆回来了，人还能回来吗？"伸手替呆住的戚忻关上水龙头，"关允不行，小小跟他只能是这么没名没分地绊着，退一万步说，就算他关允肯撇开他的前任，痛改前非决定跟小小过下半辈子，她狄双羽也没那个魄儿！"

戚忻不认同她的观点："可她能因为关允几句话就把自己弄得颠三倒四的。"

"能说明什么呢？只能说她付出那么多在关允眼里都是她自愿的，关允丝毫不觉得亏欠她什么。这傻丫头不知不觉中付出得太多，超过了自己的预期，开始想要回报，但关允一开始就没打算给。所以他俩崩了是迟早的事。"说起来有些事她还是从容昱那打听来的，"关允是什么样的人啊，结过婚搞过外遇，玩感情小小能是他对手吗？"

"我也知道那人很不是东西，可小小毕竟还是离不开。"

吴云葭摇头："小小对感情比我更偏激。她如果真跟关允在一起了，最后得被自己的猜疑和想象搞崩溃。"赵珂的事，孙莉的事，哪一件是关允亲口说的，不都是她自己顺藤摸瓜揪出来的？出一回事闹个半死，她有几条命跟他纠缠。"她压根儿过不了自己那关，你看她现在为了关允要死要活的，都是死要面子硬较劲，越得不到，越巴着。我怀疑关允就是看穿了她一点，才若即若离悠着她。"

戚忻听天书一样："这都是看韩剧看的吧。"

吴云葭同情地瞥下他："戚啊，听我句劝，将来找对象，就挑漂亮的得了，千万别退而求其次看内在。就你这连学前班都算上才三段的感情履历，内在复杂的实难驾驭。"

戚忻真心受教，再一细琢磨：“那你当初还想把小小介绍给我，安的啥心啊！”

客厅里狄双羽也翻白了，非是逼供手段不狠辣，实在是弄错了情报人员。“我算看出来了，米哥，葭子没拿你当自己人，啥都不跟你说，对你的信任程度小于等于零。”

阿米可不这么想：“她是太知道你了。”幸好云葭只说她和容昱谈了一些小小的事，并没说具体内容，否则他能记起多少都得被这丫头挖空。

吴云葭洗好碗回来，看她那副挫相就忍不住笑：“败啦？”

“共军太狡猾。”她不服气。

阿米再次澄清身份：“我是良民啊，太君。”

吴云葭眯眼：“你就那么紧张容昱跟我说了什么？”挨着她坐下，“来，我问问你，你有什么把柄落在他手上？”

“大姐，我不是紧张他，我是紧张你。”狄双羽神色严肃，“他是个大骗子，轻信他你绝对会后悔的。他会暗示你，给你设套，等你跳进去，他一收绳，你直接就一大跟头。自己哭去吧。”

吴云葭不怕：“我没啥可让他骗的。”意思是你自己留神吧。

“我饿，”狄双羽摸着扁扁的肚子，“想吃蜂蜜萝卜羹。”

5

晚上被容昱电话叫到楼下的时候，狄双羽直接就问：“来给我送萝卜羹的吗？”心里直叹气，吴云葭是真下决心要把她送出去了，靠不住了。

容昱摊开两手，空空如也。

狄双羽暗骂吴云葭这个二百五，地址都给人家了，在萝卜羹这事儿上瞎保留什么呢？这么想着就有点失落了：“那你来干什么？”

容昱有趣道：“还非得干点什么吗？”

逆着光看不清他表情，狄双羽完全没意识到危险，只一贯地故意与他唱反调：“是啊。”

“那好吧。”他上前一步，轻轻抱住她。

狄双羽全身僵硬，她这算是亲口邀请吸血鬼进屋了吧。

他不敢将手臂收得太紧：“以前三个月半年不见，也不觉得什么……”借由把玩她发梢的动作，安抚自己过于摇晃的心神。

“以前也没有那么久都不见面，”狄双羽不想听到更加露骨的表白，慌忙打断他的话，自他怀里退出来，“你总有各式各样的理由把我叫出来，不管我忙成什么样。”

“我当然有办法，”可他更希望不用理由也能同她见面，容昱笑得有些无奈，环顾小区，找了个明亮的方向迈步，“旭华说送你来过这儿。”

“有可能，”狄双羽没多想地跟上他步伐，“我经常在她们家住。”

“晚饭没吃吗？见到我就要点心。”

“吃了，”不过又吐出去了，“你呢，好像急匆匆就过来的。”

“只喝了点酒，本想叫你陪我去吃点东西，想到你明天还要上班，早点睡吧。”

“这才几点？”狄双羽心里狂笑，走吧，去吃点东西吧。

“会担心吗？”

“？”与食物无关的话题，狄双羽反应较慢。

“到了公司，没人会拿你当病人，不管听见什么，你都要自己应对了。”

容昱的警告对狄双羽来说太多余了，她不开工则已，一旦销假回到公司，何止不拿她当病人，简直不拿她当人。狄双羽一进任务分配系统就急了，夹着电脑直接冲到柏林办公室。“为什么有这么多我没见过的任务都显示‘进行中’了？”

柏林正和两个销售开会，看见她很高兴：“回来啦？挺准时嘛，山海关那项目有戏，之前就是你跟的，你不在我还得重头理，过来跟他们讲一遍。”

“山海关……啊？那个项目！”狄双羽好惊喜，“咱不是龙套吗？为什么会有戏？”

柏林说：“因为主演死了。”

狄双羽没听懂。

一个销售给她翻译：“那边换推广总监了。”

这就更难懂了：“这时候把推广总监给撤了？”

“谁知道！”另外一个销售乐不可支，“估计两口子开夫妻店的事儿被点了。”

“管那么多呢！”柏林一根烟到头，吸完了摁灭在烟缸里，拍拍手分配任务，“双羽按他们拿回来的新需求把案子再改一遍，我刚看了，调整的地方还是挺多的，有必要的话再安排跟甲方碰个面。”

狄双羽趴他电脑前大致看了看，满屏幕都是改动的痕迹，基本上相当于重做了：“那我系统里那些任务……”

柏林理所当然道："都进行中了，排着干吧。怎样，在家玩儿得挺爽吧？"

她重重点头："爽！"

进去一副找人拼命的架势，出来自己就剩半条命了。

隔壁阿浩一脸不出所料的样子："进去抖擞一趟，一个活儿都没推掉，又揽过来一个？"

狄双羽无限委屈地扁着嘴。

"我怎么说的吧，他好不容易把你盼回来，不会惯着你的。你就别挣扎了，"好心地扔给她一包记事贴，"挑最着急的干吧。"

按节点写完全部任务足足用了半小时，一片一片贴到工位隔断的毛玻璃上，看着就头晕眼花。狄双羽开始考虑要不要把这次的请假实情告诉柏林。

"呀，挺壮观啊。"柏林主动现身。

狄双羽吸一口气："领导，有个事儿我还是提前跟你说下比较好……"

"我也有个事儿要问你，这段时间你是不是没干好事儿啊？关允电话都打我这儿来了，一劲儿问你什么时候回公司上班。"

狄双羽听着耳熟，想起是曾给自己打过电话的人，再听柏林这事不关己的语气，脾气也跟着上来了："我不是休假吗！而且我也不是回家玩，在北京住了一礼拜院，昨天才出院。回头我得把请假单给人事拿去，给我改成病假。"

"我看你最近是嗨过头了，小说也没写吧，连点有逻辑的情节都编不出来。"

狄双羽翻白眼："别挡亮，我要干活了。"

柏林很乐于被她拿这理由打发自己，走到办公室前又回头提醒："记得给人回电话！"

狄双羽头也不抬："消失。"回个蛋！欺人太甚！

阿浩发来慰问："有用得着兄弟的尽管开口，反正兄弟也帮不上忙。"

系统里三个加急，就算她状态大开的时候应付起来也吃力，又加上一个山海关的："全都撞车了，要按规定时间出的话只能二选一，不过我不打算说，回头我被枪毙了，他也得跟老娘吃瓜落儿。"

阿浩叹为观止："我算领略啥叫杀敌一百自损三千了。"

炎炎七月，狄双羽生了场病，身体好了，心理上还是没状态，想偷懒。

容昱正为拖沓的项目进度训人，几个总监大气儿不敢出，要不是及时打进来的电话，险些憋出人命。"喂？"接起电话，挥挥手赶人，又叫住最后的那个，"汪勇你晚点再过来下。”

狄双羽也听见了，深深懊恼自己不会挑时间。

“打电话又不吭声，是专门来解救他们的吗？”

“听见你发脾气才不敢吭声的。”

“你也没少惹我发脾气，有话快说。”

“我慢点说，你兴许还能消消气，汪勇会感激我的。”

容昱失笑，语气缓和了不少，但话说得还是不留余地：“到月底要是还有尾盘全给我滚蛋。”

狄双羽判断不乐观：“我觉得他们现在签单子比不签还难看呢，头半年都不出业绩，现在一撂狠话几天就出活儿，想想老板的脸会绿成什么样就可怕。”

“我只看结果。”否则底下人哪会这么玩命。

“汪勇差得最多吗？”还要单独谈话。

“我打算在每个事业部调出来两个人进新部门，他抗议声最高，说他的人不能撤，都培养了好几年的。我说‘那把你端掉好了’。”

狄双羽干笑：“你开这种玩笑他会很不安的。”

“我怎么可能开玩笑。”

狄双羽立刻收声，别本来是赌气的话，将他两句给逼成真的了。

“你应该没闲心来关注瑞驰的业绩。”

“我也没那能力啊，但我一直记得住院期间您对我的关心照顾，一有机会就想报答的。”

容昱挑高一眉：“想怎么报答？”

“您山海关那个盘，我来做全案怎么样？”

原来是这个。他揉着眉心低笑：“真是帮了大忙。”

“我做人厚道。”

“这个不归你管。”他要理由。

她突发奇想：“我转销售，您觉得怎么样？”

“双羽做不了销售。”按下内线叫秘书进来添咖啡，靠进椅子里同她闲聊放松下心情，“你销售的产品，非自己先认可了不行，你觉得好的东西才肯为它说好话，说着说着自己就爱上了，哪还舍得卖出去？”

“我忽悠人能力相当高。”

“你忽悠自己还行，对别人差点劲，”他替她将对话转回正题，“山海关项目是人情吗？”

“算是吧，早还了早利索。”

他声线低醇：“我的不用还？”

狄双羽体会到了什么叫与虎谋皮了。“都欠到一户人家不是好记吗？”

“帮你转个账吧。”他说。

狄双羽无限慨叹：“唉，当老板真好，下辈子我也好好学习当老板。”

水月不屑得直喷鼻涕：“当老板？就你这个工作态度！上上班跑出来做头发。”

狄双羽直接翻脸：“是谁说我敢不出来她就敢到我们楼下长跪不起的啊！”要不是昨天解决了山海关的心头大患，宁可陪她一起跪了。

“呵呵，我的意思是你当老板娘就好，听起来风骚美貌的，老板多没情趣。”

发型师在后面捡笑，把狄双羽弄得很紧张：“你别划坏我脸，没听说下午还让上台发言吗？下午，唉，下午的活动你上午才跟我说，你行啊，水月。衣服呢，我先 一眼。”

“放心，”水月拂拂刘海，“跟姐出来混，能让你穿得青椒小白菜似的吗？”

这话听起来更让人不安：“你确定是能穿上台演讲的，不是COSPLAY？”

“您代表我们杂志去的，我虽然很想但也不能干那种自毁仕途的事。”弯腰拎起一只纸袋，推她进去换衣服。

裸粉色雪纺长裙，斜肩设计，露出轻度厌食症患者瘦削的锁骨，褶皱的高腰线显得人更高挑，裙摆刚及脚背，垂坠感十足。狄双羽看着镜子里的自己，陌生得让她恍惚。

“很好很老板娘！”水月两眼发直，“才多久没见你就瘦成这样了！啊！我身边的女人为了过夏天全疯了，每天靠吃草过活！需要这么折磨自己吗？需要吗？我去！只吃草，奶牛吗？奶也会变小的知不知道……”

狄双羽咳一声：“你是不是饿很久了？”平复下气息，“还是来谈谈造型问题吧。”

发型师抓高头发：“绾起来怎么样？这么漂亮的脖子不露出来太可惜了。”

水月不满意：“太精致，差点文艺的意思。”

“扎个马尾呢？”

“太随意。”

“剪短。”狄双羽抬手在耳朵下方比了比。

“短发造型倒是很出位……”发型师说到一半停住了。

狄双羽抓抓头帘："这个也帮我处理下，往边上斜下来，露出眉毛。"

虽是一时兴起，倒也谈不上冲动。既然很多事都跟她记忆里的不一样了，形象上稍做改变也说得过去，她不是做事只做一半的人。

活动在长安街上一家酒店的宴会厅，出乎狄双羽意料的高端，很多畅销书作家、专栏写手、知名女性杂志主编都在场，难怪事先约好的作者突然有事，水月也不甘轻易放弃这次出席机会。

狄双羽的论坛发言比较靠前，毕竟准备仓促，稍显紧张，下来跟水月打个招呼，拿了一把主办方准备的塑料小蒲扇，溜出会场去透气。

滚梯口导示牌上显示着酒店当日承办的各项活动具体场地，有个房地产营销数据峰会，就在上一层的西餐厅。抬头瞄了一眼，竟看到几个连她都叫得出名的大开发商。身边低低一声"劳驾借过"，狄双羽侧身闪开电梯口。

滚梯缓缓而上，见美女背影便回头打望的旭华差点一个跟头摔下去："双羽？"讶然之下没控制力度地拐了容昱一下，"老大，双羽。"

容昱听见名字就看见她了，平白挨了一下，还手劈他一掌："下去叫她。"

旭华腾腾几大步跨下来。

狄双羽也没忽略旭华的大嗓门，笑盈盈看他跑下来。

"哈哈，"旭华得意扬扬，"也就我这眼神儿，老大都没认出来你。"

容昱已上到楼上，扶着护栏望着她，表情不像惊艳，倒是副看好戏的样子。

狄双羽斗意被激起，扬起下巴先一步踏上滚梯，过长的裙摆眼瞧被卷进里面，旭华眼疾手快给提了起来。她吃了一惊，狼狈地被等在顶端的容昱一把拉过去，小跑一步才站定，先前扮好的优雅劲全没了："真是的！"

容昱笑喷："亏我还打算上来给你个吻手礼。"

挣开他的手，她猛摇扇子："吓我这一身汗。"

"你怎么来了？"

她指指楼下："开会。"

"结束了还是没开始？"

"我的部分结束了，出来转转，难得穿这么漂亮。"美滋滋拉着裙摆。

容昱眸子微沉："就这么想变一个人？"

她怔了怔，随即以扇掩口："当然啦，修炼千年，等的不就是变成个人吗？"

他问得越认真，她越会插科打诨，容昱早就习惯了，她懂他在问什么就好。

抽出她手中的扇子塞给旭华，揽着她往西餐厅走:“跟我进来，介绍个人给你认识。”

狄双羽好奇,容昱的话,应该说“带你去见个人”或者就直接来到人家面前说话，什么人值得容老板用“介绍”这样抬举的字眼?

西餐厅场地不大，活动形式是可自由交谈的鸡尾酒会，会场光线较暗，容昱费了会儿工夫找人未果，不悦哼声:“比我来得还晚。”

“这里面冷气太大了，”狄双羽盘手偷瞄那些穿抹胸礼服的女士，也想学着无所畏地挺胸抬头悠然享受，可一松开两臂就打了个冷战，“我出去暖和会儿，你找到人了叫我。”

容昱想追上去，却被迎面熟人绊住脚步，眼睁睁看她开溜。

关允是在看见旭华端咖啡过去时，才确定窗前站着的那位长裙美女是狄双羽。从洗手间一出来就注意到她了，愣是没敢上前说话，生怕是自己认错人。不过半月没见而已。

旭华对有人靠近反应敏锐:“哟，这不关总吗？”

狄双羽被他的阴阳怪气激起一身鸡皮疙瘩，转身看向来人。

关允一身深灰色西服，搭配纯白衬衫，丝质的墨蓝色领带打了个很复杂的双环四手结。

与她四目相撞，他勾起个浅笑，颊上酒窝浮现，使整张脸表情生动。嘴唇上扬的弧度并不大，眼里却笑意漾漾，带着些松了口气般的愉悦，以及说不出的迫切，仿佛……想念。

看着他，狄双羽忽然想起易小峥，只觉心里一恸，手上力道顿失，咖啡杯倾斜坠落。

旭华条件反射地伸手去接,同时将她向旁边拉开。还是有少许咖啡溅在前襟上，褐色叠着裸粉，像干涸的血迹重新流动，诡异地氤开。

关允打趣道:“华子你这伤养得不好啊，连个杯子都接不利索，太跌身手了。”

旭华顾不上还嘴，着急地问狄双羽:“没烫着吧？”她从里面出来说冷，他还特意去接了杯滚烫的过来。

狄双羽扯扯衣服:“不要紧，没沾到皮肤。”

“我拿点湿纸巾去。”咖啡杯随手搁在茶歇摆台上，人一阵风地跑开了。

狄双羽以手抹拭着污渍，心里直打小鼓，水月见了还不得发飙，这衣服肯定不便宜。

关允抽出上衣口袋里的手帕递给她。

狄双羽看他一眼，接过来，轻声道谢。

公式化的笑容让他无奈，误以为还在生自己的气，他挪近一步："头发又什么时候剪的？"抬手抚抚她耳畔的发，"越弄越短。"

狄双羽直觉地挥开他的碰触，退开来瞪着他，防备之情不加掩饰。

关允未料到她会有这么大反应，一时不知所措，手僵在半空中。

虽然反感他的轻薄行为，但听说话又像确实认识自己，狄双羽强压住不快："不好意思，请问您是？"

酒店服务员来收拾刚被咖啡打湿的地毯，疑惑地偷瞄这似有掐架嫌疑的二人。

关允神情微恼，片刻后嗤笑出声："有意思吗？"

平白惹一神经病。狄双羽默默摇头，目光偏转，看到容昱和一个四十多岁的矮个子男人有说有笑走过来。

"关总，"那男人远远招呼，"不是说出来接电话吗？被我逮到和美女聊天。"话是对关允说的，视线却没离开狄双羽，"这位是——？"

"衣服怎么了？"容昱声音不大，却刚好让关允来不及开口。

狄双羽吐吐舌头："咖啡。"

"那怎么办，你活动不是还没结束？"

"噢，"她也很郁闷，捏着手帕徒劳地擦拭，"真倒霉。"

"不说你自己不小心，"容昱轻笑，"叫旭华带你回去换一件？"

"算了，先到洗手间处理下。"

"等会儿，"容昱终于肯给旁边饶有兴趣听他们对话的那位一个正眼，"先认识下曹总吧，你看他快要好奇死了。"

曹总咂下嘴："你怎么介绍的？"转向狄双羽自我介绍，"曹存善，可以叫我老曹。"

"曹总好，"狄双羽微笑着伸出手，"狄双羽。"

"我太太。"容昱替她做身份说明。

他可真敢撒谎！狄双羽惊骇地瞪大了眼睛。

关允则眯起双眼审视地盯着容昱。

容昱只好实话实说："呵，还没过门。"

"看出来了，看出来了，哈哈。失敬，狄小姐。"握着狄双羽的手，曹存善怪罪地看向容昱，"哎呀，容老板，这么漂亮的夫人，现在才给引见，太不应该了。"

狄双羽无从争辩，急着给容昱打眼色求救。

容昱从曹存善热情的手中将她拉至自己身边："现在也没想给你引见，不巧遇上了。"

曹存善大笑："你这张嘴。我最怕就是和你说话……哦，还有你们段老板，"他指了指一旁沉默的关允，"都不厚道，老是伤害我。"

关允客气道："回头见了他帮您转达下。"极轻地瞥过那牵在一起的两只手。

"要的要的，别忘了，但是他拿什么话回应我，你就不用再讲给我听了。"曹存善说话粗声糙气，心思倒细，留心到关允的注意力并不在自己身上，对话马上转移给狄双羽，"看你和关总在说话，想必已经认识过了……看我，当然早就认识。"关允和容昱什么关系，能没见过他的女人吗？

狄双羽抬头看看关允："我咖啡洒了，关总把他手绢借给我用。"

曹存善语带钦佩："到底是关总，对女人永远这么绅士风度，可比容总强多了，不过人家容总运气好，哈哈哈……哎？盛启的人来了，我去打个招呼。"身为活动主办方时刻眼观六路，"对了，关总刚才不也在找顾加东吗？我看看，来的是老丁，看来小顾总又放我鸽子了。也好，带你过去认识下他们置地板块的老总。一起吧，容总？"

容昱挥手："我才见过，你们去吧。再擦就破了，真得回去换了。"夺过手帕丢到摆台上，他问狄双羽，"旭华呢？"

曹存善恍然大悟，"容总今天是什么人都不打算见了。"推着还站在原地的关允，"我们快闪吧，继续待在这里怕要讨人嫌弃的。"

狄双羽颔首同他二人道别。

关允面无表情看着她，再看容昱，后者下巴微抬，嘴型是笑，眼神仍同往常般倨傲，带着闲人勿近的警告。

曹存善大声叹气："唉，谁叫这美人就是比江山多娇呢！"

容昱绷着脸："老家伙废话真多。"

狄双羽斜眼瞪他："你是谎话一堆，张嘴就来，"盘起手一副找后账的架势，"说那种话干什么？"

容昱笑得耐人寻味。

狄双羽看不懂，不过心里明白这问题不适合深究，便聪明地绕开："你说有人要介绍给我认识，就是那曹善存？"

"存善。"他更正，扬眉训她，"你是房产圈的人吗？"

狄双羽望一眼楼下她本该出没的会场:“显然，我是文学界的。”

容昱捏捏她的下巴:“你居然把我对付没词了。”

狄双羽也不玩了:“好吧，远策地产的董事长，还用你介绍？再说我认识他干什么，您真当我要转销售？”

容昱当然清楚:“我指的不是他。”

那个关总？狄双羽皱起眉，她确实感兴趣:“是什么人？”听刚才他与老曹聊天提到段十一，竟和自己是一个老板。能进得了这个酒会，让老曹也叫一声关总的，职位必然不会低。她虽然混，也不至于对公司高管半点印象都没有。

容昱从经过的招待托盘上端起一杯香槟，并不急着回答她。

狄双羽稍作思索:“他是刚加入新尚居的？”

“算是。”

“地产营销那边的？”她只有这一个盲区了。其他业务单元的主管在集团年会上都照过面，除了这个刚组建不到一年的公司，据说总经理年后才到任。

容昱的脾气果然卖不得关子:“从前是我的副总，后来自起炉灶分流瑞驰客户。本打算协议遣散，任他和他那个摇摇晃晃的小公司自生自灭，没想到——”深深看了她一眼，“有人帮忙从中搭桥，让他逆势下得进新尚居，摇身一变成了跟我平手抗衡的对手。”

容老板这么妒意十足的一面可不常见，狄双羽替自己公司谦虚道:“新尚居营销单元还不敢称跟瑞驰抗衡。”

容昱问:“你又了解多少？”

她耸耸肩:“你都说他是瑞驰从前的副总了……”

“创始人之一。”容昱从不抹杀关允在瑞驰的地位与贡献。

狄双羽面色微变:“为什么我不知道？”

“这个，你要问问自己了，”容昱垂着头，专注盯着手里的高脚杯，“你打算在怎么样的场合记起他？”

第九章

——

忘记了还能再爱上吗?

一个女人绝口不提自己的幸福，

要么自闭，要么没有。

你不属于前者，那就是跟他在一起，

并没有可以脱口而出的幸福。

1

不知道是不是最近头发剪太频了，新发型竟没得到吴云葭太多评价：“剪了也挺好，利索。”

“就完啦？”狄双羽小失望。

“得寸进尺，我要骂你一顿你才老实。”话说得不客气，却把她拿在手上比来比去的两种口味酸奶全扔进了购物车里，拽她离开冷藏区域，“你这才上班就没影子了，领导没给你跪下啊？”

狄双羽得意：“他跪了，不过是因为我帮他搞定一个大单。”

吴云葭对她刮目相看：“你还能谈下来客户？”

“嘿，容昱。”

“也行，古往今来的优秀销售都是从杀熟做起的。容老板遇上你也实在没辙，甲方的身子乙方的命。”

“第一他不是会拿业务讨女人欢心的人，第二我不是会拿自己欢心换男人业务的人，所以这个交易顶多就是我又欠了他个人情的事。”

“嗯，说得多简单，白眼狼似的。人家容昱怎么了？不比那姓……”呸，根本没有可比性，“光明正大地拿人情帮你处理麻烦，回头你也就请吃顿饭，人差你这一顿饭啊？现在哪还有男人这么花心思追女人的，何况他那种看谁都不用正眼的男人。”

“我也感动。”她大方承认，“一个你没为之付出的男人，无论他为你做了什么，你都会感动的。所以我承认感动，不过这不能说明其他。”

吴云葭语塞：“你对待他怎么就能这么理智呢？”

“他是个会让我时刻警觉的人，虽然确定他不会伤害我，可是和他在一起，我就是浑身不自在，连日常相处都有困难。”光这么想着想着都能紧张起来，狄双羽挥下手，“反正我觉得我们俩只能共患难，他为我做这做那的，我都看得见，之所以敢这么心安理得地接受，是因为我有信心，将来如果他需要我的时候，我会不遗余力帮他。”

吴云葭再一次放弃对她大脑构造的探索，踏踏实实的易小峥不来电，全心全意的容昱不来电，偏为那不三不四的关允颠三倒四。

“对了,葭子,”拿着一盒冷酸奶压住微微发热的面颊,她漫不经心地开口,“下午做活动时碰见容昱了，他给我介绍了一个人。”

“干吗的？”

“容昱说我以前和他相爱过。”

吴云葭目瞪口呆地摇头，看来容老板被她逼得快没有下限了：“他居然会造这种谣……”

“哪跟哪儿啊？我说他给我介绍的那个人。”狄双羽乐得不行，“容昱说，我和那人曾经相爱过，这事儿你不可能不知道。”

吴云葭正为自己的乌龙汗颜，听到后半段话，重重叹了口气：“他到底让你跟关允见面了。”

狄双羽讷讷道：“原来是真的……”

她迟来的惊讶，吴云葭终于反应过来：“你诈我！”

“是，”她承认，“这些天听人说起关允时奇奇怪怪的态度，我手机有他电话号却想不起来这个人……原来真是这么回事，难怪你们提都不提。”

既然该来的躲不过，干脆别躲找上门去打，容昱这种化被动为主动的出牌方式，吴云葭欣赏归欣赏，可真无力应对：“唉！那你指望我能说点什么呢？”

狄双羽摇着头，满脸茫然：“我知道，如果我问，你一定会什么都说……”

吴云葭一声冷哼打断她的话：“不一定。我最多能保证不撒谎，但不一定什么都说。”

狄双羽苦着脸：“吴云葭……”

她被叫到名字突然间烦躁起来：“我可没容昱那份魄力，冒着你想起来的危险让姓关的出现在你面前。我打心眼里希望你再也见不着那货。你就现在这个样，不是挺好吗？你想起来他干什么？相爱？”吴云葭不屑地重复这个字眼，“他如果爱你，能把你折磨成这样！”

“我猜也是。他如果爱我，我也不会让自己失去对他的记忆。”狄双羽拿起购物车里那盒酸奶，“我这么喜欢的东西，要不是因为胃受不了，怎么会不喝？”

“你爱吃的东西从来都不管对身体好不好。”吴云葭哪会不知道她的性子。

狄双羽饭后照例主动出门丢垃圾，门口换鞋的时候，小云云走过来：“你是不是就顺便下楼遛弯了？”这孩子也想跟去，狄双羽以时间太晚为由拒绝了她，小云云于是尖声告状：“妈——小姨要下楼抽烟！”让她失望的是，沙发上的妈妈只顾着看电视没听见，再一回头，小姨也不见了。

门锁轻轻合上，吴云葭这才扭头看着孤零零站在脚垫上的女儿，重重地叹了口气。身边阿米拍了拍她的手：“早晚的事，让她自己静一静吧。”

吴云葭摇头：“真是怕她突然间承受不住了，干出让所有人都想不到的事。”

从关允翻到容昱，再翻回关允，狄双羽看了很久，只是看这个名字，像要牢牢记在心里一样，然后，把它从电话本里删掉了。

容昱手机占线，狄双羽蹲在草坪边，点了根烟熏蚊子，一根烟都快燃尽了，他电话才打回来。

“打扰你开会了？”狄双羽问。

他态度生硬：“知道还打电话。”

“感觉我任何时间都会打扰到你，”狄双羽有自知之明，“在忙什么？”

“抢盛启长沙的项目报告。”

他回答得一板一眼，她其实也听不进去，反正是在忙：“吃饭了吗？”

“现在下楼去吃。”

“你知道都几点了吗……”

“出什么事了？”他没有耐心地打断她。

她错愕数秒：“能出什么事？”

“要见一面吗？”

“还没到那么麻烦的程度，说说话就能喘过气来了。”

“听起来已经很麻烦了。你在哪儿？”

狄双羽把烟蒂丢到地上，站起来狠狠踩灭：“你这人也真是，要追我就好好追么，非要让人先恢复记忆，还怕谁说你是乘虚而入不成？”

容昱提醒她：“乘虚而入对我这种结果导向的人来说不是贬义词。”

“让我想起关允，对你有什么好处？”

“我不知道。你们两个究竟发生了什么事，我也不知道。我只是不能眼睁睁看着你躲在被子里面，自己把自己活埋。”

医院里那些梦魇缠身的场景浮现脑海，狄双羽眼眶微酸：“你从没问过我和他的事。”

“听着烦。”

“不在意吗？”

“很在意。所以在等你随随便便告诉我也无所谓的那一天。”

“结果我现在自己都不记得了，你还等吗？”

“我有时间，前提是你得活着。”他叹气，“好好吃饭，按时睡觉，就这些你都做不到。欠我那么多人情，你怎么还呢？随时就变成笔坏账了。有时候一想到你，真是烦得不行，你干脆告诉我说不还了吧，好不好？”

狄双羽一笑，眼泪也不可抑止地冲出来：“不好。”

他大概又要骂她了，可这个“好”字她无论如何说不出口。

“我承认我有心吸引你，但自私程度没那么高，只是想在你的空闲时间里占个优先级，像这样挨不住的时候，能和你说一说。虽然你听着烦……”

“有心吸引我？”容昱笑着重复她的话，没想到会从她嘴里听到这样的信息，“你哪里吸引我呢？”

狄双羽被问住了，仰望幽黑夜幕，闪过二人相处的画面：“我一直跟你顶嘴？这挺与众不同的吧？而且偶像剧也是这么演的，虽然你绝对没看过这类剧目。”

他轻哧：“别说顶嘴，指鼻子骂我的人都不在少数。”

狄双羽诧异。

“不相信？”

“不是，以你的人品……我是说你这种风格，我相信有很多人会这么干，但是没想到你会承认。容昱的话应该会说：‘怎么可能有人跟我顶嘴啊？’”

“你总能让我说出实话来。”

“……”嗓子哑了一下，她低问，“就因为这？”

“就够了，我没你那么贪心的。”

连容昱都认为她贪心，并且不止一次这么说，狄双羽不得不开始慎重对待，于是这一晚上就在自我检讨中度过。

早上一到公司看见柏林在前台签收快递，上前拍了他一巴掌：“早！”

柏林头也不抬：“早。”签完字回过头，两眼浮肿，各自套了个青黑色大眼圈。

狄双羽吓坏了，双臂端起做防守姿势："你是谁！"

柏林眉毛皱得老深："来我办公室说。"

狄双羽不安地叮嘱前台："待会儿如果传来一声惨叫，你赶紧打120。"

"坐吧。"柏林拍拍椅背，绕过写字台回到自己位置坐下，疲倦地揉着鼻梁，既不看她，也不说话。

这扮的是什么忧郁呢？狄双羽脑子里快速过一遍近期工作，想不出自己捅了什么娄子，应该是他自己的事："这是被哪个项目缠上了？"递根烟给他。

"还是青岛那个，"柏林摆摆手，指了指烟灰缸里那尚未完全熄灭的烟蒂，嗓子有点哑，端过水杯喝了一口，问，"海亮找你了没？"

狄双羽想了想："没啊，我昨天出去了。啥事？"

柏林泄气地往椅背上一仰："估计是要调你去上海了。"

2

吴云葭态度坚决："不许去。"

狄双羽却是跃跃欲试的态度："这是升职哦。"听柏林的意思是段十一亲自下的调令，新营销那边文案缺人带队，与其现招，不如内部调动。

"升个蛋职！"吴云葭一针见血，"你敢说不是为了关允去的？"

"倒不能完全说是为了他才去的，就是有个疯狂小念头一闪而过。"

"少来，你个经常被疯狂小念头打败的人。"顿了顿，又问，"你是不是都想起来了？"

她摇头："能想起来的还都是易小峥，代都代不进去别人。"

"所以我说不许去！"烦躁地关掉电视机，吴云葭吓唬她，"我看你这个样，去了上海也是把心思都用他身上，什么工作都干不好，待不了几天就得被人撵回来。"

狄双羽不信能这么严重："反正也不是现在就过去，我在这边也不是游手好闲说走就能走的。"

吴云葭火了："你过去干什么啊？你以为就你忘了他了？他要是记得你，能不给你打个电话？我问你，昨天见面之后，他联系你了吗？没有吧？自己在那满心激动的，就等扑过去找回记忆呢是不是？"

"我没想找回什么记忆。如果那么爱一个人，即使忘了也能再爱上。"

“那你这是要去再爱上？去吧，我从一开始就管不了你，现在也管不了你。”吴云葭真是跟她没语言了，起身要回自己房间。

“哎呀，你先听我说啊。”狄双羽拽住她，“我想去上海，确实是有关允的原因，我想借这个机会弄清楚和他之间到底怎么回事。但这不代表我想和他怎么样，你懂吗？”

吴云葭无药可救地望着她：“你是不是好日子才过两天，又感觉太平淡了，想找刺激？”

“就算是吧。”

“我告诉你，你真这么干的话，受刺激的只有容大老板。”

“我就是不想稀里糊涂地丢了一大段时间，我想搞清楚了，兴许能写本好书呢。”

那天偶遇之后，关允确实没联系她，或许容昱的那种介绍方式，也让他再没理由联系她。狄双羽并不失落，只是有几次会无故想起那个人的笑脸，想着想着，最终也还是会变成易小峥，温暖而心疼地望着她。

容昱说得对，她总不能一辈子躲在被子里面，自己把自己活埋。

出院半个多月了，狄双羽终于说服吴云葭让她回自己家住，为了戚忻不用再请假，特意挑了个周末。

戚忻学会了易小峥的口头禅：你可怜我。拎着她的拉杆箱站在楼下感叹：“我幸好还能全须全尾把你送回来。”原本就稍显中性化的五官，再染上淡淡忧愁，完全可以戴上假头套去扮十二金钗，狄双羽羡慕不已。戚忻嫌厌地回视她的目光：“你再这么看我我起诉你人身攻击啦。”

“嘿嘿。”

“傻笑什么，快开门。”

“噢。”一边费力地在背包里翻找钥匙一边嘟囔，“回头我非把这锁换成密码的。”打开门让重劳力先行，一侧身，胳膊上被贴了个易碎品的标志。

戚忻弹弹指甲上的残胶，若无其事拖着拉杆箱进去。

盯着那只高脚杯下“小心轻放”四个大字，狄双羽哭笑不得。

“熬不住还是回葭子那儿。”

“知道了，就好好吃饭好好睡觉，都是胎带的本事。”

他警告：“少吃安眠药。”

她也不瞒他：“早吃没了。”

“没了也别再去开，那东西依赖性太强，你现在这种状况根本对抗不了。”

“我会戒掉的，”狄双羽龇牙，“我打算连烟也一起戒了。”

安眠药、坏习惯、不该有的思念，她都会一一戒掉。这样勉强自己，即使再病倒了，别人也只会说：戒断综合征。

听起来根本没那么可怜。

再见到关允是在新尚居北京的总部大厦。那天狄双羽特意避开午餐高峰期，快两点了才准备下楼，电梯前站着，门一打开，里面就两个人：段瓷和关允。

狄双羽愣在了门口，盯着关允的脸，脑中一瞬间就把他和易小峥的影像重合。对面一个看热闹，一个心思复杂，也都没先开口，眼见电梯门就要合起，还是段瓷反应快，伸手按住开门按钮，唤她进去。她骤然回神：“段总。”迈步进来，再看关允，对自己刚才的失态有些尴尬。

“吃饭了没？”关允问。

“正要去。”

段瓷盛情邀请：“正好，一起吧？”

狄双羽客气道：“不打扰你们谈公事？”

“你快来打扰下吧，”段瓷笑起来有不合身份的孩子气，“我不想吃饭时候还谈公事，但你不在，他一定会谈。”

关允还嘴：“两个大男人不谈公事谈什么，谈恋爱吗？”

段瓷扶下眼镜：“你不要这样，关总，双羽认识我太太。”

狄双羽聊表忠心：“因为是老板娘才认识的……”

段瓷很欣慰：“真可靠，双羽。”

“所以你们放心去，我就当没见到。”她眨眨眼，不再贫嘴，“到现在才吃饭，肯定还一堆事儿要忙呢，甭管我了。”

关允盯着她瘦了一大圈的腰身：“你不是也现在才吃？”

段瓷也道：“走吧，不差这一会儿。”

再推辞就不礼貌了，狄双羽只得一笑应邀。

都有事赶时间，楼下简餐厅各自叫了份套餐。狄双羽想吃汤面，这时候只有牛肉面供应，将就着点了一碗，面送上来，看着大块牛肉胃里又不舒服，拿筷子拨到一边。

关允和段瓷聊了几句，再看她的食物几乎没怎么动：“要不你吃我的饭吧，面给我吃。”从没见过她吃牛肉面，就估计点上来也吃不动。

狄双羽连忙摇头：“不用，我在等它凉一点，太烫了。”

段瓷笑看这二人甜蜜，识相地低头吃饭，并不出声打扰。

狄双羽也想学老板食不言，可关允的餐没送上来，没有食物分神，一直盯着她碗里的面，目光深沉。原本就欠佳的胃口被他看得更没精神：“关总不是在上海办公吗？过来北京开会？”

关允对这过于客套的问候不知拿什么语气应对，一时僵着没说出话来。

看来是没等跟女朋友报到就被逮了个现行。段瓷多快的脑子，一听这话便知道该打证言了：“也是上午刚到，着急碰点事，下午去和盛启谈个新项目。”

狄双羽没多想，顺口问：“长沙的那个吗？”

盛启长沙拿地的事刻意压了没发新闻，现在业内也就几家时刻关注他们的企业才有耳闻。没料到这么个不起眼的小姑娘随随便便就问到，段瓷讶然挑眉，想到她应该是听关允提起，便只是笑着点点头。

不想关允也很意外：“你知道这项目吗？”

狄双羽问完自己也愣了愣，想了一下才记得是在容昱那听过一嘴。

段瓷闻言不禁好奇：“双羽的消息还是这么灵。”

关允表情凝重：“老容？”

她犹豫了一下，点头，以为他是看到她和容昱在一起才有这一问，并未参悟其中利害。

段瓷玩味地勾起唇角，看一眼关允：“我就说，那条鲶鱼不可能没动静。”

狄双羽扑哧笑出声，她是听过有人这么叫容昱，可还真没问过原因：“为什么是鲶鱼？”

段瓷瞥她一眼：“你印象里鲶鱼是什么样的动物？”

狄双羽想一想：“挺丑的，嘴很大，狂吃小鱼。”是因为吞并能力强吗？那干脆叫鲸鱼不是更贴切？“最主要招人烦，那鱼不吃一般不会有人买家里养着。”

这下连关允也笑起来。

段瓷更是被她后补充的这句话惊到：“这说法太恰当了，确实，没有需求，一般人不愿意和容昱沾上关系。”

“原来是个贬义词。”亏她还曾想拿这个绰号给容昱写篇人物报道，想想就后怕。

“是一房地产圈的老前辈给叫出来的，倒不能说贬义。”段瓷擦擦嘴，专心跟她讲起来源，“鲶鱼看上去又凶又痴，实际上是一种反应相当敏捷的鱼类，行动迅速而且隐秘，非常刁钻。跟容老板在商场上的风格很像，擅长打闪电战，目标明确，出击精准，很多客户你还没找上门，他那边已经拿下了，说实话遇上这种对手是一件特别头疼的事。看来跟盛启的接洽，咱们没占先机，有些细节还得重修一下，”话到最后还是落到公事上了，“要把瑞驰的长处回避掉，这就看你了。”

关允一副犹在梦中的困相：“瑞驰从没和盛启有过合作，老容也不可能跟顾加东有什么交情，长沙的项目他是怎么得着信儿的？”

段瓷并不觉得这难以理解：“触角伸展着，就会捕捉到新信息。做生意向来是从无到有。”

狄双羽一脑袋的糨糊，随着他们越来越多的对话，逐渐被稀释——

抢盛启长沙的项目报告。

双羽消息还是这么灵。

是相当敏捷的鱼类，行动迅速而且隐秘。

看来跟盛启的接洽，咱们没占先机。

把瑞驰的长处回避掉。

……

这下糟了。

狄双羽一下午坐立难安，内心反复纠结要不要去找容昱认错。因为她的有口无脑，竞争对手获悉了他的行动，最终这会造成什么麻烦，狄双羽设想不到，所以更担心。如果容昱真因为丢了笔生意怪罪她倒好办，就怕要怪她要花招博取关允注意力。

虽然现在认错也于事无补，搞不好还要被狠刮一通，可或者，有什么可以弥补的事还来得及做。喝了一罐冰镇红牛，哆里哆嗦地把电话给容昱打过去了：“容总，晚上赏脸出来吃个饭呗？”

“没空。”

“别没空啊，”狄双羽傻眼了，“人没空胃有空，得吃饭吧……”

“你买了送来吧。”

也好：“在公司？”

“我叫人去接你。”

五分钟后，狄双羽坐进车里问旭华：“就在附近了啊？”

“从家过来的。你系好安全带。”旭华说着，起步就是一个推背，车速上了一百二就没下来过，拐弯只是抬开油门，全程不带刹车。

狄双羽算知道从容昱家到她公司这五分钟他是怎么跑出来的了，车一停她整个胃都抽了，推开车门干呕了几声：“老大，要命啊。”

“要命的还在里头呢，”旭华递她几张纸巾，“我估摸着这会儿除了你，再也没别人敢进去了。”

狄双羽立马不吐了：“啥情况？”难道盛启真签了新营销，消息都已经放出来了？那她还送上门来干什么，找死么不是？

旭华愁眉苦脸的：“那位打一整天儿台球了，再这么着我就得去把老太太接回来了。”

打台球？狄双羽只知道事有反常必为妖：“什么意思？”

“心情很不好的意思。”旭华重重地点下头。

狄双羽扭身就要坐回车里：“突然想起来有个重要邮件没发，我回去一趟，晚点……”

旭华一把按住车门。

狄双羽盯着那个青筋盘错的大手，算了，华子也不容易……朝他小腿上踢了一脚，拔腿就跑。

旭华疼得单膝跪地，一只手还是牢牢拽住她。

狄双羽挣扎：“你这体格儿都不敢进去招他，我去送什么死啊？我刚出院，很虚弱。”

旭华又气又笑：“没那么夸张，你赶紧进去把人给我哄好了，这一脚我就当是他踢的。”

室内一片寂静，空调开得很低，狄双羽进门就觉凉飕飕，搓了搓肩膀，直接朝台球桌的方向看过去。容昱半俯身压在桌面上，眉心正中一个川字，翠绿色绒布映得他脸色发青，下巴抵在球杆上，双眼紧盯母球，瞄了半天出杆，球走个漂亮的折中线路，没进。

太背了。狄双羽眼一闭，心扑通扑通乱跳。

他直起身，拿壳粉蹭了蹭杆头，绕着球案缓缓地走，眼睛始终盯在台面所剩不多的球上。

狄双羽随便一指：“粉的，底袋。”

“回来呢？”

“蓝的。”

他终于抬头瞪了她一眼。

她自告奋勇：“要不我跟你打一局吧。”

他不领情：“谁陪你磨手指头？我的饭呢？”

狄双羽不假思索道：“被旭华吃了。”

容昱似乎能猜出门外发生过什么事：“那你还进来干什么？”

“我还非得干点儿什么吗？”她学他的口吻。

球杆靠在怀里，两手撑在台沿，他隔着球案望着她，嘴唇抿成“一”字，眉头倒总算略展开来了。

慢半拍想起上次他这么问过之后的行为，狄双羽脸一热：“我弄些吃的给你吧。”扔下背包找到厨房一头扎进去。

容昱跟过来，倚在门口看她翻弄食材：“做错事了？”

她迟疑地点下头。

“嗯。”他等她交代。

“你在跟的那个盛启的长沙项目……”想看他反应，一抬头撞上直勾勾的目光，又飞快避开，“我不小心说给关允听了。”

他叹气：“你又见过关允了？”

“还有段瓷。午饭时碰到他们，说下午要一起去盛启谈项目，我就顺嘴问了句是不是长沙的……我不知道……”

他沉默片刻忽然冷笑：“谈个项目还要老板跟着，出去这么久也一点长进都没有。”

“别在背后说人家坏话！”

“当面也这么说的。”

“那怎么办？”

“你问我怎么办？现在几点了，他们下午去的，快的话合同都签完了。”

“应该不会……”她清楚自己公司的流程，不过新营销那边毕竟刚组建的，也许真是关允一支笔，何况段瓷也在场。攥拳捶捶不长门的嘴，低头把混了鸡蛋牛奶的面糊搅得很卖力。

容昱盯着她：“阻止不了坏消息的发生，只能把带来坏消息的人给杀了。”

“别闹了，”她以手背拂开眼前碍事的头发，“你去提案了吗？我听段瓷说要根据瑞驰的报告风格重调方案……”

“奸细。”他打断她，“你不是段十一的人吗？还跑来向我告密。”

“我知道容老板不屑，全当我为弥补自己闯的祸不行吗？”

“你来就是跟我说这些？”

“我只知道这些……”确实很没价值。

“搬回自己家住了？”

狄双羽一怔，这才想到忘了告诉他一声，随即又为自己理所当然的想法感到奇怪，为什么要告诉他知道？

“睡得好吗？”

“还好啊。”

“每晚都开灯到天亮叫睡得好？”

“你就装不知道吧。”她背过身，找出一只平底锅，点火入油。

“那去上海的事呢？”他走过去，看到她明显变僵的脊背，气不打一处来，“我也要装作不知道？”

狄双羽不敢看他，原来打一天台球，是因为这件事。

“不要去。”他将油锅端至另一只灶眼上，关了煤气。

狄双羽也无心对付这些炊具，转身看着他：“你该明白，容昱，我没有跟你商量的义务。”这么合情合理的话，说出来为什么会心虚呢？

“你是在考验我有没有留住你的能力。”他抬手捏住了她的下巴将她拉向自己。

脸与脸贴得非常近，狄双羽能感受到他强烈的呼吸声。

就在她以为他要吻下来的时候，他的手掌向下一滑，拇指和其余四根手指全部张开，几乎绕住她脖子一周。

她还没料到一个浪漫的姿势已经变成谋杀的前兆，只觉得脖子一紧：“容昱！”她下意识低叫，企图阻止他的危险行为。

“这么细的脖子，完全不费劲就能掐折了。”还以为她拥有不死体质才敢这么大胆，“你是怎么活到认识我的呢？”

3

从盛启出来，段瓷情绪不高，关允倒是信心满满：“这一版提案基本上都是他们想要的，不多不少。”

“我并不担心这个，瑞驰的打法你熟悉，报告本身我们有优势。”以掌遮光仰视大厦顶端的“盛启”二字,段瓷沉吟,“这小顾总的脾气……结果如何还不好说。”

“您都亲自过来了，面子上也算做得足。至于顾加东这个人，说话办事像闹着玩似的，老容和他更不对路。”

“你都这么说了，看来是我多虑，”段瓷笑笑，“好吧，也忙一天了，去陪陪双羽吧，今天看她有点反常。”

“何止是今天反常，”关允苦笑，“很久不理我了。”

“看着再强势也是女人,女人总归得哄。”段瓷明白他的难处,“新营销刚上马，你自顾不暇，难免冷落她，双羽算懂事的了，好好珍惜吧。事业固然重要，佳人更难再得啊，老兄。”

关允取笑道:“一副专家口吻。”

段瓷倒照单全收:“我是过来人。对了，她调动的事我跟海亮提过了，就等这边交接妥了，随时可以接手你的文案团队，人事关系要调去上海还是继续放在北京，看她自己意思，都可以。以双羽的业务水平，新营销是捡着宝了，关总这叫双丰收。”

“还得谢段总肯成全。”

“看双羽面子，接二连三的帮忙，真是我的贵人。”

旭华开车到狄双羽家小区门口，减速带上戳了一明黄色锥桶，车被拦下过不去，按半天喇叭也没人出来。

狄双羽说:“停这儿吧，我腿儿几步就到了。”

“哪儿成？”旭华不敢，“容总特意嘱咐让送到楼下，说你们小区有吸血鬼。”一脚油门冲了过去。

狄双羽乐得:“漂亮。倒霉门卫，就他不务正业，咱车停岗楼后边都让人给扎了。”

“您可真不是惹事儿人。”旭华算看出来了，“噢对，前两天去看西山老太太，问起你来着，哪天闲下来给我打电话，拉你去她那儿转一圈，空气倍儿好。”

“行。你开车慢点儿。”看那辆过大的商务座驾在便道里不甚熟练地行驶，想起容昱说她“每晚开灯到天亮”，脑中不由浮现他每晚独自站这楼下看她窗口灯光的画面。

一时间感同身受，是另一种无奈和心疼。

这么久以来，容昱其实很少干涉她的决定，包括从前在瑞驰工作时，她定的推广计划，他嘴上说着无聊多余，又发脾气怪她不与他商量，最后还是会配合安排去做采访、出席活动。她要辞职，他借口出差闹失踪不肯签字，到底也没说什么放了她离开。甚至知道她和关允在一起，他也只说："你可以不在我身边，但别站到我对立的位置。"他从没这么坚决地对她说过：不许。眼神是不容一丝抗拒的命令。

狄双羽始终对这个阴森的男人怀有敬畏不假，却还是第一次感觉到害怕，单纯地受了威胁的那种怕。无关身家安危，而是分明地确信，这次如果还拂逆他的意愿，只怕真要将这人从自己身边推离了。

"不去就不去吧。"去上海是一个让她解开心结的机会，可她不想用容昱的离开换这么一个前路未知的机会。况且，到那边要一个人面对关允，真有她控制不了的局面出现时，还能求助于谁？一个人的话，总是特别容易屈服。

目送容昱的车从视野里消失，她还站在原地发了许久的呆，直到耳边响起了关允的声音："难怪一直不肯接我电话。"

狄双羽回过头，看着不知何时站在身后的关允，似乎对他出现在自己家楼下并不意外："找我吗？"

他走上前来，双手插在裤子口袋里，神态轻松："不想和我继续了，是因为他？"

狄双羽听得懂这话的意思，却只能否认与容昱有关的部分："应该不是。"

关允语调微沉："我能不能知道发生了什么？"

狄双羽无辜道："我也想知道。我还想知道到底——"伸出食指点在他的胸口，"为什么我会喜欢你？"

关允愕然，随即苦笑："这是骂我吗？"

狄双羽的理解是："您要老觉得别人说什么都是在骂自己，肯定是因为干过不少遭人骂的事儿。"

"可能吧，"他笑得洒脱，"反正总是不对你的心思，也早料到会有这么一天了，还是觉得太突然。不过既然是你的决定，我会尊重的。"

"谢谢。"

"以你的个性，大概连见都不想再见我了，但我希望彼此还能做朋友，真心的。"

狄双羽为难地抿抿嘴唇："恕我直言，朋友暂时还谈不上，但是今后工作中免不了会有交集，关总看起来是个坦率的人，我也期待能跟您愉快相处。"

她的语气用词都恰到好处，却让关允有着说不出的别扭，又无从挑剔，只好牵强地笑笑："新营销那边还是欢迎你的，郜海亮应该跟你提起过了，有时间的话随时找我细谈。"

"去上海的事吗？"狄双羽直截了当地拒绝，"这如果是关总的意思，可能要跟您说声抱歉了，多谢您的抬爱。"

"无关太多私人感情，只是希望能有你这么一位得力员工，帮助公司尽快走上正轨。"

"了解。可是我在北京生活了这么久，朋友、关系都在这边，"指指他背后的楼宇，"房子也买了，一切都很稳定。无缘无故要换个城市重新开始，对我来说确实很有挑战，我恐怕没理由，当然也没勇气接受这个安排，希望关总能够谅解。"

回头看看这栋他曾频频出入的建筑，关允疑惑地皱了皱眉头，印象中这是她租的房子，好像还提过和房东续约之类的事。忽然发现他对眼前这姑娘的了解少得可怜："双羽……"

"嗯？"她望着他，带着友好而客气的笑。

"没事，"在那双清澈的眼睛注视下，他狼狈地扭开脸，"你说得对。还是那句话，我尊重你的决定。"

"谢谢。那——关总没其他事的话，我先上楼了。"

"好的，别太熬夜了，美女作家。"他有些出神，"瘦了很多，不过更漂亮了。"

她眨眨眼："我会好好保持的。再见。"

狄双羽上楼，靠在门板上发了会儿呆，走到窗前，他果然还没走。拉起窗帘，狄双羽想，要是自己记忆都在的话，和他就此分手，再看到这流连不舍的身影，会不会为之动摇？她更想知道，为什么要走到分手这一步，为什么他要说：早知道会有这一天。

早就知道会分手，他又是以什么心态留她在身边的呢？

太多死角，感情无法代入，她猜不出答案，缓缓蹲下来，坐在地板上，额角隐隐作痛。

是有多难忘，才会这么难以记起？

下班往地铁站走，接到吴云葭电话："喂，北京还是上海呢啊？"

狄双羽翻白眼："火星了。"

她狂笑："妈呀，信号挺牛啊。"

"你真行！啥事都跟容昱说！"完了还敢打电话来验收成果。

“好不好使吧？”吴云葭冷哼，“这是你自找的，不到万不得已我至于劳烦容老板？”

“怎么就到万不得已了？我不就那么一说吗，又没收拾行李起来就走。”

“我还能等到那天再想辙？”

“没那么一天，”狄双羽举手投降了，“我不会去上海的，跟领导谈过了。”

吴云葭严重怀疑：“真的？”

“真的假的能怎么地？”狄双羽暴走，“我要真想去，你以为就凭容昱能拦得住我？”

“他肯定能，”吴云葭很笃定，“我劝你最好别试，小小，他要是真把你绑起来，我绝对主动配合给你们单位、杂志社打电话请假，家里也交代明白儿的，全世界都不会发现你失踪了。”

“你疯了吧？”

“我疯了才让你去上海。”

又绕回来了……狄双羽忽然咧嘴坏笑：“我干吗去上海啊，昨天晚上关允来找我了。”

“嗯。”吴云葭替她把情节补充完整，“易小峥也来找你了，你们三人斗一宿地主。”

狄双羽一阵恶寒：“你不信拉倒。”挂了电话备感绝望，唉，葭子跟容昱串通一气了。

一记响亮的口哨声响起，抬头就看见容昱那辆一尘不染的黑色奔驰，慢悠悠地挤在非机动车道里迎面驶来。

旭华从驾驶室那边的窗子探出头：“喂，那个一脸忧郁的气质小妞……”

狄双羽在所有人都看过来之前拉开副驾的车门坐了进去。

容昱在后面挑衅地开口：“又没在叫你。”

狄双羽趴在椅背上瞪他一眼，又说旭华：“你这么开车，容老板一辈子都记不住交规。”

容老板也不屑：“我有驾照。”

狄双羽一板一眼道：“交规不是只有考驾照才用的！”

容昱问：“去哪儿？”

狄双羽反问：“不是跟你吃晚饭吗？”

他绷着脸：“我要去机场，没空和你废话。”

狄双羽转向旭华感叹："容老板都在二环里有私人停机坪啦？"

"哈哈……"旭华再也憋不住了，"我说不行吧？双羽肯定知道，你去机场不直接走三环跑广渠门来兜一圈怎么也说不过去。"

狄双羽也笑够呛："这点儿掐得还挺准。"

旭华摇头晃脑地："每天下班点儿都跟这儿路过一圈，咋还没有撞着的时候？……哎哟，还有人在河边放风筝哪！"

容昱收回警告的瞪视，斜眼看那偷笑猫："待会儿真要去机场，涮羊肉时间不够。"

狄双羽看看天气："这么大雾肯定没法准时飞。我带你吃小火锅，你一定没去过。"

他无奈，靠进座椅里嘟囔："你这个胃还老惦记吃什么火锅啊。"

旭华见状就明白要换老板了："咱怎么走啊，小火锅？"

"呵呵，闹着玩的，我晚上还约了杂志社编辑去唱歌呢，一身火锅味多寒碜。咱掉一头回双井那随便找一地儿吃点得了，吃完你们直接上三环奔机场去。"

"得嘞。"旭华打舵迅猛，竟然还能兼顾路边风景，"哟，那不是许部的车吗？"

容昱看都没看："哧，倔老头，和他打交道牙都痒。"

"那个许山东吗？"狄双羽也知此人是某个要塞的路神，看了他的车不免惊讶，"这么低调个座驾啊？"

旭华就知道她认错了："辉腾，老大。"

狄双羽也笑起来，"远看就是一大号帕萨特。"

容昱挑挑眉："我近看也没发现区别。"

狄双羽故意奚落他："所以人家这才叫真低调，看你开个奔驰招摇过市的。"

容昱不以为然："我又不是抢来的。"

狄双羽替他忧心："您就不怕被抢吗？"

华子顺嘴就接："废话，不怕的话还要我干什么？"

狄双羽大笑。

似乎颇见不得她这么开心，容昱期待地问："专栏又交不上了吗，要请人唱歌？"

"谁说的！"她果然针扎一样，"最近稿子别提多顺手……就是想唱歌了就叫出来一起。"

"你倒跟谁都能玩到一块儿。"

“这也是维系自己的人脉。将来如果我不做房产了，想转纯文案，搞不好就跟谁成同事了。”

他目光微转：“不想做房产了吗？”

“专家表示任何市场总有萎靡的时候。”

“股票套牢，黄金套牢，期货不会，就买房子简单又稳赚不赔，众所周知，市场凭什么萎靡？专家就靠哄你活着了。”

她不服气：“你不是老说：别把鸡蛋放进同一个篮子里。”

“我说的当然对。”

“那我这也不正叫作两手准备以应不时之需吗？”

“也对。”敷衍地打发小孩子的无谓辩驳。

狄双羽撇嘴读着他的言外之意：“我说是就是……”

“你听话要听完整。”终是见不得她那副失落相，他直起腰正经八百地上课，“这句话听起来简单，其中起码的约束条件你注意到了吗？它是只针对拥有多个鸡蛋和篮子的人而言，更重要的是还要有能同时照顾到这么多个篮子的精力。你觉得自己用得上这句话吗，双羽？”

“唔……”

“‘唔’？”他推推她的头，“就这么一颗鸡蛋还分什么篮子啊，捧住了好好看着吧。”

应了狄双羽的诅咒，有人航班晚点 2 个小时了还在等起飞信息，坐在机舱里刷微博。霜雨老师最新一条微博写得十分有深度：我今天

后边连个标点符号都没有。

容昱看得浑身不自在，决定找博主算账。

狄双羽从 KTV 包厢里出来接电话：“有东西落在北京啦？”

“嗯，给送来吗？”他总是敢于提出各种无理要求。

她也就毫不心虚地大包大揽过来，“没问题啊。”

“来接我，”他无比认真道，“我不去了。”

狄双羽心说不妙：“你不会还没飞吧？”

“给关在机舱里。”

“闷吧？”

“热。”

“飞起来就凉快了。”

“敞篷的吗？”

狄双羽苦笑：“你找我碴儿也没用啊……要不跟空姐商量下去待会儿吧。”

“我几天没出差了你知道吗？”

“我连你这次出差几天都不知道。”

“明天就回来。”他声音柔软。

“噢，好。”好怪异的对话。

“你不要搞事情。”

狄双羽为自己叹气：“你们一个个的到底担心什么啊？”

“别刚好是我不在的时候，又恢复了记忆。”

“这个它归我控制吗？”她有些恼火。

他良心建议：“你可以试试只想着我。”记得她说过，跟他说话的时候，没精力想别的。

“……”

“为什么不说话了？”

“在吐！”她没好气。

4

想到容昱这些天的表现，狄双羽就惶恐。他是从来没隐藏过对她的好感，可也没像现在这么积极表现过，这甚至都不算是一个男人追女人的节奏，而是标准的情侣模式。是，容老板一向不在意过程，可这结果也实在突兀，更让狄双羽难受的是，尽管百分百确信自己没有会错意，却无从声讨。她能说什么呢？

容昱说：我明天回来。

她说：关我什么事？

容昱会怎么回答？不关你的事啊，我就是明天回来。

所以谁更莫名其妙啊？这连追求都没有就直接变成他女朋友的情况要怎么破？身边人别说帮忙出主意，根本就觉得她才是有问题的一个。

次日去郊游，狄双羽刚搭好烤肉架，口袋里手机响了，她戴着手套，就让戚忻帮她接起电话。戚忻把肉串腾到一只手上，另一只手帮她掏出手机贴到耳边，不忘忠告："注意语气啊。"

狄双羽疑惑地看看来显：容昱。立刻进入戒备状态："干吗？"

容昱说："我今天不回去了。"

"为什么？"她还在惦记自己捅的娄子，"盛启这边放着不理了不要紧吗？"

"为了能跟你说句话。"

"啥话？"狄双羽迷糊着。

"挂了。"很满意她的配合，容总愉快收线。

"挂啦？"半天没听见说话声，戚忻看下屏幕，在她头上拍一下，"别回味了，赶紧点火。"

狄双羽恍然："你哥调戏我。"

"这叫什么调戏？"戚忻也听见容昱说什么了，"不过他说这种话是挺奇怪的。"长得狱警似的，竟然主动跟女人报备行程。

"你也觉得怪，是吧？"狄双羽如遇知音，"好像把我当成他女朋友了，是我不太检点说什么让人误会的话了吗？"

"谁知道？不过你……难道不是吗？"显然这才是他意外的一点。

狄双羽觉得有必要谈谈了："我和他的事儿你应该最明白不过，跟着起哄架秧好玩啊？"摘下手套拿过瓶子喝水，"跟我这儿说说算了，别到老容那儿还冒这话，再让他以为我借着你跟他暗示什么似的。"

戚忻看她那正经八百的表情就来气："我是原来听你说的，才相信你们俩没什么，可是见了容昱之后发现根本不是那么回事。他对你，绝对不是你说的那种……什么相互欣赏之类的，那就是把你当喜欢的女人对待。"

狄双羽嘴角抽搐："我也不烦他。那不烦的都能算是男女朋友还不打得血肉模糊？"

戚忻轻哧："你不烦的人不见得都愿意当你男朋友。切，都多大了，还分不清崇拜和爱。"他把食物都放回冰袋里，凑过来蹲在她旁边，"我给你出个简单粗暴的选择题吧，假如我哥和关允同时掉到这河里……"

狄双羽当时就急了："我喝水的时候你闹！"

戚忻兴致勃勃地："没跟你闹，认真答。"

狄双羽上下打量他："要是连你都算上，你们全都掉进去了，我也肯定先救你，因为我觉得他俩都比你水性好，懂了没？这种问题能说明个屁。哎哟，仨老爷们儿让我去救。"

戚忻挫败：“别扯，只有他们俩在河里，我是后被你说进去的。”

狄双羽好笑道：“你们啊，甭瞎使劲了，我和容昱要成早就成了，用折腾到现在？”

“现在怎么了？”戚忻很不乐意听她这么说，“谁跟谁是一生下就两口子的，不都经历过事儿才到一起的吗？”

眼瞧他越唠越远，狄双羽连忙叫停：“打住吧。”转个身继续挑炭块儿，想想又回头看看吴云葭，三口人正在河那边大石头上忙乎着，一时半会儿过不来。“我和你说实话，我现在只想搞清关允到底是谁，要真像葭子说的那样，我脑子里那些和易小峥在北京生活的记忆，其实是跟他的记忆……”

戚忻脸一沉：“你搞清楚了又能怎么样？打算再回到他身边？然后再被他刺激失忆，再找回记忆再回去受刺激。一辈子就这么倒带玩，是吗？”越说越气，站起来一脚把她喝剩的半瓶水踢出老远。

“倒带吗？”她对这词儿很感兴趣，“倒带好啊，知道接下来会发生什么了，就可以避免重来。谁说找回记忆，就意味着要回去再受一遍刺激？”

她蹲在那儿嘟嘟囔囔，戚忻没太听清，也看不见她的表情，就听语气异常冷淡，感觉不对：“你是不是又见过关允了？”她现在对关允只有好奇，完全不抗拒，这种情况下见到关允会发生什么事，戚忻很担心，好几次想把事情的经过原原本本告诉她，又觉得残忍。

“谁踢的水瓶子！”吴云葭叉着腰过来监工，“就知道闹，到现在连个炉子都没点着，你俩合计晚上在这儿扎寨了吧！”

狄双羽点着火，掸掸手笑道：“今天没带帐篷，想玩的话，过两天我出去露营带着你们。”

水月说要带几个作家搞集体采风活动，找来找去没什么合适场地，那天K歌看见狄双羽，忽然想起那个有私人庄园的小向员外。狄双羽不愿意麻烦向阳，无奈水月催得又紧，电话打过去，以向阳那种恋群的个性当然很乐意，要了水月手机号跟她单线联系去了。后来两人分别给她发了个时间安排的短信，工作日，也没问问她请不请得下来假，事就给敲定了。

费用问题虽由水月负责，但向阳这个人情还是得她来还，活动这天狄双羽特意提早去了庄园，想着先跟向阳道个谢。大队人马还没到，庄园很安静，门口居然吊起一堆彩气球，还拉了主题横幅，就连出来接她的电瓶车都贴了一圈带杂志社 LOGO 的不干胶。狄双羽不由感叹："向公子天生是做活动执行的料，一直就没入对行。"

向阳小得意："其实在机关也总给他们安排节目。"

"机关也能说请假就请假吗？"

"我真希望他们不给假，记我个旷工啥的。"向公子对于隐退江湖始终贼心不死。

狄双羽愈发读不懂他的寂寞："都定型的事了，你还挣扎什么啊，老实混着吃喝等死吧。"

向阳一脸愤愤："这话就是你说，狄姐，换别人我早跟他急了。我这有学识有阅历的人，能就这么自甘堕落了吗，不得创出一番属于我自己的辉煌事业啊？"

狄双羽不受煽动："估计接下来要给你安排相亲了吧。"

"已经相过了，说等她过了本命年结婚，唉，二十五六就让人家结婚，都没怎么开过眼呢，将来遇着可心的，且等着闹婚变吧。"说罢又是长叹一口气，想了想又龇牙一笑，"不过那姑娘挺漂亮的，跟你差不多高，白净净的，就说话声音太小了，跟她在一起忒费耳朵。"

狄双羽乐得够呛："可真知道心疼自己的东西。"还费耳朵，亏他想得出来。

向阳看看她："狄姐你头发是越剪越短了，这要是在路上我真不一定能认出你来。记得去年和允哥咱们第一次喝酒的时候，头发又黑又长，没几天就短了，弄得我一直以为你那长头发是假的，哈哈……"

狄双羽脑子嗡了一声："关允？"

电瓶车开到庄园的小酒吧前，向阳先一步跳下车，兴奋地对上面那个仍在发呆的人招手："到了，快下来，有彩蛋。"

狄双羽无心回应他的热情，按压着太阳穴上一跳一跳的神经，艰难地开口："向阳，我前些天生了场病，记忆力出了点问题……"在他由懵懵懂懂转向担心的目光中，把话说完，"和关允的事，我全忘了。"

"原来是这么一回事。"不属于向阳的南方口音凭空传来。

狄双羽瞪大眼睛，看着从向阳身后缓缓绕出来的关允。

水月来吧台找向阳拿矿泉水，顺便观光窗边小桌旁那一对男女："啥情况啊？"

向阳苦着脸："我这儿也蒙着呢。"他和水月定了活动时间并确定双羽会参加之后，乐不颠儿地联系了关允，问要不要百忙之中客串下庄园伙计，关允二话没说答应了，人也准时来了。可好好的一场恋人重逢没瞧见，反倒出现了这种相亲般和谐而尴尬的氛围。唉。还想着又能张罗顿酒喝呢……“狄姐说她前阵子病了，你知道吗？”

水月不假思索道：“还用她说吗？突然瘦那么多，不是生病就是抽脂去了，你指望她减肥？不可能。”

向阳点点头：“那失忆怎么回事？她连我都记得，却把允哥给忘了，这太扯了吧。”

“允哥是谁？那男的？”水月斜眼瞄了一下，从模样上没分出哪路亲戚来，“什么人？是她哥还是你哥啊？”

“我以前公司的领导，是她……应该说男朋友吧。”

水月双目圆瞪，压低嗓子嘶吼：“男朋友？她居然有男朋友！这什么时候的事？”

“起码一年多了吧。啊，不对。”向阳又算了算，一年前关允大概还和那个赵珂搅和着呢，什么时候和狄双羽开始的……把自己绕糊涂了，“反正有段日子了。”

“不像，”水月又一番观察后得出结论，“她那眼神哪是看男朋友啊，感觉比我对那男的还好奇呢。”

那双眼睛是安静而疏远的，望着他时带了少许探究的意味，是想要接触一个陌生人时才会流露的眼神。

回想最近几次见到狄双羽，她都是这样看着自己，于是刚才在听她对向阳说出那句话时，关允几乎是毫不犹豫地就相信了。难怪同样的音容笑貌，她给他的感觉却那么陌生，原来在她心里，他们真的是初次见面的人。

“一点也想不起来？”如果只忘了他一个人，他这张脸，她多少还会有印象。

“不是想不起来……一些事情还记得，但不是你。”狄双羽不知如何解释，易小峥的事她不想无故对外人提起，“我脑子里，没有你这个人的存在，你的姓名、身份，你和我的关系，都是别人告诉我的。”

“是上次在你家分开之后发生的事？”那时的她虽然语气冷漠，但眼中有他，“你不是回家看父母了吗？”

“想不起来，”听他这么问，她略显失望，“我以为你会知道，他们都说和你有关。”

“谁说的？那天来接你那个人吗？”

“哪天？”

“你回家那天。”

“那天我们见过？”

他愕然皱眉：“怎么会这样？你头部受了伤？”

“没有外伤，但是昏迷了很久。”

“醒了就不记得我？”

“刚开始没人提到你，我也不觉得忘了什么。直到容昱带我去见你，我才知道有你这么个人。”

“你和容昱又是怎么回事？”

狄双羽莫名其妙：“我记得他啊。”

关允冷笑：“那是我失忆了，容太太？”

“啊。那个。”狄双羽想起容昱那天的介绍，“当然不是。谁知道他怎么想的。”

“我知道，”他意味深长地勾起嘴角，“他一直挺喜欢你的。”

狄双羽眼里也有了笑意：“而你又曾经是他的员工，那我们三人的关系不是很微妙？是因为这样你才离开瑞驰的？”

关允笑出声来，笑罢轻喟一声：“也可能有这原因也说不定。”眼珠转了转不知想到什么，又笑了笑。

狄双羽的笑容却已转为审视：“我和你，真的是情侣？”她想象不出，“到什么程度的？”

他对这个问题表情暧昧：“喝过酒，上过床，你觉得还需要到什么程度？”

“我不是指这个。”忘记一个人或许是她失礼在先，因此容忍了他的放肆言辞，“我的朋友和同事，甚至连家人好像都见过你，我想问，我们已经谈婚论嫁了吗？”

他有一瞬不易察觉的僵硬，反思二人相处至今，确实很多事都不在他最开始预料的情况内了。他该向白纸一张的她如何一一表述？

沉默的时间超过了她等待的耐心，狄双羽咳了咳：“恕我直言，关总，可能由于接触不多，”她尽量把话说得委婉，“你并不是我喜欢的类型。”

“起码长相是吧？”他笑，食指点着右边脸颊，“这边的酒窝呢？”

狄双羽心脏一缩，跟着是狂跳，异常地剧烈，她受不住，伸手压了压：“你知道易小峥？”

他点头，脸上带着与易小峥最为相似的微笑。

她不相信，两只眼睛眨也不眨地瞪着他。

“别这么看我，”对视中他败下阵来，“你说得对，我不是你喜欢的类型。你以前也不喜欢我，会和我在一起，只是因为我像你原来的男朋友。”他靠在椅背上向外望去，想起了第一次带她来这里的情景。

那时他给她讲了他和赵珂的事，他讲得专注，她听得出神。时隔数月，他和她之间，竟然也成了回忆。而她更完全不记得，像在听别人的故事一样，忽而好奇，忽而质疑。

他发现她很容易将自己代入到别人的感情里，为事不关己的离合伤悲轻易落泪。他的抱怨成就她的心疼，他的牢骚在她耳中婉转如诗。许多危险关系的开始往往并不轰烈，也与情欲无关，有时只是纯洁单调的吸引，有时是敬畏兼具的仰慕，有时是无以为报的感激，有时就是一个恻隐的心动。

“我们刚在一起的那天，你喝醉了，亲口对我说的。你还说，要不是我已经结婚，早就把我拿下了。呵，没见过你这么敢的女孩子。从前在瑞驰的时候就觉得挺酷的，很有气势，跟老容也针锋相对半点不让他。当时想过接近你，”说到这里他拉回视线望着她，忽地失笑出声，“但是真不太敢惹。你这种姑娘原则性太强了，我在没离婚之前去招惹你，只会被讽刺得无地自容。”

“你离婚了，是因为我吗？”

“你希望我说是？”

“只希望听实话。”

“我不会跟你说假话的，双羽。不管你记不记得，我都敢说：和你一起这么久，我从来没骗过你，可能有我隐瞒不说的，但只要我说了，都是真话。”

狄双羽似颇认可他的态度：“我上次也说过，关总是个坦率的人。我既然问你了，当然是准备信你的。”

“离婚不是因为任何人，”他老实承认，“就为了自己，我不想要家庭生活。”

“那和我在一起，也就是玩玩？”

没想到她会迅速得出这个结论：“一开始是。”他纠结了一下，选择承认。

狄双羽五官舒展，茅塞顿开：“那我知道为什么会和你分手了。”

“我们没分手，是你单方面不想再见面了。”

“对我来说这就算分了。你没玩够，我够了，两人都没奔着天长地久去，总有一方要先退出的。”她耸耸肩，“你也说了，我原则性强，不可能跟这样一种心态的男人玩太久。这样的结果不奇怪。”

“是，很早我就知道你会有离开我的这天。”

“原来只是婚姻观不同，我还以为……”狄双羽舒了口气，“老实说，我挺害怕有天会想起什么刺激到自己的事，没有那些狗血剧情真是万幸，也不用整天提心吊胆了。”

关允凝神看她，眼中有歉意：“其实我以前经常把你惹哭，你忘了也好，少些芥蒂。”

狄双羽神色坦然：“好不好都是我经历过的，能想起来的话我并不想就这么忘记。”

关允说：“如果你希望，我愿意帮你想起来。”

她稍作沉吟：“顺其自然吧。”

“那，重新开始呢？”

“重新……”狄双羽差点笑出来，“怎么重新开始？你要追我吗？”

他一瞬不瞬望着她：“可能会。”

“追上以后呢，关总？”她非常想知道，一个不想要婚姻不想要家庭的男人，能用什么来说服自己允许他的追求。

“起码不会再让你那么哭。”有些事经历的时候不觉荒诞，回想起来愧得揪心。

狄双羽考虑片刻：“我不会给你这个机会了。”她拒绝得彻底，但语气并不严厉，反倒像在规劝，劝他死心。“尽管记不得了，但我知道自己，如果在你面前哭过，那每一滴眼泪都是真心的，但我的眼泪却没换来真心。所以，我不能再让自己在你面前掉眼泪了。”

5

水月问她：“一年了，应该会是个很难忘的故事。你甘心这么忘了？”

狄双羽说：“我不甘心，但是也不知道还能干什么。难道因为曾经的美好，就要跟一个现在没半点好感的男人谈恋爱？”

“这倒是。”水月挑挑眉，揪掉脚边一把青草，“算啦，天涯何处无芳草，男人嘛，旧的不去，新的不来。”

“这话有合理的因果关系吗？”狄双羽跟她抬杠逗笑，“因为旧的不去，所以新的才不来？”

水月被问得一愣：“因果关系？也不能说没有。你看，就像你这头发一样，不是说你不剪头发就不会再长新头发，而是说你留着很长一把头发，那么即使每天都有新生发，你也不一定会发现。感情也是，一旦谈久了，对别的男人自然会麻木。所以旧的不走，”手指在她胸口戳了戳，“新的就进不来。”

狄双羽揉揉被戳痛的肉皮：“我一直想，用这句话形容感情挺Loser的，好的感情应该能够历久弥新，而不是走了一拨再来一拨，再热的心也被这流水的兵给炼成铁打的了。”

“好的感情要能遇上对的人，这个人明明不对，你却把最好的感情都用在他身上，又怕被人当成Loser，错也不放手，死撑到底。这叫什么？别跟我说痴情。‘痴’字怎么写的？你去翻翻字典：一个病字头，解释起来：傻，无知。”

狄双羽翻白眼：“人家跟‘情’字在一起是取引申义的，指病态状，才不是你这么解释。偷换概念。”

水月恼羞成怒：“偷换概念的是你，我跟你说旧的不去新的不来，你跟我说历久弥新。能历久当然好，那走不下去了呢？像你这样全忘了再重来过能叫‘弥新’吗？那对你来说根本是个崭新的男人。当然，你如果想跟他开始一段崭新的恋情，我也支持，并祝二位这次能够历久弥新。”

“你怎么好像气呼呼的，”狄双羽哑然，“跟我那些认识他的朋友一样，特别不希望我和他再有瓜葛——我到底有没有跟你提过关允的事啊？”

“没有，如果我没失忆的话。不过这也就是为什么我会判断，他不是那个对的人。”

狄双羽很有兴趣地歪过头看她，水月如果不成心捣乱，逻辑能力其实相当之高。

“一个女人绝口不提自己的幸福，要么自闭，要么没有。你不属于前者，那就是跟他在一起，并没有可以脱口而出的幸福。”

“幸福非得挂在嘴边吗？那我向来低调，不屑显摆，不行吗？”

“发现了吗，你正在不知不觉地向我显摆着你的低调。别人也许不能这么判断，但是像你，”水月伸出一只手从头到脚比量着她，“这么嘴欠的人，交男朋友一年多对外人只字未提，我就送你俩字：压抑。收了吧。”

狄双羽拒签：“收不了，不记得。”

她会倚病卖病耍赖，水月也预料到了：“你这种失忆我没记错的话叫解离性遗忘，是人在遭受严重刺激时，为了防止精神崩溃，大脑皮层开启的一种自保功能。说白了就是逃避。”水月连连摇头，痛心疾首地拍着她的肩膀，“这可不像你啊，霜雨老师，杀伤力堪比人体炸弹，居然选择逃避。”

如水月所说，狄双羽处事很少做逃避选项，并非她有勇气够担当，而是越来越发现，事情避而不做是下策，总归逃不掉的，发展到后来再去做只会更加棘手。她以前从不说该来的躲不过，现在却屡屡被这种宿命感困扰。

听见部海亮跟柏林说新营销搞定了盛启项目的时候，狄双羽又在心里重复了一遍这句话。摸起手机，先是拨了旭华的号，“你老大干吗呢？”

“哼。”这么简短的笑声显然不属于旭华。

狄双羽就感觉头晕眼花：“容总……”为什么还是拨到他那儿去了？看下屏幕：是旭华的号没错啊。

容昱亲切表扬她：“肯讲礼貌了，懂得找我先问秘书。”

“不是找你。”她一窘，又开始胡说八道。

结果他真把手机还给旭华了。“找我啊，亲？”旭华高兴夺回通话权，还很不应该地叨唠了一句，“你看，不劳烦您接，非得自讨没趣。”

容老板直接翻脸：“开车接什么电话，挂了！”

狄双羽赶紧说：“给他接给他接。”糟糕的开头。

旭华开了车载免提：“说吧。”就听狄双羽清清嗓子，旭华直接笑喷了，“要唱一段儿怎么着？”

“你还闹！”一听还是旭华说话，狄双羽也没那么紧张了，“我都吓死了，以为容先生又开始打台球了。”

估计还当手机在他手里呢，旭华刚想出声提醒，肩膀被人按住了，扭头看看老板脸上的阴险表情，旭华只能默默祈祷这丫头别说出什么不中听的话把他也搭进去。

狄双羽看不见电话那头的动作，一边跟旭华倒苦水顺便打发时间，一边盘算再挑个吉时给容老板打电话：“刚听我们同事说，盛启跟新营销签单了，我废了，华爷，老容非给我记个一等过不可。这回别说打台球，他就是打台湾你也别找我了。”

旭华实在忍不住笑，看一眼后视镜，容昱居然还绷得住。

狄双羽可不觉得好笑：“盛启也神烦，那么大的企业，一堆地产项目，你说干吗不自己建个营销团队？老是找外包，把钱分给别人不说，招得这伙人你抢我抢的伤和气，真不懂这些大开发商的经营思路……”

目的地接近，旭华不得不出声了：“酒店还是会议中心啊？”入口不同，他别走错了路绕不回来。

容昱吩咐：“直接停地下。”

“待会儿用我跟您进去吗？”

“5：20，大堂门口等我就行。”

“好嘞。”

终于搞清了对方通话模式的狄双羽，鼓起勇气弱弱地“喂”了一声。

旭华笑着把电话递给容昱。

“想明白大开发商的经营思路了吗？”容老板开口就是企业管理知识题。

狄双羽硬着头皮：“就能用钱的事绝对不用脑子呗。”

“自建团队就不花钱吗？”容昱笑道，“做惯乙方的人都是你这种小农意识，总想跳过代理少花一块是一块。”

“都是辛苦赚来的，省点不好吗？”

“你都说钱是赚来的，省能省出几块？大项目高费用很正常，不超预算是偷工减料了，总要有不同角色参与进来主导各自熟悉的链条。你以为写专栏，自己闷头忙活就够了。”

“也没闷头忙活啊，”狄双羽委屈，“这不还给你通风报信？”

“还挺及时。”他大为感激。

狄双羽词穷。

容昱哼了哼：“别指望我跟你说，即使没有你盛启也会签新尚居，事实是如果你不出卖我，瑞驰胜算非常大。”

狄双羽闷声闷气地：“我知道。”

“那你知不知道，跑了这一单我还是有很多客户要应酬的？”

“知道。”一样的字，声音却因雀跃的心情变得清脆悦耳。

他不觉展颜，也再藏不住安抚之意：“知道就别拿这种无关紧要的事来烦我了。”挂掉电话自言自语，“整天想些不该她管的事，搞砸了事情还得哄，哪有这么麻烦的人？”

“知道自己闯祸了，肯定是比您还郁闷哪。”旭华才不会傻到跟他一起数落狄双羽，“对了，反正你不用车，我要不拉她散散心吧，去老太太那儿兜一圈。”

容昱默许：“今天有雨，别让她们去山上。”

郃海亮从柏林办公室出来，路过狄双羽工位，又退了回来："嘿！垂头丧气干吗呢？"

狄双羽也不正眼瞧他："这么些天没下雨，水稻都旱死了，秋天没有大米吃可怎么办？"

像郃海亮这么不挑食的人就不用发愁："吃面条呗。"

狄双羽挥手："你不懂我的惆怅。"

柏林远远瞪着郃海亮："回你自己楼层骚扰女员工去！"

郃海亮瞥他一眼，没理，趴在狄双羽旁边的隔断板上冲她挤眼睛："明儿带你出去喝酒啊？"

狄双羽一脸的敬谢不敏："我看上去那么厌世吗，需要跟你去喝酒。"

郃海亮大笑："新营销签了盛启，段老板龙颜大悦，赐庆功宴一桌，我给就近安排到楼下 KTV 了。没外人，就新营销负责项目的几个伙计，有的还是你原来瑞驰的旧同事，再加上总裁办的。最重要的是——段总亲自作陪，有他在你还怕第一个倒吗？"

十一是笔名，段瓷有个外号叫段三杯，据说还是啤酒的量。狄双羽倒不怕喝酒，但这场庆功宴对她来说太过讽刺，涎不下脸参加。

柏林听海亮笑得大声，走过来凑热闹，没料到狄双羽会拒绝，好心提醒她："关总也会来。"

"更不想去了。"狄双羽收到旭华短信说到楼下了，拿起背包走人，"拜拜。"

柏林哪能容她这么明目张胆翘班："吗去？"

她指指腕上手表："午饭。"

柏林无奈："以后你给我按点儿吃饭！"

"知道啦。"挥手走人。

柏林还在嘟囔："总下午两三点钟溜出去，一饿大半天，不闹病才怪。"拿起她桌上的药瓶，看不出门道，随手扔回去，"成天拿这当饭吃。"

"吃饭？"郃海亮倒了颗维生素当零食，"没瞧我都没提关允吗，就你机灵，怎样，给说生气了吧？呸，这维 C 怎么苦的？"

"双羽？"柏林真没看出来，"为什么？"

"你想啊，关允接了这么大个项目，肯定没时间陪女人，刚才我说明天出去玩，她都不知道怎么回事，说明那位还没跟她提过。你自己往雷上踩的。"

"也就你这女人堆里晃悠的能看出来，"柏林不服气，"什么雷不雷的，回来还能炸了我啊？”

郜海亮哧笑：“那你就等着吧。”吐着嘴里的苦药渣回办公室喝水去了。

山脚下的小院里种了许多青菜，狄双羽连猜带蒙也认不得几种，陪着老太太间苗，拔下来的顺手就塞嘴里嚼了，保姆勤姨看得直乐：“这孩子真不糟践东西。”

老太太说：“胃才好，别吃太多生叶子。”

勤姨忧心忡忡：“怕也没多少给她吃的，这茬儿小萝卜出苗不好。”

狄双羽也不敢贪玩了：“那还往下拔吗？”

“差不多了，”勤姨把残苗收在小筐里，“我去做饭，双羽你扶周老师进屋坐会儿吧，蹲太久了要腿疼的。”

狄双羽应声起身，习惯性撩下肩膀上头发，手空落落地扫过去才想起早换了发型，吐下舌头，弯腰去扶容老太太。

“还不习惯短发吧。”老太太搭着她的手站起来。

“噢，老觉得还披在肩上呢。”

“看来不是嫌头发碍事，是旧习惯作祟。”

狄双羽抓抓发梢：“阿姨说话总是别有深意。”

老太太笑道：“全在听的人，说者无心。”

狄双羽承认：“是我想得多。”

“这不是坏事，孩子。”老太太拍拍她的手。

洗过手在屋前竹椅上坐下，勤姨已沏了茶放在桌上，知道狄双羽不爱吃甜的，特地端了些咸香茶点，又嘱咐说马上要用晚餐，让她别贪嘴多吃，撂下把扇子给她，这才进厨房忙乎去了。狄双羽对这动作麻利却有条不紊的保姆阿姨很佩服：“勤姨整天忙不完似的。”

“多亏了她。”容老太太语带感激，“原先家里事情多，她忙惯了，就闲不下来。”

她一边给老太太打扇子，一边看着勤姨背影感叹：“我如果这么同时干几件事，早就乱了套了。”

“她是人忙心不忙，眼看见这些活，心里早想好怎么做了。”

狄双羽猛点头：“我就差把事儿都记在纸上一样样照着做了，还是丢三落四。”

老太太笑得宽容：“你年纪小，静不下心是难免的。吃块饼干？”

接过点心，狄双羽呆呆地叹口气，回过神来有点不好意思了：“气压太低，喘不过来气。”

“谁都会有烦心事，阿姨不笑你。”

“我这岁数能有什么烦心事，胡思乱想而已。”

“多大岁数都有烦心的时候。小孩儿还懂愁功课，愁不长个子，长大了接触事情更多，怎么会没愁事呢？小时候都敢抱怨，现在又怕被人说胡思乱想了。”

狄双羽啃着饼干，声音含糊：“因为在别人看来，我根本是自找麻烦，根本不应该抱怨。”

“双羽呀，太看重别人的眼光，自己可累了。”

“您还是第一个这么说我的，容总都觉得我活得很自我。”

“别被他的话困住了，”老太太望着她，细语绵言的安抚中又带三分劝诫，“谁都不是你，那么张嘴一说，做不得数的。你别太当回事。”

狄双羽受教，可要做到完全不畏人言，她不行：“是不是要到您这个年纪，才能真正做到什么都不介意？也不为那些委屈的事抱怨、记恨？”

“光靠这些情绪，解决不了事情。”

“可有些事真是绞尽脑汁也解决不了的，也不敢告诉别人，说了白白惹人跟着操心。想装作没事，心里又难受……”她掸着指尖的饼干屑，这只手上的拂掉了，又沾到那只手，怎么也掸不干净，弄得手掌上都是碎渣，“除了越想越烦，什么都干不了。”

老太太拿了一方手巾，拉过她的手。

狄双羽离开座位到她身边站着，摊开手给她。

老太太仔细擦净她一双手，又在她掌心轻轻拍了拍：“容昱他，是不是做了什么为难你的事？”

“没，”没料到自己的牢骚会给她这种联想，狄双羽连忙否认，“不是他。”

“他不懂怎么对人好，但我相信对你，他没有恶意，有话不妨直接跟他讲，以免生出不必要的误会。”

“真不是因为容昱，阿姨。他对我很好，真的，反倒是我经常给他添乱，惹他不高兴。”

“那就好。”微微皱起的眉头舒展开来，“阿姨无心过问你们年轻人的相处，是怕他太没分寸，你又太客气。”

“谢谢阿姨。”狄双羽鼻子一酸，摇摇头，“但确实不关他的事，是我自己做错事，错得很离谱，又改不过来，像进了死胡同，走不出去，又退不回来。”

“我能帮到你吗，孩子？”

狄双羽蹲下来，喉咙发堵不敢开口，只能感激地仰望老人慈爱的眉眼，沉默地摇着头。

“我懂，有些路是得你亲自去走，否则过不去。我能帮到你的，也就是在你实在走累的时候，劝你歇一歇。”老太太将手放在她头上，摸着她不够柔软的发丝，“要是害怕在别人面前丢脸，可以在我这儿放任，我这把年纪的了，不会笑话哭闹的小孩子。”

“哭闹不是也解决不了问题吗……”她这样问着，眼泪早已经簌簌落下，“明明不是您的错，却要您跟着心里添堵，对不起。”

“你看啊，云彩积得太厚，就要下场雨，人心事多了也承受不住，哭会儿吧。”

狄双羽仰起头看漫天乌云，泪水从眼角到颧骨，滑过脸颊，沿着下巴流进领口，也有一滴直接滑落，比当天的雨更早地打湿了脚下的院子。“……阿姨您知道吗……没有人要求我做什么，从来没人要求的，我却把自己逼成这样……”她双肩颤抖，哽咽变作啜泣，却希望每个字都能发音完整，结果只让气息更加急促，“……我到底是成了一个坏人了。我其实不想伤害任何人，可也不想被人伤害……阿姨，这是心魔吗？我只想保护自己，可是……用伤害别人阻挡伤害，当然不够善良，所以这些都是我的报应……我觉得自己很卑鄙……满口谎言……像我这样的人死后一定会下地狱的，所以我连死都不敢……阿姨，我还有救吗……您教教我……”

老太太并不应声，也不打断她自责的剖白，只用柔软的手指从她额角至发顶反复而轻缓地顺抚，另一只手悄悄抬起，朝院子外面刚下车的人摆了摆手，阻止他走近。

容昱听从母亲的指示站在了原地，面无表情地看着那个瑟缩的身影，脸色远比山雨来前的天色更阴郁。

第十章

——

我有的是时间喜欢你

不是河水，不是船，不是掌舵的人，

一个岸边打望的第四者，那么认真又那么伤，何必？

1

柏林一早就给狄双羽递话："海亮让你下班在单位等他一起走。"

还是庆功宴的事，狄双羽白他一眼："不去。"

柏林这下仔细观察了，还真有怒气："别冲我来，没我什么事，我也不去，就给你捎个信儿。"

狄双羽拱手作个拜托打发了他，揉揉酸胀的双眼，只觉头疼欲裂，从前额到两侧太阳穴，眼皮也乱跳一早上了，想是昨天哭太凶了的原因。

去洗手间洗了把脸，看着镜子里略微浮肿的眼睛直摇头。丢人是丢人，倒总算没那么胸闷了，好歹能上来口气。就是旭华那小子说话不算，答应晚上会过去接她，又说下雨不来了。她也不好意思麻烦老太太的司机，两个老人就这一个小伙子照应着。最后还是在院子里住了一夜，旭华倒是良心发现起个大早来接她，总算赶得及上班，连衣服都没换。

旁边洗手的女同事被她那双眼睛吓着了："你这是又熬夜啦？"

狄双羽扁扁嘴："看了个特感人的电影，哭了半宿。"

同事被她这种精神深深打动了："看来是工作严重不饱和啊。"托着她下巴把五官打量了一番，"脸可是挺饱和的，肿成这样……化妆包留给你？"

"算了，今天都宅在公司，也不出去……啊，搁这儿吧，用完了给你拿回去。"她想起来了，待会儿有个不能这张倦脸相见的人。

戚忻对她那个大浓妆很无语："没事儿老把眼睛涂得左一层右一层的，眼珠子都熏红了。"

狄双羽抛个媚眼："这不来跟你约会吗？"

戚忻龇牙直乐："是为了吓唬我吗？没戏，这活儿就得你帮我弄，"一纸袋的资料报告拎到她面前，"抓紧帮我赶出来啊，评上优秀了请你顿大的。"

单位要求各科室做成果汇报给主管部门领导过目，为了配合研发预算，一个漂亮的展示文档比苦干一年都重要，可以说直接涉及整个科室人员的福利问题。戚忻他们科每年都是一个女同事负责汇总配注释做PPT的，今年赶上人家休产假回不来，一群人临到下通知了才想起这个事，都没做过，各自找门路。戚忻很看好狄双羽，虽然领域不同，算起来也是文案工作。

"我还保你是优秀是及格的？能拼出来就不错了。"狄双羽不敢把漂亮话说在前头，接过来资料翻了翻，没几本书，不是什么大工程，"我发现我现在什么润笔都能赚了。"

戚忻哄骗道："你要真给我做成优秀了，我可以给你联系联系其他科室的业务。"

"就你们这伙连工作总结都找枪手的废物点心……对我们国家的医药事业真是彻底绝望了。"狄双羽叹着气，把资料拢起装好，口袋往旁边椅子上一搁，不小心碰掉了原先放在上边的背包。抬腿一挡，包是挡住了，顺着敞开的拉链掉出来一堆物件。

戚忻谄媚地弯腰替她逐一拾起：钱包、名片夹、圆珠笔，还有一个透明的小药瓶。职业习惯，对药瓶多看了两眼，写的是维生素C，可里面药片显然不是原配。维生素给药剂量一般比较大，没理由这么小一粒。

狄双羽端着背包等他把东西装进来。

其他的一股脑还给她，戚忻留下药瓶，打横放倒了拿在手里，仔细看药片上的成分标记。

狄双羽劈手夺过来："我治痛经的。"

戚忻真好奇她的生理构造："用天天把止痛药放包里背着？而且还这么多！"目测足有四五十片，忍不住低吼，"你在哪儿开出来这么多的强痛定啊？！"

她假装没听见，招手喊服务员："帮我们催下餐好不好？"转过头，对面那位药师仍然一脸追究地盯着自己，狄双羽拗不过他，只好据实交代，"我也不是经常吃，就是前两天收拾药箱翻出来看快到期了，怪浪费的……你别跟葭子说啊，她又该大惊小怪了，不像你这种专业人士对药品有着正确而科学的认识。"

"知道我专业就别整这么多虚词儿，"戚忻听她一句真话都没有，压着火问，"什么时候开始吃的？”

“原先就有，那阵熬夜熬得厉害，落了偏头疼毛病，去医院开的……”

“小小……”敢一次性开出这种数量的一类精神药，除非那医生是不想干了。

“我不会滥用的。”她徒劳地保证，“有时候头疼得想撞墙，没它真不行。”

“你这么说我更没法看着不管，把药给我，”他伸出手，“你不能再吃下去了。”

狄双羽只说：“家里还有。”

戚忻也跟着头疼起来：“你吃这个只会更睡不着觉，不睡觉头就更疼。你就这么想去见易小峥吗？还是着急想起和关允的那些记忆？你想都记起来是吗？我都知道，我来告诉你。你不用这么逼自己！”无力地在餐桌上捶了一拳，“这算什么啊，既然难忘就不要忘啊！”

“戚忻，你觉得难忘是什么意思？”在他费解的注视中，狄双羽想起小时候的事情，“有一次和同学去爬山，误吃了很多毒蘑菇，差点死了。现在十几二十年过去了，我还能记得那种蘑菇长什么样，当时吃它的时候是什么心情，甚至什么味道的。我能记它一辈子，因为得知道：这玩意儿以后千万别再吃了。”

戚忻眼瞳微缩，不敢相信自己听到的。

“难忘不难忘的，能怎么地啊？”她说，“记着他，也就是为了要离远远儿的。”

人只会被活着的对手打败，怎么会为死人困扰呢？如果真是想念易小峥，她大可找个高一点的建筑跳下来，放弃与这场疼痛清晰的梦境纠缠。可是，易小峥才是梦，她到底不能一辈子睡在有他的梦中。

她歇得够久了，哭也哭过了，路还没到头，总得往下走。

没到下班点，郃海亮已如约过来要人，狄双羽扬着一张很有说服力的倦颜：“亮总，再不回家睡觉，我非猝死了不可。”

郃海亮多玲珑的人，不跟她多费口舌，留了一句：“那我先走啦。”重音在中间那个“先”字上，意思是你早晚都得乖乖过来。

狄双羽也听明白了：“好的。”

“有时候觉得没胃口，什么也吃不下，可一旦饿起来，还是会想到最爱的那家餐厅。进食是动物的本能。大部分的伤感，吃着吃着就忘了。没有比饿肚子更难过的事。”

段瓷正在看狄双羽这条刚发的微博，郃海亮推开包厢门进来了，还带了条选择题：“双羽病了，要回家睡觉。双羽没见着关总亲自上楼请，要回家睡觉。你们说我用哪条表述更合理直白一些？”

知情的几个人不约而同笑起来，不明真相的忙着打听。

关允无奈地揣起手机起身：“她在几层了？”

段瓷伸手拦了一下：“且不忙。”很有把握地拨通狄双羽电话，“病了还发微博？”

狄双羽说：“病了哪儿也不能去，只好无聊地发发微博啊，不像你们有酒有肉的。”

“看来很严重呀，”咳一声，“真得差人去探望一下呢。”

“段总，”狄双羽丑话说在前，“您必须得跟我喝一杯了。”

段总爽快答应。

段三杯是不胜酒力，但从不躲酒。狄双羽一到，他便举杯遥敬，当然，同时把在场所有人都捎带上，也是只有他这种酒品才能干出来的事。一通激励简短的祝酒词过后：“段某先干为敬，各位尽兴。”一时间玻璃杯叮当作响。

狄双羽连座儿都没捞到，半杯红酒先下肚了。

郜海亮不出所料地看着她：“怎样，还玩不玩反抗了？”

狄双羽嘴里泛苦，撇着嘴去找零食。

段瓷转身在舞台边的吧台前坐下，拿起点餐单向狄双羽摇了摇：“双羽过来点吃的，吃饱了不想家。”

郜海亮抽走餐单当扇子用：“您哪位啊，自来熟，见美女就搭讪，不觉得后背凉飕飕吗？”扬着下巴指向不远处的卡座。

这间独立包厢面积很大，俨然一个小酒吧，有灯光聚焦的舞台，有几组沙发围拢的卡座，有飞镖盘、卡牌桌的游戏区，二十几人在里面活动绰绰有余。除了关允，狄双羽还看见另外两个原来瑞驰的同事，其中就有许宝乐，是项目总监级别的。段瓷看重的果然不仅仅是关允这个领头羊，而是瑞驰养了多年的肥壮羊群。

卡座周围光线较暗，看不清坐在那儿的关允是什么表情，但显然他一直关注着这边。接到郜海亮挤眉弄眼的招呼，起身正要走过来，半路被拖去唱歌。拦路者还嫌不热闹，嚷着让段瓷也加入，段瓷挺难为情地摆摆手：“你们先唱，我唱完还有人敢点歌吗？”

郜海亮哈哈笑：“他说的是真的，要不我给你们开开嗓吧？”回头抓了把开心果，就见狄双羽不知何时已在段瓷对面坐下，正往他的高脚杯里斟酒，一脸的不怀好意。“我要不等会儿再去？”老板安危要紧。

狄双羽拿红酒瓶口指着他："一边玩儿去。"满杯酒递给段瓷，"怎么啦领导，工作干得不好啊？"

郜海亮被吓着了："十一你自己保重吧。"

段瓷一杯酒下去已经欢脱了，弓着腰坐在吧凳上，手跟着音乐在自己大腿上打拍子，人有点发飘，脑袋还精得跟鬼一样，眼神支使郜海亮："知道找谁报仇吧？"

郜海亮一甩头："陪关总唱歌去鸟。"

段瓷一派邪气地朝狄双羽勾勾手："太吵了，近点儿说话。"

狄双羽拉着凳子坐近："段总要说什么？"桌上酒杯也挪近一步，"先干了这杯再说。"

段瓷压着手跟她讨价还价："你得容我缓缓，连干两杯我肯定直接喷了，太毁形象。那还有第一次一起喝酒的。"他指了指唱歌那几个新营销的同事，"你放心，双羽，我今儿就没想自己走出去。"

有他这句话就行，狄双羽安分坐好："段总说吧，想听点儿什么当下酒菜？"

段瓷颇欣赏这姑娘的气魄："先冒昧问一嘴，你和关总……"

还真是这道菜。狄双羽尴尬地笑笑："您冒昧了。"

段瓷当然一点就通："应该不是工作方面的原因吧？"

狄双羽笑道："没那么复杂。"

"好吧，"他小声叹了口气，似在惋惜，"不过这一单你功不可没，完全不需要用别人女朋友的身份出席。"

"谢谢段总，"狄双羽反过来好奇他的洞察能力，"先前就知道您嘴巴毒，原来眼睛也挺毒的，郜总和柏林他们都没发现。"

段瓷得意："所以我比他们工资高。"

所以今天先得把这个人给喝到位，狄双羽心说。

这边段瓷开始主动要求唱歌的时候，狄双羽看到郜海亮朝自己举起一个造型奇怪的酒瓶，拉着关允回卡座划拳去了。

挺好的，洋酒，关允不擅长。

事实证明，即使选关允擅长的，郜海亮喝倒他也只是时间的问题。所幸矜持犹在，还提着一口气能往返洗手间，没在现场直播。折腾几趟腿都软了，半倚半坐地窝在沙发上，除了眼珠哪儿都不愿意动了。

眼瞧旁边那五六个凑热闹的也快到量了，郜海亮抓了颗冰块扔嘴里嚼，斜眼看着桌上的软饮瓶子："哎哟，可真没少喝。"

许宝乐心服口服地竖着拇指："郜总你是真海量。"之前也听过郜海亮能喝，看他拼关允，还想着过来挡一挡，没承想"能喝"和"能喝"还不是一个量，差点把自己也给捎带了，"老关其实划拳不输你。"言外之意酒喝得还没他多。

"哈哈。"郜海亮满口碎冰咔咔响，张嘴一笑直冒白气，"关总倒是一把好拳儿。"

"我也有一阵子没见他这么喝了，今儿是高兴。"

郜海亮应着，一边观察着小吧台那边的形势："段总也半年多没沾酒啦。"估计以段瓷的酒量，也难以诱人往死灌他，所以在看到桌上那只空空如也的红酒瓶时，郜海亮简直不敢相信段瓷还能坐在高脚吧凳上，"你知不知道这瓶酒比你岁数都大？"捏着瓶子把标签正面朝向狄双羽，"就这么一人一口给分啦？"

"怎么可能？都是我喝的，"狄双羽不大高兴，指甲在段瓷的杯沿轻弹，"他这才第三杯。"

段瓷严谨地补充："还都是半杯。双羽让着我，不给喝了。"

郜海亮可看得明白："她自己也没少喝了。"

"她才没喝多，"段瓷推推眼镜，"眼睛闪亮亮的，倍儿有侵略性，这是斗志昂扬的表现。"

狄双羽把眼睛一眯："您再这样我跟您接着喝啦。"

郜海亮气得合不拢嘴："你行的，双羽，一点也不知道心疼我，你把他喝成这样，待会儿我送回去了，翘夫人连门都不给开的，直接让我把他拉我们家过夜去。"

狄双羽斜眼看着又冲出包厢的关允："就你心疼人，也没给这几位往轻里灌了。"

顺着她视线看过去，郜海亮再不那么硬气了，打着哈哈："本来吧，就是想喝几杯探探量，后来他划拳老赢，把我赢急了……哈哈，快去看看吧，还跟这儿坐着。"

"谁喝的谁管，我看着段总。"她说得事不关己，拿个酒杯晃呀晃的。

在郜海亮看来明显是赌气，赶紧和稀泥砌台阶了："段总放着我来吧，现在看像个好人似的，撒起酒疯来不好摆弄着呢，你可整不了。"推她一把，"你还是去看看关总吧，别走出去找不来了。"

洗手间在包厢两侧各有一个，都关着门，关允不知在哪个里面。狄双羽靠在右边的墙壁上，一脸孩子气的别扭劲儿早就荡然无存，盯着斜下方的地板，眼神略微发直。听见对面响起冲水声，立刻上前一步倾身去拧门手。

关允正开门出来，脚下踩了棉花一般收不住身子。两人撞到一起，他随手搭住她的手臂，稳住自己重心。他刚洗过脸，弄了满身湿漉漉。狄双羽低叫："好凉。"

"不好意思。"他迅速松开手，同时看清了面前的人，浑浊的眼风有一瞬清明。

"关总？"狄双羽似才瞧见他，"没事吧？"

他摇摇头："郜海亮太能喝了。"

"他当然能喝，他一天能陪三茬开发商。"狄双羽说着，上下看看他，"您还能自己站着，挺厉害了。"

关允已经听不清她的话了，摆摆手就要往房间里去，脚下忽地一滑，倚着门框才站住。

"慢点慢点。"狄双羽手忙脚乱扶住他，"我看您还是甭进去了，逮着还得被灌酒，那边沙发上坐会儿去吧。"

半拖半搀着将人带到电梯口的公共休息区，狄双羽一松手，关允就跌坐在沙发里，双肘支着膝盖，脸埋在手掌里。

狄双羽说："我去拿瓶水给您。"一转身，手腕被牢牢握住。

关允还是垂着头，并没看她，手却不肯放开。

狄双羽任他握着，另一只手藏到背后。半晌，腕上的力道渐小。

就在她以为可以抽身的时候，他兀然开口唤她的名字："双羽……"

狄双羽一惊，小心地蹲下来："关总？"

"……你怪我吧？"他始终没抬头，声音被压得很低很模糊，更像在自言自语，"还是怪着的吧……"

"我去拿水，回来再说。"

"真什么都不记得了……心里得多苦啊……"

狄双羽没再吭声，用力挣开他的手，跑回包厢门口，弯下腰，手扶在膝盖上，有些费力地大口喘气，左手的手机拿起来，按亮，锁屏图片并不是她与小云云的合照。

相同型号颜色的手机，但这只是刚才扶关允到休息区时，她从他口袋里掏出来的。

2

电话本直接拉到最底端，找到“赵小妹”的号码，走到包厢门口，拉开一道门缝，让里面嘈杂的音乐声传出来。电话接通，赵珂的声音在这片嘈杂里几不可闻。

听着电话里吵得够呛，关允却没动静，赵珂着急地问：“您这是在哪儿呢？”

在哪儿呢？狄双羽揉揉头发，退回走廊，拦住一个服务生，手机递给他，一手捂着嘴要吐出来的样子，勉强挤了几个字：“……来接我。”

服务生处理这种事驾轻就熟，接过电话，顺着她手指的方向看清包厢门牌号，赶忙回应电话里一直“喂喂喂”的人：“您好？哎，您好女士。这边这位客人好像喝酒了，想让您过来接她一下。地址您记一下……”完成任务，手机还给客人，小伙子好心询问，“用我扶您进去吗？”

“谢谢帅哥。”狄双羽收起手机，看了看他拎着的购物筐，指着里面的饮料，从牛仔裤口袋里掏出一张钱。

服务生很有眼力见儿地取了瓶红茶：“待会儿把零钱给您送包房去。”

狄双羽接过瓶子转身朝电梯方向走去，背对着他挥了挥手。

盯着她醉相全无的背影，服务生费解地愣了个神儿，揣起钱去补货了。

狄双羽把关允扶回包厢，约莫过了半小时，正想借口去洗手间躲出去，手机响了。一看是吴云葭打来的，赞一声姐们儿好样的，骰盅让给自己身后围观的郜海亮，接着电话离开包厢。

许宝乐正收拾被关允弄翻的水杯，看见她出去半天没回，坐过来问郜海亮：“双羽没事儿吧？”

“双羽？不是接电话去了吗？”郜海亮怪笑，“还能被段总喝出事了？”摇着骰盅往桌上一磕，“都精神儿着，别以为双羽走了就能糊弄住我。”

许宝乐若有所思地点点头：“倒也是，老关爱玩，她也多少能喝点儿。”

郜海亮耳力奇好，听见这话，仿佛发现了比骰子好玩的游戏：“他们俩在一起好多年啦？”

许宝乐知之不多，但时间还推算得出来：“没有，老关离婚这才一年多不到两年，人那丫头心气儿高着呢，看着玩得挺开的，不可能没名没分当小三儿。我跟你说，其实我原来以为，她跟老容……”正说着，包厢门被推开，许宝乐背后议论人比较心虚，一见有人进来立马收声。细一看不是狄双羽，也是个女人，头发很长，大波浪卷，逆着光看不清五官，但紧身衣裙下线条火辣。

郃海亮只当是进错房间了的，低声打个口哨，肩膀撞下旁边的男同事：“哄进来喝一杯。”

这边许宝乐定睛看清来人，噌地站了起来：“不能吧。”慌得音调都变了。

郃海亮瞧着有戏，乐滋滋地跟着起身：“你认识啊？”

许宝乐脱口就说：“老关的情儿。”

“啊？”郃海亮咂咂嘴，还真要来一场大戏。

“以前的，”许宝乐实在不知道该怎么介绍，“老关就因为她离的婚。”

郃海亮后知后觉地读懂了他的慌张：“不会双羽也认识吧？”

许宝乐表情夸张：“特别熟，原来都是瑞驰的。”

郃海亮环顾一圈：“还好双羽没回来，我出去挡着点，你赶紧把这位打发了。”

许宝乐快哭了：“我怎么打发……”

“宝乐？”也就是赵珂，在一群陌生人的包厢里还能不慌不忙地找人。看见许宝乐，心里也有底了，风姿绰约地走过来，“还真是你们，我以为老关又喝多了乱打电话呢。”

许宝乐和郃海亮面面相觑：他是真又乱打电话了！

关允被刚才猛然站起的许宝乐踩到了脚，不悦地坐起来要拿水喝，扬头看见赵珂，没搞清状况，只见是熟人，就给了个笑脸：“嗨。”

赵珂看他一眼就知道是没少喝了：“你们这是又作什么死啊，喝成这样？”

“嗨，”郃海亮有样学样地跟赵珂打个招呼，清清嗓子，“吗呢，宝乐？就让人跟你站着聊啊？”

许宝乐上了发条一般活动起来：“坐坐坐，珂姐。”

郃海亮把地上半打啤酒拎到桌子上：“美女先坐会儿啊，我接个朋友去。”给许宝乐打了个眼色，甩开大步冲出了包厢。

出门就迎上狄双羽甩着手从厕所出来，没话找话地问她：“吐啦？”

狄双羽掸他一脸凉水：“别骂人。”

“啊哈哈，哈哈……”郃海亮干笑，侧着身从门上的细条玻璃里看进去。

狄双羽被他笑得直发毛：“你是没少输啊，都要上酒疯了。”绕过他要进包厢。

“等会儿等会儿，”郃海亮搭着肩膀把她勾回来，“哎？你不是出来接电话了吗？谁啊？柏林让你回去加班？”

“他没那么畜生，”狄双羽摇头，“一姐们儿，问我明天去不去她家玩。”她刚挂了电话也觉得葭子怪怪的，礼拜六在家待着还用特意问下她去不去。进洗手间，手沾到凉水，脑袋里一激灵，想到了白天被戚忻看见止疼药的事。

难怪吴云葭听见她说在跟同事唱歌的时候，明显是松了口气，跟着就一大堆废话，在哪儿玩啊都有谁啊，东一句西一句地往回找补。戚忻这小子老盯着别人不让看的事，嘴还很欠，不会有好下场的。

邰海亮惶恐地看着她那个咬牙切齿的表情："你干吗？"

狄双羽回过神："你干吗？到底要出来还是进去啊？别挡门。"

邰海亮屹立不动，顺道解释自己的焦急表现："你刚才在这儿接电话没看见什么人吗？"

"什么人？"狄双羽问得迷惑，心下却大致明了，"没看见，你自己找吧，我回去了。"

"啊，你没看见许宝乐吗？出来好半天了，是不是迷路了？"

"我出来的时候他还在里面呢。"比下对面洗手间紧闭的门，"邰总太有正事了，领这伙人喝得，有今儿个没明儿个似的。"

"头一回喝酒谁好意思不动点儿真格的。"邰海亮心不在焉应着，心里直打鼓，老在这门口守着也不行啊，宝乐想把那女的运走都出不来。

狄双羽抱怀看着，心里默默给他出主意：要不你还是晕倒吧邰总，我会配合你的。

邰海亮鬼鬼祟祟往房间里又瞄了一眼，一咬牙："我看关总醉得也够厉害了……"

"还不是你干的好事。"

"是，我错了。"我一开始就不该带你来这个地方。邰海亮都想抽自己嘴巴了，"那什么，十一走的时候特地跟我说，让你跟关总早点回去，这阵子他没黑没白忙得也太辛苦了。我这不是琢磨，要直接让你们俩走了，怕别人玩得不尽兴。你看这样好不好，你先下楼打个车等着，待会儿我把关总给你送下来。"

"哦。"这厮真能诌，绝对有才华，狄双羽听得愣挑不出一点毛病，就忍不住想为难他，"我在这儿等着吧，他喝成那样，你自己扶得动吗？"

"扶得动，你站这儿让他们看见了又得给拽回去，去，楼下等着吧。"又一想那女的还不知道和关允到底怎么回事儿，三更半夜的一个电话就能叫来，说话那个劲儿不像善茬，许宝乐自己怕搞不定，"稍微多等会儿，我想法给关总醒醒酒，起码让他自己能走了，要不待会儿你也不好把他弄下车。"

狄双羽点头："别忘了把我包拿下来。"

下楼并没急着打车，在 KTV 门前的台阶上站着散散身上烟酒味。眼看十多分钟过去了，郃海亮还没现身，狄双羽也挺替他着急的。赵珂没那么好对付，再说她来就是为见关允的，想让人从她眼皮底下消失哪是容易事。许宝乐肯定慌得六神无主没主意，只能指望郃海亮这八面见光的回去讲故事了。

门童又拦了辆出租问她用不用，狄双羽也怕人下来了再拦车来不及，只好先坐进去打表等着。

司机把手刹一拉，踏踏实实等收钱，提前问了嘴："去哪儿啊姑娘？"

狄双羽不假思索："上地。"远是远了点，可是，关总喝得这么醉，当然要回家让老婆照顾了。

出租车停在关允家小区门口，狄双羽拿过关允手机，正要给孙莉发短信让她出来接人，后面突然响起尖锐的车喇叭声。狄双羽回头看了看："挡人家路了吗？"

"没啊，"司机费解道，"有病，甭管他。"

谁知那车不依不饶，车笛长鸣不停，狄双羽暗叫不妙，删了写到一半的短信，迅速将手机塞回去。关允果然被吵醒，不满地嘟囔："干吗呢？"迷迷糊糊看清了周边环境，"怎么跑这儿来了？"

狄双羽也揉着眼睛一副尚未全醒的样子，"这哪儿啊？"

司机正忙着把脑袋探出车窗大骂："你有病啊？"见乘客不着急下车，又问了嘴，"用开进小区里吗？"

关允酒醒了大半："不用，就停这儿吧。"拿钱付车资，看了看狄双羽，不太放心，"我先送你回去？"

"我没事，你到了吗？"她说着向外看看，"哦，住这儿啊，正好离我朋友家不远。您先回吧，我直接坐这车走了，前边拐过去就是。"

知道她指的是葭子家，关允点点头，揉着僵硬的后颈，不再逞强："那你小心点，到了发个短信吧。"下了车，朝她摆摆手，原地站了一会儿，企图找回断篇的记忆，最终还是放弃地摇摇头，向小区里面走去。

狄双羽看着他消失的身影，满面倦色，并非醉酒熬夜，而是为错失这次三人对峙的机会心思复杂。本想就这么被关允带回家，让孙莉亲眼看见，彻底崩溃。她又不认得孙莉，面对无辜指责当然要反驳解释。换成以前，关允作何反应不好说，可在相信她失忆之后，愧疚感足以让他方寸大乱，他甚至有可能为了弥补她所受的伤害，当面去斥责前妻，就不信孙莉还能扮住贤良淑德。

关允就是这么个只想无愧于自己却不懂考虑其他人心情的男人，活了这把年纪，还是觉得做错事了只要去改过去忏悔去弥补，纵使东墙填西墙，也能让自己良心得到暂时或长久的安定。永远停留在上一个错误里，直到犯下更多更大的错，再想办法寻求新问题的解决。周而复始，恶性循环。

可是，错就是错了，这一次狄双羽想让他明白，不是所有的错误都能允许修补。就像孩子虽然做掉了，她怀过孕仍然是事实。既然错局已定无可挽回，所有人都应该为此接受惩罚，她自己也不例外。这本来破坏一切安稳现状的好机会，而她也做好了奉陪到底的打算，生生被无名路人给打断。想起来都怪那个乱按喇叭的家伙。

恼火和遗憾之余，整晚绷紧的神经倒总算松懈，狄双羽吹着手心沁出的细汗，回头竟发现那车子还在，且熄了前照灯，安静地停在出租车后头。

先还催命似的狂按喇叭，现在却毫无声息地停在那里，仿佛算到出租车里的人要下去，车子马上就会开走。不好的预感涌上来，狄双羽盯着那辆车呆住了。

司机唤了几声才得到她的注意："咱还怎么走啊？"

"停这儿吧。"狄双羽嗓子干哑，"多少钱？"

"给完了。"司机扬着关允留下的钱，抬表找零，卸了人驱车远去。

而斜后方那辆车子终于亮起灯，驶到她身边。

狄双羽站在原地，才舒缓下来的情绪再次变得焦灼不安。

印象里他不是第一次在路边拾到她了，容昱没有耐心等她心情平静，站在驾驶室这边隔着车子下命令："上车，狄双羽。"

狄双羽无视，胡乱转个方向抬腿就走。

容昱关上车门："生我的气吗？"

她停下来，背对着他摇摇头。

"那是生你自己的气？"他走过去，扳着肩膀让她转过来面对自己，盯着那张固执的脸，"而且不准备原谅自己了？"

"不关你的事。"她推开他的手。

"我知道。"容昱顺从地放开她。

狄双羽眼中一丝慌乱。

“所以你昏倒、醒来、不记得什么人，我都可以配合你。”

她张着嘴，脸上青一阵白一阵：“你早都知道了？！”

容昱不否认。

“所以就这么看我……特好笑是吧？像小丑跳梁一样，”狄双羽自己也笑起来，“也难得你忍下来，是不屑拆穿吧？”

他只漠然重复她的话：“这不关我的事。”

“那你刚才是什么意思呀？”狄双羽大吼，指着出租车刚停靠的位置，“你既然知道我没失忆，又跟着来到这儿了，就猜得到我要干什么吧？你不是观众吗？就好好看大戏啊！”

“你拿的是真刀真枪，还以为自己在戏台上？我说过你想怎么样都行，但是要活着。”

“我死不了，不需……”

“死不了就叫活着吗？”打断她的话之后，容昱甚至笑出来，“他醉成那样了，你为什么不干脆杀了他，你说是正当防卫，没人会怀疑。”

她不敢置信地退了两步，肩膀上的背包滑到地上。“你以为我会这么做，才一路跟过来？”

“我已经不知道你要干什么了，”他声音很轻，在她脸上一扫即过的目光更轻，“你自己知道吗？”

“我当然知道！”不想承认迎上他绝望眼神时内心的震撼，“我一直清楚自己在干什么，是你没看清我，还一副很了解的样子。容昱，我根本不需要你这些无谓的担心，它只会让我困扰。我不会死的，我为什么要去死？我会活得好好的，不用任何人对我指手画脚。”

“把他生活搞得一团糟，你就能好好活着了吗？今天让你见到孙莉了又能怎么样？你想过没有，他本来也不在乎这个家的。你这么做，无非是想证明自己在他心里的地位高过孙莉，然后呢，你觉得圆满了吗？受过的伤都痊愈了？是不是还有一些沾沾自喜，因为确认了随时可以再回到他身边。对你来说，整个世界，仍然就只在关允的一举一动之间。”容昱无可救药地看着她，眸色犹胜子夜深沉，“没有他，你生无可恋，是吗，狄双羽？”

她摇头，脸上血色尽褪。

“同样爱不到想爱的人，为什么你要这么狼狈？”得不到解答的问题，终于只能化作心寒的叹喟，在这灯火辉煌的城市里被吞噬了无痕。

狄双羽望着车子开走的方向，力气顿失地跌坐在地上，双手掩面，任呜咽从指缝中逸出。

她并没想，要再回去关允身边。

在狄双羽看来，无论多爱吃的东西，一旦变质了就不值得再动一口，味道都已经不对了，就完全不是她爱的那种食物。那天假借赵珂身份和关允在QQ对话之后，很多东西都彻底腐烂了。

诚然，从关允左右逢源不想得罪任何人的私心来分析，他说给“赵珂”的那些话，大部分可以不用太当回事。但是，只能给她无责任的爱，这是关允的心里话，狄双羽很确认。看到那行字的时候，她像是放下一块傻抱了许久的大石头，整个人松了口气，跟自己说：终于能结束了。

却怎么也没想到，第二天他又会给她那么大一个惊喜。

她才知道，他肯一次次纵容她，这么久了，都无关情爱眷恋，只是因为欠了她一个孩子。

而他以为，她之所以这般纠缠放肆，也不过是倚仗这个。

缘分原来就没有，他的愧疚让她万念俱灰。那天是易小峥的忌日，狄双羽一瞬间只觉得该偿还的才还尽，因果索报。马路边的恍惚，她是真的想放弃自己，可既然没死成，就决定找个办法活着。

3

真心的眼泪不一定换得来真心，狄双羽是在明白了这个道理之后，才开始学会不用真心地流泪。她跟自己说不认得关允这个人，每天晚上躺在床上，想的是一个个和他相处的片段，怎么样套在易小峥身上才合理；那些个和他有关的人，要如何解释如何面对；各种场合下见到他了，要说什么……整夜整夜地想，整夜整夜睡不着，稍微停下来就陷入梦魇。她是标准的多血质，感情至上，被得罪之后会在大脑里形成超现实主义的扭曲记忆，越来越扭曲，报复心与日俱增。她不想他过好日子，计谋算尽，只希望他事业潦倒，生活一团糟，却从没意识到，他的冷暖喜怒，其实早不在她的计较之内。

现在只剩这一场弄巧成拙，看在容昱眼里，狄双羽不敢想象是怎样的不堪。

他说她做这些，无非是想回到关允身边。

她那么拼命摇头，他看也不看。她想要说出口的否认，他也不想再听。

没错，用尽全力爱不到关允，她很狼狈，就这么在街头号啕痛哭花了妆的模样，很狼狈。而最狼狈的，莫过于低估了一个人对自己的重要性，却高估了自己在他心中的地位，最后被抛弃在这样的夜里，独自收拾残局。

还不如去上海了。

天亮的时候狄双羽躺在床上想，当时如果不顾容昱阻拦去了上海，就不会让他过多干预自己的生活，也不会知道他早已发现自己的伪装，不会给他拆穿的机会，便不会有现在这样的无地自容。

这人真是差劲透了，把她留在北京，口口声声会照顾她，结果呢，还不是把她扔在马路上，头也不回地走掉。想到那一幕就尴尬得要死，眼泪止不住，这样的善变反复，她自己都厌恶到绝望了，更何况容昱那种说一不二的性子，忍她至今已是另眼相待。可她到底是把这个人狠狠推开了。

吴云葭打开房门看见大小屋灯都还开着，就估计人在家还睡着，也没出声，换了鞋直接进了卧室。

狄双羽听见开门声，有她家钥匙的再没别人，也不用多想，翻个身继续睡。

吴云葭一看她那老老实实的睡相就知道是装的了，放开手脚先去把灯和空调都关了，窗帘拉开，窗子拉开，又在床头找到她关机的电话，连上充电器，这才回来隔着被子拍拍她："别睡了，起来说说话。"

狄双羽扯扯被子："跟你没话说。"想也知道是谁给的信儿让容昱找到她逮个现行的。

吴云葭叹气："你不说话也得起床了啊，这都快10点了，出去吃点东西吧。"

"我脑子有问题，不适合出门。"

吴云葭打个呵欠，挨在旁边躺下，在想这一晚上究竟发生了什么大事。昨天夜里容昱来电话要找狄双羽，她给打听着了，也没听他说后来找没找到人，害她惦记了一宿。早上打狄双羽手机不通，再问容昱，他只说让来她家里看看。看了也不知这是刚睡还是刚醒，气氛挺怪的，吴云葭扭头对着那个沉默的后脑勺："我说，你俩是不是睡了啊？"

狄双羽忽地拉高被子盖过头："别跟我提这个人行吗？"

吴云葭吓一跳："行行行。"可她谁也没提啊。

听着身后的呼吸声，狄双羽身体僵硬，感觉没脸见吴云葭，连她和戚忻小峰一起都给骗了，害他们跟着担惊受怕，很是不落忍。想过要躲去上海，不在他们眼皮底下装疯卖傻，到那边把事情都解决掉，再一身轻松回来。最后就因为没敢跟容昱硬拗，留在了北京，没承想到最后还是东窗事发。这下好了，一大早就来兴师问罪……

直躺到腰酸背疼，终于忍不住长出一口气："你要骂就骂吧，我也没什么好解释的。是我自己不争气，还把关允当回事，才会搞出这么多花样来……"说着又鼻子发堵，憋出眼泪来，抽抽搭搭地辩道，"我不是因为他才哭，是觉得特对不住……嘴上说没事没事，可是我看得出你们都放心不下我，我就只想着怎么给自己出气。我知道我这么干挺过分的，想着我是因为他才这样的，他也会因为我去愧疚，就能为了弥补我去做一些事……我不想害你们担心，就是实在不知道怎么办了……让戚忻看到他那么对我，我想不出还有别的办法能让你们不要再提这件事……"

"小小……？"

过于迷糊的呼唤让狄双羽止住哭势，翻个身不敢相信地看着背后那张惺忪的睡脸。

"又做噩梦了吗？"完全凭直觉地抚了抚她的手臂，吴云葭哄道，"没事了，别哭。"

狄双羽呆滞着，任她抬手给自己擦眼泪："……你居然睡着了。"

"啊，"昨天一宿都没睡踏实，来了看她装睡也知道叫不醒，索性补个觉等她愿意醒的时候再说。揉着眼睛坐起来伸个懒腰，"你要睡够就给我讲讲出了什么事，容昱干吗疯了似的找你？你后来到底见着他没有啊？"

狄双羽吸吸鼻子："见着了。"

"然后呢？"看这屋也不像有男人留宿过的痕迹，"就各回各家了？"容老板不该是那么省心的人啊。

"不然呢？你还指望他把我送回来哄我睡觉？他凭什么？把我扔在马路上就对了，早该这么少管闲事了，我跟他有个屁关系，成天黑着脸管这管那……"

她突然暴怒，吴云葭也没敢贸然打断，听她一会儿自嘲一会儿臭骂容昱，骂到最后又哭得说不出来话了，这才抱了纸巾盒给她，小心地问："他昨天把你扔下自己走了？"

她只是点头，眼泪唰唰往外蹿，从来没见过的委屈相。

吴云葭想不通："为啥啊？他那么紧张地找你，就为了二半夜把你扔到大马路上？"

狄双羽听出些不对头，抽噎着开口："他没跟你说为什么？"

"没啊，不然我会这么着急吗？"吴云葭把眼一眯，"你是不是又改主意要去上海了？"

"戚忻也没跟你说什么吗？"她不解地抬头看着吴云葭，反正一双眼睛肿得快看不见人了，也不担心被看出心虚。

"……戚忻？又有他什么事？"脑中一个灵光闪现，吴云葭讶然掩口，"你和戚忻——不会吧？容昱知道了所以……他们哥俩打起来了？"

狄双羽想笑，一咧嘴不慎呛了口水，咳了起来。

"看不出来啊，戚忻那小子，连易小峰都不敢挑战，有胆子惹容昱。"吴云葭陷入自己假想的情节中，既欢喜又忧心，也不管她呛着还是咳血，"不对呀，就算容昱把你扔下了，那戚忻哪儿去了？"

葭子不明真相！狄双羽为此不知该庆幸还是烦恼，容昱没告诉她事情经过，自己更没勇气坦白，换句话说，失忆的事，对葭子还要继续瞒下去。

容昱是真不打算再蹚这个浑水了。

"这怎么又躺下了？"吴云葭无奈地看着她缩进被子里蜷起来的动作，就怀疑刚才这一场哭闹是她在梦游，"睡吧，你得先睡着了，才能醒过来啊。"

狄双羽鼻音浓重地应了一声，又说："真是变态，费尽心思把自己变成一个可恶的人，然后又期望别人来原谅自己。"

"哦，是够变态的。"吴云葭漫应，想着自己这趟算是白来了，又不好再去问容昱，既然她提到戚忻，那就把戚忻叫出来谈谈心吧。

狄双羽确信她找谁也谈不出个一二来，除了容昱，没人知道关允在北京，更想不到那天晚上她是和关允在一起，还叫来了赵珂，差点去了孙莉家……她都干了什么啊……摁灭烟蒂，狄双羽以指压碾双侧太阳穴，迫切希望停止这种自我厌恶。

吴云葭走后，她就坐在沙发里，回想这些天发生的事，半盒烟抽进去，也没想出哪句话哪件事不对，被容昱寻着了破绽。

都怪走得太近了。从她住进医院一直到出来的这段日子，似乎习惯了他三不五时的做伴，一些防备不觉撤销，该说不该说的话，也渐渐都告知于他。容昱是个危险的人，她根本不是对手，同他相识这么多年都不敢大意，却仍是在脆弱关头任他走进自己的生活，轻易起底她不想被人知晓的过往。

所以人常说好花还需雾中看，破坏她苦心营造的迷雾氛围，清楚看到的，怕是让他为之不齿的残花败柳。现在就算她想再恢复到从前那无话可说又无可不说的微妙关系，容昱怕是也不肯了。

而她自己，恐怕也回不去了。

“双羽呢？”大礼拜一的，郃海亮散了会就跑来找人，满心关切却扑个空，不甚期待地问她隔壁工位的同事，“请假啦？”

“楼梯间抽烟呢吧。”阿浩看不见自己的烟和打火机，据此推测。

狄双羽点了烟并不吸，叼在嘴里，抱着手机玩游戏，见有人出来，“唔”了一声就算是打招呼。

郃海亮苦笑：“妞儿，给个正眼儿呗。”

狄双羽摇头：“你特意找我肯定没好事。”

他也不兜圈子讨人厌：“不知道你跟关允掰了。”

狄双羽豪气地挥挥手：“没事，代表总部送地方领导回家分内事。”

郃海亮对她的平静将信将疑，倒也不便细问：“昨儿跟十一聊起这事，他也说关允降不住你。”

狄双羽嫌弃道：“你们一群大老爷们儿聊这闺密话题，想想真瘆得慌。”

“嗨，早前就听说他是离了婚的，以为是为了你，还说哥们儿够有眼光的，谁知道另有隐情。”郃海亮这人看着说话不经大脑，实际是该说不该说很有数的一主儿。男女感情这种事最是反复，还不知道两人后续如何发展，能不能再重修旧好，他不会把话都一早说尽，让别人心生隔阂。

狄双羽也没想他们见过赵珂就把关允贬低成什么样，男人的交情再没到份儿上，这种程度的理解还是有的。正因为理解，知道关允是喝点酒就能把旧情人叫来一起玩的品性，也就能理解她为什么要离开这个人了。

提及关允，她隐忍尴尬的应对，以段瓷的精明不难猜中。看见赵珂，以郃海亮的八卦自然会向许宝乐寻根问底。把赵珂叫来，只是借海亮的眼睛替段瓷重新打量一下这个人：事业上可以背弃亲手创下的瑞驰，感情上更是毫无专一可言。当然，这样的事并不足以使关允身陷囹圄，也远不能动摇他在新公司的重要地位，但最起码，他别想再打着和她不清不楚的暧昧扮成好男人招摇撞骗。

“垃圾，”狄双羽闯关失败，悻悻退出游戏，“没别的事儿走啦。”

郜海亮听清她说什么了，却不知骂的是游戏还是男人，摆手道个别，貌似自言自语地说：“这人喝多了乱打电话的毛病，谁都有，真不能太当个事儿。”

狄双羽冷笑，恍若未闻地掐了烟走人。

下午3点多，想等的电话没来，关允的短信倒进来了：在公司吗？

他还在北京？狄双羽盯着屏幕皱了皱眉。在，顶楼茶水间。回复之后拿了手机上楼，左右也差那么一步了，走完吧。

大厦共22层，顶楼视野理应不错，但因为楼体的错落设计，狄双羽身处的茶水间在一个凹进去的房间里，窗外有建筑自身的遮挡，看得远是远，但只有窄窄一条，仅能看见几米长的一段河面和对岸少许景致。因此这茶水间平常没多少人过来，阿姨也不放太多零食，只有个饮料机，能接到什么饮品还要看运气。

狄双羽时运颇好，接到了正想喝的奶茶，执着杯子站在窗前，等着那个短信上说五分钟，可过了十分钟还未现身的人。

等他早就是一件习以为常的事了，那些在转角就着一杯咖啡练习表情等他出现的日子，明明过去没多久，记忆却开始模糊了。容昱说她太懂自我催眠，也有可能吧，很多东西她一旦决定不要了，连扔掉都嫌麻烦，索性就搁在个不碍事的地方遗忘。

关允满脸抱歉地进来，接过狄双羽递来的一杯清水，仰头喝尽：“不好意思，刚要出门被绊住了，晚上要回上海，这边该处理的得弄利索了。”

狄双羽理解：“免得来回跑。”一不小心又要碰面。

不适应她过于柔顺的性子，他敲敲后颈：“那天晚上喝太多了，没什么失礼的事吧？”

“挺好，下车还记得给钱。”

“拼命打着精神呢。”

“不说我们之前是酒后乱性的吗，还以为你会再把我带回家里来个一夜情什么的。”

关允尴尬：“我还是说错什么话了吧？”

她仔细想了想：“没有吧，我也记不太清了。段总那瓶酒很好，我一时贪嘴，也没少喝。”

他无奈："你是老拿红酒当饮料喝，酒量又差。"

狄双羽敛起眉，烦恼的样子："所以动不动就喝醉了，给你讨个现成的便宜？"

他到底压不住火："这种事，一个巴掌拍不响。"

她抬手给了他一记耳光，并不重，但在这安静无人的小房间里，一声脆响无比真切。

关允沉眸，嘴角抽动一下，到底没说出什么，只在眉心微皱的细纹昭示着不快。

狄双羽摊着一个巴掌，巧笑倩兮："听见响儿了没有？"

他狠狠咬牙："你觉得我就那么下流吗？"

"那我呢？就那么放荡？"她问得认真，"像赵珂一样？"

"……"

"还是说您根本不在乎我是什么样的人？"

"你都想起来了？"

"是根本没忘，"她眼波平和，"别人可以当我全忘了，你不可以。"

他心中一荡，恍然意识到自己被耍，"那天你是故意送我去孙莉那儿的？"

同情的目光自他脸上掠过："要不然您还能去哪儿呢？"

"你想让她亲眼看见我和你在一起，自己还假装什么都不知道？"

"我说过，孙莉的事你可以交给我的，我其实很认真想处理我们三个人的关系，你却只当是威胁。"

"够了吗？对一个搂着我说我像她前男友的女人，你想我多认真？要算账是吧，冲我来。"他点着自己，声音有一点颤抖，是生气，是后怕，又或二者兼有，"你想干什么都行，要什么都拿走，无所谓，到你觉得解气了算，行了吗？"

"别这么说，你也没什么值得我拿走的。"她以食指拨开他的手，抚平他胸前并不存在的褶皱，"不管你像谁，我从没把你当过别人。我也有我的玩笑，但就到那次和你分手为止，我认真了。你一直说尊重我的决定、愿意放手，又一次一次找回来。你说一个巴掌拍不响，我承认，那么容易就原谅，是我不对；感情反复纠结，是我不对；一次次的心软妥协，是我不对。你可以怪我认真，但假如你曾经对我有一点认真，还希望你不要太自责。"

奶茶凉了，啜一口沾在舌头上有些发涩，像她刚宣告完结的这场恋情。

原来有些东西不用变质，只是变个温度，味道就大不相同了。

杯子放到身后茶桌上，她看着他抵在窗框上的拳头，捏紧了又松开，在纠结是骂她一通还是直接甩手走开吗？

结果他说：“对不起。”

狄双羽喷笑：“你并没做错，关允。”

“我不想伤害任何人，但不管怎么平衡，还是会有人受伤，是我错。”

“人按照自己喜欢的方式活着，很正常。”即使有错，也是他自己的事，她没资格纠正。

4

站在公司顶层的窗子前，能看到对面几米长的一段河面。那天下午，河上出现了一艘船，是艘红色的小快艇，踩着白色浪花，在蓝色天空下，劈开灰色的河。楼很高，狄双羽离河很远，但仿佛能听见那艘船上欢腾的马达声。她从来不知道这河上会有船经过，很稀奇，正想着要拿手机拍下来，那船却全然不顾她的欣喜，转眼就消失于视野中。这让她有一点怨念。

可人家本来就不是专为你取景而存在的，它有自己的航线。

不是河水，不是船，不是掌舵的人，一个岸边打望的第四者，那么认真又那么伤，何必？

过分投入的感情，到最后抽身时反而更果断。不用再想如何伪装失忆，也不用构思要如何报复别人，是她渴望了很久的百无聊赖。可躺在床上，仍然无法入睡，忽然觉得，去记恨一个人，可能也是种自我保护，心本来装着满满的爱，爱没了，再不用恨来替代，会变成空壳，逐渐被胸腔以外的气压挤扁。

一片止疼药下去不到两个小时头又疼起来，像坐在飞速前进的旋转木马上，一圈又一圈转下来，眼花缭乱。到最后还是挨不住，起床去了客厅，药片搁在嘴里才发现杯子是空的，也没急着倒水，就那么含着药靠在沙发上，举着透明药瓶晃来晃去听声音。

她以前很少生病，咽药不得法，老是卡在嗓子里，住了一阵子医院，倒练出个绝活，不管多少药片都能一口吞下。那次得意地表演给容昱看，他摆出求知的姿态问她：“药能一起吃吗？”就是问，也不制止，纯粹不解似的。她于是反问：“是不是进一个胃吧？”他说是。结果护士给药开始分批次了，一粒两粒地送来。

他其实很少与人争辩，主要是因为顶嘴的不多，一般他说什么就是什么，偶有反抗质疑，他也会有吵嘴以外更有效的办法让你不得不按他的意思做。而对于确定无望的买卖，则是选择尽早撤手，不做纠葛。

所以即使爱不到想爱的人，他也不会像她这么狼狈。

药在口腔中缓缓融化，苦味乱蹿，有的直接从舌下静脉进入体循环，有的顺着食道一直蹿到胃里，酶解之后才溶到血液输往身体各处。头依然疼，并且嘴里发苦，接了杯水漱漱口，跑出去买饮料。

楼下便利店小瓶可乐卖光了，狄双羽拎了一桶 2 升装的可乐回来。走到家楼下累了，坐在草坪前的道牙上，舔舔手背上皮肤，苦不堪言，抱起大桶可乐喝了一口，打个嗝，自娱自乐地想到武侠片里的失意英雄们，都这么提着一坛子酒仰头猛灌，喝完还能打醉拳，或者是作诗。可惜她头疼厉害，话都懒得说，押韵的活儿更办不到了，打拳也没戏，早忘光了。

三四斤重的瓶子举起来还得控制着别倒太快，是件相当费体力的事，不留神就整猛了，顺嘴往外喷，溅了满衣襟，呛得直冒眼泪。瓶子里碳酸受到震动逸出大量气泡，吓得她手忙脚乱拧紧瓶盖。

有晚归的邻居匆匆经过，怪异地看着这个喝可乐喝到呕吐的女人。狄双羽扶扶鼻梁上那副用来遮挡肿眼泡的无片镜架，仰起头看灯火通明的楼宇，眯眼数着自家楼层。眼泪在屈光间质上附加了一层折射面，让她能看清窗台上的那盆田七。

这植物有着最耐人寻味的生命力。她经常趴在窗台上抽烟，随手把花盆当烟灰缸，陪她抽了这么多年烟，她都慢性咽炎了，它没一点病状，芽照发，叶照抽，去年还开了花。

“有一盆大头花的那个窗子。”有人很准确地说出她目光的焦点所在。

泪眼中，魁梧的身影从模糊到清晰，越来越近。

这么热的天，他还是一身西服套装，里面穿着件深粉色衬衫，领口少系了两颗扣子，没打领带，一点不像做正当生意的人。

狄双羽一直知道他不矮，也没想到居然能占据到自己全部的视线。

然后就在想，他穿这颜色的衬衫显得皮肤更黑。

弯下腰定定看了片刻，他抬手擦去她嘴角可疑的褐色液体：“原来这里真有吸血鬼。”

老是挑在她最狼狈的时候出现，狄双羽气馁，粗框眼镜遮不住眼底的疲惫，低头哭的时候，眼泪更是直接掉在地上。

容昱蹲下来，百思不得其解的表情：“你哭什么呢？我又没揭穿你，你还可以继续假装失忆去勾引关允……”面前一道风，她扑上来用力推他。容昱由着她发力将自己推坐在地上不做反抗，只紧扣住了她行凶的两只手。

狄双羽偷袭成功正想收手，反被他捏住了腕子挟制住，吃了一痛，躲不开又使不上力，单膝着地，半蹲半跪地僵在他面前。

“我就知道你会动手。”他咧嘴笑，一口牙咬得死紧，头顶斜上方一轮路灯如月，照得他这个狰狞的笑脸隐有噬血征兆。

“你放开我！”她终于开口，可惜气势全无。

他依言照办，松开手，慢悠悠站了起来，警告道：“我的日子没你想的那么安逸，别再考验我的应变能力。”掸去裤子上的灰尘，他迈步到楼门前，转过身等她放行，态度矜贵。

狄双羽抱着一桶可乐跟自己说：你傻站在这儿干什么，赶紧轰他走。

就听怀里的可乐哧哧地冒着泡反对。

容昱无法被轰走，他只能被哄走，她又拉不下面子对他说软话，只好硬着头皮去开门。他主动扶着门让她先走的举止让狄双羽意外，侧过头看了他一眼。

容昱挑挑眉，对她堵在门口的动机有所怀疑。

狄双羽更困惑：“你……是要上楼吗？”

他点头：“是。”推她往里一步，挤到门内，自顾自地上到二楼拐弯处，见她仍站在原地没动，“这么晚了你还不回家吗？”

狄双羽好奇的是，如果没在外面看到她，他会上楼来吗？

没有初次进到别人家的拘束，好奇心倒是过剩，毫无顾忌地打量她的房间摆设，看到茶几上的药瓶：“戚忻说的就是这个？”他拿起来看了看，“这治不了你的疼。”

狄双羽笑：“什么能治，你吗？”

容昱并不意外她过于挑衅的语气，将瓶子丢进桌旁边的纸篓，绕过茶几坐到沙发里，看着她手上的饮料：“给我倒一杯。”

“没干净杯子，”她含蓄地逐客，“你药也没收了，可以告辞了吧？”

他指着纸篓：“我会为了扔个垃圾特意跑过来？”

她陡地提高声音：“那你来干什么？还想看戏吗？”

容昱揉揉额角：“你自己撒谎，还怪别人相信。”

狄双羽深呼口气，尽量压着情绪：“是我撒谎，做这种损人不利己的事……

你说得对，我已经很狼狈了，所以别再跟我提这些事了，拜托。”

她很想见他，想告诉他盛启的事不在她算计之内，她没有利用他和他的公司来引起关允注意。可真见到了，又不知从何解释，直想抓床被子把自己从头到脚蒙起来。

“容昱你走吧，我不知道要怎么面对你。”她仓皇转身，没看到他眼中的惊讶以及随之浮现的狂喜。跑到冰箱前把可乐瓶子塞进去，在凉气扑面中敲着自己被压到发麻的手臂。

“我如果不走，你打算一直这么背对我吗？”他跟过来，伤脑筋地看着她的背影，“给我杯水喝好不好？我刚下飞机，一路都没吃没喝。”

一只手贴着她胳膊伸进冰箱里，直接把那桶可乐拎了出去，狄双羽反应过来就连忙去抢。他把手举得老高，拧开了瓶盖，楼上楼下跟着颠簸的气体争先恐后地从瓶底飙上来。狄双羽听见开瓶声就有准备了，双手往头上一抱躲进他怀里。容昱直觉地抬手拥住她，就听瓶口哧哧冒气，还没意识到危险已被浇了一脑袋，从头发滴下来，眼睛都睁不开了。

狄双羽也没好到哪儿去，脸还算干净，背上T恤全湿透了，扯着粘在皮肤上的衣服抱怨:“你过的日子里都没有碳酸饮料吗？”就这应变能力还跟她耀武扬威。

容昱气得半死:“没对瓶喝过。”看着那终于平静下来的瓶子，一仰脖咕咚咚灌了一大口。

狄双羽看他一副破罐子破摔的模样，笑意像摇晃多时的可乐一样迸发。

紧攒的眉眼缓缓舒展，借着手掌上的可乐将她的头帘向后掀起，低头凑过来细看这张近日不得多见的笑脸:“非得这样你才能笑出来？”他并非故意哄她，但能见她破颜一笑，总算不白受一瓶子冷水凌侮。

她身子一矮想躲开，头发却被他揪着，只好笑着讨饶:“我去拿毛巾帮你擦下。”抬眼一看他的脸又崩溃了，眉毛上还有小气泡……

“你笑够再说吧。”他将瓶子塞到她怀里，抹了把脸走向卫生间。

狄双羽认命地收拾厨房的狼藉，拜他所赐，冰箱、橱柜、墙壁……无一幸免。简单擦过一遍，正在拖地，听见容昱在身后喃喃:“洗发水怎么油腻腻的？”狄双羽怀疑他拿护发素洗头发了，一回头就见他光着脚踩在地板上，腰间围了条大浴巾，裸着上身，头发也没擦，耳朵里好像进水了，正歪着头往出控。

倏地回身继续家务。

容昱扑哧一笑。

狄双羽以手支着拖把杆转过来："你这样还怎么回家？"

他摊着手："我这样你还让我回家？"

"衣服呢？"

"当然不能再穿了。"他连裤子都扔进洗手池里了。

狄双羽也不想跟他做西服不能水洗的无用说明，"又不是小孩，你要这种赖，我也不可能留你过夜的。"她摘下手套，"不然你在这儿住，我去酒店好了。"

"你去吧，"他指指茶几上的钱夹，"自己拿钱。"

"容昱！"

"有没有干毛巾？"他拨着头发斜眼看她，"你别扭什么？我和你在医院也住过。"

"那是两张床。"而且是他穿着衣服的情况下。

他张大了嘴，半晌："你现在是想到和我在一张床上的事了吗？"坐在沙发上拍了拍软乎乎的垫子，"这不是有沙发？"

"你睡？"她不信。

"你觉得呢？"他根本不屑回答。

"不睡就赶紧给我站起来，滴上水了谁也别想睡。"她收拾好厨房，将自己刚换下来的脏衣服抱去卫生间，不意外地看到洗手盆里揉成一团的衣物，知道这人是打定主意不想走了。捞出外套和裤子用衣架挂起，倒了些洗衣液在衬衫上，边搓着衣服边叹气，"搞成这样你明天也出不了门啊。"

怕他没听见，正想大声重复一遍，扭头却见他不知何时已站在卫生间门口，倚着拉门专注地盯着她，头发上的水滴了满肩膀。

狄双羽愣了下，去置物柜里取了条干毛巾递给他："那有吹风机。"回去继续对付衬衫上的可乐渍。

他忽地摇头笑笑，擦着头发，转身去客厅开了电视机。

狄双羽很佩服他这随遇而安的强大心态，洗干净衬衫出来："我刚说的你听见没有？这都快1点了，你把所有衣服都弄湿了，天亮也干不了，你还是出不了门。"

"我为什么天亮就要出门？"奇怪地瞥了她一眼。

"不用上班吗？"

"唔。"他答得不确切，脑子也在想明天是否有需要一早出去处理的事。

她算看明白了："你是准备打发我回家给你取吧？"

“让华子送来不就行了？”

狄双羽一惊：“当然不行。”旭华那个大流氓，让他看了这情景，她浑身长嘴也说不清楚。

“那就你去取吧。”容昱知道她在想什么，也不为难，“你不洗个澡吗？照镜子看自己什么鬼样子。”

她抓抓被可乐粘住的头发，狐疑地瞅着他：“你今天是不是本来也要赖在这儿住的。”

“嗯——”他想了一会儿，“没有。只想送你回家。”

编的什么瞎话？“从楼下送上来？”

他点头，盯着电视屏幕说：“我不会再把你扔到路边了。”

手还在脑袋上胡乱梳理着，刮断了一根头发，痛得咧咧嘴，不怎么福至心灵，呆呆地“啊”了一声：“你是……来道歉的？”

狄双羽洗完澡出来，就见电视机里放着台球比赛的直播，容昱盘着手靠在沙发上，怀里抱个遥控器，仰头枕着椅背已经睡熟了。

向来打理整齐的头发杂乱蓬散，覆在额前遮住两道线条硬朗的浓眉，没了平常的傲慢疏冷，只剩下满面惫色，温和得陌生。

她不忍打扰，又担心他这么睡久了会伤到颈椎，弯腰想把人叫醒，离近来却看清他眉心两道细小的竖纹，掩在垂落的发丝底下，昭示着主人不甚友善的品性。抬起手想把它拉平，指尖触及那一瞬又忽然顿住，凝视片刻，缩回手，去卧室取了条凉被出来，小心帮他盖好。

熄了灯，偎进另一只沙发里，合了眼睛没一会儿又睁开，直到窗外日光稀薄，他从黑暗中一道剪影变成镀着晨光的人像。意识模糊前狄双羽还想，这人睡相好节省，整夜都没怎么翻身，居然一觉到天亮，早知道她就回床上去睡了……

昏昏沉沉才睡着，头顶被一只手掌罩住，强打精神睁开酸痛的眼睛，看见容昱脸上与气质极不协调的关切：“你怎么在这儿？”

“好好想想。”头一歪躲开他的手，没好气地翻个身，裹了裹被子。她脑袋灌铅，但还记得身处何方，不是他二半夜跑来意图抢占她的卧室，她需要在自家还将就沙发吗？

“我问你为什么不上床睡？”他嗓子发哑，下巴上尽是胡子青茬儿，看起来有点邋遢。

狄双羽怔了一下才明白他是故意把床让给自己。“你不是要床吗？”想来委屈，“不睡不早说，浪费一张床。”

“床是租来的？”容昱失笑，抬手帮她掖掖被角。

她困得厉害，也没理会他过于亲昵的行为，猛地背后发紧，身子却一轻，睁开眼是他光溜溜的胸大肌，人已被打横抱起。

容昱绷着脸道：“别把我浴巾踢掉了。”一句话让她打消挣扎念头，全身僵硬地蜷在他怀里，任他将她运回卧室，搁在床上，重新拉好被子。他以额头抵着她肩膀发笑，“其实我穿内裤了，你踢掉浴巾也不要紧。”

狄双羽一阵恶寒：“出去把门给我带上。”

“我要用下电脑。”他指着床头的笔记本。

“随便你，”她翻个身将自己滚烫的脸蒙住，“你如果不睡了，7点半叫醒我。”

“上班？”

“嗯。”

“好。”他满口答应。

狄双羽一觉醒来天还蒙蒙亮的样子，头有点晕，大概是睡眠不足的原因。习惯性地摸手机看时间，不在枕边，她猜也差不多该起了，揉着眼睛下床拉开窗帘，看着外面昏黄的天色隐约感觉怪异，目光转向壁钟，这才知道哪里不对劲。

容昱早不知去向，要不是晾衣架上他的衣物还在，狄双羽几乎疑心自己发了场怪梦。望着那件略抢眼的粉色衬衫，她后知后觉地想到，他既然能出门，也就是说，旭华来送过衣服了。而她竟然完全没听到动静，浑不知事睡过了一大天儿。

5

吴云葭做菜拿不准步骤，正想给狄双羽打电话，就听女儿欢呼“小姨”，连忙放下手机从厨房走过来。

狄双羽换上拖鞋递给她一盒羊肉卷：“加菜。”

吴云葭颇惊讶：“你怎么这么早就回来了？”

“我没上班，在家睡一天觉。”

“病啦？”

“没，睡过头了。”手机被容昱取消了闹钟又关了机，一整天没听着响。弯腰抱起小云云，“宝儿，准备好开学了吗？”

孩子开心地勾着她的脖子：“你还没送我什么礼物庆祝一下呢。”

“你说想要什么。”

“你说。”

“嗯——我亲你一下行不行？”

她摇摇头：“我妈送过了。”

狄双羽很懊恼：“你妈咋那样！”

吴云葭在厨房喊：“小小，蒸肉上的葱丝是先煸熟了还是生着放进去。”

“我去看看你妈又鼓捣什么呢？”狄双羽放下小云云，跟进厨房支招，“生熟都行，上屉了一样味儿。大夏天弄这么油腻的东西，要来客吗？”

“不就是你吗？”吴云葭调好料汁，用筷子点了下让她尝味道。

“糖放多了。”狄双羽打个呵欠，去冰箱里找饮料，看见两大桶可乐，当即笑喷。拎了一桶出来，疯晃瓶子，“据说可乐喝前请摇匀。”

吴云葭吓一跳：“你别作死！”

狄双羽大笑，晃够了把瓶子放回去：“找小T来吃饭。”自作主张地掏出手机给戚忻打电话，“过来，葱爆羊肉。”

戚忻不安：“我去了你是不是就不打算买羊肉了？”

“你小子还知道害怕，”狄双羽咬牙，“那个什么成果展示的，也不想要了是吧？”

“别，有话好说。”

“我还敢跟你说话吗？戚忻，咱俩找地儿比画比画吧……”

吴云葭好笑道：“他又跟易小峰串通什么事了？”

狄双羽刚挂电话，还没从数落戚忻的情绪中缓过来，脱口就说：“要是易小峰还好了。”

吴云葭眼睛一亮：“那是容昱？”麻利地将食材装盘上屉，扣好锅盖凑过来，“小T把什么事告诉容昱了？”

狄双羽嫌弃地瞥着她：“有你在，容昱有事还需要问戚忻吗？”

吴云葭得意点头：“那倒是。”毫不心虚。

“瞎闹。”狄双羽嘀咕着，又想到了昨天夜里情景。看着他在自己眼前熟睡，她虽然很久都没睡着，却匪夷所思地安心坦然。

分明各自倒头大睡的一夜，回想起来不知怎地面颊发烫。

吴云葭看得稀奇："你这满脸春意是咋回事啊？都要开出花来了。"

将脸红怪罪于水蒸气，狄双羽以掌扇风："你水开了就把火调小，肉没熟锅先干了。热死了。"抱怨着离开厨房，管教客厅里老实看动画片的小孩，"云云你离电视远点儿。"

孩子乖乖应了一声，向后退几步到沙发上，看见她坐过来，自动偎到她身边。

吴云葭没被她呼呼喝喝的气势唬到，跟进来刨根问底："我说，容昱后来再没找你吗？你到现在也没告诉我那天你俩怎么回事，让人把你扔下走了。"

狄双羽最不愿想起那天的事，转念又不满她的说辞："你这话说得……好像我活该让他扔下？"

吴云葭轻哧："容昱那么找你能是没有事吗？按你一贯作死的行为推测，这事儿肯定是你挑起来的，而且绝对小不了。"

狄双羽后背唰唰冒汗："我人品有那么残缺吗？"

愈发可疑了，吴云葭盯着她："你是不是真对容昱说了什么混账话啊？"

"我没有。"狄双羽否认，急了，"你偏心眼得太过分了啊吴云葭。"

"我是怕你过了这村没这店儿。"

"什么年代了，现在都连锁店。"

"我有一天都梦见你跟容昱结婚了，早上醒来跟老米说，把他笑坏了。你们俩要真能成，也算圆我一个梦了。"

"你都说是梦，就代表你自己也知道这事儿多不靠谱了。"

小云云仰头望着狄双羽："说的是谁啊？"

"挺吓人的一个家伙。"狄双羽告诉她。

"那你还要和他结婚？"

"听你妈瞎起哄呗。"

"我闲得瞎起哄，"似乎要证明自己的话，吴云葭兀地神情严肃，"就跟你说实话吧，小小，关允的事我觉得你早晚也得想起来，那时候要是已经在容昱身边了，兴许你就能没那么……受伤。"

狄双羽没想过她算盘珠子拨的是这个响："你不怕到时候容昱受伤？"

吴云葭无语，半晌才道："说到底我还是向着你。"

狄双羽摇头："我不知道容昱究竟跟你说了什么，让你一边倒得厉害，但是我告诉你，他是个很成功的生意人，对他来说不赚钱就算亏了，你还想算计他？我不否认他对我很好，好归好，绝没你想象的那么痴情。"

“我也不觉得他那样的男人能跟痴情沾上边儿。”吴云葭比她看得更明白，“可能你在他心里确实没多重要的地位，但是已经没人能取代这个地位了，你懂吗？我对他这么放心，是因为他不会给别的女人跟你竞争的机会，起码在我看来不会。就这一点有多难得，你以后会明白的。”

“我现在也明白。”葭子说的是以后，如果是指在她想起关允，想起赵珂、孙莉以后，狄双羽现在就能明白容昱的难得，“正因为难得，我才不想这么头脑一热栽进去。我可以不接受他，但不能仗着他喜欢我就欺负他。”那样的话，她跟关允有什么区别？

这语气……吴云葭好惊喜：“你刚才是说头脑一热了吧？”

狄双羽瞬间黑化，扑上去勒住她脖子：“你少给我在容昱面前嘚啵嘚的！你知道他现在看我的眼神多让我不得劲儿吗！啥都跟他说，我怎么养了你这么个吃里爬外的货。是不是脑残，是不是脑残，是不是！”

吴云葭被虐待得很开心，无力反抗，伸出一只手向女儿求助：“咳咳，宝贝儿，快救救妈妈……”

看到饭后直接钻进自己房间来的狄双羽，小云云替她高兴：“小姨你今天不用刷碗呀？”

“嗯，你妈今天心情好。”她在小云云头上揉了一把，仰面朝天倒在床上，枕着双手看棚顶上的灯花。

那孩子的心思早不在手工作业上了，爬上床挨在狄双羽身边趴着：“你今天晚上能在我家睡吗？”语气里压不住的期待。

狄双羽一翻身把小姑娘搂在了怀里：“娶我吧云云。”

孩子吓得直乐：“你还真想结婚了呀？”一副忍痛割爱的样子，“要不你问问小戚叔叔吧。”

狄双羽捏捏她鼻尖：“小戚叔叔还是给你留着吧。”

小丫头赶忙应下：“好的。”

狄双羽笑笑：“你愿意跟小戚叔叔结婚吗？”

“愿意。”

“为什么？”

“他长得漂亮。”

狄双羽大笑：“你这叫好色，懂不懂？”

小云云不太懂，但明显感觉这不是什么好词儿，娇羞一笑："谁愿意和丑八怪结婚啊？"

狄双羽把玩她的辫梢："可是就因为漂亮和他结婚，以后你再遇见更漂亮的怎么办？"

小云云没有回答她的问题，却小声问道："那我爸和我妈离婚，是因为那个许阿姨更漂亮吗？"

"你觉得谁更漂亮？"

"当然是我妈妈！"

"对啊，"狄双羽也同意，"大人们结婚和离婚原因都很复杂，不是随便说说就行了的。"

没忍心拒绝孩子，狄双羽当天留宿了吴云葭家，小云云给她讲自己编的故事，各种小动物成精、花草树木说话的故事，狄双羽听着听着睡着了。孩子气得早上起来不肯理她，她着急上班也没多哄，惦记着晚上过去要买点小玩意儿讨好。

许是睡前说了太多结婚的话题，狄双羽也梦到了结婚的场面。梦境比较模糊，连是谁结婚都不知道，依稀记得新郎穿着粉紫色衬衫。忽然想起容昱的西服还在阳台上挂着，这两天日头足，晒久怕伤了衣料，应该回趟家收了送去干洗。再一想反正容老板也不在乎这么套衣服，要出现就出现，想消失就消失了，手机揣在口袋里大概是凑分量的，怕大风天给吹跑了。还好意思叫她存他电话号码，越看越不顺眼，手指划划点点就想删了，不知怎么拨了过去，看着通话中的提示傻眼了，慌忙挂掉。

容昱很快打回来："什么事？"

狄双羽结巴："打错了。"

他说："在武汉了。"

狄双羽咦了声。

"过来处理些事，要多留两天，定好回程了告诉你。"

"呃……我不是特意打听这事的。"

"还有别的事？"

"没。"她好像一开始就说过打错电话了。

"好，回去再说。"

电话挂断，屏幕熄灭，狄双羽撇撇嘴，切，原来是出差了，真没劲。

阿浩把外卖的午餐放到她桌上："手机坏了？"

狄双羽扔下手机，没什么胃口地拉过饭盒："我也想出差。"

阿浩惊住了："有吃有喝的，好好活着不行吗？"

狄双羽唉声叹气："啊，我好好活着。"她还折腾个什么劲啊？大家对她要求这么低，好好活着就成。才吃第一口饭，旭华来电话了，他没跟容昱一起出门吗？吞下食物，"什么事？"

旭华朗笑："接电话跟老容一个样。"

看来是没在容昱身边了，狄双羽擦擦嘴："控制下你的用词和语气啊。"

"哈哈，好好好。你怎么着了，那位让我问问你是不是有什么事，电话里吞吞吐吐的。"

"我能有什么事？我打错电话了。"

"是要去老太太那儿吗？"

"没有啊，我要去的话自己也能找着，还用给他打电话申请？"

"看，我说没啥事吧，他还非让我问，这人，拿别人都当他，打电话非得有事才行。"

狄双羽声明："我没事儿确实不会给他打电话，但我今天是拨、错、号了，听见没有？"

"是，知道。哎呀，对了，容总的西服还在你们家吧，改天我过去拿噢。"

狄双羽含糊应了一声，埋头吃饭。

旭华嘿嘿嘿怪笑起来："要不等他回来了，劳驾您给送一趟吧。"

"我不管。"

"那要不搁着吧，就当换洗了。"

"您别没完行不行华爷？"

"唉，我有预感，以后可能就剩我孜然一身了。"

狄双羽满嘴的饭全喷进键盘里了："有没有文化啊？孑然一身好吗？还孜然，你是大羊腰子啊！"

"呵，孑然就孑然。"旭华同志不拘小节，"看他前一阵没好脸子，还以为生日那天去找你，两人没说好，闹掰面儿了，我也没敢问，这惦记得，合着操心过头了啊哈哈。"

"你哈哈什么哪，谁生日那天？"狄双羽倒着键盘里的饭粒，瞄一眼手边的台历。

“老容生日呗，13 号，我记得是一周末来着。”

8 月 13 日，周五，狮子座，“黑色星期五，很会挑日子。等等，这好像是……新营销签下盛启办庆功宴那天……那天是他生日？”

旭华挺意外的：“哟，您不知道啊？不过当天早上起来我也给忘了，他自己都没记，到公司了，行政订的蛋糕和花，大小盒子礼物摆了一屋子，把他弄得直瞪眼，才想起来怎么回事。晚上也没安排饭局，去老太太那边吃的饭，本打算住下，后来接了个电话，就回城找你了。瞧着急匆匆的，我还担心他找不着，要送他他也没让……喂？什么声音？信号不好？”

“是。”狄双羽继续拿脑门撞着桌子，何止是信号，想到送了那么个劲猛的生日礼物给容昱，她感觉整个人都不好了。

容昱和政府机关打了几天交道，颇有急惊风遇上慢郎中的无奈，倒把脾气磨软不少。回北京的飞机晚点好几个小时，换以前早改签了，他愣是在休息室消磨了大半天等起飞信息，可苦了旭华，从中午 12 点一待到傍晚天擦黑了才把人接上。老板上车就摸着肚子说饿了，然后眯着眼睛想了想：“双羽家有方便面。”他在厨房看见了。

旭华觉得他此举欠佳，好心劝道：“您又不爱吃那个。”

容昱看着窗外堵成一线的红灯心情大好：“你吃我吃？”

旭华别不过他，小声提醒：“你会后悔的。”

小区里路灯都已经亮了，狄双羽家的窗子还是黑的，容昱看看手表：“还没下班吗？”下了车去按楼宇门铃。

旭华在车里一脸坏笑：“那我先回啦？”话是这么说，却拉了手刹原地等着他。

果然没人应门，容昱悻悻转了回来，小声嘀咕：“又跑哪儿去了。”

旭华直叹气：“您怎么就不能先打个电话呢？非得玩惊喜。”

“玩什么惊喜？”容昱嫌他废话多，“又没有重要事，不在家算了。走吧。”

“您不是要吃方便面吗？”旭华边掉头边偷笑。

容老板表情怪异：“我怎么会吃那种东西！”

“得，”旭华挤对不成不死心，“不是我说您啊老大，有些事儿该言语的您得吱声，老指着别人跟您心意相通还成？脚长在人家腿上，哪能按您脑子里想的走呢。”

容昱只说：“别人怎么走关我什么事。”胳膊抵在扶手上，半攥拳支着脸，态度漠然，倒也没让他闭嘴。

旭华于是继续授业解惑："您总不能看着她越走越远吧？"

容昱说："脚长在她腿上啊。"

旭华摇头："行，反正您也有脚。"跑得也快，跟着吧。

按了密码进门，玄关的感应灯亮起，容昱把外套挂在衣架上，低头脱鞋，看见脚边一双镶水钻的女款人字拖，就那么愣住了。

旭华停好车晚几步跟过来，瞅他那模样忍不住咳了声，扬着嗓子打招呼："哈罗，有人没？"

狄双羽伸出脑袋看了看壁钟，从沙发上慢吞吞坐起："怎么才回来？"

容昱斜眼瞥下旭华，拉着领带径自往房间走："我换件衣服。"

狄双羽揉着眼睛，盯着主卧的房门："他刚才是不是瞪我来着？"

旭华也不否认："他就是那种瞪人的性格。"

狄双羽问："堵车了吗？不是说5点多就落地了吗，这都快8点了。"

"别提了，绕你们家去一趟。"旭华将拉杆箱拎进来放妥，"幸好你家不是密码锁，他没进去，要不还回不来呢。"

狄双羽笑喷。

旭华恨铁不成钢："敢情他这想干吗就干吗的毛病是你给惯出来的，这不行啊双羽，你得给他养成事先打电话报备的习惯，要不……"

"咳！"狄双羽打个眼色。

旭华果断收声。

卧室门开，说是换衣服的容昱只把领带摘下去就出来了，解着衬衫的扣子对狄双羽说："帮我弄点吃的。"一扭脸看见旭华还站在门口，眯起眼睛以示不悦。

旭华壮了壮胆儿："老大，我也饿着呢，等你一下午了。"

容昱挺感动的："那早点回家吃饭去吧。"

"忒不仗义了……"旭华彻底死心，"走咯，两位吃好歇好。"

没眼力见儿。容昱心里骂一句，再看还赖在沙发上咧嘴捡笑的人："家里没有能吃的就叫个外卖吧，不出去了。"

"吃的有啊，"狄双羽指指餐厅，"不过凉了。"

他不动声色走到餐桌前，盘盘碗碗扣着盖子神秘庄重的样子，不禁莞尔，随手掀开一只，看到里面的菜品更是直接笑出声来。她真是等了许久，竟有闲工夫把菜心一条条叠成个“井”字，中间放了雕有不同表情的胡萝卜片。他捉个笑脸送进嘴里嚼，又去揭秘另一道菜。

狄双羽钦佩地瞪着他：“你还真能吃得下去。”

“还不难吃。”已经算是高度赞扬了。

“无事献殷勤的，你不害怕吗？”

“你害我白跑一趟，这就算补偿了。”

“谁让你电话也不打一个就去我家的？”

“你来这儿打电话了？”

狄双羽得意地晃晃头：“我能进来门啊。”

“所以做饭是应该的，”他按住她的脑袋，“把密码记好了噢。”

言语上又败了，只好尽力守护发型，她推着他转身：“你去洗手，我热一下菜。”

“就这么吃吧，热它干吗？”

“那多不显手艺。”

“你要应征厨子？”

她下巴微扬：“怕你聘不起。”

他含笑望进她眼里，一语双关：“会努力聘得起的。”

心猛地一扑腾，受不住胡乱挑衅的下场，端了一碟子菜就要去厨房。

容昱拦住她，将菜盘重新放回桌子上，缩回手收在她腰间，稍稍歪着头，视线在她脸上巡行。

她没再躲闪，半仰头迎上他的目光，神色从容，只有微抿的嘴唇泄露着紧张心绪。

容昱心里叹了叹：“有些话我不说，你就不肯懂？”

狄双羽眨眨眼：“当然不懂。”

“这脑袋只在染头发的时候有用吗？”单手抓抓她后脑的头发，将她推向自己，轻缓但坚决地吻上她不老实的嘴唇。

或者感情中的确这样，很多时候冷暖无法自知，便如温水煮青蛙，悄悄死去。

狄双羽睁着眼，却看不清他的脸，而唇上温软的触感足以瓦解她多余的坚持与怯弱。

结束这盖章般的一吻，他问：“还是不懂吗？”

她摇头，睫毛一抖掉了颗泪珠下来，索性把脸埋进他怀中：“不懂！”

容昱大笑："好吧。"另一只手臂也抬起来拥紧她，下巴在她发顶摩挲，"不懂我可以讲，你别不懂装懂。"

听着不算平稳的心跳，狄双羽对他接下来的话很是期待。

一阵暧昧的静默后，他终于开口："你这么会做饭，为什么还会把自己搞出胃病来？"

狄双羽这下是真没听懂他在说什么了，抬头就见那一双眼睛难得坦率地盯着桌子，忍不住扑哧笑出："美色当前，亏你还惦记那点儿吃的！"

他给美色灌输统筹之道："饭不吃就要凉了，美色搁一会儿丑不到哪儿去。"

尾　声

狄双羽自认厨艺没法跟勤姨相比，不过容昱在吃的问题上相当随和，认识他这么久还没发现他有忌口，再加上饿得厉害，一餐下来盘中光了七八分。

容昱饭后接了个电话要去处理邮件，狄双羽洗过碗，在烤好的小蛋糕上插了根食用蜡点燃，端去二楼书房给他，结果书房黑着灯，人没在里面。带上门退出来，下楼的时候蜡烛不小心灭了，给人惊喜的心情也跟着灭了大半，最后还是在他房间找到他。房门没关，她站在门口，端着卖相寒酸的点心，看他在写字台前对着电脑敲敲打打。

她在门口一现身容昱就注意到了，等了半天还在那儿站着，他好奇地抬头看了看，尽职邀请："进来。"

狄双羽拔了蜡烛，把蛋糕放在桌边。他对饭后甜点兴趣不大，看了一眼又扭头和电脑缠绵。狄双羽毫不避讳地盯着他的屏幕："成天忙忙乎乎不知道为的啥。"

"为了让你幸福。"他答得顺口。

狄双羽直接不会了。心里虽然觉得这话从容老板口中说出来实在太诡异了，嘴角却不受控地上扬。

容昱检查过邮件确定无误，点下鼠标发出，转过身，一手搭在椅背上，仰脸望着她那个扭曲的笑容："我的忙碌才能显出你的悠闲，这么闲还能活着，不幸福吗？"

"谢谢。"她笑容仍在，脸黑了大半。

工作解决，他也有心研究那个巴掌大的小蛋糕，切边整齐，奶油涂得不厚但很均匀，他认得上面堆着装饰的甜麦圈是自己早餐常吃的："你做的？"

她没好气：“反正我闲。”

“闲着做做这个挺好的，”他端着盘子欣赏，“饭后甜点。”

“别当每顿饭都有这待遇。”狄双羽扬起手中细长的蜡烛，指着那块蛋糕告诉他，“生日礼物。”

容昱平静道：“我生日早过了。”过得还挺难忘的。

“是吗？”她支支吾吾，揉着后脖子活动颈椎，兼打量他的卧室，食指在写字台旁边的小书架上滑过，随便取了一本出来，“这个借看看，晚安。”书往怀里一抱转身就走。

容昱滑着椅子挡在门口，一脚蹬在墙上，彻底阻断她逃跑的路线。

狄双羽垂眸，看他拉过她的左手，这个高度差，正像是单膝跪地。她勾了下手指，被他捉住了，然后抬头望着她：“容昱？”狄双羽嗓子发干。

“你总觉得要你去付出努力争取的，才叫爱，就没想过，我又怎么能给你这个机会？”他说着，手上一枚沾着奶油的饼干圈对准她的无名指套进去。

狄双羽翻个身，睁了眼，最先看到的是天花板上那个造型简单的方盘吸顶灯，竟还亮着微弱的光。“你昨天没关灯吗？”她问，扭头看容昱。

他平躺着，脸是朝着她这边，眼却是闭上的，一只胳膊绕过后脑枕着，手摊在两人之间的枕头上。

挠挠他手心，她重复一遍：“为什么不关灯？”

容昱食指抽动了一下，人还在睡，表情淡淡的，呼吸轻轻。

狄双羽掀了被子就要坐起来，被压在脖子下的那条胳膊及时钩住。他还是不肯睁眼，就那么紧勒着她，抿着嘴使劲，一脸的笑。狄双羽作了一鼓气，放弃自残，乖乖躺回来，侧过身看着被自己枕住的手臂：“手不麻吗？”

他终于张开眼，颇怪异地瞅着她：“我也觉得会麻，但是真没麻。”

狄双羽严肃回望，继而笑喷：“容总，”手指在他胸口点了点，“您是在向我证明，以前没搂过姑娘过夜吗？”

他挑高一眉，像是怒对她的口无遮拦，眼珠却左右转了转，分明在回忆，跟着发笑：“是没搂过。”说罢又收收手臂，把这唯一的姑娘搂紧了一些。

躲开上臂硌人的肌肉群，她在他肩窝里寻个可心的位置，听着近在耳边的心跳隆隆，忽而疑惑：“好像下雨了。”

“不可能。”他拈着她的发丝，漫不经心地否定，“下雨你也听不见。”

门窗紧闭，还挡了厚厚窗帘，看不到外面天气，空气里也没有潮湿味道，可她就感觉是个阴雨天，挣扎着想要起身去验证。

“别动。”

“我得回家收衣服去。”

他不肯放人，横了一臂在她腰间。

“我说真的呢。”他的西服都挂在阳台，她没关窗户。

“我也是认真的。”摸索着执起她的左手，提示地在无名指根处敲了敲。

狄双羽抽出手，晃着空无一物的五根手指，“谁把我戒指吃了？！”

他笑：“呵呵，容先生。”

她撇嘴，觉得男的用第三人称自称相当雷。

他以掌托头半撑起身子，拇指抚过她左手的每个指甲，很专注地看着，许是早起的缘故，目光有些痴懒：“我会送一个真的戒指给你。”

狄双羽愣了下，笑起来：“送一个结实点儿的？”

“送你喜欢的。”

“你知道我喜欢什么样的吗？”

他不十分有把握：“起码咬不碎的吧？”

两人相视大笑，狄双羽说：“越贵越好。”

“可以。”他纵容道，“还想要什么？”

“嗯……”她趴在枕头上，手指描绘着床头规则的纹理，“要个院子，种一些花，还有菜。”

“西山那儿有。”

“能放一架秋千椅吗？”

“可以。”

她点点头，继续画图：“然后在下边种些爬山虎，让它们顺着秋千架爬上来，夏天是绿色，秋天是红色，冬天变成白色。这边再挖一个桃心形游泳池，镶满粉红色的瓷砖……”

“桃形泳池不行。”容昱看不见她画的虚线，话却听得清楚。

狄双羽思路中断，手停了下来。

容昱不忍扫兴，想到个折中的办法：“你可以把浴缸换了。”

狄双羽扑哧一笑，“那就不要游泳池了，放个水缸，也不用太大，养几尾金鱼。”

泳池，水缸……他听出些门道了：“秋千边上一定要有水？”

“那倒不是，可我如果看见在草坪上只有一个长椅，就觉得空荡荡的，尤其是傍晚，有斜阳照射的那个画面，特别孤独……你学过心理学吧，这算不算抑郁症？”

容昱摇头：“应该算是好日子过太多了，还有心思管草坪上的椅子，把你空投到沙漠里晒几天，回来看见草坪只会想扑上去打滚。”

她想了想：“是有点儿矫情。”斜眼看他，咯咯直笑，“居然还一板一眼回答，你听不出来我跟你玩笑？”

“那你听不出来我没在开玩笑吗？”成功冻住她的笑容，他勾起嘴角，“想不到你会喜欢粉红色心形。”

“就像洋葱，你只看到这表面，以为就是光溜溜一颗球。”她将手指捏成一团，再一一舒展，“一层层剥开后，会发现有很多东西是你想象不到接受不了的。”

“只会有更多洋葱而已。”不用剥也知道。

“会辣眼睛的！”她突然怀疑这人到底见过生洋葱没有。

他听得好笑：“说你自己还是说洋葱？你不剥也辣眼睛，”视线从她光洁的颈子往下移，“剥了更辣。”

类比失败，狄双羽裹起被子：“我只想说，你要做好准备，我根本不是你要的那种女人。”

他像是从未考虑过这个问题，听她这么一说倒怔了怔：“我要哪种女人？”

“写专栏的霜雨，看破红尘、与世无争的。但我只是个俗人，斤斤计较，争强好胜，会处心积虑算计别人，会做些在你看来很无聊的事，会找刺激、会一夜情。”

容昱不屑：“啰唆一大堆能说明什么？我有很多事你也不知道。”

狄双羽神色狼狈：“根本不是一回事。”

他叹口气：“要做哪种女人我不管你，在我身边。”

这话好耳熟：“这是警告？”

“你能把它当成请求吗？”他始终维持一个轻松自若的姿势，没任何煽情动作，眼神也不迫人，就那么安静地昭告，还带着点儿邀请的示意，是他专属的容昱式请求，“我们结婚吧，狄双羽。”

“好。”她笑得无邪。

她并不期待他会说出什么惊天动地的情话，或者这个行动派会给她一个直接的拥抱，或者傲娇地说：“我是通知不需要你回答。”

结果好半晌他只是不可置信地瞪着她，抓抓下巴：“你还是第一次这么痛快就对我说‘好’！”

狄双羽磨牙：“你好像很失望嘛，容昱……”

剩下的话被他俯过来的啾声一吻给堵住：“你看你乖一点多可爱。”

狄双羽这辈子没被人用可爱形容过，受宠若惊：“您也很可爱。”

对各种赞美词汇惯例不加分类地笑纳：“那当然了。”坐起来活动肩颈关节，望着微微透光的窗帘，“起床吧，今天是晴天。”

她坚持：“我感觉在下雨。”

他似乎挺高兴听她这么说，喜形于色，欲望却在眼底流动，倾身与她贴面低语：“就睡到你感觉放晴了为止。”

食指抵住他的喉结，再指向显示 9：33 的液晶时钟，狄双羽提醒：“旭华 10 点要过来接你。”

“我不出去他不敢进来。”

“你跟他耍流氓不好。”

容昱挑眉：“我是他老板。”

狄双羽拉高被子将他隔在外面：“你跟我耍流氓也不好。”

“耍流氓？你是我太太。”

她不作声，口鼻都闷在被子里，只露一双眼睛在外面，盈盈如两弯月。

“好吧，我起床。”纠缠不是容昱作风，“你好好睡，勤姨中午才回来。”附以意味深长的一瞥，进了浴室。

洗漱完毕，满意地看见卧室窗帘已拉开，落地窗前洒下大片和煦日光，而他的女人穿戴整齐，正懒洋洋地将被子从床尾拖到床头铺平，一蓬细小的金色灰尘在她脚边的光束里乱舞。

拾起掉在床边的书，看了看封面书名，狄双羽轻笑：“你是为了接近我在恶补文学作品吗？”

“我拿文学学位的时候你刚上初中。”事实证明狮子座绝对是无论公开场合还是私底下均不允许嘲笑的类型。

狄双羽耸耸肩，将那本《简・爱》放回他的简易书架上：“你读这书也就是因为它的文学价值吧？”

“怎么说？”

“你会喜欢这种言情小说的情节？”

“不反感。”他实话实说。

“我很反感，骨子里深刻的自卑，表面还端着一副冷漠孤傲。”

“同族相憎？”他以拳掩口，表示理解，“帮我拿件衬衫，参加婚礼穿的。”

习惯了他突然就进行另一话题的行为，狄双羽惊讶的是他的节目：“谁结婚？”

“一个开发商，你也认识。”顿了顿又说，“但他不认识你。”

忽略他末句补充的挤对，狄双羽摇头，“你也会去参加这么无聊的活动？”

拉开窗子让晨风吹进：“带你去呼吸新鲜空气。”

“什么？”狄双羽从衣帽间探出头。

容昱拿手机呼叫旭华，人已经到了：“进来吧。”

狄双羽挑了三件衬衫出来，一字排开。

容昱皱眉：“这么花？”

“花也是你自己买的。”怎么会有人嫌弃自己衣帽间里的衣服？

“当然不是。”

“我买的。”旭华站在敞开的卧室门口，指着最左边浅米色混金丝暗纹的那件，“这个这个，他还一次都没穿过呢。”

狄双羽竖下大拇指，衣服递给容昱。

旭华举起手里拎着的几只纸袋，“没找着双羽上次穿的那粉裙子，随便拿了几件别的，都比那裙子好看。”

打量手上这件不时金光闪现的衬衫，容昱对他的审美眼光不乐观。

新郎是个开发公司的老板，企业规模中等，项目不多，基本都在华北一带的二、三线城市，跟瑞驰虽说有不少合作，也还算不上是大客户，容昱居然礼到人到，狄双羽相信他真是带自己来换气的。

典礼是在草场艺术区一家法式餐厅的室外举行的，8 月末的上午阳光正强，宾客区上方支着硕大的白色遮阳伞，放眼望去一个个尖顶，像蛋糕表面的奶油霜，看得人嘴里发甜。户外婚礼活动范围大，狄双羽没戴眼镜，一步也不敢远离容昱：“啥时候开饭？”

容昱也不知道，从怀兜掏出红包递给她：“你去签个到问问。”

狄双羽拿着红包去签到台，定睛一看写礼的人乐了，大大方方地问：“请问什么时候开饭啊？”

这女人真是什么事都干得出来。容昱咳一声，扭开脸踢踢脚边小草，非常自然地装作不认识她。

写礼的姑娘皱皱眉毛，接过红包，抬起头已是一副客气假笑："这位……霜雨老师？"

"水月同学好。"狄双羽隔着桌子费力地拍拍她肩膀，"水月同学辛苦了。"

水月雀跃地抓着她的手："你是参加这个场的吗？"拇指往身后印有新人婚照的背景板比了比，"男方女方的啊？"

"我就过来吃个饭。"她实话实说。

水月眼睛转了转："你该不是跟着那个谁来的吧？"低头看了看手上的红包，上面工整地写着赶礼者的姓名，判断像是狄双羽的字迹，"容……？"

"昱。"狄双羽替她念出那个生僻字，"文盲！谁想到雇你写礼的？"

账本和礼金都交给旁边另一个帮忙，水月绕出来拉着她细聊："怎么这么巧啊，新娘是我大学同学，还是你忠实读者呢……话说你到底跟谁来的？"

指指不远处已被熟人迎上聊天的容昱，狄双羽说："他。"

"身份？"

"男朋友。"

"骗人。"

"未婚夫。"

"呔！孽障，还不快现回原形！"

"……"狄双羽无奈，"你看我说得这么随意，就该知道是真的了。"

容昱的心思显然全不在聊天对象上，狄双羽一看过来，他马上还以注目，顺便给了水月一个幅度极小的点头礼。

水月在那瞪视一般的礼貌下动摇了："真的啊？"搓着下巴作沉吟状，难以置信之余还依稀有些看好戏的兴奋。

狄双羽不安："管理好你的表情。"

水月扯着她回到签到台前，拿过礼金账本往前翻了一页："你看！"

竖排的人名一列一列，狄双羽一眼看到"关允"二字，水月是练过字帖的人，"允"字收笔上折那一钩写得很卖弄。

"也是刚到，"水月扬起一个巴掌，"最多不超过五分钟。"

坐在签到席里，抬头是盛装出席的宾客，低头是粉红钞票上的老人头，没多久就开始脸盲了，看见关允的时候只觉得眼熟，愣想不起来在哪见过这么个细皮嫩肉的大叔。关允倒是认出她了，想要打招呼的样子。再看他旁边拉着气球的小女孩，水月愈加茫然，直到写完他的名字，猛地记起是前阵子带作者采风在向阳家农场打过照面。

那个和他八分相似的小孩，不用问也知道是他女儿，想起那天和狄双羽聊的话题，对她失忆的原因便隐约有些猜测了。正走神工夫，这位就天神下凡似的现身了，更带了个气场骇人的男朋友，还是未婚夫来着……

账本被一只大手轻轻抽走，放回签到台的桌面上。

"介绍一下，双羽。"容昱面无表情的模样在不熟的人看来绝对称得上凶神恶煞。

水月缩了缩脖子，摆摆手："嗨，男朋友桑。"

狄双羽跟容昱进了观礼区，手上多了串腕花，水月勒得太紧，她很不舒服，一路都在低头琢磨着重系，被奔跑嬉闹的孩童撞了下。容昱扶住她，低眉扫过那几个孩子，立马都躲得老远。狄双羽惊赞："还真是小鬼见了黑无常。"

他嘴角一丝笑，将她那根腕花的缎带拉松开些，就势牵了她的手，举目远眺，像在找什么人。强光刺得他一双眼睛微微眯起，神情不算舒朗，还有种意味不明的小危险。

狄双羽实在想不通他参加一个半生不熟客户的婚礼出于什么考虑，不想作死，也忍不住还是要问："你早就知道他会来？"

他果然不悦睨视："哪个他？说名字。"

"这算吃醋？"狄双羽偷笑，再次觉得容老板的喜怒临界点非比寻常。

"乱想，狄双羽。"

她媚眼如丝："说什么了吗？"

不理她假模假样的抱屈，容昱抬手戳戳她太阳穴："这里面又是什么怪念头？"

"咱们俩谁比较怪？"她不服气，"大周末的跑这种地方来，又不度假，又不谈生意……"

"所以就是来见关允的？我为什么？"

狄双羽语塞，的确，那更不符合容昱的逻辑。

"本来就无知，还很勤奋思考。"他好笑地望着她，"这样的麻烦谁愿意要呢？"

正为他刻薄的评价恼羞成怒，又听到后半段，她扑哧笑出声，学着他的发音方式："容先生。"

他不落痕迹叹了声："你信不信我很早就有一种被你赖上的预感？"

狄双羽直觉摇头。

他皱眉。

她赶紧改口："信。"

他这才满意，跟她讲平等："我都不怀疑你的话。"

狄双羽对这句话也是深表怀疑的。

"真的。"他给了个很有说服力的眼神，拉着她就近在一张长椅上坐下，"你没看我每次去你们小区都在找吸血鬼吗？"

"……"好想暴捶他一顿，"你相信我练过跆拳道吗？"

容昱笑道："连旭华都打不过，还想和我过招。"

狄双羽好奇："你比旭华还会打吗？"

他不屑："当然要先过了他才能跟我动手。"

"你好意思！"狄双羽爆笑。

容昱靠在椅背上，攥着她的手，仰头："自己去转会儿？"

听他语气估计是要有熟人过来搭话，狄双羽左右看看："刚才还说他们看见我，都主动不来打扰你。"

他笑一笑："总有不识趣的。"

正巧水月叫着她名字，和几个穿同样小礼服的女孩一起朝这边招手，狄双羽得意道："去看新娘子了，听说是我粉丝呢。"

看她趾高气扬地离开，容昱目光偏转，对上不远处伫立凝望的关允。

"叫容叔叔。"关允牵着女儿走过来。

关宝宝小声重复："容叔叔。"

容昱弯腰摸摸她的发顶，小姑娘怕生地往父亲腿边偎去。"不认识我了？"容昱挑眉而笑，将插在襟口的嘉宾胸花取出来递给她。

看女儿被一朵花收买，轻易放下戒心凑上前去，关允失笑："看不出你对付小孩子也有一套。"

"给她朵花而已。"容昱对他的话感到不可思议，"我对付小孩子干什么呢？"

"老孟面子还不小，连你都弄来了，我猜着他应该会请你，但没想到你真会出席。"

"我也没想到他请了你还敢请我。"

"他也猜你不会来吧。"

容昱屈指在关宝宝鼻尖刮了下，直起身恢复之前的坐姿，手搁在椅背上，缓慢而清晰地告诉他，"来参观见习一下。"转头认真打量着现场布景摆设，视线不经意扫过那张僵愣的脸。

确认了他想要传递的信息，关允从震惊到嗤笑："她不会跟你结婚的。"顿了顿，

“你应该也不可能真要娶她。”

容昱没兴致听别人定论自己的事，随意抬起右腿，脚踝搭着左腿大腿，伸手弹了弹裤脚的浮灰，皱眉看着关宝宝，同她做你追我逐的眼神游戏。

关允问：“你知道她失忆的事吗？你知道——她从一开始就是装的吗？”

容昱下巴略抬，眼中趣味消失。

关允了解这是他动怒的表现，笑意加深：“她只是在拿你报复我。”

“你以己度人了关总。”容昱扬眸，盯住那张仿似告诫的脸，眼波平静无澜，“在我明确告诉你不要接近她之后，你做了什么？”

关允伸手压住突然搐动的右眼，借此掩饰不自在的心绪。“工作上有些做法，我对你是有愧意，至于私事没什么好交代的。多年交情，一番好意想提醒你，狄双羽这个女人不是你我能看到的那么简单……”剩下的话被容昱毫无预警起身的动作打断。

“你听好了，生意上的事我不认亏，谁也没必要愧疚。还有，”容昱说着，人已与他擦身而过，“别把你的自卑传染给我。”

堆在花柱上的白色花瓣被他经过的气流带动，有几片飘飘旋旋落下，关宝宝欣喜地睁大眼睛，伸手去接，接了个空，正沮丧，一大蓬花瓣当空撒下，情不自禁地扬起头：“哇——”

捉起落在她刘海的花瓣放在掌心，狄双羽蹲下来，将一个装满花瓣的小竹篮递到她面前：“待会儿新娘子来的时候，宝宝负责撒花瓣好不好？”

“好。”迫不及待地接受了这个任务，高兴地拾着脚下的花瓣装进篮子里。

狄双羽柔声夸奖：“好乖。”站起来，手中残余的几片花瓣对着关允的脸吹过去，掸掸手，笑着去追那个大步流星走开的男人。

典礼快要开始了，新郎还在和容昱勾肩搭背畅聊着，狄双羽看得担心，这两人别当场私奔了。一愣神工夫，新郎被拖去准备婚礼仪式，容昱落单，回身看到她，指了指她旁边酒台上的饮料。

他的头发永远梳得一丝不苟，可在强烈阳光的照射下，总有零星碎发在发旋处支棱着，仿佛是主人性格的代言。穿着是变化极少的深色系西装，除了一些手工细节，几乎没有任何装饰，搭配刻板的标准领衬衫，颜色大多中规中矩，鲜少有今天这样的出挑，领带的打法也很固定。在家以外的地方，狄双羽只有一次见过他穿休闲服，是过年的时候，在转角，他坐在她对面的位置看杂志陪她吃饭，穿着一件暖黄色有机羊绒衫，平织针脚，简单的细螺纹圆领。一身中年人习性，却像小孩子一样喜听好话，钻他自己都没意识到的牛角尖。和他在一起，她常常不由自主地发出笑声。

“你笑什么？”他审视她玩味的表情。

她坏心地盯着他送到嘴边那杯橙汁：“刚才去看新娘，她说她们老家有一种习俗，把口水吐到你的酒里，你一口气喝下去了，这辈子就会什么都听我的。”

容昱嫌弃道：“你告诉我你究竟吐了没有，我什么都听你的。”

“没有，”她睁眼说瞎话，“你这杯根本是我亲自嚼出来的。”

他咧着嘴，捏着杯沿将饮料还给她：“我知道你撒谎，但听你这么说，实在喝不下去。”

狄双羽大笑：“快喝，看你唠得口干舌燥。”

他摇摇头，对她这副凶悍相不敢表现得太过喜欢。

“奇怪，以前听人说容昱在房产圈子里没有朋友。”

“我在别的圈子也没朋友。”他倒不把这话当贬低。

“我看那位孟总和你挺亲密啊，交谈甚欢，去结婚都依依不舍的。”

“那也不见得就是朋友了。”他喝掉大半杯果汁，望着杯壁上残留的果肉，挑剔地咂咂嘴，“人们都不喜欢你，但还都想和你谈谈，不是很有意思吗？”

狄双羽垂下眼睫：“不会觉得被利用了？”

“利用？”他细品了品这两个字，露出赞许的笑容，“我喜欢我的人际关系上充满这种字眼，单纯，而且很可靠。”

她不理解：“你能忍受身边动机不良的家伙？”

“人们肯接近你都是要有动机的。”他用的她的字眼去解释，“你可以拒绝，但如果选择接受，最好去善待，否则难受的是自己。”

狄双羽吸吸鼻子，忽地笑出声：“像我说的，自己点的菜再难吃也要吃光。”

提起这个他变得严肃，将手中把玩的杯子交给席间穿梭的侍应：“你这个毛病趁早改了，难吃就换别的，硬着头皮吃下去，吐的时候在后面呢。”

“我不会吐，咽了也就咽了，只要能吃，总能消化得了。”

他瞳色微暗：“过的什么日子？”

她嘻嘻笑：“肯定没你那么精致。”

“我已经够糙了。”

“我发现你其实是个情商蛮高的货。”

容昱眯眼：“我陪你在这种两小儿辩日的事情上浪费着生命，你说我是什么，‘货’？”扳着她的脸正视自己，却意外看到两串泪，映着太阳，莹莹直闪光，被灼伤一般缩回手，“你！”

婚礼进行曲奏响，周边喧闹声渐低，狄双羽躲开他的手，擦了擦脸，转向新娘出场的花门，泪水浸湿的清透双瞳涌起一缕惊艳，跟着众人轻轻鼓掌，忽然开口唤他：“容昱？”

他略低下头，将耳朵凑近她。

她问：“你是怎么看着我这样在关允身边折腾，还能无动于衷的？”

“无动于衷？”他苦笑，摇摇头。

狄双羽扬起脸看他：“你早料到我和他会落个曲终人散？”

“我提醒过你。”

“仅此而已？”

“仅此而已。”他不避讳承认自己的不作为，“你自己的选择，我要怎么阻止呢？我其实不喜欢也不擅长抢别人的东西。”

“放任我，结果我吃亏了怎么办？”

“能怎么办，都是成年人，我懂的你都懂。”抬手环过她的肩膀，他盯着空气中的过往，“当初你坚持离开瑞驰的时候我很生气，拒绝我，倒要看看你狄双羽能找个什么样的男人。”

说这话时，他脸上有着她不曾见过的挫败，狄双羽心湖微荡：“你居然……”

他笑：“你听过一句话叫作‘得之我幸，不得我命’吗？”

她喉咙发堵：“没听过。”

“所以你老是做一些无谓的拼抢。”

“这么消极的话从你一个生意人嘴里说出来有力度吗？”

“是说给你听的，我命当然好。”明明嘴角没一丝弧度，可不知怎么望向她的那双眼里尽是笑意，“想得到的总会得到。”

玫瑰花瓣铺就的红毯被数米长的婚纱拖尾扰乱，一片片翻杂在翠绿的茂草之中，配着乐曲徐缓肃穆的旋律，倒更像是草坪中瞬间绽放出一条鲜花之路。随着新人步伐的移动，两侧的冷焰火次第燃放。

穿着橘色小裙子的关宝宝，被爸爸抱在怀里，站在靠近红毯的位置，正奋力将篮子里的花瓣抛向空中，憨态可掬。

FONGHONG
凤凰联动出品